COMPLETE STORIES
KURT VONNEGUT

1

カート・ヴォネガット全短篇

1 バターより銃

カート・ヴォネガット

大森望＝監修　浅倉久志・他＝訳

早川書房

カート・ヴォネガット全短篇1　バターより銃

COMPLETE STORIES
by
Kurt Vonnegut

Collected and introduced by
Jerome Klinkowitz and Dan Wakefield
Foreword by
Dave Eggers
The five new stories, "Atrocity Story,""City,""The Drone King,""Requiem for Zeitgeist," and "And On Your Left", foreword by Dave Eggers, the general introductions by Jerome Klinkowitz and Dan Wakefield, the headnotes to the eight parts by Jerome Klinkowitz and Dan Wakefield, and the story selection in *Complete Stories* along with all foreign translation rights to all the stories and accompanying material in *Complete Stories* reprinted by permission of Seven Stories Press, Inc.,
New York, USA

Japanese edition supervised by Nozomi Ohmori
Translated by
Hisashi Asakura and others
First published 2018 in Japan by
Hayakawa Publishing, Inc.
This book is published in Japan by
arrangement with
Seven Stories Press, Inc.
through Japan Uni Agency, Inc., Tokyo.

装画／和田 誠
装幀／川名 潤

目次

セクション2 女 387

序文

デイヴ・エガーズ

道徳譚は死んだ。寓話は死んだ。そうした物語は現代文学のなかには見つけられない。児童文学のなかでさえ。作家たちは同胞たる人間に生き方を語る気分ではないのだ。

この短篇集に収められた物語の大半は道徳《モラル》の物語だ。われわれに何が正しく、何が間違っているかを教え、そして生き方を示す。二〇一七年において、これはラディカルな行為だ。

ヴォネガットは一九五〇年代に短篇を発表した多くのアメリカの作家たちと同じく、急速な繁栄のさなかを舞台に簡潔で教訓的な話を書いた。そこには曖昧さはほとんどない。嘘つきは罰される。姦通者は報いを受ける。強欲な資本家は打ち倒され、理想を抱いた純粋な人々が土壇場で活路を見いだし、さまざまな形の堕落に対して自分たちの理想と純粋さを守り抜く。

六〇年代と七〇年代はこの種の物語にあったアメリカ人の価値観を侵食し、破壊した。大統領が殺された。彼の弟も殺された。キング牧師が殺された。別の大統領が弾劾の危機にさらされるなかで辞任した。何万という若者が世界の反対側の無意味な戦争で死んだ。

短篇小説はその時代の暗い曖昧さを反映して進化し、決してかつての姿に戻ることはなかった。この五十年、短篇小説は多くの形をとったが、モラルの道具になることはまれだった。われわれには日常の一幕の物語もあれば、不安と倦怠と破れた夢の物語もあった。変化への希望のかけらもない醜い生活を描写したハイパーリアルな物語もあった。実験小説も、ショートショートも、この世界の根本的な不公平さを示すためだけに、まっとうな人々が過ちをおかし冷酷な人々が理由もなく成功を収める物語もあった。しかし長いあいだ、何が高貴で何が悪なのか、われわれはどうふるまうべきか、どうしたら尊厳を持って生きられるかを物語が教えたり思い出させてくれたりすることはなかった。

カート・ヴォネガットは「新聞少年の名誉」という物語を書いているが、この短篇は若き日のヴォネガットの公明正大さと率直さを一番よく表しているかもしれない。この話では道徳のコンパスに導かれて物語が進んでいくが、その冒頭はこの時代の短篇小説のマーケットからすると、パルプ風で扇情的だ。

エステルという名の女が殺され、彼女の恋人で怠け者のアールという男が第一容疑者となる。しかし、アールにはアリバイがあった。弟を訪ねるため町を出ていて、アールの家の玄関ポーチに山積みになった未読の新聞がそのアリバイを裏付けているように思われた。しかし新聞を数えた警察署長のチャーリー・ハウズは、エステルが殺された水曜日の号が抜けていることに気づく。署長はアールがエステルを殺すために弟の家から戻ってきたが、株価を確かめるいつものくせで新聞の証券面をチェックせずにはいられなかったと推測する。アールはその日は新聞がこなかったという。

ここで新聞少年とその名誉が登場する。このマークという少年は新聞を届けたと主張する。「新聞を止めるようにという連絡がない場合、ポーチに新聞が積み上がっても、六日間は配達をつづける」とマークはいう。「そういう規則なんです、ハウズさん」ハウズ署長は選択を迫られる――町外れに住む名の知れたごくつぶしを信じるか、十歳の新聞少年を信じるか？　現代の物語であれば、新聞少年が裏で糸を引いていたことがのちに発覚する。あるいは署長が真犯人となる。しかし一九五〇年代では——一九五〇年代のヴォネガットの物語では——警察署長は警察署長、共同体の揺るぎない要《かなめ》であり、そして新聞少年はキリストの肩に背負われている。

「規則について語るマークの真剣な口調を聞いて、チャーリーはあらためて思った。十歳というのはすばらしい年齢だ」とヴォネガットは書く。「みんなが十歳のままで一生を過ごせないのが残念でならない。みんなが十歳でいられたら、規則と礼儀と常識にも一縷《いちる》の望みがあっただろうに」

ヴォネガットはこうした短篇小説を約十年間書き、その後作家としての人生を文芸マーケットの関心とかけ離れた比類ない長篇へと傾けた。長篇のほうがより複雑なのはもちろんだが、これら初期の短篇にみられるのと同じ確固としたモラルが長篇でも指針となっている。総体として、彼の作品群は二十世紀のどの芸術家よりも一貫し、信念に基づいた視点の一つを示している。

「なんてったって、親切でなきゃいけない」。この墓碑銘はヴォネガットが描いてわたしに送ってくれた墓の絵に書かれたものだ。ヴォネガットの哲学をもっと複雑なものにしようとする人もいるが、それで真理に多少なりとも近づくわけではない。親切にせよ。人を傷つけるな。家族の面倒をみろ。戦争を始めるな。

幸運にもわたしはヴォネガットが亡くなる前に少しだけ——ほんの少しだけ面識を得た。最初の出会いは笑い話で、彼の小説のどれかから抜き出した一場面とそう変わりなかった。あれは二〇〇〇年のこと、ヴォネガット夫人のジルがマンハッタンにある夫妻のアパートで小さな集まりを催した。そこにはコルソンとわたしもいたし、批評家で彼の小説の支持者だったジョン・レナードもいた。コルソンとわたしは三十歳前後と比較的若年で、ヴォネガットとはじめて会うという緊張と興奮を味わっていた。そのパーティーを、最後に入ってきた名前も知らない客がしゃべり尽くしてしまった。コルソンとわたしはカート・ヴォネガットに会えると聞いてきたのに、別の人間の一時間分のおしゃべりに付き合わされるというのは残酷なアイロニーだった。その人物が自分の声に酔ってとりとめなく語り、部屋を言葉の海で埋めつくすあいだに一分また一分と時計の針は過ぎていき、一方ヴォネガットはタバコを続けざまにふかしながら、ときおり礼儀正しく白髪まじりの頭を縦に振っていた。全体を通じてヴォネガットがようやく二言三言口にしたのをおぼえているが、それはジャズに関することだった。

その後ジルがもう一度パーティーを開き、今度はヴォネガットと二人きりで話ができた。というよりは、話を聞くことができた。ヴォネガットは人が彼に期待するものをすべて持っていた。温和で、話が面白くて、すぐ笑い、誰にでも共感する——レストランのウェイターでも、ホステスでも——その重たげなまぶたの目はいつも変わらず疲れた印象を与え、同胞たる人間の罪を見つめていた。

九月十一日同時多発テロ事件からまだ数カ月のころで、あの日とそれに続く合衆国のアフガニスタンとイラクへの侵攻が、戦争の不毛さに関するたぐいまれなるエッセイの執筆期を生み出した。ヴォネガットの作家人生にふさわしいコーダだ。その前は最後の長篇『タイムクエイク』に取り組んでいた。暴力と不合理の惑星にショートエッセイという形で分別を呼びかけるのは、五十年以上長篇小説と短篇小説を通じて同じ試みをしてきた人間にふさわしい幕引きだろう。

「新聞少年の名誉」の終盤近くで、ハウズ署長は窓ガラスに映った自分を目にする。「疲れた老人。世の中を十歳の子供が考えるようなものにしようとがんばっているうちに、おれはすっかり年をとり、くたびれはててしまった」

この短篇集を読者がわたしと同じくらい楽しんでくれることを願う。編者でありヴォネガットの長年の友人であるジェローム・クリンコウィッツとダン・ウェイクフィールドは見事な手際で数々の短篇を整理し、紹介している。かの偉大な人物に関する知識と彼に対する熱烈な忠誠心はページのいたるところに見られ、本書をヴォネガットの名作群に不可欠な一冊としている。

最後に一言。これらの短篇が作家の若き日の記録として、あるいは過ぎ去った時代のポストカードとしてしか受け取られないような印象を与えるのはわたしの本意ではない。どうかこの短篇集に今日なお息づく実感を、そして恥ずかしいくらいに満ちみちた、混じりけなしの読書の喜びを知っていただきたい。文体は簡潔で展開はいつも無駄がなく、そして明快なモラル、ねじくれた世界にまっすぐな秩序がもたらされるのを見たときにおぼえる満足感は、どれだけ強調してもし足りない。

（鳴庭真人訳）

イントロダクション

ジェローム・クリンコウィッツ&ダン・ウェイクフィールド

『カート・ヴォネガット全短篇』を構成する著者のありとあらゆる短篇は三つの作品群から採られている。一つ目はヴォネガットの生前に出版され、最初は雑誌に、のちに短篇集 *Canary in a Cat House*（一九六一）／『モンキー・ハウスへようこそ』（一九六八）／『パームサンデー』（一九八一）／『バゴンボの嗅ぎタバコ入れ』（一九九九）に収録された作品。二つ目は完成したが出版されず、著者の死後に著作権者の代理人ドナルド・ファーバーによって集められ、『追憶のハルマゲドン』（二〇〇八）／『はい、チーズ』（二〇〇九）／『人みな眠りて』（二〇一一）／*Sucker's Portfolio*（二〇一三）として刊行された作品。そして完成したが出版されないまま、インディアナ州ブルーミントンにあるインディアナ大学リリー図書館のカート・ヴォネガット原稿集（一九四一～二〇〇七）に埋もれていた作品である。これらの素材を編纂するにあたっては、作品の主題とアプローチに基づき、合理的なグループ分けを行う手法をとっている。そのため当時の雑誌で不採用とされた投稿作も、別の文脈であれば受け入れられたと考えており、ヴォネガットが時代の先を行っていたところを読者に提示したい。リリー図書館のアーカイブから発見された短篇には当時の文芸エージェントの目にも、のちの本書の編者たちの目にも完成した作品とみなされるものが含まれている。彼の原稿のなかには（各ジャンルとしては）出来の悪い書き出しも多数あるし、あるバージョンが採用されたあと破棄されたアイデアに基づく異稿もある。正典かどうかを判断する過程でもっとも重要なのは、著者がその作品を生前に発表することを望んでいたかどうか考えることだ——いったん最終バージョンが印刷されれば、著者が同じ話の別の稿を出版するつもりだったとは考えにくい。アーネスト・ヘミングウェイの『移動祝祭日』（一九六四／一九九二）のように別バージョンが出版されるのは、没後の編集プロジェクトで旧版と置き換えることにより著者の意図を回復することを目的とする場合だろう。ヴォネガットのアーカイブの深海を潜行しながら、著作権者と本書の編者たちは注意深く完成作とそれに対するスケッチや異稿、破棄されたプロジェクトをより分けた。

ここに収められたのはカート・ヴォネガットが一般読者に読んでほしいと願った短篇である。彼の生前、出版までこぎ着けたのはその半分をやや下回る程度だった。ある雑誌が特に自信のあった作品を不採用にしたとき、文芸エージェントがヴォネガットに「いつかきみが有名になったときに出版される短篇集のためにとっておきなさい。すこし時間はかかるかもしれないが」と助言したのは皮肉からではなかった。このリッタワー＆ウィルキンスンのケネス・リッタワーからの手紙は一九五八年三月二十四日に送られたが、どちらの予想も正しかった。

これらの短篇が書かれることになった経緯は、当時の出版史とそのなかでヴォネガットが果たした個人的な役回りの両方から説明できる。本書の編者たちは自分たち自身の経験からこの二点を論じた。ジェローム・クリンコウィッツはこの時代の学者として、ダン・ウェイクフィールドは当時活躍した作家として。二人はともにカート・ヴォネガットの友人であり、それぞれの業界で彼と付き合うことから恩恵を受けた。しかしそれ以前から、二人は読者だった。クリンコウィッツは思春期だった一九五〇年代、両親の《サタデイ・イヴニング・ポスト》からヴォネガットの短篇を拾い読みしたことをおぼえている。ちょうど一九三〇年代に育ったヴォネガット自身がそうしていたように。ダン・ウェイクフィールドは床屋で読んだ短篇を幸せそうに回顧する。同年代のその他大勢と同じように、クリンコウィッツは一九六〇年代半ばの大学生のときにヴォネガットの長篇小説のファンになった――ウェイクフィールドはすでにニューヨークでノンフィクション作家としての地位を確立し、有名になる直前のヴォネガットと交流を持つ一方、自分でもベストセラー小説を書きはじめていた。一九七一年に二人はその他の寄稿者と共同で *The Vonnegut Statement* と題した批評集の執筆に取りかかった。同書は一九七三年初頭に刊行され、それ以降に書かれた多くの解説の基調となったまま、今日に至っている。

今回の本で編者たちは「戦争」や「女」から「未来派」まで幅広いテーマ別セクションにそれぞれコラムを寄せるだけでなく、ヴォネガットの短篇を概観する短いエッセイを書いた。アメリカ人の大半は一九六九年の『スローターハウス5』の成功まで彼の作品に触れることはなかったが（六〇年代前半に大学生の読者がこちらはこちらで無視されていた初期の長篇のペーパーバックを持っていたという例外は除く）、ヴォネガットはすでに一般向け雑誌の短篇作家としてのキャリアを十年積んでいた。エッセイ「一九五〇年代アメリカの短篇小説と個人事業主カート・ヴォネガット」で、クリンコウィッツはこうした短篇の執筆がヴォネガットのキャリアの出発点となった経緯を解説し、これを中産階級のアメリカ人の生活習慣や道徳観のなかにしっかりと位置づける。「ヴォネガットはいかに短篇小説の書き方を学んだか」では、ウェイクフィールドが今日の作家の多くが大学のクリエイティブ・ライティングの授業で技術を磨くのとは異なり、ヴォネガットが面倒見のよい雑誌の編集者や文芸エージェントから助言を受けていた様子を浮き彫りにする。一九五〇年代当時は今なら美術学修士号の教官がやる仕事を編集者やエージェントがやっていたのだ。編者たちがそれぞれ説明する文芸マーケットと執筆作法はお互いに補完し合っている――ドワイト・D・アイゼンハワー政権下のアメリカで家族を養うというヴォネガットの経験は、彼がエージェントに売り方を教え込まれた家族向け雑誌の世界にぴったり対応している（その一方で、彼は選挙では毎回アドレー・スティーヴンスンに投票し、ケープコッドの裕福な地域の近くではジョン・F・ケネディの台頭を目撃した）。この件はさまざまな視点から語ることができる。ヴォネガットの最初の妻、ジェイン・ヴォネガット・ヤーモリンスキー（旧姓コックス）が回想録 *Angels Without Wings*（一九八七）で書いているし、夫妻の息子マークも自身の著書『エデン特急――ヒッピーと狂気の記録』（一九七五）と *Just Like Someone Without Mental Illness Only More So*（二〇一〇）でさらに踏み込んだ内容を付け加えている。ナネット・ヴォネガットは父親のキャリア初期と晩年の執筆中の習慣について、死後に出版された *We Are What We Pretend to Be*（二〇一二）の序文で語っている。本書の収録作を著者の書き方ごとに整理することで、編者たちはヴォネガットの初期のキャリアがどのように確立され、しばらくのあいだ隆盛し、やがて出版産業、ひいてはそれを取り巻く世界の変化につれて退潮していったかを描き出そうとした。

ヴォネガットの人生における各要素はこの初期のキャリアに生かされている。というより、キャリア自体が彼の人生に根ざしている。インディアナポリス出身の中西部人としてコーネル大学に入学し、第二次世界大戦に従軍し、戦後シカゴ大学で学び、ジャーナリスト、そして広報担当者として働いたのち作家の世界へと飛び込んだ。この要素のそれぞれが彼の書いた一つあるいは複数の短篇に関係している。科学は学部生時代に勉強した生化学から、人間の行動は人類学の研究から、戦争はバルジの戦いへの参戦とドイツで捕虜となった経験から、そしてアメリカ中産階級の生活の諸相はその生活を観察することから。故郷のインディアナでも、ニューヨーク州北東部でも、つかのま同僚たちと働いたゼネラル・エレクトリックという迷宮のような企業でも彼は観察し、とりわけニューイングランドの小さな町の隣人たちを参考にした。ケープコッドの付け根にあたるマサチューセッツ州ウェストバーンスタブル村に住んでいるときも、ヴォネガットはよく小説の舞台をニューハンプシャー州ノースクロフォードという神秘的な村、合衆国のどこにでもある典型的な町に置き換えた――彼のお気に入りの戯曲の一つはソーントン・ワイルダーの『わが町』だった。三人の子供を抱えた家族生活は姉夫婦が亡くなってその子供を引き取ったことで急激に拡大した。短篇が採用されない時期はつなぎの仕事として、ボストンの会社のために宣伝コピーを書いたり、輸入車ディーラーの経営に悪戦苦闘したり、落第生の子供たちに学校で教えたりした。その一方、長篇小説はほとんど注目を集めず売れ行きもいまいちで、例外的に安価なペーパーバック版が大学生の読者に愛好されていたが、まだカウンターカルチャーとして認知されるには至っていなかった。最終的にはやむなく家族のもとを二年間離れ、アイオワ大学の創作講座で教えることになった。そこでヴォネガットは長年あたためてきた長篇『スローターハウス5』のための構成を思いついた。この本は一九六九年に発売され、あとのことは誰しも知るとおりである。しかし短篇作家時代のことも知られるべきだ。

この世界的に有名な小説家が、かつて週刊誌や月刊誌の分野で活躍していたころのキャリアを再検討することから学ぶものは多い。さいわいにも研究資料は入手可能だし、助力にも事欠かない。リリー図書館では、チェリー・ウィリアムズとサラ・ミッチェルから並々ならぬ援助を受けた。ルイヴィル大学では、ヴォネガットに関する論文で博士号を取得したジョッシュ・シンプソンがリリー図書館の資料に関する情報を提供してくれた。すでに鬼籍に入った人々では、文芸エージェントのケネス・リッタワーとマックス・ウィルキンスン、それに編集者のノックス・バーガーが一九五〇年代から六〇年代初頭まで、名声を受けるはるか以前から若きクライアントを支え続けたことで賞賛に値する。そしてなにより、ヴォネガットの全読者は彼の亡き妻ジェインに多大な恩義がある。あの苦しかった時代に夫の発表した短篇と完成したが不採用だった作品をこまごまと書類ケースに保管していたのは彼女だった。夫の作品が大きな注目を集めはじめると、ジェインは書誌情報に関する問い合わせに根気よく答え、一九七一年にジェローム・クリンコウィッツに送った詳細なリストはその後の多くの研究の基礎となった。今日リリー図書館の研究者たちは彼女のまとめた仕事の跡をいたるところで目にし、守護聖人として称えている。カート・ヴォネガットがいまでも生きていたなら、リッタワーとウィルキンスンとバーガーには帽子を持ち上げて会釈し、本書はジェインに捧げたことだろう。

書誌に関する注釈

Canary in a Cat House（一九六一）に収められた十二篇のヴォネガットの短篇のうち、十一篇は一九六八年の『モンキー・ハウスへようこそ』に再録された。

「バーンハウス効果に関する報告書」
「王様の馬がみんな……」
「孤児」
「人間ミサイル」
「ユーフィオ論議」

「夢の家」
「フォスター家の財産目録」
「構内の鹿」
「ほら話、トム・エジソン」
「未製服」
「明日も明日もその明日も」

十二番目の短篇「魔法のランプ」は改訂版が一九九九年の『バゴンボの嗅ぎタバコ入れ』に再録された。

『モンキー・ハウスへようこそ』と『バゴンボの嗅ぎタバコ入れ』は収録作の雑誌掲載については言及されているが、*Canary in a Cat House*（たまたまヴォネガットの第二長篇『タイタンの妖女』［一九五九］、第三長篇『母なる夜』［一九六一］と同じくペーパーバックオリジナルだった）への収録については言及されていない。

（鳴庭真人訳）

引用文は各翻訳書の訳文を使用しました。（訳者）

セクション1

War

戦争

長篇作家カート・ヴォネガットと短篇作家カート・ヴォネガットを橋渡しするものは間違いなく戦争だ。十四作の長篇のなかで、いまだもっとも有名で作者の特色が出ている作品といえば『スローターハウス5』だが、その核心と目されるドレスデン爆撃は描写というよりは暗示にとどまっている。大虐殺について理性的に語るものは何もないとこの本はわれわれに教えてくれるが、それでも言葉にすべきことは多々ある。同様にヴォネガットの戦争を題材にした短篇の多くは実際の戦闘を描くことを避けている。彼が兵士たちを試練に送り出すのは「王様の馬がみんな……」の文字どおり命をかけたゲームや、「審判の日《グレート・デイ》」の一見幻覚めいた戦闘といった非現実的な状況下、もしくは観念としての戦争を扱うときだ。

「わたしは戦争に深く惹かれている、しかもひどい話だが、少し楽しんでいるんだ」普段は平和主義を声高に主張するヴォネガットが、リリー図書館所蔵の一九八八年十一月に行われた電話インタビューの書き起こしでは、インタビュアーのヘンリー・ジェイムズ・カーガスとジョン・キーガンにこう告白している。「戦闘がどう起きたのか、どう起きるはずだったのかといったことに興味を惹かれる」この誘惑は自身の第二次大戦への従軍よりもっと根源的なものへつながっているのではないかと彼は語る。「醜い趣味だと自分でも思う。それにチェスにどこか関係してるんじゃないか。わたしは生涯ずっとチェスを打ってきたし、もちろんそこにはいい手と悪い手がある」人がチェスをプレイしても感動的な小説のようなことが起こることはまずないが、それが戦争の道具になるとたんに陳腐で退屈なものに成り下がる。

「戦争について語るときに何を語ればよいか?」二十四歳で小説家としてのキャリアを踏み出したとき、カート・ヴォネガットはこの問いに答えるには銃や弾丸や爆弾や爆発ではだめだと確信していた。そういうものを書いている作家はほかに大勢いるし、そんな作品は戦争をもっと助長するだけだろうと恐れていた。戦いはいつも若者を陶酔させるからだ。ヴォネガット自身の戦闘経験は短く、一九四四年末のバルジの戦いで彼の歩兵斥候分隊は前線のあいだで道に迷い捕虜となった。彼にとって戦争はそこで終わった。それからの五カ月をドレスデンで戦争捕虜として生き延び、そしてドイツの降伏後の数日間を難民として食べ物を探してまわった。アーネスト・ヘミングウェイを読んだ野心ある作家なら誰でも知るように(そしてそういう人間はもれなくヘミングウェイを読んでいる)、作家は自分が「知っていることについて書く」べきである。ヴォネガットもそうした。問題は誰もそれを読みたがらないことだった。

一九四六年六月に自分の体験に関する記事を《アメリカン・マーキュリー》に送って不採用にされたあと、ヴォネガットは一年ちょっとかけてその体験談を短篇小説に仕立てようとした。この短篇のリアリティが事実に基づいていれば、《マーキュリー》の編集長チャールズ・アンゴフはもっと高く評価してくれるだろうとにらんだヴォネガットは、「ここで描写した出来事はドレスデンで実際に起きたことです」と明かした。物語として整えられ、キャラクター化、比喩表現、対話による展開、そしてよく練られたプロットの解決といった適切な文学装置の助けを借りていても、「明るくいこう」はまぎれもない真実だと彼は強調した。おそらくそれがいけなかったのだろう、アンゴフはほかのノンフィクションの投稿作と同様に採用を見送った。「明るくいこう」は第二次世界大戦を扱ったほかの短篇数篇と、ドレスデン爆撃に関する初期のエッセイ「悲しみの叫びはすべての街路に」とともに、二〇〇八年まで発表されなかった。彼の死から一年後のその年、息子のマークの協力のもと遺作短篇集『追憶のハルマゲドン』が編まれた。このころには著者の戦争観、なによりそれを表現する唯一無二の手法の影響もあって、アメリカの第二次世界大戦とそれに続く多くの戦争に対する見方は見直されていた。だが一九四六年から一九四七年のこの国には、まだヴォネガットが語ろうとすることに対する心構えがなかった。彼のほうでもそれを語る自分なりの手法をまだ発明していなかったが、その例外がマークがこの本に追加した一九四五年五月二十九日に家族に宛てた手紙だ。そこでの若きヴォネガットは率直に、自分が思い浮かべられる実在の人たちへ「インディアナポリス出身の人間」だとはっきりわかるリズムや親しみやすい言葉づかいをちりばめた泥臭い文体で語りかけている。それは後年彼が自分の最良の作品の特徴とみなしていたものであり、最終的に彼を成功に導く原動力となる。

この時期、ヴォネガットには扶養する家族がいた。「明るくいこう」が書かれたころマークはまだまだ赤ん坊で、続けて五人の子供が増えた。妻のジェインが生んだ二人の娘と、そして両親が数日のうちに立て続けに亡くなったあと養子に迎えた三人のおい。一九五〇年にようやく売れたヴォネガットの最初の数篇はほかの題材だった。彼の最初の「戦争小説」では、戦闘は戦場ではなくチェス盤の上で行われ、アメリカ人（その中には女子供もいる）はドイツ人に敵対するのではなくアジアのならず者の将軍の捕虜になるという、一九五〇年六月にはじまった朝鮮戦争を思わせるものだった。「王様の馬がみんな……」は《コリアーズ》の一九五一年二月十日号に掲載されたが、この日付は第二次世界大戦の退役軍人の彼が、少なくとも戦争に関してははじめて時代に先んじたことを示している。前回の戦争で真珠湾への日本の攻撃後すみやかに戦時体制に移行したのとは異なり、朝鮮半島で勃発した戦争は混迷していた。そこには北と南、二つの朝鮮があった。一方はソヴィエト連邦と中国に支援され、もう一方はアメリカ、というより国連に支援され、国連は大韓民国の防衛を当初戦争ではなく「治安維持」として行った。特に厄介だったのが十年前の戦争のドイツや日本と違い、ソヴィエトはアメリカ本土を爆撃可能な長距離航空機を保有していたことだ。それに通常爆弾だけでなく、核兵器ももちろん爆撃機は撃墜できるが、別の長距離輸送システムが実現していた――大陸間弾道ミサイルである。アメリカとソ連は表向き戦争状態になかったが、冷戦と呼ばれるもっと不気味なものが進行していた。イギリス出身でアメリカに移住した詩人W・H・オーデンは当時を「不安の時代」と呼んだ。戦争開始から数カ月というこの時期に、カート・ヴォネガットは戦争自体が持つ冷徹さを題材として完璧に磨きぬいた物語「王様の馬がみんな……」で、この時代の不安を表現したのである。

一九五〇年代を通じて、ヴォネガットは冷戦の物語のほうが実際《ホット》の戦争を描く作品よりも売れることに気づく。一九五〇年九月五日号の《コリアーズ》に掲載された「死圏」はチェス盤の上で行われる実際の戦争の先を行き、舞台を平時に設定する――しかしその平和はソヴィエトの発展を監視するために送り込まれたアメリカ空軍士官によって宇宙空間から監視されている。この士官が耳にするものはヴォネガットのような作家しか思いつかないだろう。一九五八年七月号の《コスモポリタン》掲載の「人間ミサイル」は、二人の死んだ若い宇宙飛行士――一人はロシア人、もう一人はアメリカ人――の父親が交わす手紙という構成をとっている。この作品では感傷と思いやりがテクノロジーの冷たさと戦争の熱の両方を上回る。そういうやり方でしか不安は取り除けないのかもしれない。

今日のヴォネガットのファンは、自分たちのお気に入りの作家が「自分の」戦争を間接的に扱うことで最大限の効果を引き出したことを知っている。連合軍による一九四五年二月十三日のドレスデン爆撃は彼の戦争のハイライトだが、『スローターハウス5』では空襲そのものは一切描かれずその直後が描かれる。『母なる夜』はほぼ第二次大戦中を舞台にした長篇だが、その時期のドイツ国内の状況についてはこちらのほうがずっと詳しい。一九六六年にこの長篇に追加された新しいまえがきでは、彼があの爆撃を語るために生み出した、確信に満ちたふるさとの声の痕跡がはじめて見て取れる。不採用を喰らった「悲しみの叫びはすべての街路に」の退屈でとりとめのない調子と異なり、このまえがきは彼自身の言葉を使い、防空壕での夜を「地上で爆弾がうろつき回る音」が聞こえたと語る。インディアナポリス出身の人間が、ドレスデンにはいなくても足音がうるさくて迷惑な上階の住人なら連想できるだろう、と別の人間に語りかけるように。

経験に匹敵する言葉を持たずにその経験を語ろうとするのはなにより難しい。だから戦争について語ろうとすれば、その後のことを語ることになる。ヴォネガットの第二次世界大戦ものの短篇はどれも、雑誌に売れたものも没後まで出版されなかったものも、捕虜になってからの数カ月、ドイツ降伏後の数日、あるいは敗北した第三帝国をアメリカが占領していた時期のいずれかを舞台としている。「孤児」（《レディース・ホーム・ジャーナル》一九五三年八月号初出）と「司令官のデスク」（売れなかった）はアメリカ陸軍の占領兵と敗北という恥辱に耐え困窮するドイツ市民を対置させている。「孤児」は雑誌のマーケットですぐに買い手が見つかり、テレビ番組「ゼネラル・エレクトリック・シアター」のドラマ原作となった。この番組はロナルド・レーガンが司会を担当し、ドラマ内でサミー・デイヴィス・ジュニアをはじめて俳優として使っている。「司令官のデスク」はもっと不運だった。ゼネラル・エレクトリックの広報担当の仕事をやめられる、ケープコッドというもっと幸せな土地へ引っ越して、そこで専業作家になれると浮かれながら、ヴォネガットはこの短篇を《コリアーズ》のノックス・バーガーに送り（一九五一年四月十四日）、同封の手紙で自画自賛しつつ「ボーナスをたっぷり」要求した。五月十八日にバーガーがよこした返信は千語を越える忠告と批評だった。この「視点人物」は物語をつなぎとめるほど安定していないし、敵役のアメリカ人少佐もそうだ。一人称の物語は「たいてい語り手の特異な人格に強く起因する」独特の雰囲気が必要だとバーガーはアドバイスし、シャーウッド・アンダーソンやスティーヴン・ヴィンセント・ベネーの短篇にいくつか目を通すよう薦めた。「老人に自分の話をさせ」れば「もっとよくなると、それに対する司令官の反応で「もっと簡単かつ十分に人となりや反応をつかむ機会を読者に与え」ればもっとよくなると、ヴォネガットに理解させようとした。その後、十回以上提案は続いた。五月二十二日にバーガーはふたたびヴォネガットに宛てて、六月十五日の締切が迫っているので「「司令官のデスク」の優先度をもっと上げる」ように懇願した。結局、努力はすべて潰《つい》え、同作の発表はヴォネガットが亡くなってから一年後までおあずけとなった。

別の戦争小説を取り上げよう。この作品は一〇六七年、ヘイスティングズの戦いの後が舞台で、征服されたばかりのブリテン人が新しいフランスの支配者とどう付き合うかを議論する。「一角獣の罠」はバーガーの興味を少しも引かなかった。一九五四年十一月二十四日、バーガーは率直にいった。「その作品はしまってくれ、カート。才能も感じないわけじゃないが、もっと狂気じみたたぐいのやつだ」少なくとも当時の雑誌は「あまりに想像力に欠けていて」、こうした愚行を扱った物語はどれだけ根底では機知に富んでいても載せられなかった。そうしてこの作品もまた、出版まで一生涯以上の時間を待つことになる。

「一角獣の罠」とその他八篇の若き日の作者による戦争小説は、半世紀を経て『追憶のハルマゲドン』に収録された。一九四〇年代後半から一九五〇年代のヴォネガットの師匠たちが願ったように、読解の助けとなるようまとめて集められたこれらの作品をいまこそ読んでみてほしい。どの作品でも強調されるのは戦争捕虜の生活の場面、若い兵士たちが平時の生活なら真っ先に抱く願望よりも強い食物への渇望、そして兵士たちのあいだの交流だ（いい人間もいればそうでない者もいる）。『追憶のハルマゲドン』に含まれなかった唯一の初期作品「暴虐の物語」は、本書が初出となる。ヴォネガットの第二次世界大戦ものの大部分と同じく、この短篇も事実に基づいている。彼と仲間の捕虜たちがドレスデン爆撃のあとに従事させられた死体の掘り出し作業で、ある捕虜仲間が略奪をはたらいたところを見つかり処刑される。ここでの盗品は、当然のごとく食料だ。『スローターハウス5』ではティーポットだったし、映画版ではドレスデン陶器の人形に変更され、戦前に不器用な子供がうっかり壊してしまったものと同じにすることで最大限の効果をあげていた。ヴォネガットは映画の脚本には一切関わらなかったが、脚本家スティーヴン・ゲラーの仕事を賞賛し、唯一、映画には小説と違って登場人物が一人足りないことを残念がっていた――「わたしだよ」。ところが撮影中現場に顔を出す日があると、ヴォネガットはどうにかして自分が出演できないかとほのめかしてまわった。普通であれば作り話のようなやり方である。ちょうどビリー・ピルグリムが空軍の歴史家バートラム・コープランド・ラムファード――ドレスデンにもそこで苦しむ人々にも何の共感も覚えないタカ派の教授と同じ病室にいる場面だった。映画制作では時折あるように、最初のテークはうまくいっていなかった。説明は明快で、ビリー（意識を失ったり取り戻したりしている）とラムファード（スキー事故のケガから回復中でイライラしている）のあいだの化学反応も機能している、そこでジョージ・ロイ・ヒル監督は次の場面へのつなぎは問題ないと感じた――ただ、だれもこの場面からうまく「抜け出す」方法がわからなかった。そこをやってみせたのがヴォネガットで、彼の提案に従いラムファードがあの空襲は歴史と無関係だとどなりちらしたあと、ビリーに突然「ぼくはあそこにいた」と口にさせ、尊大な教授には鼻を鳴らして「それなら自分の本を書くことだ！」といわせたのだった。

　カート・ヴォネガットが居合わせなかった場所もまた、『追憶のハルマゲドン』の収録作の一つでは出てくる。「審判の日《グレート・デイ》」は未来が舞台だ。小説家にとってそこに行くことはなんら問題ではないし、ほかのテーマの初期作品であればヴォネガットは未来という設定を使い、期待されたユートピアと人間の努力がよく陥りやすいディストピアとを対比させただろう。しかし未来という考え方は彼が書こうとしたタイプの戦争の物語とうまくかみあわない。実際、戦争が発展していく先を考えれば、未来は存在しないかもしれない。かわりに、ヴォネガットは科学と悲劇をない交ぜにした物語「ティミッドとティンブクツーのあいだ」のためにいじくり回した装置を使った。後年の長篇『タイタンの妖女』である登場人物が口にするように、辞書でこの二語のあいだにある語句はすべて「時間《タイム》」に関係している。一生を通じて、この作家は時間に憑かれていた——はかなさというおなじみのテーマだけでなく、相対性やおそらく流刑といったテーマも含めてである。「時間旅行」などというものはありうるのか？「審判の日《グレート・デイ》」でヴォネガットは『スローターハウス5』の成功に寄与したその装置をはじめて実験に用いている。

時間旅行がヴォネガットにとって通常の軍隊の戦闘を描くことのできる唯一の方法だったというのも偶然ではない。チェス盤ではなく、戦争捕虜キャンプでもなく、戦後の混沌でもない、本物の兵士による本物の戦場（そして実際の負傷者）。「審判の日《グレート・デイ》」に初めて触れる読者は舞台がどこか、語り手がそこへどうやってたどり着くのか、そして「審判の日《グレート・デイ》」というタイトルが何を意味するのかを知って驚くだろう。想像とは違うものだろうが、それでもこの物語は読者に思考をうながす。それこそこの短篇、そしてそれ以外の戦争小説の作者がみな望んでいることだから。もっとも、それと同時に家族を養うためでもあるが。

——ジェローム・クリンコウィッツ

（鳴庭真人訳）

王様の馬がみんな……

All the King's Horses

伊藤典夫 訳

ブライアン・ケリー大佐は狭い通路にさしこむ光を巨体でさえぎって、閉ざされたドアに少しのあいだよりかかり、不安とやりばのない怒りを静めようとした。小柄な東洋人の番兵は束になった鍵をまさぐり、そのドアに合うひとつをさがしている。ケリーは、部屋のなかから聞こえる声に耳をすませた。

「軍曹、連中だって、まさかアメリカ人に手出しはしませんよね？」その声は若々しく、頼りなげだった。「そのう、つまり、何かあったりすれば、お返しに――」

「静かにしろ。ケリーの子供たちがおきるじゃないか。おまえが、そんなふうにびくついてるのを聞かれてもいいのか？」その声はぶっきらぼうで、疲れていた。

「すぐ自由にしてくれますよ、ねえ、軍曹？」若い声はしつっこくきいた。

「あたりまえさ。ここらの連中は、アメリカ人びいきだからな。ケリーを呼んだのも、たぶんその話だろう。いまビールとハム・サンドイッチで箱詰めのランチを作ってる最中なのさ。ただ芥子《からし》のはいってるのと、はいってないのをどれくらいの割合にしたらいいのかわからなくて、それで時間をくってるんだ。おまえはどっちにする？」

「自分はただ――」

「黙っとれ」

「はい。ですが――」

「うるさい」

「自分はただ、何がおこってるのか気がかりで」若い伍長は咳をした。

「少し静かにして、その吸いさしをこっちにまわせや」第三の声がしびれをきらしたようにいった。

「それなら、まだ十服はすえる。すぱすぱ全部すっちまうなよ」同調する声がいくつかあがった。

ケリーは神経質に両手を開いては握りしめ、ドアのむこうにいる十五人に、ピー・インとの会見と、彼らがこれから耐えなければならない気ちがいじみた試練のことをどう切りだそうかと思案した。彼らに課せられる死との戦いは、ケリーの妻と子供たちを別にすれば全員が戦場ですでに経験しているものと、理念としては何ら変わるところはない、ピー・インはそういった。しかしケリーは内心、戦場にいたときとは比べものにならないほど動揺していた。

ケリーとドアのむこう側の十五人が、アジア本土に不時着したのは二日前。突然の嵐にぶつかってコースから外れたうえ、通信装置が故障してしまったのである。ケリー大佐は大使館付き陸軍武官として、家族とともに任地のインドへむかう途中だった。その陸軍輸送機には、下士官兵の一団も同乗していた。彼らはみな、中東で必要とされている技術専門家だった。機は、共産ゲリラの隊長、ピー・インが掌握する地帯に降下し、事態はいっそう深刻なものとなった。

全員が不時着の衝撃に耐えた――ケリーと妻のマーガレット、十歳になる双子の息子、パイロットと副パイロット、そして十人の下士官兵。機のそとにはいあがると、ピー・イン配下のぼろをまとったライフル銃兵が十人あまり待ちかまえていた。意思疎通のすべもなく、水田地帯やジャングル同然の森のなかを一日がかりで歩かせられたのち、陽の沈むころ荒れはてた王宮に到着した。彼らは行く末の見通しもたたないまま、地下の一室に監禁された。

そしていま、ケリーはピー・インとの会見を終えて部屋に戻ってきたのである。ピー・インは十六人のアメリカ人捕虜をどう扱うつもりか、彼に語って聞かせた。十六人――執拗に心の中でくりかえされるその数字から逃れようと、ケリーは頭をふった。

番兵はピストルでケリーをわきにのかせ、錠前に鍵をさしこんだ。ドアがひらいた。ケリーはひっそりと戸口に立った。

一本のタバコが手から手へ渡っていた。一瞬の輝きが、待ちうける顔をひとつひとつ照らしていく。それは、ミネアポリス出身の口数の多い若い伍長の血色のいい顔に光を投げ、ソルト・レーク出身のパイロットの眼窩と太い眉にぎざぎざの影をおとし、軍曹の薄い唇のあたりで赤く輝いた。

ケリーは男たちから、夕闇のなか、ドアのわきに小山のように見えるかたちに目を移した。そこには、妻のマーガレットがすわっていた。彼女の膝にブロンドの頭をのせて眠っている息子たち。彼女はほの白い顔を夫にむけて、ほほえみかけた。「あなた――なんともなかった?」マーガレットはそっときいた。

「ああ、あるわけないさ」

「軍曹」と伍長がいった、「ピー・インがなんといったかきいてくださいよ」

「黙っとれ」軍曹は間をおいた。「どうでした、大佐――いい知らせですか、わるい知らせですか?」

ケリーは妻の肩をさすり、その場にふさわしい言葉――自分にすらあるかどうかわからぬ勇気を相手に吹きこむ言葉――を捜した。「わるい知らせだ」やがて彼はいった。「くそおもしろくもない知らせだよ」

「いいから話してください」輸送機パイロットが声高にいった。自分のわめき声を聞くことで自信を取り戻そうとしているのだろう、とケリーは思った。「最悪の事態というのは、われわれが死ぬことです。そうなんですか？」彼は立ちあがり、両手をポケットにねじこんだ。

「奴がそんなことできるわけない！」若い伍長が威嚇するような声でいった――パチンと指をはじくだけで、アメリカ陸軍の怒りをピー・インの頭上に降らせられるかのようだった。

ケリーは興味と憂鬱のないまぜになった気持で若者を見つめた。「ありのままいおう。階上《うえ》にいる小男は、切り札を全部握っているんだ」このいいかたはまずい、別のゲームだ、そんな場違いな思いが頭にひらめいた。「彼はアウトローだ。合衆国を怒らせたからといって、失うものは何もない」

「殺すといったのなら、早くそういってください！」パイロットがどなった。「とにかくこっちは袋の鼠なんだ！　奴は何をする気なんですか！」

「ピー・インはわれわれを捕虜と考えている」ケリーは努めて平静にいった。「全員を射殺したいらしい」肩をすくめる。「わたしは別にもったいぶってるんじゃない。適当な言葉をさがしてたんだ――ありもしないのにな。ピー・インは、われわれを射殺するだけではものたりないんだ。取引では自分のほうがはるかに上手《うわて》だということを立証したいんだよ」

「どうやって？」とマーガレットがきいた。彼女の目は大きく見開かれていた。子供たちが目をさました。

「もうすぐ、きみたちの生命を賭けて、ピー・インとわたしはチェスを始める」ケリーは妻の力ない手を握りしめた。「もちろん、わたしの家族の生命も含めてだ。それがわれわれに与えられた唯一のチャンスなんだ」彼は肩をすくめ、にがい微笑をうかべた。「わたしのチェスは並みよりはうまい――だが並みよりほんのすこしうまいぐらいのものだ」

「奴は狂人ですか?」と軍曹。

「そのうちわかるさ」ケリーはそっけなくいった。「ゲームが始まれば彼を見られる――ピー・インと、その友人のバルゾフ少佐をね」彼は眉を上げた。「少佐のいうことには、ソ連軍軍事顧問としての彼の権限では、残念ながら何もできない、しかし蔭ながら味方しているそうだ。わたしは両方とも大嘘だと思う。ピー・インはあいつの前では怯えきっている」

「そのゲームをわれわれも見るんですか?」伍長がはりつめたささやき声でいった。

「この十六人みんなが、わたしのやるチェスの駒になるんだよ」

ドアがひらいた……

「そこから盤面が見渡せるかね。白のキング?」空色の丸天井を背に、バルコニーからピー・インが機嫌よく声をかけた。彼は微笑しながら十六人のアメリカ人を見おろしていた。「白のキングはきみでなきゃいかん。でないと、ゲームの終わりまでいてもらえなくなるかもしれないからな」ゲリラ隊長の顔は紅潮していた。その微笑は、はやる心をおさえるためのものだった。「諸君、ようこそ!」

ピー・インの右側には、影のなかに身を隠すようにして、寡黙なロシア人軍事顧問バルゾフ少佐が立っている。彼はケリーの視線に気づいてゆっくりとうなずいた。ケリーは見つめ続けた。まっすぐな髪をした、尊大な少佐はしだいに落ち着かなくなり、腕を組んでは解き、黒いブーツをはいた足を踏みしめるようにして体を前後にゆすっていた。「力になれるといいのだが」やがて彼はいった。それは思いやりではなく、軽蔑をこめた冗談だった。「ここではオブザーバーでしかないのでね」バルゾフは気重にいい、「幸運を祈る、大佐」とつけ加えると背を向けた。

ピー・インの左には、華奢《きゃしゃ》な若い東洋人の女がすわっている。彼女は無表情にアメリカ人たちの頭上にある壁を見つめていた。ピー・インがケリーにゲームの話をもちだしたとき、そこには彼女とバルゾフも同席していた。ケリーは、妻と子供たちを除外するようピー・インに懇願したが、そのとき彼女の目にかすかな憐みの光を見たように思った。しかし、身じろぎもせず装飾物さながらイスにかけている女をこうして見直したいま、それが勘違いだったことを知った。

「この広間は、かつての支配者の気まぐれでつくられたものだ。支配者一族は、何代にもわたって人民を奴隷のようにしいたげていた」ピー・インはきどった口調でいった。「これは謁見の間としても立派なものだ。だが床に、四角い石板がはめこまれているだろう。六十四枚ある――わかるかね、チェス盤なんだよ。昔ここに住んだ連中は、きみらの前にあるその見事な等身大の駒を作らせ、友人たちとバルコニーの上でむかいあって召使いに駒を運ばせたのだ」彼は手持ちぶさたに指輪をひねった。「たいした想像力だが、この新趣向までは連中も思いつかなかったらしい。きょうは、もちろん黒のほうしか使わない。わたしの持ち駒だ」ピー・インは落ち着かなげなバルゾフ少佐をふりかえった。「アメリカ人はちゃんと持ち駒を用意してきてくれた。すばらしいアイデアじゃないか」バルゾフが誘いにのってこないとわかると、彼の微笑は薄れた。ピー・インがロシア人の機嫌をとるのに汲々《きゅうきゅう》としているのに対し、バルゾフはピー・インなど眼中にないようすだった。

十二人のアメリカ兵は、きびしい監視の目のなかで壁を背に立っている。彼らは本能的に肩を寄せあい、恩人きどりのホストをうらめしげににらんでいた。「落ち着け」とケリーはいった、「そんなことじゃ、せっかくのチャンスをのがしてしまうぞ」彼は双子の息子にちらりと目をやった。ジェリーとポールは怯えたふうもなく、呆然と立ちつくす母親のそばで眠そうに目をしばたたかせ、もの珍しげに広間を見まわしている。死の瀬戸ぎわにある家族を見ながら、ケリーは自分がほとんど無感情なのをいぶかった。暗い地下室にいたときの恐怖は過ぎ去っていた。そして彼は、不気味なほどの平静さ——戦時中の懐しい友——が自分のうちによみがえったのを知った。いまや彼は、機略と感覚だけの冷たい機械だった。それが指揮をとるものに与えられる麻酔剤なのだ。それが戦争のエッセンスなのだ。

「さて、友人諸君、よく聞いてもらいたい」ピー・インはもったいぶっていい、立ちあがった。「ゲームのルールは簡単だ。きみらは全員、ケリー大佐の命令通りに動いてもらう。不幸にして、わたしの駒に取られたものは、その場でただちに苦痛なく処理される」バルゾフ少佐は、ピー・インのいう一言一言を心中ひそかに非難しているかのように、天井を見上げている。

とつぜん伍長の口から、煮えたぎるような罵詈雑言《ばりぞうごん》がほとばしった——それは半ばののしりであり、半ば泣きごとだった。軍曹は若者の口を手でふさいだ。

ピー・インは手すりからのりだすと、もがく兵士を指さした。「盤面から逃げだしたり騒いだりするものには、とっておきの死にかたを用意してやる」彼は鋭くいった。「集中力がものをいうゲームだ。静かにやらなければいかん。もし大佐が見事に勝てば、わたしがチェックメイトされた時点で生き残っているもの全員を無事に本国に送還させる。負けた場合——」ピー・インは肩をすくめ、ふかぶかとしたクッションに体を埋めた。「それでは、きみらがフェアに戦ってくれることを願う」と辛辣にいった。「わたしの聞くところでは、それがアメリカ人の長所だというからな。ケリー大佐から話があると思うが、チェスは——実戦と同様——多少の犠牲なしでは勝てないものだ。そうじゃないかね、大佐？」

ケリー大佐は機械的にうなずいた。彼はピー・インが会見でいった言葉を思いだしていた——これから行なうゲームは、理念としては、彼が戦場で経験したものと何ら変わるところはないのだ。

「子供たちまで巻きぞえにするなんてあんまりです！」ふいにマーガレットが叫んだ。彼女は番兵の手をふりきると、ピー・インのいるバルコニーの真下に走り寄った。「子供たちだけは、神のご慈悲を——」

ピー・インが肚《はら》にすえかねたようにさえぎった。「アメリカ人が爆弾やジェット機や戦車をつくるのも神のご慈悲かね？」いらだたしげに手をふり、「連れてゆけ」というと両手で目をおおった。

「なんの話だったかな？ そうだ、犠牲のことだった。キング・ポーンを誰にきめたのかきこうとしていたんだ。まだ選んでいなければ、そこのこうるさい青年をおすすめするね——軍曹がおさえつけてる男だ。なかなかデリケートな位置だよ、キング・ポーンというのは」

伍長は新たな怒りにかられて蹴りあげ、もがきだした。軍曹は腕に力を加えた。「すぐ静かにさせます」彼は荒い息の下でいうと、ケリーをふりかえった。「どういうものか知らんが、キング・ポーンは自分がなります。どこですか、大佐？」若者が静かになったので、軍曹は手をゆるめた。

ケリーは広大なチェス盤の二列目、右から四番目のマス目を指さした。軍曹はマス目に歩み寄り、広い肩を丸めた。伍長は言葉にならぬつぶやきをもらすと、軍曹の左わきのマス目に立った——つぎに信頼できるポーンだ。残りはまだためらっている。

「大佐、どこへ行けばいいか言ってください」ひょろりと背の高い兵士がおずおずといった。「チェスなんかなんにも知らないんです。いわれた場所につきますから」喉ぼとけがひくひくしていた。

「奥さんとお子さんには安全な場所をとってあげてください。われわれはどうなってもかまいません。どこですか？」

「安全な場所なんかない」パイロットが皮肉っぽくいった。「どこだって、みな危険なんだ」彼は盤面にのった。「このマス目だと何になるんですかね？」

「きみはビショップだ、中尉、キング・ビショップだ」


気がつくと、彼は中尉をすでにその呼称で考えはじめていた——中尉はもはや人間ではない、盤面を対角線方向に動き、クイーンと組めば黒軍に手痛い打撃を与えることのできるチェスの駒だった。

「生まれてからまだ二回しか教会へ行ったことのないおれがね。おい、ピー・イン」パイロットは横柄に呼びかけた。「ビショップというのは、どれくらいの値打ちがあるんだ？」

ピー・インはこの質問が気に入ったようだった。「ナイトとポーンを足したぐらいだな。ナイトとポーンだ」

ありがとう、中尉、とケリーは心にいった。アメリカ兵のひとりが、にやりと笑った。それまで彼らは壁を背にかたまっていた。だが、いまではウォーミング・アップする野球チームのように話しあいを始めている。ほどなく彼らは、自分たちの行動になんの疑いも持っていないかのように、ケリーの指図に従って盤面にのり、所定の位置をしめた。

ピー・インがふたたび口をひらいた。「ナイトとクイーンを除いて、きみの駒は出揃ったようだな、大佐。もちろん、キングはきみだぞ。さあさあ、あがりたまえ。夕食までにゲームを終わらせよう」

ケリーは妻と二人の息子を長い腕でやさしくかばいながら、それぞれのマス目に立たせた。彼には、これを平然と行なう自分の冷たさが腹だたしくてならなかった。マーガレットの眼差しには、恐怖と非難がこめられていた。そうするほかないのだということが彼女にはわからないのだ――生存への最後の望みが、彼の冷静さにかかっているということが。ケリーは妻から目をそらせた。

ピー・インは手をたたき、静粛をうながした。「そう、ようし。さて始めよう」彼は考えにふけるように耳たぶをつまんだ。「東洋と西洋の精神をこんなふうに嚙みあわせるのは、われながら名案だったと思うのだが、きみはどうかね、大佐？　深遠なドラマと哲学を味得するわれわれが、それをもとにアメリカ人の賭博愛好心を探求するというわけだ」バルゾフ少佐がせっかちに彼に耳うちした。「ああ、そうだ」とピー・インがいった、「ルールがあと二つある。一回のさし手に許される時間は、十分。それから――これはいうまでもないが――一度動かした手は変更できない」彼はストップウォッチのボタンを押すと、手すりにおいた。「それでは、第一手の栄誉は白軍からだ。古くからのしきたりどおりにね」そして、にやりと笑った。

「軍曹」ケリーはこわばった口調でいった。「二つ前進せよ」彼は自分の両手を見た。両手は震えはじめていた。

「わたしのほうは、すこし定石をはずしていくとしようか」ピー・インはちょっと横を向き、「クイーン・ポーンを二つ前へ」と召使いに命じた。

ケリーは召使いが巨大な彫刻を押しだすのをながめた――あと一手で軍曹を奪いとれる位置。軍曹はおどけた表情でケリーのほうを向き、かすかに笑った。「だいじょうぶでしょうね、大佐？」

「だいじょうぶだ」とケリー。「きみを援護する……伍長」彼は若い下士官に命令した。「一つ前へ」それが彼にできるすべてだった。少なくとも、ピー・インがいま狙っている駒――軍曹――を取ったとしても何の得にもならない。おたがいにポーンをひとつ失うことになり、戦略的には無意味な取引だからだ。勝負はいまのところ完全に互角。

「これはきたないやり口かもしれん」ピー・インはものやわらかにいい、すこし間をおいた。「こちらに有利なわけでもない。きみのような好敵手をむかえたからには、あまり誘惑に目を向けず、完璧なチェスをするよう心懸けたほうがいいだろう」バルゾフ少佐が何事かささやいた。「しかし、こうするほうがゲームも白熱するんじゃないか？」

「いったい何をいってるんですか？」軍曹が不安げにきいた。

ケリーが考えをまとめるより早く、ピー・インの命令が下った。「キング・ポーンを取れ」

「大佐！　なんとかしてください！」叫ぶ軍曹を二人の番兵が両側からはがいじめにして、広間から連れだした。鉄鋲を打った扉がバタンとしまった。

「殺すなら、わたしをやれ！」軍曹を追って走りだそうとするケリーを、半ダースほどの銃剣がとりかこんだ。


召使いは無感情にピー・インの木造のポーンを押し、いましがたまで軍曹が立っていたマス目にのせた。重い扉のむこうで一発の銃声がとどろき、番兵が戻ってきた。ピー・インはもう微笑してはいなかった。「きみの番だ、大佐。さあさあ——四分もすぎてしまったぞ」

ケリーの平静さは打ち砕かれ、それとともにゲームの幻影も消えていった。彼の手中にある駒は、ふたたび人間にかえった。彼のなかには、貴重な逞《たくま》しい統率力はもうなかった。生きるか死ぬかの決断を下す人間としては、新参の補充兵以下だった。ピー・インの目的は、速やかに勝つことではない、残酷で無意味な攻略を続けながらアメリカ人の数をじりじり減らしていくことなのだ、そんな考えが動揺する頭にひらめいた。理性を取り戻そうと悪戦苦闘するうちに、さらに二分が過ぎ去った。「だめだ」彼はとうとうつぶやき、うなだれた。

「これからすぐ全員が射殺されてもいいというのかね？」ピー・インがきいた。「きみはどうも軍人として感傷的すぎる。アメリカ人将校というのは、みんなそんなふうにあっさり降服してしまうのか？」

「奴にあんなことをいわせといていいのですか、大佐？」とパイロット。「やりましょう。勇気をだして。さあ、行くんだ！」

「きみのほうはもう危険はない」ケリーは伍長にいった。「右のポーンを取れ」

「信用できるもんか！」若者ははきすてるようにいった。「いやです。動きません！」

「行けったら！」パイロットの鋭い声がとんだ。

「いやだ！」

軍曹を射殺した二人が伍長を両側からおさえ、ピー・インを見あげた。

ピー・インの口ぶりは煩わしげだった。「拷問されて死にたいか、それともケリー大佐のいうとおりにするか？」

伍長はふいに体をひねり、二人の番兵を床につき倒した。そして右斜め前に進むと、軍曹を取ったポーンを蹴り倒し、両足を開いて踏みとどまった。

バルゾフ少佐がげらげら笑いだした。「彼はそのうち立派なポーンになるぞ。時代に適応するのは東洋人のほうがうまいと思ったが、アメリカ人もどうしてなかなかやるじゃないか、え？」

ピー・インもバルゾフといっしょに笑うと、かたわらに無表情にすわっている若い女の膝をなでた。「さて、いままでのところは五分五分だ——どちらも損害はポーンひとつ。さて、本格的に攻撃を始めよう」彼は指をはじき、召使いの注意を自分に向けた。「キング・ポーンをキングの3へ。そう！　これで白軍の領域へクイーンとビショップが殴りこみをかける準備が整った」彼はストップウォッチのボタンを押した。「きみの番だよ、大佐」……

ブライアン・ケリー大佐が同情と励ましを求めて妻を見やったのは、長年のあいだに身についた反射運動によるものだった。だが彼はふたたび目をそらした――そこに見たのは、正視に耐えぬほどうちひしがれた姿であり、彼女にしてやれることはゲームに勝つ以外なにもないと知ったからだ。彼女の眼差しはうつろだった。ほとんど白痴的といってよかった。マーガレットは、音も光も感情もないショックの世界に逃避してしまったのだ。

ケリーは盤面に生き残っている人数をかぞえた。ゲームが始まってから一時間が過ぎていた。まだ生きているポーンは五つ、そのなかには、あの若い伍長もいる。ビショップが一つ、例の神経質なパイロット。ルークが二つ。ナイトが二つ――十歳のおびえた二人のナイト。空《くう》を見つめて立ちつくすクイーン、マーガレット。そしてキングである彼自身。欠けた四人は？　殺されたのだ――ピー・インの木彫りの駒と引換えに意味もなく虐殺されたのだ。生き残った兵士たちは、それぞれ自分の世界にひきこもったまま沈黙していた。

「そろそろ負けを認めていいころじゃないかな」ピー・インがいった。「もう片はついたようなものだ。負けたといわないかね、大佐？」バルゾフ少佐は考え深げに眉根を寄せて盤面をながめていたが、やがてゆっくりと首をふり、あくびをした。

ケリー大佐は乱れる心とぼやけた視界をなんとか盤面に集中させようと努めた。まるで熱い砂の山をどこまでもどこまでも必死で掘り進んでいるようだった。目も見えず息もできずもがき苦しんでいるのに、無限に掘り続けなければならないのだ。「くたばれ」と彼はつぶやいた。彼は駒の配置に全神経を集中させた。このおそろしいゲームは、チェスというにはあまりにも愚劣だった。ピー・インの作戦は、ただ白の駒を抹殺するだけ。だからケリーも全力を尽くして味方の駒を守り、攻撃にうつるため危険をおかすような動きはいっさいとらなかった。白の主力、クイーン、ナイト、ルークはまだ使われることなく、うしろ二列の比較的安全な領域にとどまっている。ケリーはくやしさに両手を握りしめてはひらいた。黒の駒はでたらめな位置をしめて散開している。ピー・インのキングをチェックメイトすることは可能だった、盤面中央で周囲ににらみをきかしている黒いナイトさえなければ。

「きみの番だ、大佐。あと二分」ピー・インが猫なで声でいった。

そのときケリーは気づいた――このゲームに勝つための、良心を殺してでも支払わねばならない代償に。ピー・インがこのゲームをチェックにもちこむには、クイーンを斜め左に三つ動かすだけでいいのだ。そのあとにもう一手――舌なめずりしたくなるような、不可避的の一手――そしてチェックメイト、終わり。ピー・インは必ずクイーンを動かすだろう。そろそろゲームに興味を失いはじめている。別の仕事にかかりたくてうずうずしているようすが、その態度にはっきりとあらわれていた。

ゲリラ隊長はいまでは立ちあがり、手すりから体をのりだしていた。そのうしろでは、バルゾフ少佐が派手な装飾をこらした象牙のホルダーにタバコをさしている。「チェスというのは悲しいものだ」ホルダーをもてあそび、それをうっとりとながめながらバルゾフがいった。「チェスには、ツキがはいりこむ余地はこれっぽっちもないのだ。敗者に言いわけは許されない」その口調はペダンティックで、年端もいかぬ学生に深遠な真理を教えさとす教師のような高慢さがあった。

ピー・インは肩をすくめた。「このゲームに勝っても、あまり嬉しい気はせんな。ケリー大佐には失望した。あぶない橋をわたりたくない一心で、ゲームの微妙な味わいもウィットもみんな帳消しにしてしまった。うちの料理番だって、もっとマシな勝負をするだろう」

ケリーの頬に怒りの熱い血が燃えあがり、耳のあたりまでのぼった。腹の筋肉はかたいしこりをつくっていた。彼は両脚をひらいた。ピー・インがクイーンを動かすようなことがあってはならない。動かせばケリーは負ける。もしピー・インがケリーの攻撃をかわしてナイトを動かせば、ケリーは勝つのだ。ピー・インがナイトを動かすようにする方法はひとつ——相手のサディズムを刺激する絶好の機会を与えるのだ。

「負けを認めたまえ、大佐。わたしの時間は貴重なのだ」

「もう終わったんですか?」若い伍長が気短かにいった。

「静かに。そこを動くんじゃないぞ」ケリーは目を細め、生きている駒にかこまれたピー・インのナイトに注目した。彫刻の馬の首は弓なりに曲がっていた。その鼻孔はひらいていた。

白の駒のたどる運命が、明解な図式となってケリーの意識にうかびあがってきた。その単純さが、冷たい風のように気分をさわやかにした。ピー・インのナイトを取るには犠牲が必要だ。もしピー・インが生贄をうけいれさえすればゲームはケリーのものになる。罠は完璧だった——たったひとつ、囮の生命を別にすれば。

「あと一分だ、大佐」ピー・インがいった。

ケリーは顔から顔へ視線を走らせた。彼らの目にうかぶ敵意や不信や恐怖には動かされなかった。彼は死への候補者をひとりずつ除外していった。この四駒は、ふいに圧倒的な攻撃が始まった場合どうしても必要だ。そしてキングを守る駒も確保しておかねばならない。必要性という論理が、犠牲となる駒を指し示した。それしかないのだった。

ケリーにとって、もはやその駒は厳密な数式のなかのひとつの記号にすぎなかった。Xが消去されるとしても、残りは助かるのだ。彼はその決断の悲劇性を、悲劇のなかにある者でなく、それを定義づける者の立場で感じた。

「あと二十秒！」とバルゾフがいった。ストップウォッチは、いま彼の手のなかにあった。

冷静な決意がつかのまケリーのなかでぐらつき、この立場にある者の悲哀がどっとつきあげてきた——それは人類と同様に古くからあり、東西陣営の確執と同様に新しいディレンマだった。いったん攻撃が開始されれば、そのうちのXは必ず死なねばならない——それが何百、何千という数になろうとも。そして彼らを死へと送りこむのは、彼らをもっとも愛する者たちなのだ。そのXを選びだすのが、ケリーの職務なのである。

「十秒」とバルゾフがいった。

「ジェリー」ケリーははっきりしたゆるぎない声でいった、「前に一つ、左に二つ進め」息子は父親を信じきって後列から出ると、黒のナイトの影にはいった。マーガレットの目に、ふたたび自覚がよみがえってきたようだった。夫の声を聞いて、彼女はふりむいた。

ピー・インは困惑したように盤面を見つめた。間をおいて、「それでも正気かね、大佐？ きみは自分のしたことがわかってるのか？」

バルゾフの顔をかすかな笑いがよぎった。ピー・インに耳打ちする気なのかすこし体をかがめたが、けっきょくやめたようだった。柱によりかかると、紫煙のベールをすかしてケリーの動きに注目した。

ケリーはピー・インの言葉が腑におちないという顔をした。そして、両手に顔を埋めると悲痛な叫びをあげた。「おお、神よ、なんてことを！」

「とびきりのまちがいだな、たしかに」ピー・インはそういうと、隣の若い女に失策を説明した。彼女は顔をそむけた。ピー・インはこの態度に激怒したようだった。

「ジェリーを戻させてくれ」ケリーはとぎれとぎれに懇願した。

ピー・インは指の関節で手すりを叩いた。「ルールがなければゲームはナンセンスだ。いったん動かした駒は戻せないと、最初に約束したはずだ。どうにもならんね」彼は召使いにジェスチャーした。「キング・ナイトをキング・ビショップの6へ！」召使いは駒をジェリーの立っているマス目に進めた。囮作戦は成功した。ゲームはもうケリーのものだった。

「どういうことなの？」マーガレットがつぶやいた。

「なぜ奥さんにいいしぶってるんだね、大佐？」とピー・イン。「夫なら夫らしく、答えてやったらいいじゃないか。それとも、わたしからいおうか？」

「ご主人はナイトを犠牲にされたのです」バルゾフがピー・インの声を圧するようにいった。「お子さんはもう戻りません」彼の表情は、全神経を集中して、ことの成行きをうっとりと見つめている実験家のそれだった。

マーガレットの喉から絞りだすような声がもれた。ケリーは倒れる彼女を抱きとめ、両手首をさすった。「お願いだから静かにしてくれ――ぼくのいうことを聞くんだ！」妻を正気づけようとして、ケリーは思わず強くゆさぶった。彼女の反応は爆発的だった。言葉が滝のようにほとばしった――とめどもないヒステリカルなののしり。ケリーは両手で妻の手首をおさえ、呆けたようにとりとめのない罵倒を聞き流した。

ピー・インは階下で展開される途方もないドラマにすっかり魅せられたようすで、目をむいていた。うしろで若い女が取り乱して泣いているのにも気がつかない。彼女はピー・インの上着をつかんで訴えていた。彼は盤面を見すえたまま、女を押しのけた。

ひょろりと背の高い兵士がとつぜんかけだすと、いちばん近くにいた番兵の胸を肩でつきとばし、同時に腹に拳の一撃を加えた。ピー・インの部下たちがそこにかけつけ、男を床にたたきふせ、元のマス目にひきずっていった。

騒ぎのなかで、怯えたジェリーがわっと泣きだし、両親のところへかけよった。ケリーは妻をおさえていた手を離した。彼女は膝をつくと恐れおののく子供を抱きしめた。ジェリーの双子の兄弟ポールは自分のマス目を動かず、震えながら床を見つめている。

「ゲームを続けるかね、大佐？」ピー・インがかん高い声でいった。バルゾフは盤面に背を向けた。つぎにおこることをとめる気もないが、かといって観戦するのも耐えられないらしい。

ケリーは目を閉じ、ピー・インが死刑の命令を下すのを待った。マーガレットとジェリーのほうを見ることはできなかった。ピー・インは手をふって沈黙をうながした。「悲しいことだが――」彼は話しだした。声がとぎれた。威圧的な表情がふいに消え、まのぬけた驚きだけが残った。小男は手すりにぐったりと倒れかかると、はずみで兵士たちの足元に転落した。

バルゾフ少佐が、中国人の女と争っていた。まだおさえられていない片手には、細身のナイフが握られていた。彼女はナイフを自分の胸につきたて、少佐にむかってくずおれた。バルゾフは女に目もくれず手すりに近づいた。「捕虜を動かすな！」と彼は番兵にどなった。「まだ生きているか？」その声には怒りも悲しみもない――迷惑そうないらだちがあるだけだった。召使いは目を上げ、だめだというように首をふった。

バルゾフは召使いと番兵に命じて、ピー・インと女の死体をはこびだした。それは信心深い会葬者というより、きちょうめんな家屋管理人の態度に近かった。彼の機敏な統率ぶりに疑問をさしはさむ者はなかった。

「そうか、主審はあんただったな」とケリーはいった。

「アジアの人民はひとりの偉大な指導者を失ったのだ」バルゾフは厳粛な口調でいった。そしてケリーに奇妙な微笑をなげた。「もちろん彼にも欠点がなかったわけではない。だろう、大佐？」彼は肩をすくめた。「しかし、あなたはいまのところ序盤戦に勝っただけで、ゲームに勝ったわけじゃない。ピー・インのかわりは、わたしがする。そこにいたまえ、大佐。すぐ戻る」

彼はタバコを手すりの飾り模様でもみ消すとホルダーをくるりとまわしてポケットに入れ、カーテンのなかに消えた。

「ジェリーはだいじょうぶね？」マーガレットがささやいた。それは質問ではなく、慈悲を請う相手をケリーと錯覚したかのような哀願だった。

「バルゾフの胸ひとつさ」ケリーはさっきの指し手を妻に説明したい衝動にかられた。ほかに方法はなかったことを理解してもらいたかった。しかしそんな説明は、かえって悲劇を耐えがたいものにするだけだ。失策による死なら、彼女も理解できる。しかし、冷たい理性の生みだした死、論理の一段階としての死など決してうけいれようとはしないだろう。それをうけいれるくらいなら、全滅を選ぶにちがいない。

「バルゾフの胸ひとつさ」彼はものうげにくりかえした。取引はまだ続いており、勝利の代価も申しあわせがついているのだ。どうやらバルゾフは、ケリーがひとつの生命と引換えに何を得たかまでは気づいていないらしい。

「たとえ勝ったとしても、バルゾフがわれわれを返すでしょうか？」長身の兵士がきいた。

「さあ、わからないね」そのとき、もうひとつの疑問が意識のなかに忍びこんできた。もしかしたら彼が勝利と思ったものも、ほんの一時逃れにすぎないかも……

盤面の上でどのくらい待っていたか、はっきりした記憶はない。ケリーの神経は、くりかえし押しよせる悔恨と、じりじりとのしかかってくる責任の重みで痺れたようになっていた。意識は薄闇に溶けこんでいた。マーガレットは、ジェリーを抱きかかえたまま疲れきって眠っている。ジェリーの生命も、まだ助かったとはいえない。ポールは若い伍長のジャケットをかぶせられて、自分のマス目のなかで丸まっている。ジェリーのいたマス目には、ピー・インのナイト、木製の馬の首が、鼻孔からいまにも火を吹きそうに歯をむきだしていた。


バルコニーからの声は耳にかろうじて聞こえる程度だった——だからケリーは、それもまた悪夢の断片だろうと思いこんだ。言葉の意味まではわからず、音声しか聞こえない。ややあって目をあけた彼は、バルゾフ少佐の唇が動いているのを見た。バルゾフの目のなかに不敵な挑戦の光を認めて、彼は言葉の意味を理解した。「これだけの血を流したうえで途中で放りだせば、ほんとうに犬死にになってしまう」

バルゾフはわるびれたふうもなくピー・インのクッションにすわり、脚を組んだ。「あなたは負けるね、大佐。もう抵抗の余地はない。あんな見えすいた計略ではピー・インはだませても、わたしは無理だ。こんどはそうはいかない。相手はわたしなのだ、大佐。序盤戦で勝ったことは認めるが。さて、ぐずぐずしてないでゲームを再開しようか」

ケリーは立ちあがった。その大柄な体格は、周囲にうずくまる白軍の駒たちを圧してそびえたっていた。バルゾフ少佐はピー・インの遊びに否定的な人間ではない。しかしケリーは、少佐とゲリラ隊長の態度のあいだに違いがあるのを感じた。少佐はたしかにゲームを再開したが、好きだからそうしたわけではなく、自分がすばらしく切れる男であり、アメリカ人は屑なのだということを証明したいからなのだ。ただピー・インがすでに負けていることには気づいていないらしい。そうであるか、でなければケリーが誤算しているかだ。

心のなかで、ケリーは盤面のあらゆる駒を動かし、自分の想像力の及ぶかぎり計画の欠陥を――もし、あるとすれば――このおそろしくも悲しい犠牲が無用かどうか――見つけだそうとした。木片を取りあうだけの普通のチェスなら、とっくに相手に負けを宣告し、ゲームは終わっているだろう。しかし十二人の生死がかかっているこの戦いの場合、明解なロジックの上に、打ち消しがたい黒い疑惑が影を落とすのはやむをえないことだった。あと三手で勝つ見通しができたことを、ケリーは誰にも打ち明ける気はなかった――じっさいに駒を動かし、バルゾフのつけこむチャンスが完全になくなるまでは、なんとしても悟られてはならないのだ。

「ジェリーはどうなるの？」マーガレットが叫んだ。

「ジェリー？　ああ、その坊やか。さて、ジェリーをどうしようか、大佐？」とバルゾフがきいた。

「もしお望みなら、一回だけ譲歩しよう。ナイトを戻したくありませんか？」少佐は慇懃《いんぎん》そのものだった。人なつっこさと思いやりのカリカチュア。

「ルールがなければゲームは無意味だ」ケリーはきっぱりといった。「わたしはそんな甘い人間じゃない」

バルゾフの顔に深い憐みの色がうかんだ。「奥さん、決断を下したのはご主人ですよ、わたしではない」彼はストップウォッチのボタンを押した。「息子さんはあずけましょう、大佐が持ち駒をみんななくしてしまうのも、もうすぐでしょう。あなたの番だ、大佐。制限時間は十分」「ポーンを取れ」ケリーは妻に命じた。彼女は動かない。「マーガレット！　聞いてるのか？」「助けてやれ、大佐、助けて」バルゾフが叱咤《しった》した。

ケリーは妻の腕をとると、無抵抗な彼女を黒のポーンが立っているマス目に導いた。ジェリーも母親に寄りそって進んだ。ケリーは自分のマス目に戻ると、両手をポケットにつっこんで召使いが盤面から黒のポーンを取り去るのを見守った。「チェックだ、少佐。きみのキングをチェックした」

バルゾフの眉がつりあがった。「チェックだって？　面倒なことになったな。どうしようか？　どうしたら、あなたの関心をもっとおもしろい別の問題にふりむけることができるだろう？」彼は召使いに合図した。「キングを左へ一つ進めろ」

「中尉、わたしのいるほうに斜めに一つ動け」ケリーはパイロットに命じた。パイロットはためらっている。「動くんだ！　聞こえないのか？」

「はい、大佐」その声には、あざけりがあった。「退却ですか、え？」中尉はゆっくりと横柄にマス目にはいった。

「またチェックだ、少佐」ケリーはおだやかにいい、中尉に手をふった。「ビショップがきみのキングをチェックした」彼は目をつむり、誤算はない、犠牲は必要だった、バルゾフにもう逃げ道はないのだ、と何回も自分にいいきかせた。このつぎ――それが最後の一手となる。

「ほう、あなたのベストというのは、その程度か？」とバルゾフ。「それならクイーンをキングの前に出すだけでいい」召使いが駒を進めた。「これで話はちがってくる」

「彼のクイーンを取れ」先頭に立つポーン、打ちひしがれた長身の兵士にむかって、ケリーはいった。

バルゾフがとびあがった。「待て！　駒を戻したいか？」ケリーはやりかえした。

「いまごろ気がついたのかね？　バルコニーの上を行きつ戻りつした。「なるほど、そういうことか！」

バルゾフは荒い息をしながら、

「キングを助ける方法は、もともとそれしかなかったんだ。戻したければ戻していいが、どうにもならんよ」

「かまわん、クイーンを取れ。やるだけはやるぞ。取るんだ！」

「クイーンを取れ」ケリーの言葉に、召使いは巨大な駒を盤面のそとに押しだした。長身の兵士は、目をしばたたきながらバルゾフのキングから数インチと離れていないところに立った。ケリー大佐はひくくつぶやいた。「チェック」

バルゾフは内心の怒りを抑えきれぬように、激しく息をはきだした。「そのとおり、チェックだ」彼の声は一段と高くなった。「しかし、ケリー大佐、あなたが勝ったのは、ピー・インが信じられないくらい間抜けなしくじりをしたせいだ」

「それがゲームさ、少佐」

長身の兵は呆けたように笑っていた。伍長はしゃがみこみ、中尉はケリーに抱きついた。二人の息子は喝采をおくった。マーガレットだけが硬直したまま、怯えたように立ちつくしていた。

「勝利の代価は、たしかまだ支払われていなかったな？」バルゾフが毒のある口調でいった。「支払う覚悟はできているか？」

ケリーの顔から血の気がひいた。「はじめに約束した。きみがそれで満足するのなら、異存はない」

バルゾフは象牙のホルダーに新しいタバコをさしこみながら、しばらくのあいだ眉根をよせていた。話しだしたとき、その声はふたたび深遠な思想を教えさとすペダンティックな教師のそれに戻っていた。「いいや、子供の命はとらない。あなたたちに対する気持は、わたしもピー・インと変わるところはない――わが国にとってアメリカ人は敵なのだ。だから、わたしはあなたたちを捕虜とみなす。

しかし公式な戦争状態にはない現在、わたしはソ連政府の代表として、あなたたちを無事祖国に送りかえすほかはない。これは、ピー・インからゲームを引き継いだときから考えていたことだ。逆の結果が出ていたとしたら、わたしは大いに満足したろうし、あなたたちも貴重な教訓を得ていただろう。だが、どちらにせよ、殺されはしなかったはずだ」彼はタバコに火をつけると、ケリーたちをきびしい目で見わたした。

「寛大な処置、感謝します、少佐」ケリーはいった。

「礼をいうことはない。たんなる政治問題としての判断さ。両国の関係をいま険悪にしてはまずいからね。ロシア人がアメリカ人に対して寛大だというのも、一種の矛盾だ。長い苦しい歴史のなかで、われわれは寛大さをロシア人だけのためにとっておくことを学んだのだから」バルゾフの顔に見下すような表情があらわれた。「あなたのほうには、もう一度勝負する気はないかな、大佐――こんどは普通の盤と普通の駒で、ピー・イン式改良なしで。鼻を高くして帰られるのでは、わたしの立つ瀬がないから」

「いいでしょう。しかし今夜は失礼する」

「よし、じゃ、別のときに」バルゾフ少佐は、謁見の間の扉をあけるよう召使いに合図した。「ぜひ、いつか」彼は念を押した。「これからもピー・インみたいな人間が現われて、あなたと生きている駒で勝負したいといいだすかもしれないが、そのときにもまたオブザーバーとして立ち会いたいものですな」彼は晴れやかな微笑をうかべた。「いつ、どこがいいですか？」

「残念ながら、それはあなたがきめることだ」ケリー大佐は疲れはてたようにいった。「どうしてもやるというなら招待状を送ってください、少佐、いつでも参上しますよ」

孤児

D. P.

伊藤典夫 訳

ライン川を見おろす広大な土地のはずれに、むかし猟場番人の住んでいた家があり、カトリックの修道尼たちによってこれが孤児院に改造され、八十一の幼いいのちが養われていた。ところは、ドイツの米軍占領地区、カールスヴァルトの村。もしそこに収容されていなければ、もし温もりと食物と衣服の施しがなければ、子供たちは、彼らをさがすことなどとうの昔にあきらめた両親をさがしもとめて、地の果てへさまよい出ていたことであろう。

温和な昼さがりにはいつも、子供たちは修道尼に連れられて二人ずつ組をつくり、孤児院と村とを結ぶ、新鮮な空気にみちあふれた森のなかの道を散歩に出かけるのだった。村の大工は、仕事のあいまに休息をとることが多くなった老人であったので、とびはね、さわぐ、この元気なぼろ服のパレードが通るたびに仕事場から顔を出しては、そこに立ち寄った暇人を相手に、通りすぎる子供たちの親の国籍について臆測をめぐらすのを楽しみにしていた。

「ごらんよ、あの小さなフランス娘」ある昼さがり、大工がいった。「目をきらきら輝かせて！」

「それから、あのポーランド人の坊主の腕のふりかた。行進するのが好きなんだな、ポーランド人てのは」と若い機械工がいった。

「ポーランド人？　そんなのがどこにいる？」

「いるじゃないか——前のほうに、くそまじめな顔をしたやせっぽちが」

「あああ、ポーランド人にしちゃ背が高すぎるな」と大工はいった。「それに、あんな亜麻色の髪をしたポーランド人がいるもんかい。あれはドイツ人だよ」

機械工は肩をすくめた。「いまじゃ、みんなドイツ人なんだ。どういったって同じことさ。親がどこの人間だろうと、だれにも証明できやしない。あんたがポーランドに出征したことがあれば、よく見るタイプだってのがわかるんだがなあ」

「ほら——ほら、やってきたぞ」大工がにこにこ顔でいった。「おまえさんがいくらへらず口をたたこうと、あの坊主についてはなんにもいえやしまい。あれこそはアメリカ人だ！」大工は少年に呼びかけた。「ジョー——世界タイトルはいつ取り返すんだ？」

「ジョー、〈褐色の爆撃機〉！」と機械工がいった。「どうだ、きょうの調子は？」

パレードの最後尾をひとりぼっちで歩いていた、青い目の、有色人の少年がふりかえった。六つになるその少年は、毎日のように声をかける村人にむかって、いじらしい不安げなほほえみをうかべるとていねいに頭を下げ、彼の知っているたったひとつの言語、ドイツ語で小さくあいさつを述べた。

修道尼たちが思いつくままに少年につけた名は、カール・ハインツ。だが大工が選んだのは、それよりずっとぴったりする名前、村人の心に大きな印象をきざみつけたたったひとりの黒人、元世界ヘビー級チャンピオンの名前、ジョー・ルイスだった。

「ジョー！」と大工はいった。「しっかりしろ！　そのまぶしい白い歯を見せてくれや、ジョー」

ジョーははずかしそうにその注文に応じた。

大工は機械工の背中をたたいた。「それにだ、あれがドイツ人じゃないなんていってみろ！　ヘビー級チャンピオンをわしらの国から出すには、もうこの手しかないかもしれんぞ」

ジョーはうしろを行く修道尼にせきたてられて角をまがり、大工の視界から消えた。列のどこにならばせられても、必ず一行からおくれてしまうので、ジョーが歩くときはたいてい修道尼といっしょだった。

「ジョー」と修道尼はいった、「いつも夢を見ているのね。あなたと同じ人たちは、みんなそんなふうに夢想家なのかしら」

「ごめんなさい、シスター」とジョーはいった。「考えていたんだ」

「夢を見ていたのよ」

「シスター、ぼくはアメリカの兵隊の子供？」

「だれがそんなことをいったの？」

「ペイターだよ。ぼくのお母さんはドイツ人で、お父さんはアメリカの兵隊なんだけど、どっかへ行ってしまったんだって。それでね、お母さんもぼくをシスターのところへあずけると、どっかへ行ってしまったんだって」その声に悲しみはなかった――困惑があるだけだった。

ペイターは、この孤児院では最年長者、世をすねた十四歳の老人で、自分の両親や兄弟や家庭のことをおぼえているばかりか、戦争や、ジョーには想像もつかない食べ物のことまで何でも知っているドイツ系の少年だった。ジョーにとって、ペイターは天国と地獄のあいだを何回も往来した男であり、自分たちが、いまなぜここにいるのか、どのようにしてここに来たのか、その前にはどこにいたであろうか、そういったことをすべて見通している超人であった。

「そんなことを気にしちゃだめよ、ジョー」と修道尼はいった。「あなたの両親のことを知っている人なんて、だれもいないんだから。でも、お母さんやお父さんはとてもいい人だったにちがいないわ。こんなにいい子が生まれたんですもの」

「アメリカ人てなに？」

「ほかの国から来た人のことよ」

「ここから近いところ？」

「近いところにもいるわね。でも、その人たちのおうちは、ずっとずっと遠いところ――広い水のむこうにあるの」

「川みたいな？」

「もっとたくさんの水なのよ、ジョー。あなたがいままで見たこともないようなたくさんの水。むこう岸なんか見ることもできないの。船に乗って何日も何日も旅をしても、まだ着かないくらい。いつか地図を見せてあげるわね。だからペイターが何をいっても聞かないようにするのよ、ジョー。みんな作り話なんだから。ペイターがあなたのことを知っているはずがないじゃない。さあ、追いつきなさい」


ジョーはかけだし、列の最後尾につくと、心を決めたように機敏に歩きだした。だが数分のちには、ふたたび歩みはおそくなり、おぼろげな言葉をその小さな心のなかで追いもとめはじめていた。……兵隊……ドイツ人……アメリカ人……あなたと同じ人たち……チャンピオン……〈褐色の爆撃機〉……あなたがいままで見たこともないようなたくさんの水。

「シスター」とジョーがいった、「アメリカ人て、みんなぼくみたい？　みんな褐色？」

「褐色の人もいるし、そうでない人もいるわね、ジョー」

「ぼくみたいな人たちもたくさんいる？」

「ええ、いるわよ。とってもたくさん」

「どうして見たことないのかなあ」

「村には来ないの。その人たちの場所はほかにあるから」

「そこへ行きたいな」

「ここにいるのはいや、ジョー？」

「ううん、いやじゃないよ。でもペイターがいうんだ。ぼくはここの人間じゃないんだって、ドイツ人じゃないし、ドイツ人になろうとしてもなれないんだって」

「ペイター！　ジョーにかまうんじゃありませんよ」

「村の人たちはぼくを見ると、どうしてにこにこするんだろう？　ぼくが歌ったり話したりすると、どうしてみんな笑うんだろう？」

「ジョー、ジョー！　あれを見て、早く」と修道尼。「ほら――あそこの木の上。羽根の折れた小さなスズメがいるわ。まあ、ちっちゃいくせに、がんばり屋さんだこと――元気いっぱいはねているわ。見えるでしょ、ジョー？　ホップ、ホップ、ヒピティ・ホップ」


ある暑い夏の日、パレードが大工の仕事場の前を通りかかると、なかから出てきた大工が、いつもとは違う言葉でジョーを呼びとめた。それは、ジョーの心を喜びと不安に同時におとしいれる言葉だった。

「ジョー！　おおい、ジョー！　お父さんが町に来てるぞ。もう会ったかい？」

「いいえ――まだ会っていません」とジョー。「どこにいるんですか？」

「からかっているのよ」修道尼はきびしくいった。

「からかっているかどうか、いまにわかるさ、ジョー。学校のそばを通るとき、目をしっかりあけておくんだ。山の上のほうの森のなかをようく見てごらん。そうすれば、お父さんが見えるよ、ジョー」

「あのスズメちゃんは、きょうはどうしたのかしら」修道尼があかるい声でいった。「足が治ってるといいわね、ジョー」

「うん、治ってるといいね、シスター」

修道尼はスズメや雲や花のことをしゃべりながら、学校へ通じる道を歩きつづけた。ジョーはいつのまにか返事をしなくなっていた。

学校の上の森はしんと静まり、どこにも人けはないようだった。

だがそのときジョーの目は、木々のなかから現われた、ひとりのたくましい褐色の男の姿をとらえていた。上半身ははだかで、腰にはピストルをさげている。男は水筒の水を飲み、手の甲で口をぬぐうと、ゆったりした横柄な微笑をうかべて世界を見おろし、ふたたび森の薄闇のなかに消えた。

「シスター！」ジョーは息を切らしていった。「お父さんだ――ぼく、いまお父さんを見たよ！」

「いいえ――見なかったのよ、あなたは」

「上の森のなかにいたんだよ。ぼく見たんだ。あそこへ行きたいよ、シスター」

「あの人はお父さんじゃないの、ジョー。あなたを知らないし、会いたがってもいないのよ」

「ぼくと同じ人なんだ、シスター！」

「いけません、ジョー。さあ、歩きなさい」修道尼は彼の腕を引っぱって歩かせようとした。「ジョー――きょうのあなたは悪い子ね、ジョー」

ジョーは呆けたように彼女のするがままになった。だが、それからは散歩が終わるまでひと言も口をきこうとしなかった。一行は、学校から遠い別の道を通って家に帰った。ジョーのすばらしい父親を見た者はほかにはだれもいず、また彼の話を信じる者もなかった。

その夜、お祈りの時間に、彼はとうとう泣きだした。

夜の十時、若い修道尼は、ジョーのベッドがからっぽになっているのを知った。

ぼろ布でカムフラージュされた大きなネットが木々のあいだにかけわたされ、その下に砲口を夜空に向けて、油で黒光りする大砲がすえられている。トラックや他の兵器は斜面のもっと上のほうに隠されているので、ここからは見えない。

ジョーはまばらな茂みのかげにうずくまり、闇のなかにぼんやりと見える兵士たちの動きをうかがっていた。彼らは大砲の周囲の土を掘っていた。聞こえてくる話し声は、ジョーには何の意味もない言葉ばかりだった。

「軍曹、どうして掘らなきゃいけないんです? 朝には移動するんだし、どうせ演習じゃないですか。こんな無駄骨を折らなくても、掘った場所がわかるくらいに適当に地面をひっかいとけばいいでしょう。そうするだけの意味があるかどうかは、さっぱりわからんけれど」

「朝までには、意味もできてくるさ」軍曹がいった。「十分もあれば中国まで行って、弁髪の見本を持ってこれる。どうだ?」

月光のさしこむ空地に、軍曹が現われた。両手を腰におき、大きな両肩をいからせたその姿は、皇帝を思わせた。ジョーは、それがきょうの昼さがり、彼の目を見はらせた男と同一人物であることに気づいた。軍曹はしばらくのあいだ満足そうにシャベルの音を聞いていたが、驚いたことに、とつぜんジョーの隠れている方向に大股にやってきた。

息をひそめているジョーのわき腹に、大きなブーツがぶつかった。「アッ！」

「だれだ？」軍曹はジョーをつまみあげ、乱暴に地面に立たせた。「なんてこった、坊や、こんなところで何をしている？　さあ、行け！　帰んなさい！　ここは子供の遊び場じゃないんだ」ジョーの顔を懐中電灯で照らす。「こりゃあいったい」つぶやくと、「どこから来たんだ？」軍曹はジョーを抱きあげ、ぼろ人形のようにそっとゆすった。「坊や、どうやってここに来たんだ——泳いできたのか？」

ジョーは、父親をさがしていることをドイツ語でしどろもどろにいった。

「なあ——どうやってここに来た？　何をしてるんだ？　ママはどこなんだ？」

「どうしました、軍曹？」闇のなかで声がした。

「どういったらいいかわからんよ。言葉も着てるものもドイツ人なんだが、まあ、ちょっと来い」

まもなく十人あまりの男がジョーを取り囲み、はじめは大声で、ついで低い声で話しかけはじめた。声の調子を変えれば、意思疎通の道がひらけるとでもいうように。

ここへ来た目的をジョーが説明しようとするたびに、男たちはあっけにとられた顔で笑うのだった。

「どうしてドイツ語を知ってるんだろう？　それを聞きたいもんだな」

「パパはどこにいるんだ、坊や？」

「ママはどこなんだ、坊や？」

「スプレッケン・ズィー・ダッチ？　ほら、見ろよ、うなずいてるぜ。話すんだよ、やっぱり」

「おいおい、おまえドイツ語うまいじゃないか。すごくうまいよ。もっと何かきいてみろ」

「中尉を呼んできてくれ」と軍曹。「中尉なら話せるし、坊やが何をいってるかわかる。見ろ、震えてるじゃないか。こわいんだ。おいで、坊や、なんにも、こわくないから」彼は大きな腕のなかにジョーを包みこんだ。「さあ、おちついて――だいじょうぶ。いいものをあげようか？　なんてこった、チョコレートも見たことないらしいぞ。食べなさい――ほら。毒じゃないよ」

好奇心に輝く視線のなか、骨と筋肉のとりでに守られて、ジョーはチョコレートをひとかじりした。口のなかのピンクの粘膜に、ついで全身に、暖かい豊かな歓喜がみちてゆき、彼はにっこりとほほえんだ。

「笑ったぜ！」

「どうだ、あの喜びよう！」

「このまま天国に行っちまうんじゃねえか！　ほんと！」

「難民はたくさんいるかもしれんが」ジョーを抱きしめたまま軍曹がいった、「この坊やくらい、とんでもないとこをさまよってるのもいないんじゃないかな。とにかく何から何まで違ってるところに、たったひとりでいるんだ」

「ほら、坊や――もっとチョコレートあるぞ」

「そんなにやるな」軍曹がとがめた。「病気にさせてもいいのか？」

「いいえ、軍曹――病気にさせるなんて、そんな。わかりました、軍曹」

「どうしたんだ？」懐中電灯の光を闇のなかに踊らせながら、中尉が近づいてきた。小柄な、上品な黒人だった。

「子供をとらえました、中尉」軍曹がいった。「大砲のところにいたものですから。鉄条網をくぐりぬけて迷いこんできたらしいです」

「家に送りとどけたまえ、軍曹」

「はい、そうしようと思っていたところです」咳ばらいすると、「しかし、ふつうの子供とはすこし違うので」軍曹は両腕をひろげ、ジョーの顔を光のなかに入れた。

中尉は信じられないといった顔で笑いだし、ジョーの前に膝をついた。「どうやってここに来たんだ、坊や？」

「ドイツ語しか通じないのです、中尉」

「きみのおうちはどこなんだね？」中尉はドイツ語できいた。

「いままで見たこともないくらいたくさんの水のむこうにあるんだよ」とジョーはいった。

「どこで生まれたんだい？」

「神様がつくってくれたの」

「この子は、大きくなったら弁護士になれるぞ」中尉は英語でいい、ふたたびジョーに向いた。

「それじゃ、もう一度きくから、ちゃんと答えるんだよ。きみの名前は何で、きみを養ってくれるおうちの人たちはどこにいるんだ？」

「ジョー・ルイス」とジョーはいった。「孤児院にいたんだけど、逃げてきたんだ。ぼくと同じ人たちが、ほんとうのおうちの人なんだもの」

中尉は首をふりながら立ちあがり、いまの会話を通訳した。

森のなかに歓声がこだました。

「ジョー・ルイスだって？　ものすごくでかくて強そうなやつだとばかり思ってたのにな」

「その左腕《ひだり》がこわいんだ——近づかんほうがいいぞ！」

「もしジョー・ルイスなら、とにかく養ってくれる人たちはうまく見つけたわけさ。おれたちはジョーのファンなんだから！」

「静かにしろ！」軍曹の命令がとんだ。「みんな黙れ。ふざけるのもいいかげんにしろ！　どこがおかしい！　この子はひとりぼっちなんだぞ。冗談じゃない」

それにつづいておりた厳粛な静けさを、やがて低い声が破った。「はい――冗談ではありません」

「ジープを出して、町へ送りとどけたほうがいいな」中尉がいった。「ジャクスン軍曹、運転してくれ」

「むこうに着いたら、ジョーはとてもいい子だったといってくださいよ、中尉」とジャクスン。「さあ、ジョー」中尉がドイツ語でやさしくいった、「軍曹とわたしがいっしょに行ってあげる。おうちに帰るんだ」

ジョーは軍曹の腕に指をくいこませた。「パパ！　いやだ――パパ！　ここにいたいよ」

「なあ坊や、おれはきみのパパじゃないんだ」軍曹はとほうにくれている。「きみのパパじゃないんだ」

「パパ！」

「貼りついちまったみたいですよ」ひとりの兵士がいった。「これはとてもはがれそうもないや。軍曹にはお子さんができたわけだし、ジョーにはパパが見つかったわけだし、うまいもんだ」

軍曹はジョーをかかえたまま、ジープに歩いていった。「なあ、運転するんだ、はなしてくれよ、ジョー。おまえさんがつるさがってちゃ、運転もできやしないじゃないか。すぐとなりにいるから、安心して中尉の膝にすわってててくんな」

男たちはジープのまわりにふたたび人垣をつくると、ジョーの手をゆるめようと悪戦苦闘している軍曹を深刻な表情でながめた。

「手荒なことはしたくないんだ、ジョー。おい——頼むよ、ジョー。運転するんだ、はなしてくれ。そんなふうにつるさがっていられちゃ、ハンドルも何もまわせやしない」

「パパ！」

「さあ、わたしの膝においで、ジョー」中尉がドイツ語でいった。

「パパ！」

「ジョー、ジョー、ほら」ひとりの兵士がいった。「チョコレートだぞ！　もっとチョコレートいらないか、ジョー？　見えるだろ？　丸ごとだぜ、みんなやるよ。だから軍曹からはなれて、中尉の膝に移ってくれよ」

ジョーはしがみつく手に力をこめた。

「チョコレートをポケットにもどすなって！　それはジョーにやるんだ」べつの兵士が怒ったようにいった。「トラックに特大チョコ・バーの箱があるから、だれか持ってきて積んでやれ。この先二十年、チョコレートに不自由しないようにな」

「おい、ジョー」またひとりの兵士がいった、「腕時計を見たことがあるか？　ほら、光ってるだろう？　中尉の膝に移れば、音を聞かせてやるぜ。チック、チック、チックって鳴ってるんだ、ジョー。聞きたくないのかい？」

ジョーは動かなかった。

兵士はジョーに腕時計をわたした。「ほら、ジョー、取りな。きみにやるよ」いって、急いでジープから離れた。

「なあ、おい」だれかが歩き去る兵士を呼びとめた、「おまえ、気がちがったのかよ？　あれに五十ドルはたいたんじゃないか。五十ドルもする時計をあんな子供にやって何になる？」

「いや――気がちがってなんかいないぜ。おまえこそどうなんだ？」

「変ないいがかりはよしてくれ。おれたちは正気さ、多分な。ジョー――ナイフをあげようか？　ただし、気をつけて使うと約束してくれよ。刃をむこうにして、遠くはなすようにして切るんだ。わかったか？　中尉、むこうへ着いたら、ナイフの使いかたをちゃんと教えといてくださいよ」

「帰りたくないよ。パパといっしょにいるんだ」ジョーは涙をぽろぽろこぼした。

「兵隊は子供をいっしょに連れていくことはできないんだ、ジョー」中尉がドイツ語でいった。

「それに、あしたの朝はやく、わたしたちは発つ」

「また帰ってきてくれる？」

「できればな、ジョー。兵隊はその日その日によって、どこへ行かされるかわからないんだ。いつか時間ができたら、来てあげるよ」

「この特大バーの箱をジョーにやってもいいですか、中尉？」段ボールの箱をかかえた兵士がいった。

「さあね」と中尉。「わたしの知らんことだ。チョコ・バーの箱なんか見たこともないし、聞いたこともない」

「はい」兵士はジープの後部座席に荷物をのせた。

「これは、ちっとやそっとでは放してくれそうもありませんな」軍曹が悲しげにいった。「すみません、中尉、運転してください。わたしはジョーといっしょにすわってます」

中尉と軍曹が席をかえ、ジープは動きだした。

「あばよ、ジョー!」

「いい子にしてろよ、ジョー!」

「チョコレートをいっぺんに食べちまうんじゃないぞ!」

「泣くなよ、ジョー。笑ってくれや」

「もっとにっこり――そう、そうだ!」


「ジョー、ジョー、おきろよ、ジョー」それは、ペイター、この孤児院の最年長の少年の声だった。声は、石壁にあたってしっとりとこだました。

ジョーは驚いて体をおこした。ベッドのまわりには孤児たちがむらがり、ジョーと彼の枕元にあるたくさんの宝物をひと目見ようと押しあいへしあいしていた。

「その帽子、どこで見つけたんだ、ジョー――その腕時計とナイフは?」ペイターがいった。「ベッドの下にある箱は何だい?」

ジョーは頭に手をやった。そこには、兵士のかぶるウールのニット・キャップがある。「パパさ」彼は眠そうにいった。

「パパさ!」あざけるように、ペイターは口まねした。

「そうだよ。ゆうべ、パパに会いに行ったんだもの、ペイター」

「パパはドイツ語が話せたの?」ひとりの少女がふしぎそうにきいた。

「ううん。でも、ドイツ語が話せる友だちがいたんだ」

「うそにきまってらあ。おまえのパパはうんと遠いところにいるんだ。帰ってくるもんか。おまえが生きていることだって知らないよ」

「どうなふうな人だった？」と少女。

ジョーは考え深げに部屋を見まわした。「パパはね、あの天井くらい背が高くて、あのドアくらい大きな肩をしてるんだ」そして勝ち誇ったように枕の下からチョコレートをとりだすと、「これと同じくらい褐色なんだ！」といって子供たちにチョコレートをさしだした。「みんな、お食べよ。まだたくさんあるんだから」

「そんなやつがいるもんか」とペイター。「ほんとうのことをいえよ、ジョー」

「パパのピストルはね、このベッドくらい大きかったんだぜ、ペイター」ジョーは幸福そうにいった。「この家くらいの大砲もあったし、パパみたいな人が何百人も何千人もいたんだ」

「だれかがおまえをだましたのさ、ジョー。パパなんかであるもんか。うそじゃないって、どうしてわかるんだよ？」

「行ってしまうとき、パパは泣いたもの」ジョーはこともなげにいった。「それに、いつか必ずおうちへ連れていってくれるっていったんだ。広い水のむこうにあるおうちにね」彼は夢見るように微笑した。「川みたいなのじゃなくて――いままで見たこともないくらいたくさんの水のむこうにあるんだよ、ペイター。そう約束してくれたから、ぼくは手をはなしてあげたんだ」

人間ミサイル

The Manned Missiles

宮脇孝雄 訳

私、ウクライナ・ソビエト社会主義共和国イルバ村の石工、ミハイル・イワンコフは、アメリカ合衆国フロリダ州タイタスヴィルの石油商であるあなた、チャールズ・アッシュランドに、あいさつとお悔みの言葉を申し上げます。あなたの手を握りましょう。

一人目の本当の宇宙飛行士は、私の息子、ステパン・イワンコフ少佐でした。二人目が、あなたの子息、ブライアント・アッシュランド大尉です。二人の名前は、人類が空を見上げるのをやめないかぎり、決して忘れ去られることはないでしょう。月や、惑星や、太陽や、星に、二人は似ています。

私は英語が話せません。この言葉は、ロシア語で——私の心からのロシア語でしゃべっています。残された息子、アレクセイが、それを英語に直して書いてくれるのです。アレクセイは学校で、英語とドイツ語を勉強しています。一番好きなのは英語だそうです。あなたの国のジャック・ロンドンや、O・ヘンリーや、マーク・トウェインのことを賞賛してやみません。アレクセイは十七歳。兄のステパンのように、科学者になりたいといっています。

そのアレクセイに伝えてほしいと頼まれたのですが、彼が科学にたずさわるのは、戦争のためではなく、平和のためなのです。それに、あなたの息子さんのことは憎んでいない、ともいっています。命令されてあんなことをやっただけだということは、彼もわかっているのです。アレクセイには話したいことがたくさんあって、この手紙も本当は自分で書きたかったのでしょう。四十九歳の男など老いぼれだと思っているアレクセイは、石の上にもう一個の石を積み上げるしか能のない老いぼれに、宇宙で死んだ若者たちについて、ちゃんとした意見をいうことなどできないと思っているのです。

その気になれば、ステパンとあなたの子息の死について、アレクセイが自分で手紙を書くこともできるでしょうが、これは私の手紙です。私は、ステパンの残された妻、アクシニーアにこれを読んでもらって、アレクセイが私のいいたいことを正確に伝えているかどうか確かめるつもりです。アクシニーアも英語をよく知っています。小児科の医者をしています。美しい女性です。ステパンへの悲しみをときには忘れようと、仕事に精を出しています。

アッシュランドさん、ここで一つのジョークをご紹介しましょう。ソ連の二つ目の人工衛星が犬を乗せて打ち上げられたとき、私たちのあいだである噂がささやかれました。本当は、中に乗っているのは犬じゃなくて、その二日前に窃盗で逮捕された酪農場の責任者、プロコール・イワノフだというのです。もちろんただの冗談ですが、おかげで、人間を宇宙に送り込むという刑罰の恐ろしさを考えさせられたものです。それが頭から離れなかったのです。夜になると、夢を見ました。夢の中で、罰を受けているのは、この私でした。

宇宙での生活のことを上の息子のステパンに聞いてみようと思いましたが、あの子はカスピ海に沿ったグリエフという遠い所に行っていました。だから、下の息子に聞いたのです。アレクセイは、宇宙に対する私の恐怖を笑い飛ばしました。人間は宇宙でも気持よく生きてゆくことができる。何人もの若者がもうすぐ向こうへ飛び出してゆくだろう。最初は人工衛星に乗って。次には月まで。そのあとはほかの惑星へ。こんな簡単な旅行を不安に思うのは年寄りだけだ、と、私は笑われました。

アレクセイは、ただ一つ不便なのは重力がないことだといいました。私には大変なことのような気がしたものです。アレクセイによると、物を飲むときも哺乳ビンで飲み、絶えず落ちているような感覚にも慣れる必要があって、重力の抵抗がないため、体の動かし方まで覚えなければならないが、それだけのことだ、というのです。厄介なことだとは思っていないようでした。火星に行ける日がすぐに来ることを彼は待ち望んでいました。

妻のオルガも、あなたは年を取りすぎているからこの偉大な新しい宇宙時代がわからないのだ、といって私を笑いました。「ロシアが打ち上げた人工の月が頭の上に二つも輝いているのよ」とオルガはいいました。「それなのに、地球の上でただ一人うちの亭主だけがそれを信じないなんて!」

それでも私は相変わらず宇宙の悪夢を見ました。事情を知っただけに、その悪夢もいっそう科学的になりました。哺乳ビンの夢、どんどん、どんどん落ちてゆく夢、手足の動きのもどかしさ。その夢には、人知を超えた何かがあったのかもしれません。私が夢の中で苦しんだように、もうすぐステパンも宇宙で苦しむようになる。その虫の知らせではなかったか。ステパンが宇宙で死ぬことを、何かが知らせてくれたのではなかったか。

アメリカ合衆国への手紙にこんなことを書いて、アレクセイはひどくとまどっています。迷信ぶかい田舎者だと思われやしないか、というのです。それならそれでいいでしょう。科学心のある未来の人々は、科学心のある現代の人々を嘲笑うと思うのです。科学心のある現代の人々でも、多くの重要な事柄を迷信だと思っているに違いないからです。私の見た宇宙の夢は、すべて現実として息子の身にふりかかりました。ステパンはたいそう苦しみました。宇宙に出て四日たつと、ステパンはときどき赤ん坊のように声を上げて泣いたのです。夢の中で、私も赤ん坊のように声を上げて泣きました。

私は臆病ではありません。また、安楽よりも人類の進歩を大切に思っています。たとえ息子たちを楯にとられても、筋は通すつもりです。戦争ではいろいろ苦しい目にあってきたし、大きな喜びの前には大きな苦しみがあることも知っています。それでも、宇宙で一人の人間が味わうはずの苦しみを思うとき、そうまでして得られる喜びが私にはわからなかったのです。これは、人工衛星でステパンが宇宙に出てゆくずっと前のことでした。

私は図書館に出かけ、月や惑星の本を読んで、そこが本当に行って気持よく過ごせる場所かどうか調べようとしました。アレクセイに何も話さなかったのは、とても楽しいところだ、といわれるのがわかっていたからです。私は独学で、月や惑星が、人間はおろか、ほかのどんな生き物にも適さないところだということを知りました。そこは、暑すぎるか、寒すぎるか、さもなければ毒気のありすぎる場所だったのです。

また笑われるのがいやでしたから、図書館で知ったことは家では黙っていました。そして、ステパンが帰ってくるのを静かに待ちました。ステパンなら、私の質問を笑ったりしないでしょう。科学的に答えてくれることでしょう。何年も前からロケットの研究をしている子です。宇宙についてわかっていることなら、何でも知っているはずでした。

やがて、ステパンが帰ってきました。しかも、美しい花嫁をつれて。ステパンは小柄ですが、力はあり、肩幅も広く、性格も賢明です。彼は非常に疲れているようでした。目はくぼんでいました。自分が宇宙に向けて発射されることをすでに知っていたのです。最初は無線機つきの人工衛星。次は、犬を乗せた人工衛星。その次は、猿を乗せた人工衛星。そして次は、ステパンを乗せた人工衛星。ステパンは昼も夜も働いて、宇宙空間での自分の住居を設計していました。それを私には話せませんでした。花嫁にさえ話せなかったのです。

アッシュランドさん、あの子のことは、きっとあなたも好きになっただろうと思います。誰もがステパンを好きでした。あの子は平和主義者でした。少佐になれたのは、兵士として立派だったからではありません。少佐になれたのは、ロケットのことをよく知っていたからです。思慮深い人間でした。父さんみたいな石工になれたらいいのに、とよく口にしていました。石工にはありあまる時間と心の安らぎがあって、いろいろなことをつきつめて考えられる、と。石工なんて、石とモルタル以外のことは、ほとんど何も考えないのですが、そのことは彼には黙っていました。

宇宙のことを質問しても、ステパンは笑いませんでした。それどころか、ひどく真剣に私の疑問に答えてくれました。真剣になる理由はあったのです。彼自身、宇宙での苦しみを、すすんで受け入れようとしていた時期だったのですから。

ステパンはいいました。父さんのいうとおりだ。人間は、宇宙では大変な苦痛を味わうことになるし、月や惑星は住みにくいところだ。住みやすいところもあるかもしれない。それでも、遠すぎて、一生のうちにはとても行き着けないだろう。

「それじゃ、この偉大な新しい宇宙時代というのは、どういうことなんだ、ステパン」と、私は尋ねました。

「しばらくは人工衛星の時代が続くだろうね」ステパンは答えました。「月にもすぐ行けるようになる。でも、五、六時間以上そこにいるのはむつかしい」

「じゃあ、いいことがほとんどないのに、どうして宇宙へ行くんだ?」と、私は尋ねました。

「学ぶこと、見ることがたくさんあるんだ」と、彼は答えました。「空気のカーテンをはさまないで、別の世界をながめることができるしね。自分の惑星を見て、気象の流れを調べたり、本当の大きさを測ったりすることもできる」この最後の言葉には驚きました。私たちの世界の本当の大きさなんか、とっくにわかっていると思っていたからです。「向こうに行くと、宇宙の物質やエネルギーの素晴らしいシャワーのことがよくわかる」そういってステパンは、宇宙の詩的で科学的な喜びを次々に語ってくれました。

私は納得しました。ステパンが宇宙の美と真実を思う大きな喜びが、私にもつたわってきたのです。アッシュランドさん、私にもとうとうわかったのです、あれほどの苦しみに耐える価値はある、ということが。また宇宙の夢を見るとき、私は、美しい緑の地球を見おろしているところや、ほかの世界を見上げ、かつてないほどくっきりとそれを目にしているところを夢に見ることでしょう。

アッシュランドさん、ステパンが働き、死んだのは、ソビエト連邦のためではなく、宇宙の美と真実のためなのです。宇宙の軍事利用について語るのを彼は好みませんでした。そういう話が好きだったのは、アレクセイのほうです。人工衛星から地球を偵察する誇らしさ、標的めがけてミサイルを誘導することもできるし、さらには月からミサイルを発射して地球を支配することもできる、そんな栄光に満ちた任務のことを彼は語りました。そういった子供っぽい暴力主義に、ステパンも興奮することを期待しているようでした。

ステパンは頬笑みました。それはアレクセイのことが好きだったからです。戦争に頬笑んだのではありません。人工衛星や月から敵をやっつけることに頰笑んだのではありません。「たしかにそういう面に科学を使うように命令されるかもしれないね、アレクセイ」と、彼はいいました。「でも、そんな戦争が起こったら、元も子もなくなるよ。ぼくたちの星は、太陽系のどの星よりも生き物に適さないところになってしまうだろう」

それ以来、アレクセイは、戦争賛美をやめました。

その夜遅くなってから、ステパンと花嫁は帰ってゆきました。一年もたたないうちにまた戻ってくる、と約束して。生きている彼を見たのは、それが最後になりました。

ソビエト連邦が人間の乗った人工衛星を打ち上げたというニュースを聞いたとき、それがステパンだとは思いませんでした。まさかそんなことはないだろう、という気持でした。その飛行士が打ち上げ前に何をいったか、どんな服装をしていたか、どうやって自分を勇気づけたか、それが聞きたくて、早くステパンが帰ってくればいいのにと思ったものです。その夜、八時から、飛行士の声がラジオで聞けるという発表がありました。

私たちは耳を傾けました。飛行士の声が聞こえてきました。それはステパンの声でした。ステパンは力強い声をしていました。幸せそうな声でした。誇り高く、上品で、聡明な声でした。アッシュランドさん、私たちは、涙が出るまで笑い、いつのまにか踊り出していました。ステパンは、この世に生きている一番重要な人物になったのです。誰よりも高いところに昇り、下を見おろしては私たちの世界がどんなところかを語り、上を見あげてはほかの世界がどんなところかを語りかけているのです。

ステパンは宇宙の自分の小さな住みかについて、陽気な冗談を飛ばしました。それは長さ十メートル、直径四メートルの円筒なのだそうです。とても気持よく住めるところだそうです。それから、自分の住みかにはたくさんの小さな窓があり、テレビカメラや、望遠鏡、レーダー、各種の計器などがそなわっていることも話しました。こんなことができるなんて、私たちは何という素晴らしい時代に生きているのでしょう！　全人類の目となり、耳となり、心となって宇宙へ出かけた男、その男の父親であるなんて、何という素晴らしいことなのでしょう！

一ヵ月のあいだ宇宙に留まると彼はいいました。私たちは日数《ひかず》をかぞえるようになりました。夜になると、放送で流されるステパンの言葉の録音を欠かさず聴きました。ステパンが鼻血を出したこと、吐き気に襲われたこと、泣いたことは、ちっともわかりませんでした。私たちが聞いたのは、冷静で勇敢な言葉だけでした。そして十日目の夜、ステパンの録音はもう流されませんでした。八時になっても聞こえてくるのは音楽だけ。ステパンのニュースはもう流れない。こうして私たちは彼の死を知ったのです。

一年後の今になって、ステパンの死の様子や、その遺体がどこにあるかを初めて知ることができました。その恐ろしい事実にようやく慣れたとき、アッシュランドさん、私はこういったのです。「それならそれでいいじゃないか。どうか、われわれが空を見上げるたびに、ステパン・イワンコフ少佐とブライアント・アッシュランド大尉が、信頼のない世界をつくってしまったわれわれを責める役割を果たしてくれますように。二人が、国と国との信頼のきっかけになりますように。科学文明が立派で勇敢な若者たちを宇宙に放り出し、死の衝突をおこさせるような時代に、二人が終止符を打ってくれますように」

ステパンが最後に帰ってきたときの家族写真を同封します。ステパンの姿がよく撮れています。背景の海は黒海です。

ミハイル・イワンコフ

イワンコフ様

私の息子とご子息のことで、お手紙をありがとうございます。ただ、あの手紙は郵便で届いたのではありません。国連でコシェヴォイ氏が読み上げたあと、新聞に発表されたのです。私のところにはコピーさえ届きませんでした。コシェヴォイ氏は、ついうっかりして投函するのを忘れたのでしょう。それはそれでかまいません。新聞記者に渡すのが、重大な手紙を届けるときの今のやり方なのでしょうから。私たちの息子のあいだにあんなことがあっても両国の戦争にまで到らなかったという事実を別にすれば、あなたが私あてに手紙を書いてくれたことは最近の重大ニュースだというのです。

私はロシア語ができません。身近にできる者もいないので、英語で失礼します。アレクセイに読んでもらってください。そして、英語がとても上手だと――私より上手だと、彼に伝えてください。

もちろん、その気になれば、何人もの専門家が――ロシア語であれ、英語であれ、何語であれ、完璧なやつをよろこんで書いてくれる連中が、この手紙に協力してくれることでしょう。この国では、誰もがそちらの息子さんのアレクセイになったようです。あなたにどんなことをいえばいいか、誰も私よりよく知っているのです。私はいわれました、ちゃんとした返事を書けば、歴史の駒を進めることができると。ニューヨークのある大雑誌は、あなたへの返信に二千ドル出すといっています。聞いてみると、私は手紙など書かなくても、その大金を手にいれることができるそうです。雑誌社の人が前もって書いたやつに、サインだけすればいいのですから。ご心配なく。それは断わりました。

　実をいうと、イワンコフさん、私は専門家という連中にうんざりしているのです。いわせてもらえば、われわれの息子たちは、専門家に殺されたのです。あなたがたの専門家が何かをすると、私たちの専門家は十億ドルの妙技でそれに答える。そしてまたそちらの専門家がお返しに同じような離れわざを見せ、結局は、あんなことになってしまったのです。十億ドルか、十億ルーブルか、何だか知りませんが、まるで子供じゃありませんか。

　イワンコフさん、あなたには幸運にも、あと一人息子さんがいらっしゃる。ヘイゼルと私には、もう息子はいません。ブライアントが、ヘイゼルと私のたった一人の息子でした。洗礼名はブライアントですが、いつもバッドと呼んでいました。私たちにはシャーレーンという名前の娘が一人います。ジャクスンヴィルの電話会社で働いています。新聞であなたの手紙を見て、その娘が電話をかけてきました。私の話すべきことを教えてくれる専門家のうち、傾聴に値するのはこのシャーレーンだけでした。彼女こそ本当の専門家だと思うのは、バッドとは双子の兄妹だからです。バッドは独身でしたから、シャーレーン以上にバッドに近い者はいません。彼女はいいました。イワンコフという人はずるい、自分の息子は善人で、ほかのみんなと同じように正しいことをしようとしただけだといっている。お父さんもバッドのことを同じようにいってあげて。そのあとシャーレーンは泣き出して、バッドと金魚の話をあなたに伝えるようにせがみました。私はいいました。「ロシアの人にあんな話を書いたって仕方ないじゃないか」何の意味もない話です。家族が集まるたびにむしかえされる、つまらない話にすぎません。だからこそ伝えてほしいのだ、とシャーレーンはいいました。きっとロシアの人も、頬笑ましい、たわいのない話だと思うだろう。そうすれば、笑ってくれて、私たちのことをもっと気に入ってくれるかもしれない、と。

それはこんな話です。バッドとシャーレーンが八歳になった頃、私はある夜、金魚の二匹入った金魚鉢を持って家に帰りました。双子の兄妹に一匹ずつ、というつもりでしたが、どの金魚が誰のものか区別はつきませんでした。どちらもそっくりだったからです。ある朝、バッドが早起きすると、金魚の一匹が水面に浮かんで死んでいました。そこで、バッドはシャーレーンを起こし、こういったのです。「おい、シャーレーン――きみの金魚が死んでるよ」イワンコフさん、これがシャーレーンから伝えるように頼まれた話です。

石工というのは趣きがありますね。立派な仕事です。いつも石を積み上げているようなことを書いていましたが、アメリカでは、実際に石を積み上げる職人は少なくなりました。たいがいはコンクリートのブロックかレンガなのです。たぶん、そちらでも同じではないでしょうか。別にロシアが前近代的だといっているのではありません。そうでないことは、わかっています。

上が住宅になっているガソリン・スタンドをここにつくったとき、バッドと私はかなりのブロックを積み上げました。裏の壁の、最初に積んだブロックを見たら、あなたはきっと笑うでしょう。バッドと私が、作業しながら手順を覚えたのがわかるからです。頑丈ですが、あれは確かに格好が悪い。ただし、一つだけ冗談ではすまないことがありました。高いところの戸に横木を取りつけていたとき、バッドがハシゴの上で足をすべらせ、据え付け金具の鋭い角をつかんだひょうしに、手首の腱《けん》を切ってしまったのです。バッドは、不具になるんじゃないか、空軍に入れなくなるんじゃないか、と、死ぬほどおびえました。その手は、三回手術してやっと回復しました。それも、かなりの苦痛をともなう手術でした。必要があれば、バッドは、百回でも手術を受けたでしょう。彼の目指している仕事は、ただ一つ、飛行士だけだったからです。

コシェヴォイ氏にあなたからの手紙をちゃんと送ってもらいたかったのは、一つには同封されていた写真のことがあるからです。あの写真も新聞に載りましたが、紙面ではあまり鮮明に見えませんでした。それでも背景のあの美しい海には強い印象を受けました。どういうわけか、私たちがロシアのことを考えると、海のない国を思い浮かべてしまうのです。私たちの無知がこれでわかるかもしれません。ヘイゼルと私はガソリン・スタンドの上の階に住んでいて、そこからも海が見えます。大西洋、いや、むしろ、その入江で、インディアン・リヴァーと呼ばれている海です。沖にはメリット島も見え、バッドのロケットが打ち上げられた場所もちゃんと見えます。ケープカナヴェラルというところです。たぶん、あなたもご存じでしょう。打ち上げの場所は秘密ではないのですから。エンパイア・ステイト・ビルを秘密にしておけないように、あの巨大なミサイルを秘密にできるわけがありません。遠くから観光客がやってきて、それを写真に撮ったりしていました。

何でも、その弾頭には閃光火薬がつめてあり、月面にぶっつけて大規模なショーを繰りひろげるという話でした。ヘイゼルと私もそれを信じていました。打ち上げのときがきて、私たちは月面に派手な閃光が上がるのを待ちかまえたものでした。弾頭にバッドが入っていることはまったく知らずに。私たちは彼がフロリダに来ていることさえ知らなかったのです。こちらとの連絡は禁じられていたのでしょう。彼がいるのは、ケープコッドのオーティス空軍基地だとばかり思っていました。最後の手紙の発信地がそこでしたから。こうして、あのロケットは飛んでゆきました。私たちの家の見晴し窓の、ちょうど真中に見えるところを通って。

イワンコフさん、あなたもときどき迷信ぶかくなると書いていましたね。私もそうなのです。私は、今度のことが、すべて——うちの見晴し窓の向きまで含めて、初めから決められていたような気がしてなりません。私たちが家を建てたとき、このあたりにまだロケットは飛んでいませんでした。ピッツバーグという街のことは、あなたもわが国の鉄鋼業の中心地としてご存じかもしれませんが、私たちはそのピッツバーグから引っ越してきたのです。こちらに来たってガソリンが記録破りの売り上げを示すわけではないでしょうが、少なくとも、今度また戦争が起こったとき、爆撃の標的になるようなところからは遠く離れていられるはずでした。ところが、次に気がついてみると、すぐ隣にロケット・センターができあがり、うちの小さな坊主も一人前の大人になって、ロケットで宇宙に飛び出し、死んでしまったのです。

考えれば考えるほど、こういう定めだったとしか思えなくなってきます。ロシアでは宗教がどうなっているか、私にはよくわかりません。あなたがたもそのことには触れませんし――。ともかく、私たちは宗教を信じていて、神がバッドとあなたの子息を選び出し、特別な理由から、特別な死に方をするようにお命じになったと考えています。「世界はどんな終末を迎えるか」と、誰もが尋ねていましたが――そう、たぶん、神は、こういうふうに世界を終わらせようとお考えなのでしょう。私には、こんな世界がずっと続いてゆくとは思えません。

イワンコフさん、何よりもくやしいのは、コシェヴォイ氏が国連でバッドのことを人殺しだといいつづけたことです。バッドのことを、狂犬よばわり、ギャングよばわりしたことです。あなたがそういうふうには考えていないことを知って、うれしく思います。バッドのことをそういうふうに思うのは間違っています。あの子が好きだったのは、人殺しではなく、飛行機の操縦です。コシェヴォイ氏は、あなたの子息は文化的で教養があり、うちの息子は野蛮で無教養だと、あしざまにいいました。まるで不良少年が大学教授を殺したような口ぶりでした。

バッドは警察のやっかいになったこともありませんし、性格もきわめて温厚でした。たとえば狩りは一度もやったことがなく、狂ったように車を飛ばしたこともなければ、私の知っているかぎり、酔っ払ったのはたった一度だけで、そのときも本人は実験のつもりだったのです。おわかりですか？　彼は反射神経が自慢だったのです。偉大なパイロットになるには健康が第一ですから、いつも健康には気をつけていました。バッドのことを一言でいうとどうなるか、それをずっと考えているのですが、どうやらヘイゼルのいった言葉が一番合っているようです。最初は、何だか気恥ずかしく聞こえたものです。しかし、慣れてみると、やはりそれが合っているように思えます。ヘイゼルはいったのです。バッドは高貴な人間だと。小さなころからずっと、あの子はまさしくそんな人間でした――ひたむきで、真面目で、丁重で、おまけにいつも独りで。

　あの子は自分が若死にすることを知っていたのだと思います。さっきいったとおり、アルコールがどういうものか体験するため、一度だけ酔っ払ったとき、あの子はこれまでにないほどおしゃべりになりました。十九歳のときのことです。そのとき、ただ一度だけ、あの子は、自分の目指しているものが死と分かちがたく結びついていること、それを自分でも充分承知していることを問わず語りに話してくれました。イワンコフさん、彼が話したのは、他人の死についてではありません。自分の死のことを話したのです。「飛行機に乗ると、いいことが一つあるよ」と、その晩、彼はいいました。「どんなことかね？」私は尋ねました。「手遅れになるまで、事態の深刻さがわからないんだ」と、彼は答えました。「おまけに、そのときが来たら、あっという間の出来事だから、何がぶつかったのかさえわからない」

　あの子が話したのは、そういう死のことです。特殊で、高貴で、名誉ある死のことです。あなたも戦争でつらい目にあったそうですね。それはこちらも同じことです。だから私たちは二人とも、バッドがどういう死を思い浮かべていたか、理解できるのではないでしょうか。それは兵士の死でした。

例の巨大なロケットが海の向こうに打ち上げられて三日たったとき、あの子が死んだという知らせが届きました。電報には、特殊任務を遂行中に死んだとあるだけで、詳しい事情はわかりませんでした。私たちは、うちの地区の下院議員、アール・ウォーターマンに頼んで、バッドのことを調べてもらいました。ウォーターマン氏がうちに来て、じかに私たちと話をしたとき、その顔には、神を見てきたような表情が浮かんでいました。彼はいいました、バッドが何をしたか、ここではいえないが、しかしそれはアメリカ合衆国の歴史の中でもまれに見る英雄的行為だ、と。

私たちが打ち上げをながめたあのロケットについて、当局は、次のような発表をしました。打ち上げは成功であったこと、それによって素晴らしい知識が得られたこと、そして、ロケットは、どこかの海上ですでに爆破されたこと。それだけでした。

つづいて、ロシアの人工衛星に乗った男の死が伝えられました。イワンコフさん、正直にいって、それは私たちにはうれしいニュースでした。なぜなら、そういう装備を積んで人間が宇宙を飛んでいると聞けば、たった一つのことしか考えられなかったからです。それは、恐るべき兵器だ、ということです。

次には、そのロシアの人工衛星がばらばらになり、破片があちこちに散らばっているというニュースが届きました。そして、今月になって、ようやく事情が明らかにされたのです。その人工衛星の破片のうち、二つは人間だったと。一つはあなたの子息、もう一つは、うちの息子でした。

イワンコフさん、私は今、泣いています。私たちの二人の息子の死から、何か良い結果が生まれることを願ってやみません。それは、人間がいるかぎり、何百万もの父親がずっと願ってきたことでしょう。国連では、空で起こったことについてまだ議論が続いています。うれしいのは、あれが事故だったという点で、あなたの国のコシェヴォイ氏も含めて大方の意見が一致したことです。バッドは、あなたの子息の乗ったロケットを写真に撮り、合衆国のためにいくらかでも面目をほどこそうとして宇宙に出てゆきました。ところが、近くに寄りすぎてしまった。おそらく、衝突のあと、二人は少しのあいだ生きていて、おたがいの命を助けようとしたに違いありません。

二人は、あなたや私が死んだあと、何百年も宇宙に浮かびつづけるそうです。それぞれの軌道を回りながら、出会いと別れを繰り返し、次に二人の出会う場所も、天文学者たちが正確に割り出しています。あなたのいったとおり、二人は、太陽や、月や、星のように空に浮かんでいるのです。軍服姿の息子の写真を同封しておきます。この写真を撮ったとき、あの子は二十一。死んだときには、まだ二十二歳でした。バッドがあの任務に選ばれたのは、彼が合衆国空軍で最高のパイロットだったからです。いつも彼はそうなりたいと願っていました。実際、そのとおりのパイロットでした。

あなたの手を握りましょう。

チャールズ・M・アッシュュランド　石油商
タイタスヴィル、フロリダ　USA

死圏

Thanasphere

伊藤典夫 訳

七月二十六日水曜日の正午、グレート・スモーキー山脈の北西斜面を下って、遠い爆発の衝撃とその弱まった雷鳴がテネシー州セヴィア郡の山間地に点在する小さな町々をおそい、民家の窓ガラスをふるわせた。爆発がやってきた方向には警戒厳重な空軍実験基地があり、それはエルクモントの北西十マイルの森林中に位置していた。

空軍広報部の発表は、「ノー・コメント」。

その夜、ネブラスカ州オマハならびにアイオワ州グレンウッド在住のアマチュア天体観測家から、情報がそれぞれ別個にもたらされた。すなわち、午後九時五十七分、ひとつの黒点が満月の表面を通過した、と。ニュース回線を通じて、興奮した声がひとしきりとびかった。北アメリカの主要な天文台の学者たちは、そのようなものは見ていないと断言した。

彼らは嘘をついていた。

場所は変わってボストンで、七月二十七日木曜日の朝、進取の気性に富むひとりの新聞記者が、バーナード・グローシンガー博士の居場所をつきとめた。博士は空軍の若きロケット顧問である。

「月面を横切った物体が宇宙船だという可能性はありませんか」と記者はたずねた。

グローシンガー博士はその質問に笑いだした。「わたし個人の意見をいわせてもらえれば、空飛ぶ円盤パニックがまたぶりかえしたということですな。今度はみんなが、月と地球のあいだを飛ぶ宇宙船を見たというんだ。読者には、わたしがこういっていたと伝えてください。――今後少なくとも二十年間は、ロケット船が地球から飛びたつことはないでしょう」

彼は嘘をついていた。

彼はいま話した以上に多くのことを知っていたが、思っているほど多くを知っているわけではなかった。たとえば、幽霊がいるとは信じていなかったし、まして〈死圏《タナスフェア》〉の存在など知るよしもなかった。

グローシンガー博士は乱雑なデスクの上に長い両足をのっけ、失望顔の記者が秘書に誘導され、戸締まりのかたいドアから武装した警備員のあいだを通って出ていくのをながめた。彼はタバコに火をつけ、しばらくくつろいでから、交信室のにごった空気と緊張のなかにもどろうと考えていた。仕事熱心な保安将校が壁にはりつけた掲示が、「金庫の錠は下りていますか?」とたずねている。グローシンガー博士にはわずらわしいだけだった。保安将校、保安条例は、仕事を遅らせる元凶だ。考えるひまもない事柄を考えさせるだけの役にしか立っていない。

金庫のなかの機密書類は、機密でもなんでもなかった。それは何世紀もまえから知られている事実を語っていただけだ――物理学の基本法則が与えられるなら、方位Xの宇宙空間に向けて、時速Yマイルで打ち上げられた発射体は、Zなる弧を描いて飛行する。グローシンガー博士はその方程式を修正した――物理学の基本法則と十億ドルが与えられるなら、と。

一触即発の危機をはらんだ国際情勢が、彼に実験の機会を与えた。戦争の脅威は添えもの、周囲の軍人たちはいらだたしい付帯条件――実験こそ問題の核心だった。

未知のものは何もない。物質世界の確実性に安らぎを見いだして、若きグローシンガー博士はつくづく思った。クリストファー・コロンブスとその部下たちのことをふと考え、微笑をうかべた。彼らは行くてに何が待ちかまえているか知らなかった。いるはずもない海の怪物に死ぬほどおびえていたのだ。現代の平均的人間も、宇宙に対しては似たようなものだろう。迷信の時代はまだ何年かつづくはずだ。

しかし、二千マイル上空を飛ぶ宇宙船の搭乗員には、恐れるような未知のものはない。むっつり屋のアレン・ライス少佐が無線で送ってくる報告のなかには、驚くようなできごとは何もないだろう。彼にできるのは、理性がすでに解き明かした宇宙空間の様相に裏づけを与えることだけなのだ。

アメリカの主要天文台は、この計画と密接に連携しているので、報告をよこした。宇宙船はいま予測された軌道に乗り、予測された速度で地球をめぐっているという。まもなく、いまにも、宇宙からの史上最初のメッセージがとどくだろう。放送は超高周波帯を使い、いまだ誰ひとり送信も受信もしたことのない帯域でおこなわれるのだ。

第一声の到着は遅れていた。だが事故が起こったわけではない――事故など起きてたまるか。グローシンガー博士はみずからにいい聞かせた。飛行のガイド役は機械であり、人間ではない。搭乗員はたんなるオブザーバーであり、孤独な優越者の地位にいられるのは、完全無比な電子頭脳が彼の脳よりも速く動いてくれるからにすぎない。船内に操縦装置はあるが、それは大気圏を滑空するためのもので、もしかりに宇宙からの帰還命令が下りたときの話だ。数年間は持つだけの食料や備品を積みこんである。

搭乗員その人がまさに機械みたいな男だ。グローシンガー博士は満ちたりた気持で思った。機敏で、たくましく、感情に動かされない。心理学者たちは百人の志願者のなかからライス少佐を選びだすと、これならロケット・エンジン、金属の外殻、電子制御装置並みにりっぱに機能すると予言した。人物記録――身体頑健、二十九歳、第二次大戦中ヨーロッパ上空に五十五回出撃するも疲労の色なし、妻とは死別、子供なし、性格は陰性、孤独を好む、職業軍人、仕事の鬼。

少佐の任務？　単純だ――敵地上空の気象状況を報告し、戦争勃発のさいは味方の誘導核ミサイルの精度を観測すること。

ライス少佐は太陽系の天体のひとつとなり、地球から二千マイル上空を飛んでいた。じっさい、距離はごく短く――ニューヨーク＝ソルトレークシティ間に相当する――極地の氷冠を見わたせるほどの高さでさえない。望遠鏡を使えば、小さな町や船の航跡ぐらいはなんなく見つけだせる。巨大な青と緑の球体を見下ろし、その上を夜が這い進み、雲や嵐がふくらみ、逆巻くさまをながめるのはすばらしいものだろう。

グローシンガー博士はタバコをもみ消し、すぐにまたうわの空で一本に火をつけると、廊下を大またに歩いて、こぢんまりした研究室に向かった。通信装置はそこに据え付けられているのだ。

フランクリン・デイン中将はサイクロプス計画の最高責任者だが、よれよれの軍服の襟をひらいて、通信士のとなりにすわっていた。デイン将軍は目のまえのラウドスピーカーを待ちどおしげに見つめている。フロアはちらかり、サンドイッチの包み紙とタバコの吸いがらだらけだった。コーヒーのいっぱいはいった紙コップが、それぞれ将軍、通信士、それに一脚のキャンバス・チェアのまえに置かれていた。そこはグローシンガーが昨夜からすわっていたところだ。

デイン将軍はグローシンガーを見てうなずき、手ぶりで静かにと合図した。

「エイブル・ベイカー・フォックス、こちらはドッグ・イージー・チャーリー。エイブル・ベイカー・フォックス、こちらはドッグ・イージー・チャーリー……」通信士のものうげな声がコードネームで呼びかけている。「聞こえるか、エイブル・ベイカー・フォックス？」ラウドスピーカーがバリバリといい、ピーク音量に調整された声がひびいた。「こちらはエイブル・ベイカー・フォックス、交信用意よし。ドッグ・イージー・チャーリー、どうぞ」

デイン将軍はおどりあがり、グローシンガーを抱きしめた。二人は気がふれたように笑い、背中をたたきあった。将軍は通信士の手からマイクを奪いとった。「よくやった、エイブル・ベイカー・フォックス！　計算どおりだ！　どうだ、そちらのようすは？　どんな感じがする？　どうぞ」

グローシンガーは将軍の肩に腕をまわしたまま、われを忘れたようにのりだし、スピーカーから数インチのところに耳を近づけた。通信士は音量を下げ、ライス少佐の微妙な声の質を伝えようとした。

声がふたたび聞こえてきた。低いためらいがちな声だ。グローシンガーはその口調にどこかひっかかるものを感じた。――きびきびした、歯切れのよい報告を期待していたのだ。

「地球のこちら側は暗い。いまはまっ暗だ。どこまでも落ちていくような気がする――あなたがいっていたとおりだ。どうぞ」

「何かあったのか？」と将軍が心配そうに。「その声のようすだと、まるで――」

彼がいいおえる間もなく、少佐の声が割ってはいった。「ほら！　あれが聞こえますか？」

「エイブル・ベイカー・フォックス、こちらには何も聞こえないぞ」と将軍はいい、当惑顔でグローシンガーを見た。「どうした――受信機に何かノイズがはいるのか？　どうぞ」

「子供だ」と少佐。「子供の泣き声が聞こえる。あれが聞こえませんか？　それから――ほら！――老人が子供をなだめている」声は遠のき、もはやマイクに直接話しかけるのをやめてしまったかに思える。

「そんなことがあるか、ばかげている！」とグローシンガー。「装置を調べてみろ、エイブル・ベイカー・フォックス、異状がないか調べるんだ。どうぞ」

「だんだん大きくなってくる。たくさんの声がひびいてる。騒がしくて、そちらの通信が聞きとりにくい。人混みのまん中に立っているようだ。みんながわたしの注意を引こうと叫んでいる。まるで……」通信はとぎれた。スピーカーからはいるのは、シューシューという音ばかり。少佐の通信機がつけっぱなしになっているのだ。

「聞こえるか、エイブル・ベイカー・フォックス？　答えてくれ！　聞こえるか？」デイン将軍が呼びかけた。

シューシューというノイズがやんだ。将軍とグローシンガーはぽかんとスピーカーを見つめた。

「エイブル・ベイカー・フォックス、こちらはドッグ・イージー・チャーリー」通信士は単調にくりかえした。「エイブル・ベイカー・フォックス、こちらはドッグ・イージー・チャーリー……」

グローシンガーは顔の上に新聞をかぶせ、交信室のぎらぎらと輝く明かりから目を守りながら、服を着たまま簡易寝台に横たわっていた。寝台は彼のために運びこまれたものだ。数分ごとに、ほっそりした長い指でもつれた髪をかき、悪態をつく。彼の機械は申しぶんなく作動した。申しぶんなく作動しつづけている。ところが、たったひとつ彼の設計しなかったもの、なかに乗る人間が故障を起こし、実験全体をだいなしにしてしまったのである。

彼らは六時間も接触を再開しようと苦労していたが、相手の狂人は小さな鋼鉄の月の内部から地球を見下ろし、声を聞いている。

「また接触がとれました」通信士がいった。「こちらはドッグ・イージー・チャーリー。交信用意よし、エイブル・ベイカー・フォックス。どうぞ」

「こちらはエイブル・ベイカー・フォックス。快晴の地域は、七、十一、十九、二十三の各区。一、二、三、四、五、六の各区は、曇り。八区、九区の上空で、暴風らしいものが発生し、時速約十八マイルで南南西に移動中。どうぞ」

「だいじょうぶのようだな」ほっとした顔で将軍がいった。

グローシンガーは仰向けのまま、新聞紙を顔にかぶせている。「声のことをきいてみてください」

「もう声は聞こえないんだろうな、エイブル・ベイカー・フォックス?」

「どういうことですか、もう聞こえないだろうとは? あんた方の声よりもっとはっきり聞こえている。どうぞ」

「完全に気がふれてる」グローシンガーは身を起こした。

「いまのことば聞こえましたよ」とライス少佐。「そのとおりかもしれません。たしかめるのはそんなに面倒じゃない。アンドルー・トービンという男が、一九二七年二月十七日、インディアナ州エヴァンズヴィルで亡くなったかどうか調べてみてください。どうぞ」

「どうも意味がわからんな、エイブル・ベイカー・フォックス」将軍が不快そうにいった。「アンドルー・トービンとは誰だ? どうぞ」

「聞こえてくる声のひとつです」気まずい沈黙がおりた。ライス少佐は咳ばらいした。「弟に殺されたといっています。どうぞ」

通信士がストゥールからそろそろと腰をあげていた。蒼白な顔をしている。グローシンガーは彼を席に押しもどすと、将軍の力の抜けた手からマイクをとった。

「きみは正気を失ってるんだ。でなければ、これは歴史はじまって以来もっとも青くさい悪ふざけだぞ、エイブル・ベイカー・フォックス」とグローシンガー。「いまきみの相手をしているのはグローシンガーだ。そんな冗談にひっかかると思ってるのなら、きみはわたしが考えていた以上に大ばかものだぞ」彼はうなずいた。「どうぞ」

「よく聞こえない、ドッグ・イージー・チャーリー。失礼、まわりの声が大きすぎる」

「ライス！　いいかげんにしろ！」とグローシンガー。

「ほら――これは聞きとれた。パミラ・リッター夫人が夫に早く再婚をと、子供たちのためにもだ。彼の住所は――」

「やめろ！」

「住所はニューヨーク州スコーシャ、デイモン・プレイス一五七七番地。交信終わり」

デイン将軍がグローシンガーの肩をそっとゆすった。「五時間眠っていた勘定だ。もう真夜中になる」彼はコーヒーをわたした。「あれからまた通信がはいった。興味があるかね？」

グローシンガーはコーヒーをすすった。「まだたわごとを吐いていますか？」

「声はまだ聞こえているらしい。きみがそういう意味でたずねているのならな」将軍は二通の封を切っていない電報をグローシンガーの膝に落とした。「これを誰よりも先に開けたいのはきみだろうと思ってね」

グローシンガーは笑った。「先まわりして、スコーシャとエヴァンズヴィルを調べたんですか？神よ、アメリカ軍を救いたまえ、といいたいですな。将軍みんなが、あなたみたいに迷信深い人ばかりだったら大変だ」

「わかったわかった。きみは科学者だ、理性のかたまりだよ。だから、きみにこの電報を開けてもらいたいのだ。いったいどういうことなのか、わたしに教えてくれ」
グローシンガーは封を切った。

ハーヴィー・リッター。現住所スコーシャ、デイモン・プレイス一五七七。GE社エンジニア。妻とは死別、子供二人。亡き妻の名前パミラ。これ以外の情報も必要か？　スコーシャ警察署長R・B・フェイリー。

グローシンガーは肩をすくめ、デイン将軍に紙をわたした。彼はもう一通の電報を読んだ——

記録によれば、アンドルー・トービンは一九二七年二月十七日、狩猟中の事故により死亡。弟ポールは著名な実業家。アンドルーの設立した石炭会社を所有。連絡ありしだい、より詳しい内容を送付する用意あり。エヴァンズヴィル警察署長F・B・ジョンスン。

「わたしは驚きませんね」とグローシンガー。「こんなことだろうと思った。これで一も二もなく納得されたんじゃないですか——われらの友人ライス少佐は、宇宙空間に幽霊がいることを発見したと？」
「まあ、少佐が宇宙で何かを発見したことはたしかだな」と将軍。
グローシンガーは二通めの電報を手のなかで丸め、部屋の向こうに放り投げたが、それは一フィートの差で屑かごからそれた。両手を組み合わせると、辛抱強い聖職者のポーズをとったが、これは新入生相手の物理学の講義で見せるものだ。「はじめは、いいですか、二つの結論が考えられた。ライス少佐が発狂しているか、でなければ前代未聞の大芝居を打ったかのどちらかだ」彼は両手の親指を動かし、将軍がこの情報を消化するのを待った。「しかし少佐の霊界通信が実在の人びととかかわりあっていることがわかったいまでは、彼がなにか大芝居をたくらみ、それを着々と進めているという結論しか出てこない。名前と住所は、出発のまえに調べておいたんだ。いったいそれで何をやらかそうとしているのか。それを食いとめるためにわれわれに何ができるのか。それがあなたの問題だ」

将軍は目を細めた。「この計画をつぶそうというわけか？　じきにわかるさ、くそっ、じきにわかる」通信士はうたたねをしていた。将軍は彼の背中をたたいた。「目をさませ、軍曹。目をさませ。ライスが返事をするまで呼びつづけるんだ。わかったか？」

通信士の呼びかけは一回だけで終わった。

「こちらはエイブル・ベイカー・フォックス。交信用意よし、ドッグ・イージー・チャーリー」ライス少佐の声には疲労が濃かった。

「こちらはドッグ・イージー・チャーリー」とデイン将軍。「声の話は聞きあきた、エイブル・ベイカー・フォックス――わかるか？　そんな話を聞くのはもうまっぴらだ。そちらのたくらみには気づいている。狙いが何かはわからんが、ひとつだけはっきりしているのは、おまえを引きずりおろして、レベンワース陸軍刑務所にぶちこんでやるということだ。それもおまえが宇宙に歯を置いてけぼりにするくらいの早業でな。これでおたがいの立場が理解できたんじゃないか」将軍は新しい葉巻の吸い口を力まかせにかみきった。「どうぞ」

「さっき報告した名前と住所のチェックはどうなりましたか？　どうぞ」

将軍がふりかえると、グローシンガーは眉をひそめ、首をふった。「ああ、チェックしたとも。しかし、別に何が証明されたわけでもないぞ。おまえが名前と住所を書きとめたリストをもって、宇宙船に乗ったというだけだ。それから何が証明できる？　どうぞ」

「名前はチェックしたわけですな？　どうぞ」

「やめろ、ライス。いますぐにだ。声のことは忘れるんだ、いいか？　気象報告を送れ、どうぞ」

「十一、十五、十六の各区、局地的に晴れ。一、二、三の各区は、厚い雲。ほかはすべて快晴。どうぞ」

「それでいいんだ、エイブル・ベイカー・フォックス」と将軍。「声のことは忘れよう、いいな？　どうぞ」

「老女がいて、ドイツ語訛りのことばで何か叫んでいます。グローシンガー博士はそこにおられますか？　博士の名前を呼んでいるようです。あまり根《こん》をつめて仕事をしないようにと、そういっています――あまり――」

グローシンガーは通信士の肩越しに身をのりだし、受信機のスイッチを切った。「よりによって何という安っぽい、胸くそ悪いはったりを」

「話を聞いてみようじゃないか」と将軍。「きみは科学者だろう」

グローシンガーはいどむように将軍をにらむと、ふたたび受信機のスイッチを入れ、両手を尻にあててうしろに下がった。

「――ドイツ語で何かいっています」ライス少佐の声はつづいた。「わかりません。そちらならわかるかも。聞こえるとおりに発音してみます。“Alles geben die Götter, die unendlichen, ihren Lieblingen, ganz. Alle ――”（無限の存在である神々は、自分のお気に入りたちにすべてを完全に与える。すべての――）」

グローシンガー博士はボリュームをさげた。「“Alle Freuden, die unendlichen, alle Schmerzen, die unendlichen, ganz.”（すべての喜び、すべての苦しみを完全に与える）」彼は小声でいい、寝台にすわった。「そう終わる。母が好きだったことばだ――ゲーテの文章らしい」

「もう一度脅かしてもいいんだぞ」と将軍。

「何のために？」グローシンガーは肩をすくめ、ほほえんだ。「宇宙空間には声がいっぱい」彼は神経質に笑った。「物理学の教科書がすこしはおもしろくなりますな」

「お告げです――これはお告げです」とつぜん通信士が口走った。

「どういうことだ、お告げとは？」と将軍。「宇宙空間には幽霊がひしめいている、それだけだ。わたしは驚きもせんな」

「じゃ、何が出てきても驚きませんな」とグローシンガー。

「そのとおりさ。いちいち驚いているようでは将軍失格だよ。ひょっとしたら、月は生チーズでできているかもしれん。だからどうした？　わたしはただ、自分が狙った標的に弾がちゃんと命中しているか、それを教えてくれる人間を宇宙におきたいだけだ。宇宙空間で何が起ころうが、そんなことはどうでもいい」

「おわかりになりませんか？」通信士がいった。「おわかりになりませんか？　これはお告げなんですよ。霊魂が宇宙に存在するとわかったら、人びとは戦争のことなんか忘れてしまう。霊魂のこと以外には何も話さなくなる」

「おちつけ、軍曹」と将軍。「霊魂の存在なんか誰にもわからん。いいか？」

「こんな発見を隠しておけるものじゃない」とグローシンガー。

「きみの頭の程度も知れたものだな」とディン将軍。「ロケット船のことをひた隠しにしておいて、この件をどうやって公表するというんだ?」

「誰にも知る権利があります」と通信士。

「宇宙船を打ち上げたことが世界中に知れわたったら、それこそ第三次世界大戦だ。そうなってもいいというのだな。敵にしてみれば、こっちがライス少佐の情報を利用するまえに、われわれをたたきつぶすしかない。こっちはそうなるまえに先手を打つだけだ。それでもいいのか?」

「いいえ、将軍」と通信士。「いいとは思いません」

「まあ、実験はできるわけだ」とグローシンガー。「霊魂がどんなものか探りだすいい機会じゃないですか。ライスをもっと高い軌道に上げて、どれくらいまで声が聞こえるか――」

「空軍の予算ではそれはできんな」とディン将軍。「そんなことをするためにライスを打ち上げたんじゃない。道草をくっている余裕はない。あの軌道にいるからこそ、彼は役に立つんだ」

「わかった、わかった」とグローシンガー。「彼の意見を聞いてみましょう」

「ライスを呼びだせ、軍曹」と将軍。

「はい」通信士はダイヤルをまわした。「いまは送信していないようです」ラウドスピーカーのハム音に、送信機のシューシューというノイズがかぶさった。「送信をはじめたようです。エイブル・ベイカー・フォックス、こちらはドッグ・イージー・チャーリー――」

「キング・2《トゥー》・エックスレイ・ウィリアム・ラヴ、こちらはダラスのウィリアム・5《ファイブ》・ゼブラ・ゼブラ・キング」ラウドスピーカーから声がした。柔らかい間延び口調《ドロール》で、音高《ピッチ》はライス少佐の声よりずっと高い。

低音の声が答えた。「こちらは、オルバニーのキング・2《トゥー》・エックスレイ・ウィリアム・ラヴ。

交信用意よし、W5ZZK。こちらの声はよく聞こえるか？　どうぞ」

「鐘のように澄んだ音色だ、K2XWL――二五〇〇〇メガサイクルぴったりだ。こちらはいま微調をとっているところ――」

ライス少佐の声が割ってはいった。「はっきり聞きとれない、ドッグ・イージー・チャーリー。まわりの声はいまでは絶えまない咆哮だ。とぎれとぎれだが、彼らのいってることがわかる。グラントランド・ホイットマンというハリウッドの俳優が、自分の遺言を甥のカールに書き替えられたとどなってる。彼の話だと――」

「もう一度いってくれ、K2XWL」間延びした声がいった。「聞きちがえたかもしれない。どうぞ」

「こちらは何もいってないぞ、W5ZZK。グラントランド・ホイットマンがどうした？　どうぞ」

「群衆が静まりはじめた」ライス少佐がいった。「いまはたったひとつの声しか聞こえない――若い女のような気がする。声が小さすぎて、何といってるのかわからない」

「どうしたんだ、K2XWL？　聞こえるか、K2XWL？」

「女がわたしの名を呼んでる。あんた方には聞こえるか？　わたしの名を呼んでる」

「通信を妨害しろ、ばか！」将軍が叫んだ。「どなれ、口笛を吹け――なんとかするんだ！」

大学まえを通る早朝の車の列が、クラクションの音も騒がしく不機嫌に止まった。うわの空のグローシンガーが、交信室と自分のオフィスへもどる途中、信号を無視して道路を横切ったのだ。彼は驚いて目を上げ、小さな声で詫びると歩道へ急いだ。研究所ビルから一ブロック半ほど離れた終夜営業のレストランでひとり食事をとり、長い散歩をした帰りだった。一、二時間でも外出すれば気分が晴れるのではないかと思った——が、困惑と無力感はまだつきまとっていた。世界にはこれを知る権利があるのか、それともないのか？

ライス少佐からの通信は、その後はいっていなかった。将軍の命令によって、妨害電波の発信がはじまったからである。いまでは誰かが偶然二五〇〇〇メガサイクルに波長を合わせたとしても、休みないブーンという唸りのほかには何も聞こえない。ディン将軍は、午前〇時を過ぎてまもなく、ワシントンにこのジレンマを報告した。いまごろはライス少佐をどう扱うか指示がとどいているだろう。

研究所ビルの石段をのぼりかけ、そこにある日だまりに立ちどまると、グローシンガーは第一面のニュース記事をもう一度読みかえした。《謎の無線通信、遺言の不正をあばく》——そんな見出しの下に、想像力あふれる記事が一段分組まれていた。二人のアマチュア無線家が、使われていないはずの超高周波帯で交信の実験をしたところ、遺言とかたくさんの声とか、男がわけのわからないことをしゃべりまくっているのが聞こえてきた。認可されていない周波数を用いたのだから、二人の行為は明らかに違法なのだが、驚きのあまり彼らはその発見を公表してしまったのだ。いまごろは世界中のアマチュア無線家が、男の声を聞こうと通信機を組み立てていることだろう。

「おはようございます、先生。いい天気ですね」勤務の終わった警備員が声をかけた。陽気なアイルランド人だ。

「うん、いい天気だ」グローシンガーはあいづちを打った。「西のほうはすこし雲が出そうだがね」いまここで真実をぶちまけたら、この警備員は何というだろう、彼はそんなことを思った。おそらく笑いとばすにちがいない。

オフィスにはいると、秘書がデスクの掃除をしていた。「すこしお休みになったらいかがですか？」と彼女はいった。「ほんと、男の方ってどうしてそう体を粗末になさるのか、わたしにはわかりませんわ。奥さんでもおられれば、きっと――」

「もう絶好調さ」とグローシンガー。「ディン将軍から伝言は？」

「十分ほどまえ、先生をさがしにいらっしゃいました。いまは交信室のほうだと思いますけど。ワシントンと電話で三十分ほど話しておられました」

彼女はこの計画についてはほとんど知らないも同然だ。ふたたびグローシンガーは、ライス少佐と声のことを話したい衝動をおぼえ、このニュースが他人にどういう影響を与えるか知りたいと思った。秘書の反応も彼とおなじで、肩をすくめるだけかもしれない。ひょっとしたら、それが時代の風潮か――原子爆弾、水素爆弾、それを超えるなんとか爆弾の時代に生きる人間の共通の心理は、何事にも驚かないことだ。科学は地球を破壊するに充分な力を人類に与え、政治はその力がいつ行使されてもおかしくないという保証を与えた。人類の畏怖の対象として、原子力兵器をうわまわるものはありえない。しかし霊界の存在だけは、少なくともそれに匹敵する。人類にはそれくらいのショックが必要なのだろう。霊界からのことばは、破滅へと進む歴史の流れを変えることになるかもしれない。

グローシンガーが交信室にはいると、ディン将軍が疲れた顔をあげた。「彼を降ろせということになった。ほかに打つ手はない。何にせよ、もう役には立たん」音量をさげたラウドスピーカーからは、妨害信号の単調なハム音が聞こえている。通信士は機械のまえで眠っており、重ねた両腕の上に頭を休めていた。

「あれから接触は？」

「二度やってみたよ。もう完全にいかれてるな。周波数を変えろ、通信を暗号で送れといってみたが、こちらの声が聞こえないのか、べらべらしゃべっているだけだ――例の女のことを」

「女は誰なんだ？　何かいってましたか？」

将軍はおかしな目付きをした。「妻のマーガレットだといってる。気が変になるのもあたりまえじゃないか、え？　われわれも冴えてたよな、家族のきずなを持たない人間を打ちあげたんだからら」彼は立ちあがり、体をのばした。「ちょっと席をはずす。機械に手をふれないようにしてくれ」彼はドアをたたきしめた。

通信士が身じろぎした。「少佐を地上に降ろすことになりました」

「聞いたよ」

「少佐は死にませんかね？」

「滑空用の操縦装置があるんだ。大気圏にはいればそれを使える」

「もしその気があれば、ですね」

「そうだな――もしその気があればだ。軌道からの離脱と大気圏への再突入は、こちらからロケット・エンジンを操作しておこなう。それからあと着陸までは、彼の腕しだいだ」

二人は黙りこくった。部屋のなかの唯一の音は、ラウドスピーカーから流れる低い妨害信号だ。

「少佐は死ぬ気だ、わかってますか？」とつぜん通信士がいった。「あなたならどうしますか？」

「じっさいに直面してみないことには、何ともいえないね」とグローシンガー。彼は未来の世界を空想していた――霊魂とつねに接触を保っている世界、生者と死者が分かちがたく結ばれた世界を。それはすでに予定された未来なのだ。宇宙を探索する過程で、いつかは誰かが見つけだすだろう。それは人生を天国に変えるだろうか、地獄に変えるだろうか？　ろくでなしと天才、犯罪者と英雄、普通人と狂人、かつて生きたすべての人間が、この瞬間から永遠に人類の一部となり――忠告し、なぐさめ、共謀し、口論しつづける……

通信士はうしろめたそうにドアのほうをながめた。「もう一度聞きますか？」

グローシンガー博士は首をふった。「いまではみんながこの波長に合わせている。妨害信号を止めたら一騒動だ」これ以上聞きたくなかった。彼は途方に暮れ、うちひしがれていた。死の秘密が解き明かされたとき、人びとは自殺を選ぶだろうか、それとも新しい希望を抱くだろうか？　彼は自問していた。生きている人間たちは指導者のもとを去り、死者に導きをあおぐだろうか？　シーザーに……シャルルマーニュに……ピョートル大帝……ナポレオン……ビスマルク……リンカーン……ローズヴェルトに？　イエス・キリストに？　死者は生者よりも賢明――

グローシンガーがとめようとしたときには、すでに軍曹は電波妨害の発振器のスイッチを切っていた。

たちまちライス少佐のうわずった高い声がとびこんできた。「……何千人、何万人いるのか、群集がまわりをかこんでいる。何もない宙に立って、オーロラみたいにゆらめきながら――美しい、光り輝く霧のように地球の曲面にそって、どこまでもひろがっている。見えるんだ、聞こえるか？　彼らが見えるんだ。マーガレットもいる。ほほえみながら手をふっている。天使のように、ぼんやりと、美しく。きみたちがこれを見ることができたら――」

通信士があわてて発振器のスイッチを入れた。廊下で足音がしていた。

デイン将軍は大またに交信室にはいってくると、腕時計に目をくれた。「あと五分で彼を降下させる」将軍は両手をポケットにふかぶかと入れると、がっかりしたようにうなだれた。「今度は失敗した。だがこのつぎは、何としてでもやってみせるぞ。このつぎ宇宙へ飛びだす人間は、何が待ちかまえているか知っている――耐えられるはずだ」

将軍はグローシンガーの肩に手をおいた。「これからのきみのもっとも重要な仕事は、霊魂についていっさい口外しないことだ、わかるな？　宇宙船を飛ばしたことを敵に知られてはならないし、敵がおなじことをやろうとしたとき、何に出会うかも知られてはならない。わが国の安全は、その秘密がわれわれの側にあるかどうかで決まるんだ。わかるね？」

「わかります」グローシンガーは低い声でいい、沈黙のほかに選ぶ道がないことにほっとしていた。世界に公表する役まわりだけは引き受けたくなかった。彼はライスを宇宙へ送りだす計画にかかわったことを後悔していた。霊界の発見が人類にどのような作用を及ぼすかは予測もつかないが、衝撃はたいへんなものだろう。いまや彼は、ほかの者と同様に、歴史のつぎなるとてつもない展開を待つだけの人間となったのだ。

将軍はふたたび腕時計を見た。「そろそろ降りはじめたか」

七月二十八日金曜日の午後一時三十九分、イギリスの定期客船カプリコーン号は、リヴァプールに向けて航海中、ニューヨーク・シティの沖あい二百八十マイルのところから、つぎのような報告を無線で送ってきた。未確認物体が付近の海上に墜落し、雲をつくような水柱が右舷の水平線上にのぼったという。船客のなかの数人は、空から落ちる物体が光るのを目撃したとのことだ。カプリコーン号が墜落の現場に着いたところ、死んだ魚や気絶した魚がちらばっているほかには、海面が渦巻いているだけで残骸は見あたらなかったという。

カプリコーン号が目撃したのは、着弾距離のテストのため、海に向かって打ち上げられた実験ロケットではないか、新聞はそうほのめかした。国防長官はただちにその噂を否定し、大西洋上でそのようなテストをおこなった記録はないと断言した。

一方ボストンでは、空軍の若きロケット顧問バーナード・グローシンガー博士が、詰めかけた記者団をまえに、カプリコーン号で目撃された物体は隕石である可能性が大きいと語っていた。

「それはありえますな。もし隕石なら、燃えつきもせず地上まで落ちてきたということだけで、今年最大の科学ニュースだ。ふつう隕石は、成層圏すら通過しないうちに燃えつきてしまうから」

「失礼ですが」ひとりの記者がさえぎった。「成層圏の向こうには何があるんですか――つまり、そこにも名前がついているわけですか？」

「そう、成層圏という用語は便宜的なものでしてね。大気の外側の層というだけだ。成層圏はここまでだというような区切りはない。その向こうにあるのは、まあ――死の空間ですな」

「死の空間――それは正式な名称ですか？」と記者。

「もっとおもしろい名前が必要なら、ギリシア語にいいかえますか」グローシンガーはいたずらっぽくいった。「タナトス、これはギリシア語で死のことだ。〝死の空間〟がいやなら〝死圏《タナトスフェア》〟――こちらのほうがよさそうですな。いかにも科学的なひびきがある。どうですか？」

記者たちは控えめに笑った。

「グローシンガー博士、ロケット船第一号が宇宙へ飛び出すのはいつごろになるでしょう？」別の記者がきいた。

「みなさんはコミックブックの読みすぎだ」とグローシンガー。「あと二十年したらまた会いましょう。もしかしたらとっておきのニュースがあるかもしれない」

記念品

Souvenir

浅倉久志 訳

ジョー・ベインは質屋である。ものぐさな禿げ頭のでぶ男だが、宝石鑑定用のメガネで世界をながめてきたからか、顔の造作ぜんたいが左へ寄ってしまったようだ。孤独で、ほかに才能もないため、もし日曜を除く毎日に、彼がみごとな腕を発揮できる唯一のゲームをやれなかったら、生きる意欲がなくなっていたかもしれない――つまり、いろいろな品物をごく安く手に入れて、めっぽう高い値段でそれを売ることである。ジョー・ベインはそのゲーム、これで仲間の人間をうち負かせると人生が教えてくれた唯一のゲームにとりつかれていた。ゲームそのものが眼目であり、ゲームの儲けは二の次、得点を記録する手段にすぎなかった。

月曜の朝にジョー・ベインが店をあけたときは、峡谷の縁に黒い天井を思わせる雨雲が腰をすえ、この都市をどんより湿った暗い空気のポケットに閉じこめていた。秋の雷がもやに包まれた山腹にそって低くとどろいていた。ベインがコートと帽子を吊るし、傘をおき、ゴム長をぬいで、明かりをつけ、カウンターのうしろのスツールに巨体を落ちつけたと思うまもなく、見るからに貧乏で、この都市に威圧されたようすの若者、オーバーオールを着た、はにかみ屋で、インディアンのように色黒な若者がはいってきて、すばらしい懐中時計を五百ドルで売りたいと申し出た。

「いや、ちがいます」と若い農夫は礼儀正しくいった。「質草《しちぐさ》じゃない。売りたいんだ。その金額で」若者はその時計をベインに渡したくないようすで、つかのま、ごつい手に優しくくるんでから、黒ビロードの四角い布の上においた。「できたらずっと持っていて、おれの長男にくれてやりたいんだけど、ひどい不景気で金がたりなくてね」

「あんた、五百ドルというのは大金だよ」とベインはいった。親切があだになってしょっちゅう人から食いものにされているような口調だった。懐中時計にちりばめられた宝石を調べながらも、ベインは内心の驚嘆をまったく顔に出さなかった。時計をあっちこっちに向けてかざし、三時と六時と九時と十二時を記している四個のダイヤと、リュウズの上についたルビーに、天井の明かりが照り映えるのをながめた。この宝石だけでも、農夫の言い値のすくなくとも四倍の値打ちはある。

「こういう時計はあんまり売れ口がないんでね」とベインはいった。「五百ドルもの金をつぎこんだら、いい買い手がつくまでに何年も待たされるかもしれない」ベインは農夫の日焼けした顔をながめ、相手の気持ちを読み、この時計はもっと安値で買えそうだと判断した。

「この郡ぜんたいをさがしても、こんな時計はほかにふたつとないよ」商売の才覚を見せようと、農夫は慣れない努力を試みた。

「そこをいいたいのさ」とベインはいった。「こんな時計をだれがほしがるね？」そういう本人がそれをほしがっており、すでに自分のものになったつもりでいた。時計の側の横についたボタンを押し、小さいメカニズムが内部でヒューッと回転して、美しく澄んだチャイムがいまの時刻を知らせるのに耳をかたむけた。

「買うのかい、買わないのかい？」と農夫がきいた。

「まあ、まあ」とベインはなだめた。「これは後先《あとさき》も考えずに飛びこむ取引じゃない。買う前に、もっとこの時計のことをよく知っておかないとな」ベインは裏蓋をあけ、そこに外国語の銘刻があるのを見つけた。「これはなんと書いてあるんだね？　知らないか？」

「村の小学校の女の先生に見せたんだが」と若者はいった。「ドイツ語らしいってことしかわからなかった」

ベインはその銘刻の上にティッシュ・ペーパーをのせ、その上から鉛筆の先をこすりつけて、なんとか読める写しをこしらえた。戸口のそばにいた靴磨きの少年にその紙と十セントを渡し、ドイツ料理店の主人に翻訳してもらってこい、と使いに出した。

最初の雨粒が煤けたガラスの上にきれいな跡をひいたとき、ベインはさりげなく若者に話しかけた。「この店に持ちこまれる品物には、警察がけっこう目を光らせていてな」

若者の頬に朱がさした。「この時計はまちがいなくおれのものだぜ。あの戦争で手に入れたんだ」

「ははあ。それで関税を払ったかね？」

「関税？」

「そうだよ。宝石をこの国に持ちこむときには、税金を払わなくちゃならない。でないと、密輸になる」

「雑嚢《ざつのう》に入れて帰国しただけさ。ほかのみんなもそうしてたぜ」と若者はいった。ベインの狙いどおり、心配になってきたようだ。

「密輸品か。まあ、盗品と似たようなもんだな」ベインはなだめるように片手を上げた。「いや、買わないといってるわけじゃない。ただ、扱いがむずかしい品物だといいたかっただけさ。そうだな、もし百ドルで手放す気があるなら、わたしもあんたを助けるために危険をおかしてもいい。これでも復員軍人にはなるたけ手をかすようにしてるから」

「百ドル！　それっぽっち？」

「それぐらいの値打ちしかないし、それだけ出そうというわたしは、人がよすぎるかもしれん」ベインはいった。「いいじゃないか――あんたにとっては濡れ手で粟《あわ》の百ドルだろうが？　どうやって手に入れた？　捕虜のドイツ兵から巻きあげたのか、それとも、焼け跡に落っこちてるのを見つけたのか？」

「ちがうな」若者はいった。「それよりはもっと苦労してる」

人の顔色を見るのに敏なベインは、すでに若者の変化を見てとっていた。その時計を手に入れたいきさつを物語りはじめた相手は、この都市で時計を売るために農場をあとにしたときにいったん失った強烈な自信を、ふたたびとりもどしかけているようだった。


「いちばん気の合った戦友のバザーとおれは」と農夫は語りはじめた。「いっしょに捕虜になったんだ。ドイツのどこかの山のなか――ズデーテンラントってとこだと、だれかがいってた。ある日の朝、バザーとおれが目をさましてみると、もう戦争が終わってたんだ。衛兵はいないし、収容所の門はあけっぱなしだった」

最初のうち、ジョー・ベインは長ったらしい物語を聞かされるのかといらいらした。しかし、相手の語り口は巧みで誇らしげだった。自分の冒険を持たないベインは、むかしから他人の冒険のファンだったので、羨望にかられつつ、その光景を頭に描くことになった。ヨーロッパ戦線で第二次世界大戦が終わった日、一九四五年のうららかな春の早朝に、ふたりの捕虜が収容所のあけっぱなしの門を出て、山のなかの田舎道をくだりはじめるところを。

エディというその若い農夫と、いちばん気の合った戦友のバザーは、平和と自由のなかへと歩きだした。痩せこけて、服はぼろぼろで、垢だらけで、空腹だったが、だれに対しても悪意はなかった。ふたりが兵役に志願したのは誇りからであって、恨みからではなかったからだ。いま戦争は終わり、義務は果たされ、望みは故郷へ帰ることだけ。ふたりは一歳ちがいだが、防風林の二本のポプラのようによく似ていた。

そもそもの最初は、収容所の近くをちょっと見物してもどり、ほかの捕虜仲間といっしょに公式な解放軍の到着を待とうという考えだった。しかし、その計画はあえなく蒸発した。カナダ兵の捕虜ふたりから、こわれたドイツ軍のトラックのなかで見つけたひと瓶のブランデーで勝利の乾杯をしよう、と持ちかけられたからだ。

ふたりの縮みきった胃袋のなかは豪勢にほてり、頭のなかは軽くなり、すべての人類に対する信頼と愛で満たされた。気がついてみるとエディとバザーは、山々を縫っていく本道で、押しあいへしあう哀れなドイツ人避難民の行列に巻きこまれていた。ソ連軍の戦車隊から逃げだしてきた避難民だった。その戦車隊は、背後から下手にかけての谷間を、単調な轟音を立ててわがもの顔に進んでいた。無防備なドイツの国土の最後の一片までを占領しようとしていた。

「おれたちはなにから逃げてるんだ?」とバザーはいった。「もう戦争は終わったんだぜ、ちがうか?」

「ほかのみんなは逃げてるぞ」とエディは答えた。「だから、おれたちも逃げたほうがいいかもな」

「ここがどこなのかも知らないのにか」とバザーはいった。

「あのカナダ人は、ズデーテンラントだといってたが」

「それはどこなんだ？」

「いま、おれたちのいるところさ」エディはいった。「すてきなやつらだったな、あのカナダ人は」

「世界に向かってこういいたいよ！　おーい」とバザーはいった。「きょうのおれは、だれもかれも大好きだ。ヤッホー！　あのブランデーがもう一本あったら、ゴムの乳首をつけて、一週間ベッドで添い寝をしたいもんだ」

エディは背の高い、心配そうな顔つきの男の肱をつついた。黒い髪を短く刈り、サイズの小さすぎる背広を着ている。「みんなはどこへ向かって逃げてるんだい？　戦争は終わったんじゃないのか？」

男はこわい顔をして、なにかぶつぶつつぶやき、荒っぽく肱をふりはらった。

「英語がわからないんだ」エディはいった。

「どうしたんだよ、おい」バザーがいった。「どうしてこの連中の母国語で話しかけないんだ？　せっかくの才能を隠すな。おまえがここにいる人にドイツ語でシュプレッヒェンするところを聞かせてくれ」

ふたりが近づいたのは、路肩でとまっている黒塗りで低い車体の小型ロードスターだった。筋肉隆々で角ばった顔の若い男が、故障したエンジンをいじっていた。革張りの助手席にはもっと年長の男がすわっていた。ほこりまみれの顔で、何日分かの黒い無精ひげが伸び、帽子のつばをうんとひきさげていた。

エディとバザーは足をとめた。「よし」とエディはいった。「聞いてろよ――ヴィー・ゲーテス？」エディはひとつおぼえのドイツ語で、金髪の若い男に話しかけた。

「グート、グート」と若いドイツ人はつぶやいた。それから、この自動的な返事のばかばかしさに気づいたのか、非常な苦々しさをこめていった。「ヤー！　ゲーテス・グート」

「万事順調だそうだ」とバザーはいった。

「ほう、おまえぺらぺらじゃないか、すごく流暢だぜ」とバザーはいった。

「うん。これでも世界を股にかけてきたからな」エディはいった。

年長の男は生気をとりもどし、エンジンを修理している男をどなりつけた。かんだかい、脅しのこもったわめき声だった。

金髪の男はおびえたようすだった。前以上にやけくそな努力でエンジンの修理にもどった。ついさっきまでかすんでいた年長の男の目が、いまはぎらぎら燃えさかっていた。何人かの避難民が、通りすがりに彼のほうを見た。

年長の男は挑むように相手の顔をつぎつぎと見やり、大きく胸をふくらませてどなりかえそうとした。だが、そこで思いなおしたのか、どなる代わりにためいきをつき、意気が挫《くじ》けたようだった。男は両手に顔を埋めた。

「彼はなんといってる？」バザーがきいた。

「おれの知ってる方言じゃないんだよ」エディはいった。

「下層階級のドイツ語か、ええ？」バザーはいった。「なにが起きてるのかをだれかが教えてくれるまで、おれはもう一歩だって歩かないぞ。おれたちはアメリカ人だ。おれたちの側が勝った、そうだろう？　なんでこんなドイツ人どものなかへ巻きこまれなきゃならないんだ」

「きみたち——きみたちはアメリカ人」金髪の男が、意外にも英語でいった。「これからきみたちは彼らと戦わなければならない」

「英語をしゃべれるやつがいたぞ」バザーはいった。

「しかも、けっこううまい」エディはいった。

「わるくない、りっぱなもんだ」バザーはいった。「おれたちはこれからだれと戦うんだって？」

「ロシア人だ」若いドイツ人は、その考えをたのしむように答えた。「もし彼らにつかまったら、きみたちは殺されるだろう。彼らは行く手にいるものをみな殺しにしているさいちゅうだ」

「まさか」とバザーはいった。「おれたちはやつらの側なんだぜ」

「どれぐらい前から？　逃げろ、早く逃げろ」金髪の男は悪態をつき、エンジンにレンチを投げつけた。年長の男をふりかえってなにかいったが、この相手を死ぬほど怖がっているようすだ。

年長の男はドイツ語で一連の罵り文句を吐きだしたが、すぐにしゃべり疲れ、車から出て、ドアをばたんと閉めた。ふたりの男は戦車隊がやってくる方角を心配そうにながめ、徒歩で坂道をくだりはじめた。

「どこへ行くんだ？」とエディはきいた。

「プラハ――プラハにはアメリカ軍がいる」

エディとバザーはそのあとにつづいた。「きょうはまったく地理で混乱しちまったな、ちがうか、エディ？」バザーはそこで足をつまずかせ、エディが体を支えた。「ああ、くそ、エディ、あの酒のやつが足をすくいやがる」

「うん」エディの知覚もなんとなくぼやけてきたようだ。「プラハなんかくそくらえだ。車がだめなら行かないってことだ。それできまり」

「そうさ。どこか日かげを見つけて腰をおろし、ロシア人がくるのを待つか。この認識票を見せりゃいいんだ」バザーはいった。「これを見せりゃ、やつらはきっとごちそうをよこす」バザーは襟のなかへ指をつっこみ、ヒモからぶらさがった認識票をとりだした。

「そうそう、そのとおり」じっと耳をすませていた金髪のドイツ人がいった。「きっとロシア人はすてきなごちそうをしてくれる」

避難民の行列のスピードはどんどんにぶり、いっそう混みあってきた。とうとう行列はぶつぶついいながらストップしてしまった。

「きっと行列の先頭に女がいて、ロード・マップを読もうとしてるんだ」とバザーはいった。

道路のはるか下手から、遠い寄せ波のようにさけび声のやりとりが聞こえた。不安で落ちつかない何秒かが過ぎたのち、トラブルの原因が明らかになった——この行列は、恐怖にかられて逆の方角をめざしているべつの避難民の行列に出会ったのだ。ソ連軍はこのあたりを包囲したらしい。いま、ふたつの行列はひとつに溶けあって、小さい村のまんなかであてどのない渦巻きとなり、脇道や両側の斜面へあふれだそうとしていた。

「どのみち、プラハに知りあいはいないしな」バザーはそういうと、道路からはなれ、塀にかこまれた農家の門のそばに腰をおろした。

エディもそれにならった。「こいつはたまげた。バザー、なんならここに残って、銃砲店をひらいたほうがいいかもしれんぞ」彼は片手をぐるっとまわして、草地の上に散らばった小銃やピストルを示した。「銃弾までそろってる」

「銃砲店をひらくのにはうってつけの土地だぜ、ヨーロッパは」とバザーはいった。「このへんの連中はみんな銃に首ったけだもんな」

まわりでごったがえす避難民の恐怖の高まりをよそに、ブランデーの酔いからバザーは居眠りをはじめた。エディも目をあけているのがやっとだった。

「ははあ！」と道路のほうから声がした。「アメリカの友人たちはここにいたか」

エディが目を上げると、ふたりのドイツ人、がっちりした体格の若い男と、短気な年長の男が、ふたりに向かって笑いかけていた。

「よう」とエディはいった。ブランデーが与えてくれた空元気《からげんき》はそろそろ薄れ、不安がとって代わろうとしていた。

若いドイツ人は門を押しあけて、農家の庭にはいった。「よかったら、こっちへこないか？」とエディにいった。「だいじな話がある」

「ここでいえよ」とエディは答えた。

金髪の男は腰をかがめた。「われわれは降伏したい」

「なにをしたい？」

「われわれは降伏する」金髪の男はいった。「われわれはきみたちの捕虜だ——アメリカ陸軍の捕虜だ」

エディは笑いだした。

「真剣な話だぞ！」

「バザー！」エディはブーツの爪先で戦友をつついた。「おい、バザー——聞けよ」

「ふん？」

「おれたちはいまこのふたりを捕虜にしたんだ」

バザーは目をひらき、ふたりの相手をながめた。「くそ、おまえはおれより酔っぱらってるぞ、エディ。だれかを捕虜にするなんて」とようやく答えた。「ばかやろう——戦争は終わったんだ」

寛大に手をふった。「自由の身にしてやれ」

「われわれをアメリカ軍の捕虜にして、ソ連占領地域を越えてプラハまで連れていけば、きみたちは英雄になれる」金髪の男はそういうと、声をひそめた。「この方は有名なドイツの将軍だ。考えてみたまえ——きみたちは将軍を捕虜にできるんだ！」

「ほんとに将軍なのか？」とバザーはきいた。「おやじさん、ハイル・ヒトラー」

年長の男は、簡略な敬礼のしるしに右手を上げた。

「まだすこしは元気が残ってるようだな」バザーはいった。

「さっきの話だと」とエディはいった。「おれとバザーはソ連軍の占領地域を通りぬけるだけでも英雄になれそうだぜ。ドイツの将軍なしでもな」

ソ連軍の戦車隊の轟音がしだいに大きくなってくる。

「わかった、わかった」と金髪の男はいった。「それじゃ、その軍服を売ってくれ。きみたちは認識票があるからだいじょうぶ。われわれの服を着ればいい」

「おれは死ぬよりも貧乏なままがいい」エディはいった。「そうだろう、バザー？」

「ちょっと待てよ、エディ」バザーはいった。「ちょい待ち。そっちはなにをよこす？」

「ここの庭へはいりたまえ。ここでは見せられない」金髪の男がいった。

「この近所にはナチがいるって評判だったぜ」バザーはいった。「いいじゃないか、ここでちょっと見せろ」

「おい、ばかなまねはよせよ」エディはいった。

「おれがどんな幸運を見送ったかを、いつか孫たちに話してやるためさ」とバザーはいった。

金髪の男はポケットのあっちこっちをさぐった。そして、ドイツ紙幣のぶあつい束をとりだした。

「南軍の札束か！」バザーはいった。「ほかになにがある？」

年長の男が懐中時計をとりだしたのはそのときだった。外側が金製で、ダイヤが四個にルビーがひとつついていた。ありとあらゆる種類の人間がそろった避難民の群れのなかで、金髪の男は、バザーとエディにこう持ちかけた。もし塀のかげへはいって、ぼろぼろのアメリカの軍服をドイツの民間人の服と交換してくれるなら、その懐中時計をやろうという。アメリカ人をそれほどまぬけだと思っているのか！

すべてがおそろしく滑稽《こっけい》で、たがははずれていた。エディとバザーはほろ酔いきげんだった！故郷へのなんとすごいみやげ話ができたろう！ふたりは懐中時計などほしくなかった。生きて故郷へ帰りたいだけだった。ありとあらゆる人間のそろった避難民の群れのなかで、金髪の男は、懐中時計といっしょにそれもよこすつもりなのか、小型拳銃までふたりに見せた。

しかし、いまではかりにだれかがジョークをいったとしても、それは相手の耳に届きもしなかった。大地がゆらぎ、空気はこなごなに切り裂かれた。勝ち誇ったソ連軍の装甲車輛隊が、轟音とバックファイアの音をひびかせながら、坂道を登ってきたのだ。避難民のなかでそうできるものは、みんなその破壊軍団の行く手から飛びのいた。運のいいものばかりではなかった。なかの何人かはずたずたにされた。轢きつぶされた。

気がつくと、エディとバザーとその老人と金髪の男は、塀のなかにはいっていた。そこは、さっき金髪の男がアメリカ兵のふたりに、民間人の服に懐中時計をつけて、軍服と交換しようと持ちかけた場所だった。轟音のなかで、だれもがなんでもやれて、だれがなにをしてもだれも気にかけないうちに、金髪の男はバザーの頭を撃ちぬいた。つぎに拳銃の狙いをエディにつけた。そして撃った。だが、弾はそれた。

それが最初からの狙いだったにちがいない。エディとバザーを殺すことが。しかし、英語を話せない老人が、自分を捕えた相手の前でどうやってアメリカ人になりすませるというのか？　それは不可能だ。金髪の男ならそれができる。そして、ふたりとも捕虜にされかけている。その老人にできるのは自殺だけだった。

エディは現場にもどってきて、塀の外から金髪の男をながめた。しかし、金髪の男はもうエディに興味がないようだった。バザーが身にまとっている服が、金髪の男に必要なもののすべてだった。まだバザーが生きているのではないかと、エディが塀の上からのぞいたとき、金髪の男は死体から服を剝ぎとっていた。いま、拳銃は老人の手のなかにあった。老人はその銃口をくわえ、自分の脳をふっとばした。

金髪の男はバザーの軍服と認識票を身につけて歩き去った。バザーはGIの下着姿で、認識票もなしに死んでいた。エディは、老人とバザーのあいだの地面に懐中時計が落ちているのを見つけた。時計はまだ動いていた。正しい時刻を指していた。エディはそれを拾いあげ、ポケットにいれた。

ジョー・ベインの質屋の外では、すでに風雨もおさまっていた。「故郷へ帰ってから」とエディは言葉をついだ。「おれはバザーの遺族に手紙を書いたよ。彼は戦争が終わってから、ドイツ兵と戦って殺された、と。軍にもおなじ報告をしておいた。バザーが死んだ土地の名前は知らなかったから、軍があいつの死体を見つけてちゃんとした葬式ができる見こみはなかった。あいつをあそこへほっとくしかなかったんだ。だれがバザーを埋葬したとしても、GIの下着が見わけられなければ、アメリカ人だとは気がつかないだろう。ドイツ人に見えたかもしれない。なんにだって見えただろうな」

エディは質屋の鼻先から懐中時計をさらいとった。「こいつの値打ちを教えてくれてありがとよ」と彼はいった。「記念品としてとっとくほうがよさそうだ」

「五百ドル」とベインはいったが、エディはすでにドアから出ていったあとだった。

それから十分後、靴磨きの少年が懐中時計の銘刻文の翻訳を手にもどってきた。これがその文章だった——

『陸軍参謀本部長ハインツ・グデーリアン将軍に与える——ドイツ第三帝国の聖なる土地から最後の敵兵が駆逐される日まで彼の休息はあるまい。アドルフ・ヒトラー』

ジョリー・ロジャー号の航海

The Cruise of *The Jolly Roger*

浅倉久志 訳

大恐慌で宿なしになったネイサン・デュラントは、やがて合衆国陸軍のなかに安住の場を見つけた。陸軍で十七年を過ごし、大地を戦闘の場と考えるようになった。山と谷は縦射地と遮蔽地であり、地平線はけっして自分をシルエットにしてはならない場所であり、家や森や茂みは援護物にほかならない。それはすてきな生活だった。戦闘のことを考えるのに飽きると酒と女を手にいれ、翌朝にはふたたび元気いっぱいで戦闘のことを考えた。

こうして三十六歳になったとき、朝鮮半島の戦場で、遮蔽地の濃い緑の援護物の下にあった指揮所に敵の発射体が落下し、デュラント少佐と、たくさんの地図と、彼のキャリアを、天幕の外へふっとばした。

むかしからデュラントは、若いうちに華々しい戦死をとげるつもりだった。だが、彼は死ななかった。死は遠い遠い彼方にあり、デュラントが対峙することになった敵は、なじみのない平和の歳月という恐るべき軍団だった。

病院で隣のベッドにいる男は、もとの元気な体にもどったら自家用船を買いたいという夢をたえず口にしていた。デュラント自身には、平和な時代の心おどる夢も、家庭も家族も民間人の友だちもなかったので、隣のベッドの患者の夢を借りることにした。

片頬に深い傷痕が刻まれ、右の耳たぶを失い、片膝が曲がらなくなったデュラントは、病院からもよりの港、ニュー・ロンドンの造船所へ足を運び、中古のキャビン・クルーザーを買った。そこの港で操船の基本を練習し、造船所へ遊びにくる子供たちの助言をいれてジョリー・ロジャー号（ジョリー・ロジャーは海賊旗のことで、『ピーター・パン』のフック船長の海賊船の名前でもある）と命名し、試験的にマーサズ・ビニヤード島へ旅立った。

その島には一日しか滞在しなかった。その島の穏やかな不変のたたずまいと、深く静かな時間の湖を思わせるムードにすっかり気がめいってしまったのだ。平和に浸りきった島の男女は、古手の軍人にはお天気のあいさつしかしようとしない。

デュラントはケープコッドの肱の部分にあるチャタムへ逃れ、灯台の下でひとりの美女が近くにいるのに気づいた。もし、彼がむかしの軍服姿で、むかしどおり、これから危険な任務に出動するような顔つきだったら、その美女と腕を組んでどこかへ歩き去る結果になったかもしれない。むかしのデュラントなら、ケーキのアイシングを食べていいという特別許可をもらった幼い少年のように、女たちがちやほやしてくれたものだ。しかし、その美女はなんの興味もなさそうにそっぽを向いてしまった。デュラントはたんなるでくのぼうになったのだ。すでに火花は消えていた。


ケープコッドの東海岸の砂丘の沖で短い強風にあおられたとき、かつてのむこう見ずな気性が一、二時間だけ復活したが、それに気づいてくれる人間はだれも乗っていなかった。プロヴィンスタウンの波静かな港にたどりつき、上陸したときのデュラントは、ふたたびうつろな人間になっていた。つねに自分の居場所がなく、人生のすべてが過去になった人間に。

「すみません、顔を上げてください」両手にカメラを構え、若い女を腕にすがらせた派手な服装の青年が、彼にそう命じた。

不意をうたれてデュラントが顔を上げると、カメラのシャッターが切られた。「ありがとう」と青年が明るくいった。

「あなたは画家ですか？」青年の連れの女がきいた。

「画家？」デュラントはいった。「いや——陸軍の退役将校だ」

若いふたりは落胆を隠そうとへたな努力をした。

「あいにくだったな」デュラントは疲れて腹立たしい気分だった。

「あら！」と若い女がいった。「あそこにほんとの画家がいるわ」

デュラントはその画家たちにちらと目をやった。突堤の上に、おそらく二十代後半と思われる三人の男とひとりの女が、白茶けてひび割れた材木の山にもたれてすわり、スケッチをしている。その日焼けしたブルネットの女は、まっすぐにデュラントを見かえした。

「スケッチされるのはおいや？」と彼女はきいた。

「いや——いや、べつに」デュラントは気むずかしい声を出した。そのポーズで凍りついたまま、ふしぎに思った。考えこんでいた表情が絵になるとでも思われたのだろうか。いま考えていたのは昼食のことだったのを思いだした。ジョリー・ロジャー号の船内の小さい調理室には、しわの寄った四本のウインナ・ソーセージと、半ポンドのチーズ、それに気のぬけたビールの飲み残しが待っている。

「ほら」と女がいった。「どうでしょう？」できあがったスケッチをさしだした。

デュラントが見たものは、迷子のように背をまるめた、顔に傷のあるひもじそうな大男の淋しい姿だった。「わたしはこんなにひどいかっこうかね？」なんとか笑顔をとりつくろいながら、そうたずねた。

「こんなにひどい気分なんですか？」

「昼食のことを考えていたんだ。世のなかにはけっこうまずい昼食もあるから」

「わたしたちがこれから行くお店ならだいじょうぶ」彼女はいった。「いっしょにいらっしゃいません？」

デュラント少佐はいっしょに行くことにした。おもしろい秘密でいっぱいの人生を踊りながら生きているようなエドと、テディと、ルーの三人、それにマリオンという女。たとえ年はかけはなれていても、つきあう相手ができたことにほっとした気分で、小道を進む足どりも軽くなった。

昼食のあいだ、ほかの四人は絵や、バレエや、芝居のことをしゃべった。デュラントは興味のあるふりをするのに疲れてきたが、努力をつづけた。

「ここの料理はおいしいでしょう？」マリオンが気を遣って、さりげなくたずねた。

「うむ」とデュラントは答えた。「しかし、シュリンプ・ソースの味が薄い。もうすこし――」彼はあきらめた。つむじ風のように、四人がまたたのしい雑談に舞いもどったからだ。

「ここへは車でこられたんですか？」デュラントから恨みがましい視線で見つめられているのに気づいて、テディがたずねた。

「いや」とデュラントは答えた。「船で」

「船で！」みんなが興奮したようすでこだまを返し、デュラントは自分がセンター・ステージに立ったことに気づいた。

「どんな種類の船ですの？」マリオンがきいた。

「キャビン・クルーザー」

みんなはがっかりした顔になった。「ああ」とマリオンがいった。「ぜいたくなキャビンのついたモーターボートね」

「そう」デュラントは最近経験したばかりの嵐のことを話したい誘惑にかられた。「しかし、とうてい気楽なピクニックとは――」

「船名は？」とルーがきいた。

「ジョリー・ロジャー」

四人は顔を見あわせてから、その名前をくりかえしてげらげら笑いだし、デュラントを驚きと当惑におとしいれた。

「もしも犬を飼ったら」とマリオンがいった。「スポットと名をつけるでしょうね、あなたは」

「犬の名前としては申し分ないと思うが」デュラントは頬に血がのぼるのを感じた。

マリオンはテーブルの上に身を乗りだし、彼の手を軽くなでた。「ああ、ごめんなさい、どうか気にしないで」無責任なほど愛情深いこの女性は、立腹はしていても孤独なデュラントにその接触がどれほど深い意味をもたらすかに、つゆほども気づいていなかった。「わたしたちばっかりおしゃべりして、あなたにひとことも口をはさませなくて」とマリオンはいった。「陸軍ではなにをしてらしたんですか？」

デュラントは不意をつかれた。陸軍にいたとはひとこともいってないし、階級章のついた軍服を着ているわけでもない。「あー、しばらく朝鮮半島にいたんだがね。戦傷で陸軍を退役になった」

四人は感服して尊敬の目をそそいだ。「おいやでなければ、その話を聞かせてもらえませんか？」とエドがいった。

デュラントはためいきをついた。エドやテディやルーにその話をするのはいやだったが、マリオンにはぜひとも聞いてもらいたい――彼女とは趣味も嗜好もちがうが、生き生きした自己流の話術を聞いてほしかった。「いいよ」とデュラントは答えた。「まだ伏せておくほうがいい出来事もあるが、大部分は話してもさしつかえなかろう」椅子の背にもたれ、タバコを一服つけ、前進観測所からまばらな茂みをすかして過去を見通すように、目をするどく細めた。

「えーと」と彼は話しはじめた。「東海岸にいたときだ……」デュラントはこれまで一度もその物語をしたことがなかった。いま、多弁で洗練された語り手になりたい一心で、頭にうかぶ大小のディテールをすべてとりこんでいった結果、やがてその物語はまったく物語のていをなさない、もやもやしてぶざまなもの、事実この目で見てきた戦争そのものになってしまった――それは無意味でこみいった混乱の塊であり、リアリズムとしては一級品でも、エンターテインメントとしてはさんざんな出来だった。

デュラントはすでに二十分も話しつづけ、聴き手たちはすでにコーヒーとデザート、それにひとり二本ずつのタバコを吸いおわって、ウェートレスはいつ勘定書きを届けようかとじりじりしていた。デュラントは自分への苛立ちで顔が赤くなり、朝鮮半島の南半分、四万平方マイルの戦線にひろがる数千人のキャストの扱いに苦しんでいた。聴き手たちはどんよりした目つきで耳をかたむけ、部分がひとつに集まって大団円に近づく気配を感じるたびに、目を輝かせた。しかし、その期待はつねに裏切られ、マリオンが三度目のあくびをかみころしたとき、デュラントは物語のなかの自分を天幕からふっとばして、やっと物語にけりをつけた。

「なるほど」とテディがいった。「実際に戦争を見たことのない人間には、想像もつきませんね」

「言葉ではとても実感がわかないわね」マリオンがいった。彼女はまたデュラントの手を軽くなでた。「そんなにたいへんな経験をしてこられたのに、とても謙虚なんですね」

「たいしたことじゃないさ」デュラントはいった。

つかのまの沈黙のあと、マリオンは立ちあがった。「とても興味深くて有益なお話でしたわ、少佐。どうかジョリー・ロジャー号でたのしいご航海をなさるように、わたしたちみんなで祈っています」

それでこのひと幕は終わった。


ジョリー・ロジャー号にもどって、デュラントは気のぬけたビールを飲みほし、もうあきらめよう、と自分にいい聞かせた——この船を売り、あの病院にもどって、バスローブをはおり、トランプのゲームや雑誌のひろい読みを最後の審判の日までつづけよう。

ニュー・ロンドンへもどろうと、デュラントは憂鬱な顔で海図を調べた。そのうちに気がついたのだが、第二次大戦で戦死した友人の故郷の村が、ここからほんの数マイルの距離にある。もどり旅でその幽霊を訪ねるのは、皮肉な意味でいまの自分にふさわしく思われた。

幽霊もどきの気分で早朝のもやのなかを抜け、その町に到着したのは、戦没将兵追悼記念日《メモリアル・デイ》の前日だった。デュラントはまずい着岸操作で町の波止場をゆさぶってから、不器用にロープを結んでジョリー・ロジャー号を停泊させた。

メイン・ストリートまでくると、あたりは静かだが、旗がびっしり立ちならんでいた。外を歩いている人間はたったふたりで、陰気なよそものにちらと目を向けただけだった。

デュラントは郵便局に立ちより、古ぼけた窓口で郵便の仕分けをしているきびきびした老婦人に声をかけた。

「失礼。わたしはペフコの家族を訪ねてここへきたものですが」

「ペフコ？　ペフコ？」とその郵便局員はいった。「このへんにそういう名前の人はいないわね。ペフコ？　避暑にくる人たちかしら？」

「いや――そうじゃないと思う。そうじゃないのはたしかです。ひょっとすると、しばらく前によそへ引っ越したかもしれませんが」

「そうね、もしここに住んでいたことがあれば、郵便をとりにくるから、わたしも知ってるはずだけど。年じゅうここに住んでる人は、たったの四百人なんですよ。でも、ペフコという名前は聞いたことがないわね」

通りの向かいの法律事務所からやってきた女性秘書が、デュラントのそばにしゃがみこみ、私書箱のダイヤル錠をまわしはじめた。

「アニー」と郵便局員はいった。「このへんにペフコっていう人が住んでたかしら？」

「いいえ」アニーが答えた。「砂丘の上手の夏別荘だったらべつだけど。あそこにだれが住んでるかは、おぼえきれないのよね。しょっちゅう人が変わってるから」

アニーが立ちあがった。デュラントが見たところ、実用一点ばりの感じで、媚態や装身具には無縁だが、とても魅力的な女性だ。しかし、いまのデュラントは自分を退屈な男と信じこんでいたので、彼女に接する態度にもあまり熱がなかった。

「失礼。わたしはデュラントというものです。ネイサン・デュラント少佐です。陸軍で最高の親友だった男が、ここの出身でしてね。ジョージ・ペフコ――この町に住んでいました。本人もそういったし、記録にもそう出ている。それはたしかなんですよ」

「おーう」とアニーはいった。「ちょ、ちょ、ちょっと待って。そのとおりね――たしかに。いま思いだしたわ」

「彼を知っていたんですか？」デュラントは聞いた。

「彼のことをね」アニーはいった。「あなたがだれのことをおっしゃってるのか、やっとわかりました。戦死された方ですね」

「彼が戦死したとき、わたしはいっしょにいました」

「そう聞いても、まだ思いだせないわ」と郵便局員がいった。

「彼のことはおぼえてなくても、家族のことはおぼえてない？」とアニーはいった。「あの人たちもやっぱり砂丘の上手に住んでいたの。そうね、ずいぶん前――十年から十五年も前。ポール・エルドリッジにたのみこんで、冬のあいだあそこの夏別荘のひとつを借りた大家族をおぼえてる？子供が六人だか七人いて。それがペフコ一家。凍死しなかったのがふしぎなぐらい。暖房といっても暖炉しかないんですもの。おやじさんがここへクランベリーを摘みにきて、ずうっと冬もここに居ついてしまったわけ」

「正確にはホームタウンじゃないのね」郵便局員はいった。

「ジョージはそういってました」とデュラントはいった。

「そうね」アニーはいった。「若いジョージにとっては、ホームタウンはどこでもよかったんだと思いますわ。ペフコ一家は流れ者でしたから」

「ジョージはこの町から入隊したんです」デュラントはいった。「たぶん、だからここにきめたんでしょう」おなじ思考経路のもとに、デュラントはピッツバーグをホームタウンに選んだ。ほかにも候補にのぼった町は十ではきかない。

「陸軍のなかに安住の場所を見つけた人たちのひとりね」郵便局員がいった。「痩せこけた、きかん気の子供でした。いま思いだしたわ。あの家族には郵便が一通もこなかったんですよ。そう、それに教会へ通う人たちでもなかった。だから、忘れていたのね。流れ者だったから。アニー、あの子はあなたの兄さんとおない年ぐらいじゃなかった？」

「そう。でも、あのころのわたしはいつも兄のうしろにくっついて遊んでたし、ジョージ・ペフコは兄の友だちとつきあいがなかったから。あの人たちは自分らだけで暮らしてたんですよ、ペフコ一家は」

「だれか彼のことをよくおぼえている人はいませんか」とデュラントはいった。「つまり、だれか――」切迫感におそわれて、途中で言葉を切った。ジョージの痕跡のすべてがだれにも知られずに消えてしまう、という思いには耐えられなかった。

「そうそう、そういえば」とアニーがいった。「あの人にちなんで命名された広場があったはずです」

「広場？」デュラントはききかえした。

「広場というほどのものじゃないけど」アニーがいった。「でも、広場と呼んでます。ここの出身者が戦死したとき、町では公有の小さい空き地に――たとえば、ロータリーなんかに――その人の名前をつけるんです。故人の名を刻んだプレートをそこにおいて。波止場の近くにあるあの三角形の空き地――たしかあそこですわ、あなたのお友だちの名がついたのは」

「最近ではたくさんできておぼえきれないのよね」郵便局員がいった。

「行ってみます？」アニーがいった。「よろこんでご案内しますけど」

「プレートを？」デュラントはいった。「いや、けっこう」両手についたほこりをはらった。「ところで、レストランへはどう行けばいいでしょうか――バーのあるような？」

「六月十五日が過ぎれば、店をあけるんですけどね」と郵便局員はいった。「いまはどこの店も休業で、シャッターが下りてます。サンドイッチぐらいなら、ドラッグストアで買えるけど」

「では、もうおいとましたほうがよさそうだ」とデュラントはいった。

「せっかくここまでいらっしゃったんだから、パレードがはじまるまでお待ちになれば」とアニーはいった。

「十七年も陸軍にいたあとでは、べつにめずらしくもないな」デュラントはいった。「なんのパレードです？」

「メモリアル・デイの」とアニーはいった。

「それは明日だと思ったが」

「きょうは子供たちが行進するんです。学校は明日お休みですから」アニーはにっこり笑った。

「少佐、ご退屈でしょうけど、またもうひとつ、パレードをがまんすることになりそうですよ。ほら、やってきました」

デュラントは無関心な表情で彼女のあとにつづいて歩道に出た。バンドの音は聞こえるが、行進者たちはまだ姿を見せない。行列を待っている見物人は、せいぜい十人かそこらだった。

「子供たちは広場から広場へ行進するんです」アニーはいった。「ジョージ広場のそばで待ちましょうか」

「おっしゃるとおりに」とデュラントはいった。「そのほうが船にも近くなる」

ふたりは波止場とジョリー・ロジャー号の方角に向かって坂を下りはじめた。

「この町では、とてもきれいに広場を手入れしてますの」とアニーはいった。

「どこでもそうだ、どこでも」とデュラント。

「きょうは、このあと急いでどこかへいらっしゃるご予定なんですか？」

「わたしが?」デュラントは苦い口調でいった。「わたしが? わたしを待つものはどこにもない」

「そうでしたか」アニーが驚いたようにいった。「ごめんなさい」

「あなたのせいじゃない」

「どういうことでしょうか」

「わたしもジョージとおなじような軍隊ゴロなんだ。軍はわたしにもプレートをよこしてから、射殺するべきだった。だれが見てもなんの価値もない男を」

「ここがその広場ですわ」アニーが優しくいった。

「どこが? ああ――あれか」その広場は一辺十フィートほどの三角形の芝生で、交差した道路と小道が作りだした偶然の産物だった。中央にひらべったい大石が据わり、あっさり見過ごされそうな金属のプレートがその上にはめこまれていた。

「ジョージ・ペフコ記念広場」とデュラントはその銘文を読んだ。「たまげたね、ジョージがこれを見たらなんというだろう?」

「気に入ってもらえるんじゃないでしょうか」とアニーはいった。

「おそらく笑いだすね」

「なにがおかしいのか、よくわかりませんが」

「なにもない、まったくなにもない――ただ、無関係だというだけで。ちがうかな? だれがジョージのことを気にかける? ジョージのことを気にかける理由がどこにある? この町の人たちは、そこにプレートをおいて、おきまりのことをしただけだ」

いまでは楽隊の姿が見えた。歩調のそろわないティーンエイジャーがぜんぶで八人、自信たっぷりで、誇らしげで、調子はずれで、しどろもどろな、音楽のつもりの騒音をまきちらしながら近づいてきた。

楽隊の先導をしているのは、この町の警察官だった。のんびりしたようすだが、威厳たっぷり。革の装具、銃弾、拳銃、手錠、警棒、それにバッジまでそろっていた。自分のまたがったオートバイが煙をもくもく出し、バックファイヤをつづけているのにおかまいなく、警察官はパレードの前をゆうゆうと行ったりきたりしていた。

楽隊のうしろでは、路面から数フィート上にむらさき色の雲がうかんでいるように見えた。子供たちが運んでいるライラックの花束だ。ニュー・イングランドの教会のように厳格そうな教師たちが歩道のわきに立ち、声をからして子供たちに指示を送っていた。

「今年はライラックが間にあったんだわ」とアニーはいった。「間にあわないこともあるんですよ。いつもぎりぎりで」

「なるほど」とデュラントはいった。

教師のひとりがホイッスルを吹いた。パレードは停止し、デュラントは十人ほどの子供が近づくのを見てとった。目を大きく見ひらき、両腕に花束をいっぱいかかえ、膝を高く上げていた。

デュラントはわきへどいた。

ラッパ手がへたくそな葬送ラッパを吹いた。

子供たちはジョージ・ペフコ記念広場のプレートの前に花束をならべた。

「すてきでしょう？」アニーがささやいた。

「ああ」デュラントはいった。「彫像さえも泣きだすほどに。しかし、これはどういう意味なのかな？」

「トム」アニーがいま花束をおいたばかりの少年に呼びかけた。「いまあんなことをしたのはなぜ？」

少年はやましそうな顔つきでふりかえった。「あんなことって？」

「花束をあそこへおいたでしょう」とアニーはいった。

「おふたりに教えてあげなさい。みんなのために命を捨てた勇士のひとりに、あなたが敬意を捧げたことをね」と教師がうながした。

トムは彼女をぽかんと見つめてから、花束に目を移した。

「知らないの？」とアニーがいった。

「知ってるさ」ようやくトムはいった。「あの人が戦って死んだおかげで、ぼくたちは無事で自由な暮らしができるんだ。だから、花束をあげてお礼をいうんだよ。とてもすてきなことをしてもらったお礼を」トムは、どうしてそんな質問をするのかといいたげに、意外そうな顔でアニーを見あげた。「だれでも知ってるよ」

警官がオートバイのエンジンをふかした。教師は子供たちを連れて列のなかにもどった。パレードは動きだした。

「いかがです」アニーはいった。「またもうひとつ、パレードをがまんしたことを後悔なさってますか、少佐？」

「やっぱりあれは本当なんだ、ちがうかね？」デュラントはつぶやいた。「おそろしく簡単で、おそろしく忘れやすいことだが」花束をかかえた無邪気な行進者たちをながめながら、デュラントはこの平和な町の生活、その美しさと重要性をさとっていた。「わたしはいままで知らずにいたらしい——知る機会がなかったのかな。戦争とはこういうものなんだ。これがそうなんだ」

そこでデュラントは笑いだした。「ジョージ、この宿なしの、女好きの、酒好きの暴れん坊め」と彼はジョージ・ペフコ記念広場に語りかけた。「なんとなんと、おまえは聖者になったんだぞ」

むかしの火花がもどってきた。戦争からもどってきたデュラント少佐は、やはり価値ある人間だった。

「考えてみたんだが」と彼はアニーにいった。「よかったら、いっしょに昼食でもいかがです？それから、わたしの船でそこいらを遊覧するというのは？」

あわれな通訳

Der Arme Dolmetscher

浅倉久志 訳

一九四四年のある日、砲声とどろきわたる前線のまっただなかで、驚いたことにわたしは大隊の通訳、ドイツ語でいうならドルメッチャーに任命され、ジークフリート線から砲弾の射程内にあるベルギー人の市長《ブルゴマスター》の家を宿舎に割りあてられた。

自分に通訳の能力があるとは、ちらとも考えたことがない。わたしにその資格が与えられたのは、フランスで前線への移動命令を待っていたときのことだった。学生時代にカレッジのルームメートから教えられて、ハインリヒ・ハイネの《ローレライ》の歌詞を、最初の一節だけ暗記したことがある。たまたま大隊指揮官の耳に届くところで働いているときに、わたしはその一節を何度もくりかえして歌っていたものだ。その大佐（アラバマ州モービル出身のホテル警備員）は、副官（テネシー州ノックスビル出身の繊維製品セールスマン）に、あれはどこの国の言葉かとたずねた。副官は、わたしがぶざまな発音で「デア・ギプフェル・デス・ベルゲス・フー＝ウン＝ケルト・イム・アベンゾンネンシャイン」と歌いおわるまで、判断を保留した。

「ドイツ野郎《クラウト》の言葉じゃないですかね、大佐どの」と彼はいった。

わたしが知っていた唯一のドイツ語は、英語にするとこんな意味になる――「わたしはなぜ自分がこんなに悲しいのかわからない。古い伝説がわたしの頭から離れない。空気はつめたく、空はたそがれて、ライン川が静かに流れている。山の頂が夕日の光を受けてきらめいている」

指揮官の役割には迅速で大胆な決断をくだす義務が含まれている、と大佐は考えていたようだ。ドイツ軍《ヴェルマハト》がうち負かされる前に大佐はいくつかのすてきな決断をくだしたが、なかでもその日の決断はわたしのお気に入りだった。「もしあれがクラウトの言葉だとしたら、なんであいつに便所掃除なんかやらせておくんだ？」と大佐はいった。それから二時間後、中隊書記がわたしにバケツをおけと命じた。おまえは大隊通訳に任命された、と。

異動命令はまもなくやってきた。上官たちはほかのことで頭が痛く、わたしが自分の無能さを訴えても聞きいれようとしなかった。「おれたちから見れば、おまえのドイツ語はりっぱなもんだ」と副官はいった。「どのみち、これから行く戦場では、クラウトとしゃべる機会もあんまりないだろう」副官は愛情をこめてわたしの小銃を軽くたたいた。「おまえの通訳任務はだいたいこういうことだ」副官の知識はぜんぶ大佐の受け売りだったが、それによると、アメリカ軍はベルギー軍を制圧したばかりで、わたしが市長《ブルゴマスター》の家に配備されるのは、むこうに妙な奥の手を使わせないという狙いらしい。「それに」と副官はしめくくった。「ほかにクラウト語をしゃべれるやつはいないんだ」

わたしはトラックで市長《ブルゴマスター》の農場へ向かった。何カ月か前に通訳任務に応募した三人の不機嫌なペンシルヴェニア・ダッチ（十八世紀に米国に移住したドイツ人の子孫で、おもにペンシルヴェニア州東部に住む）の兵士が、おなじトラックに乗っていた。自分のドイツ語はとうていきみらにかないっこないから、二十四時間以内に解任されるにちがいない、とわたしが打ち明けると、むこうはいくらかうちとけて、わたしが通訳《ドルメッチヤー》になるにいたった興味深いいきさつに最後まで耳をかたむけた。わたしの求めに応じて、三人は《ローレライ》を解読してくれた。そして、約四十語（二歳児の語彙《ごい》に相当）を教えてくれたが、それをどう組みあわせても、水を一杯くれという要求さえ伝えられそうもなかった。

トラックの車輪がまわるたびに、新しい質問が生まれた。「〝陸軍〟はなんという？……トイレの場所をたずねるのは？……〝病気〟は？……〝元気〟は？……〝料理〟は？……〝兄弟〟は？……〝靴〟は？」熱のない教師たちはうんざりして、一冊のパンフレットをわたしによこした。たこつぼ壕にいる兵士を対象に編まれたドイツ語入門書だった。

「最初のページが何枚かちぎれてる」と、パンフレットの寄贈者は、わたしが市長《ブルゴマスター》の農場の石造りの家の前でトラックから飛びおりる前に教えた。「タバコを巻くのに使ったんだ」

わたしが市長《ブルゴマスター》の家のドアをたたいたのは早朝だった。玄関のステップの上に立ったときは、舞台の袖で出番を待っている端役の心境になった。自分がこれからしゃべる予定のたったひとことのセリフが、まったくからっぽな頭のなかにガンガンぶつかっていた。ドアが大きくひらいた。

「ドルメッチャー」とわたしはいった。

痩せて、年老いた、寝巻き姿の市長《ブルゴマスター》本人が現われ、これからわたしの部屋になる一階の寝室へ案内してくれた。手まねをまじえて歓迎の言葉をのべる彼の前で、ここしばらくは「ダンケ・シエーン」をところどころにはさみこむのが通訳の極意かな、とわたしは考えた。もし必要とあらば、「イッヒ・ヴァイス・ニヒト、ヴァス・ゾール・エス・ベードイテン、ダス・イッヒ・ゾー・トラウリック・ビン（わたしはなぜ自分がこんなに悲しいのか知らない）」と、会話にとどめを刺すつもりだった。そうすれば、むこうはわたしがドイツ語が堪能な上に、感傷的厭世観《ヴェルトシュメルツ》をたっぷり持ちあわせた通訳《ドルメッチャー》だと思いこみ、自分のベッドにもどってくれるだろう。だが、この戦術を使うまでもなかった。彼はわたしをひとりにして、ドイツ語学習の時間を与えてくれた。

その学習の唯一のたのみは、一部分がちぎれたあのパンフレットだった。わたしはかけがえのない貴重なページを順々にめくり、英語をドイツ語に直すことの簡単さに喜びを感じた。このパンフレットがあれば、お目当ての英語のフレーズが出てくるまでページの左側の列を指でたどり、それから右側の列に印刷されたちんぷんかんぷんのシラブルを唱えればいいのだ。たとえば、「擲弾《てきだん》発射筒は何門あるのか？」は、「ヴィー・フィール・グレナダ・ヴェルファー・ハーベン・ズィー？」だ。「戦車隊はどこにいる？」の完璧なドイツ語もそうやっかいではなく、「ヴォー・ズィント・エアラ・パンツァー・シュピッツェン？」ですむ。わたしはこんなフレーズを何度か唱えた。「榴弾砲はどこだ？　機関銃は何挺ある？　降伏しろ！　撃つな！　オートバイをどこへ隠した？　手を上げろ！　おまえの所属部隊は？」

　パンフレットはとつぜん終わりにきて、わたしの気分を躁から鬱状態へと転落させた。あの三人のペンシルヴェニア・ダッチが、パンフレットの前半部、後方での愉快なやりとりの大部分を煙に変えてしまったため、あとには白兵戦でのやりとりしか残されていないのだ。

　眠れないベッドのなかで、わたしの演じられる唯一のドラマが頭のなかで形をとりはじめた……。

通訳《ドルメッチャー》　（市長《ブルゴマスター》の娘に）わたしは自分がこれからどうなるのかわからない。わたしはとても悲しい。（彼女を抱きしめる）

市長《ブルゴマスター》の娘　（恥ずかしそうに抱かれながら）空気はつめたく、空はたそがれて、ライン川が静かに流れているわ。

（通訳《ドルメッチャー》は市長《ブルゴマスター》の娘を抱きあげ、自分の部屋へ運んでいく）

通訳《ドルメッチャー》　（優しく）降伏しろ。

市《ブルゴマスター》長　（ルガー拳銃をふりまわしながら）ああ《アッハ》！　手を上げろ！

通《ドルメッチャー》訳と市《ブルゴマスター》長の娘　撃つな／撃たないで！

（アメリカ第一軍の配置図が市《ブルゴマスター》長の胸ポケットから落ちる）

通《ドルメッチャー》訳　（英語で傍白）この一見連合軍寄りの市長は、アメリカ第一軍の配置図をなんに使うつもりだ？　なぜわたしはベルギー人相手にドイツ語の通訳をしろと命じられたんだ？（枕の下から四五口径の自動拳銃をとりだし、市《ブルゴマスター》長に狙いをつける）

市《ブルゴマスター》長と市《ブルゴマスター》長の娘　撃つな／撃たないで！　（市《ブルゴマスター》長はルガー拳銃を投げ捨て、ひるみながらも冷笑をうかべる）

通《ドルメッチャー》訳　おまえの所属部隊は？　（市《ブルゴマスター》長は依然としてふくれっつらで、返事をしない。市《ブルゴマスター》長の娘は父のそばに寄りそい、さめざめと涙を流す。通《ドルメッチャー》訳は市《ブルゴマスター》長の娘の前に立ちはだかる）オートバイをどこへ隠した？　（ふたたび市《ブルゴマスター》長に向きなおって）榴弾砲はどこだ？　戦車隊はどこにいる？　擲弾発射筒は何門ある？

市《ブルゴマスター》長　（きびしい尋問に耐えかねて）わたしは――降伏する！

市《ブルゴマスター》長の娘　わたしはとても悲しいわ。

（そこへ三人のペンシルヴェニア・ダッチで編成された護衛隊が、所持品検査のために登場し、市《ブルゴマスター》長と市《ブルゴマスター》長の娘が、アメリカ軍の後方へ落下傘降下したナチのスパイだと告白する現場の通訳に、すべりこみで間にあう）

ヨハン・クリストフ・フリードリヒ・フォン・シラーでさえ、これだけの語彙ではどうしようもなかったろうが、あいにくこれだけがわたしの知っている単語のすべてだった。その泥沼から抜けだせる望みはなく、せっかく十二月に大隊通訳になっても、「メリー・クリスマス」とさえいえないようでは、なんの喜びもなかった。

わたしはベッドをととのえ、雑嚢《ざつのう》のひもを結びなおし、こっそりと灯火管制用のカーテンをくぐりぬけて、夜のなかに出ていった。

不寝番の歩哨から大隊司令部の場所を教わり、そこへ行ってみると、大部分の将校は地図をかこんで考えこむか、拳銃の装填をしていた。あたりには休日気分がただよい、副官は十八インチのボウイー・ナイフを研ぎながら、《ディキシーから来たのかい》をハミングしていた。

「おや、こりゃ驚いた」副官は戸口に立ったわたしを見てさけんだ。「ドイツ語の先生じゃないか。どうした、おい。市長の家にいるはずじゃなかったのか?」

「だめでした」とわたしはいった。「むこうがしゃべるのは低地ドイツ語で、自分がしゃべるのは高地ドイツ語であります」

副官は感心したようだった。「やつらにとっては上品すぎるわけか、ええ?」彼はぎらぎら光るナイフの縁にそって人差し指を走らせた。「じきに高級なクラウト語をしゃべる連中にでくわすさ」彼はいってから、つけたした。「わが軍は包囲されたんだ」

「わが軍はやつらを打ち負かす。ノース・カロライナやテネシーでやったようにな」と、国内では機動演習で一度も後れをとったことのない大佐がいった。「若いの、ここにいろ。個人通訳としておまえが必要になるときがくる」

その二十分後、わたしはふたたび通訳を仰せつかることになった。四輛のタイガー戦車が司令部の表口に乗りつけ、二十人あまりのドイツ歩兵が戦車から下りて、短機関銃でわれわれをとりかこんだのだ。

「なにかいえ」最後まで意気さかんな大佐が命じた。

わたしはパンフレットの左の列に目を走らせ、われわれの気持ちをいちばんうまく代弁しているフレーズを見つけた。「撃つな」とわたしはいった。

ドイツの戦車隊士官が、自分の獲物を検分しようと、肩をいからしてやってきた。彼の手には、わたしのよりやや小さめのパンフレットがあった。「榴弾砲はどこだ？」と彼はたずねた。

バゴンボの嗅ぎタバコ入れ

Bagombo Snuff Box

浅倉久志 訳

「この店はまだ新しいね、そうだろう？」とエディ・レアドはきいた。

いまレアドがいるのは、市の中心部にあるバーだった。客は彼ひとりで、バーテンに話しかけているところだ。

「この店は記憶にない。むかしは町じゅうの酒場を知ってたんだが」

レアドは大男だった。三十三歳で、小生意気だが人好きのする丸顔の持ち主だ。ひと目で新調したばかりとわかる紺のフラノのスーツ。レアドは話をつづけながら、酒場の鏡に映る自分をながめた。ときどき片手をグラスから離して、襟のやわらかな服地をさすっていた。

「そう新しかないですよ」バーテンは眠そうな顔つきをした、五十代の太った男だった。「お客さんが最後にこの町へ見えたのはいつ？」

「戦争中」とレアドはいった。

「どの戦争？」

「どの戦争？」レアドがききかえした。「このごろは戦争の話をするのに、それをたずねなくちゃならないわけか。二度目のだよ——第二次世界大戦。カニンガム基地に配属されていてね。毎週、週末に体があいてるときは、いつもこの町へきたもんだ」

過ぎ去った時代のべつの酒場の鏡に映った自分の姿を思いだし、レアドの胸には甘ずっぱい悲しみがひろがった。大尉の階級章と銀翼のバッジがきらりと反射した思い出。

「この店が建ったのが一九四六年。それから二回も改装してます」とバーテンはいった。

「建ってから――二回も改装」レアドはふしぎそうにいった。「最近はなんでも古くなるのが早い、そう思わないか？　〈チャーリーズ・ステーキ・ハウス〉では、まだ二ドルでプランク・ステーキ（樫などの厚板の上で焼いたステーキ）を食わせるかね？」

「火事で焼けてね。いまはJ・C・ペニー（百貨店チェーン）になってます」

「じゃ、空軍のでっかい基地は最近どんなぐあいだい？」

「もうない、もうない」バーテンはいった。「カニンガム基地は閉鎖されました」

レアドはグラスを手にとり、窓ぎわに寄って通行人をなかからのぞいた。「半分期待してたんだよ。まだこの町の女たちはショート・スカートをはいてるんじゃないか、と。あのきれいなピンクの膝こぞうはどこへ行っちまったんだろう？」窓ガラスを指の爪でコツコツたたいた。ひとりの女がちらとふりかえってから、そそくさと先を急いだ。

「この町のどこかにワイフがひとりいるんだ」レアドはいった。「十一年のあいだに、彼女がどうなったと思う？」

「ワイフがひとり？」

「もとワイフさ。戦争の置きみやげ。おれは二十二で、彼女は十八。六カ月つづいた」

「なにがあったんです？」

「なにがあった？　家に縛られたくなかった、それだけのことさ。こっちはけつのポケットに歯ブラシ一本つっこんで、いつでもふらっと出ていきたい。むこうはそれが気にいらない。だから……」にやりと笑って、「アディオス。涙もなし、恨みっこもなし」

レアドはジュークボックスに近づいた。「きょう現在のベスト・ヒット曲は？」

「十七番にしてみてください」バーテンがいった。「あれなら、もう一回かかってもがまんできるから」

レアドは十七番の曲をかけた。失恋を歌った、おおげさで湿っぽいバラードだった。彼はじっと聞きいった。曲が終わると、片足をどんと踏んでウィンクした。何年もむかしにやったのとおなじように。

「もう一杯お代わり。それから、思いきってもとワイフに電話してみる」レアドはバーテンに訴えた。「なあ、そうしたっていいだろう？ そうしたけりゃ電話しても？」笑いだした。「〝エミリー・ポスト（エチケットの手引書やラジオ番組でアメリカ人に正しいマナーを説いた）様――ちょっとしたエチケットの問題で悩んでいます。わたしはこの十一年、もとワイフと会ったこともなければ、言葉を交わしたこともありません。いま、彼女が住んでる町へやってきて――〟」

「どうしてまだこの町に住んでるとわかるんです？」とバーテンがいった。

「けさ、この町に着いてから、むかしの仲間に電話してみたんだよ。やつがいうには、彼女はすっかり落ちついてる――望みのものをぜんぶ手に入れた。賃金奴隷の亭主と、屋根裏部屋のある、ツタにおおわれたマイホームと、ふたりの子供と、アーリントン国立墓地のように青々と茂った四分の一エーカーの芝生をね」

レアドは大股に電話機へと向かった。その日これで四度目だが、再婚した夫の名前で出ている先妻の電話番号を調べ、スロットから一インチ上に十セントのコインをかまえた。今回はそのコインを下に落とした。「だめでもともと」レアドはそういうと、ダイヤルをまわした。

女が出た。バックで幼い子供のかんだかい泣き声と、ラジオの音が聞こえた。

「エミー？」とレアドはいった。

「もしもし？」むこうは息をはずませている。

間《ま》のぬけたにやにや笑いがレアドの顔にひろがった。「おーい——だれだかわかる？　エディ・レアドだよ」

「どなた？」

「エディ・レアド——エディだよ！」

「ちょっと待ってくださる？　すみません」エミーがいった。「子供がわんわん泣いてて、ラジオが鳴ってて、オーブンのチョコレート・クッキーができあがるところで。なんにも聞こえないの。ちょっと待ってくださる？」

「いいとも」

「はい、よし」むこうはやっと落ちついたようすだ。「どなたとおっしゃいました？」

「エディ・レアド」

彼女は息をのんだ。「ほんとに？」

「ほんとに」レアドは陽気に答えた。「セイロンからもどったばかりさ。バグダッドと、ローマと、ニューヨーク経由でね」

「ああ、びっくりした」エミーはいった。「すごいショック。あなたが生きてるか死んでるかもわからなかったのに」

レアドは笑いだした。「このとおりピンピンしてる。冗談じゃなく、あぶない目には何度も遭ったがね」

「どんなことをしてたの？」

「ああ、それか――まあ、いろいろ。いまはセイロンの真珠採取会社のパイロットをやめたばかり。自前の会社を作って、クロンダイク地方でウランの試掘をはじめようかと思ってる。セイロンの前は、アマゾンの多雨林でダイヤモンド探し、その前はイラクの王族のおかかえパイロット」

「まるで『アラビアン・ナイト』そこのけね。頭がくらくらする」

「いや、ロマンチックな幻想はいだかないでくれ。九割がたは、きつくて、体のよごれる、危険な仕事なんだ」レアドはためいきをついた。「で、きみはどうしてる、エミー？」

「わたし？」とエミーはいった。「主婦にどうしてると聞かれても。疲れきってるわ」

赤ん坊がまた泣きだした。

「エミー」レアドがかすれ声でいった。「もう気にしてないかい――おれたちのあいだのことは？」

彼女の声はとても小さくなった。「時がたてばどんな傷も治るわよ。最初は悲しかったけどね、エディ――すごい痛手。でも、いまはあれでよかったんだと思うようになったわ。あなたの腰が落ちつかないのはしかたないことなのよね。そう生まれついてるんだもの。檻のなかの鷲《わし》みたい。いつも羽を生えかわらせて、空を飛ぼうと夢見てる」

「で、きみはどうなんだ、エミー、しあわせかい？」

「とても」エミーは心をこめていった。「子供たちがいると、目のまわるようないそがしさだけど。でも、ちょっと息をつくひまができると、とてもすてきでたのしいってことがわかるの。これが前から望んでいた生活だと。だから、結局、わたしたちはどっちも自分の好きな道を選んだのよ、そうでしょう？　鷲と伝書鳩」

「エミー」とレアドはいった。「いまから会いに行ってもいいか？」

「あら、エディ、ここはお化け屋敷だし、わたしは魔女そっくり。こんなひどいかっこうを見られるのはいやだわ――あなたがセイロンから、バグダッドとローマとニューヨーク経由で帰ってきたというのに。あなたみたいな人が見たら、すごくがっかりするわよ。スティービーは先週はしかにかかったばっかりだし、ベイビーのほうはハリーとわたしをひと晩に三回は起こすし。それに――」

「まあ、まあ」とレアドはいった。「そのなかでも光り輝いているきみが見えるさ。五時ごろにおじゃまするよ。あいさつだけしてすぐ帰るから。いいだろう？」


エミーの家に向かうタクシーのなかで、レアドは再会を目前に控えてセンチな気分になろうとした。エミーと過ごした最良の日々を思いだそうとしたが、頭にうかぶのは、若手の映画女優を思わせる赤い唇とうるんだ目をしたニンフの群れが、まわりで踊っている幻想だけだ。当時のあらゆることとおなじく、この想像力の欠如も、まだけつの青かった軍隊時代への逆もどりだった。あのころは、どんな美人もみんなおなじ鋳型から出てきたように思えたものだ。

レアドはタクシーの運転手にここで待っていてくれとたのんだ。「短く、きれいに切りあげてくる」

エミーの平凡な小住宅の玄関へ向かって歩きだしながら、レアドは悲しい成熟の微笑をうかべた。人を傷つけ、人から傷つけられ、あらゆるものを見て、そのすべてから大きな教訓をまなび、その途中でたくさんの金を儲けた人間の微笑だった。

ドアをノックして返事を待ちながら、ドアフレームの剝がれかけたペンキの鱗を指でつまんだ。エミーの夫で、優しい顔とがっちりした体格のハリーが、レアドをなかへとおした。

「いまおむつをとりかえてるとこなの」エミーが奥から呼びかけた。「すぐに行きます」

ハリーはレアドの巨体とりゅうとした身なりに驚いたようだが、レアドは自分より背の低い相手を見おろしながら、ざっくばらんにその腕をぽんとたたいた。

「ふつうの人間はこんな訪問を不謹慎だと思うだろうね」とレアドはいった。「でも、おれとエミーのあいだにあったことは遠いむかしの話なんだ。あのころのふたりは未熟な若者だったが、いまは年をとって賢くなった。できたら、みんなで仲よくやりたいね」

ハリーはうなずいた。「ああ、そうだとも、もちろん。そうしてどこがわるい？　なにか飲むかね？　といっても、あんまり選択の余地はないんだが。ライ・ウィスキー？　それともビール？」

「なんでもけっこうだよ、ハリー」とレアドはいった。「おれはマオリ族とはカバを飲み、イギリス人とはスコッチを飲み、フランス人とはシャンパンを飲み、トゥピ族とはココアを飲む主義でね。あんたとはライ・ウィスキーでもビールでもけっこう。郷にいれば郷に……」ポケットをさぐって、半貴石をちりばめた嗅ぎタバコ入れをとりだした。「そうそう、おふたりへのおみやげを持ってきたよ」その箱をハリーの手に押しつけた。「バゴンボで格安で買ったんだけどさ」

「バゴンボ？」ハリーはあっけにとられてきいた。

「セイロンの」レアドはあっさり答えた。「あそこの真珠採取会社でパイロットをやってたもんだからね。給料はおそろしくいいし、平均気温は摂氏二十三度と過ごしやすいが、モンスーンにだけはまいった。何週間もおんなじ部屋に缶詰になって、雨が上がるのを待つのがしんぼうできなくてね。男は外を出歩かなくちゃだめだ。でないと、だらけてくる——体がなまって、弱々しくなる」

「うむ」とハリーがいった。

きゅうくつな部屋と、料理のにおいと、とっちらかった生活臭がまわりから押しよせてくる感じで、もうレアドはさっさと逃げだしたくなっていた。「いい住まいだね」

「ちょっと手ぜまなんだ」ハリーがいった。「しかし――」

「くつろげる」レアドはいった。「あんまりたくさん部屋があると、頭がへんになるからね。バゴンボでは二十六室の家に住んで、家事を切り盛りする召使が十二人もいたが、それでもしあわせになれなかった。連中、実はおれのことをばかにしてたんだ。しかし、月七ドルの家賃で借りられるとなったら、見逃すわけにはいかんだろう、ええ？」

ハリーはキッチンへ行こうとしていたが、雷にうたれたように戸口で足をとめた。「二十六室の家が月七ドル？」

「あとで、だまされたとわかった。おれの前の店子《たなこ》なんか、三ドルで借りてたんだ」

「三ドル」とハリーはつぶやいた。「ちょっと聞くけど」おずおずといった。「その土地にはアメリカ人向きの仕事がたくさんあるのかね？　求人の口はあるんだろうか？」

「まさか、家族をここへおいていくつもりじゃないだろうね？」

ハリーは良心のとがめにかられた。「いや、そんな！　家族を連れていけたらなと思って」

「むりだね。むこうがほしがってるのは独身男だけさ。それにとにかく、あんたはここにすてきな家があるじゃないか。それに、高い給料をもらうには、なにか特技を持ってなくちゃいけない。飛行機や船の操縦とか、外国語を話せるとか。それに、人材のスカウトは、シンガポール、アルジェ、そんな町の酒場が舞台なんだよ。そういえば、こんどのクロンダイクでのウラン試掘の仕事では、パイロットを雇うつもりだし、腕のいいガイガー・カウンターの技術者もふたりほどほしい。あんたはガイガー・カウンターの修理ができるかい、ハリー?」

「いや」とハリーは答えた。

「まあ、どのみち、おれが雇う人間は独身でなくちゃ困るわけだ」レアドはいった。「あそこは景色のいい土地でね、ヘラジカや鮭がいっぱいいるが、気候がきびしい。女子供には向かない。あんたの仕事は?」

「ああ。デパートの信用調査係だよ」

「ハリー」とエミーが呼んだ。「すまないけど、赤ちゃんのミルクをあったためて。それと、ライ豆が煮えてるかどうかも見てくださる?」

「うん、わかった」とハリーはいった。

「え、なんていったの?」

「うんといったろうが!」ハリーがどなった。

ショックにうたれた沈黙が家のなかにひろがった。

やがてエミーがはいってきて、レアドの記憶はよみがえった。レアドは立ちあがった。エミーは、黒い髪と、聡明で愛情深い茶色の瞳を持った、愛らしい女性だった。まだ若いが、とても疲れているようすだ。きれいなドレスを着て、入念に化粧し、コチコチに緊張していた。

「エディ、なつかしいわ」彼女はわざと陽気にいった。「とても元気そう!」

「きみもだよ」レアドはいった。

「あら、ほんとに? すっかりおばあさんになった気がするけど」

「とんでもない。この生活がきみに合っているらしいよ」

「わたしたちはすごくしあわせだから」

「きみはパリのモデルのように美しい。ローマの映画スターにも負けない」

「もう、冗談ばっかり」エミーはうれしそうだった。

「本気だよ。マンボシェ（パリの高級婦人服で成功した最初の米国ファッション・デザイナー）のスーツを着たきみが目にうかぶ。ハイヒールの靴音高くシャンゼリゼを歩いていくところが。パリの春のそよ風がきみの黒い髪をゆらし、みんなの目がきみに吸いよせられる――そして、警官がきみに敬礼する！」

「もう、エディったら！」エミーがさけんだ。

「パリへ行ったことはある？」とレアドはきいた。

「ないわよ」

「かまわんさ。いろんな意味でニューヨークのほうが、もっと風変わりなスリルがあるからね。あの町にいるきみの姿も目に見えるようだ。劇場の観客のなかで、どの男も急に話をやめて、通りすぎるきみをふりかえる。きみが最後にニューヨークへ行ったのはいつだった？」

「はあ？」エミーは遠くを見つめながら答えた。

「きみが最後にニューヨークへ行ったのはいつだった？」

「あら、わたしは一度も行ったことがないわ。ハリーはあるけど――仕事で」

「どうしてきみを連れていかない？」レアドは女性の味方になった。「ニューヨークへも行かずに、青春を朽ち果てさせるなんてもったいない。あそこは若者の町だよ」

「ハニー」とハリーがキッチンから呼びかけた。「ライ豆の煮えぐあいはどうしたらわかるんだ？」

「フォークで突き刺せば！」とエミーがどなった。

傷つき、当惑した顔のハリーが、飲み物を持って戸口に現われた。「どなることはないだろうが?」

エミーは目をこすった。「ごめんなさい。疲れてるのよ。ふたりとも疲れてる」

「あんまり眠ってないからな」ハリーはそういうと、妻の肩を優しくたたいた。「ふたりとも、ちょっと気が立ってるんだ」

エミーは夫の手をとって握りしめた。ふたたび家のなかに平和がもどった。

ハリーが飲み物をみんなにくばり、レアドが乾杯を提案した。

「飲んで、食って、愉快にやろう」レアドはいった。「明日のない命だ」

ハリーとエミーは顔をしかめてから、ごくごくと飲んだ。

「バゴンボの嗅ぎタバコ入れをおみやげにもらったよ、ハニー」とハリーがいった。「発音はこれでよかったかね?」

「ちょいとアメリカ風だが、まあいいんじゃないかな」レアドは唇をすぼめて自分で発音した。「バ、い、バゴンボ」

「とてもきれい」とエミーがいった。「化粧テーブルの上に飾るわ。子供たちにさわらせないようにね。バゴンボ」

「それだ!」レアドはいった。「いまのでぴったり。ふしぎなもんだ。耳のいい人ってのがいるんだよな。外国語でもいっぺん聞けば、微妙な発音をすぐにものにする。ところが、ブリキの耳をした人間は、なんべん聞いてもだめ。エミー、いいか、よく聞いて、おれがいったことをくりかえしてごらん。〝トーリ! パッカ・サーン・ネブル・ロッカ・ター。シ・ノッテ・ローニ・ジン・タ・トニック〟」

そろそろとエミーはそのセンテンスをくりかえした。

「すばらしい！　いまきみが、ブーナ＝シムカ語でなんといったかわかるかい？　〝若い娘さん、赤ちゃんに毛布をかけて、ジン・トニックを南のテラスへ持ってきてください〟だ。さあ、ハリー、こんどはきみの番。〝ピリャ！　シッバ・トゥー・バンバン。リビン・フルー・ドンナ・スティーク！〟」

ハリーは眉にしわを寄せながら、そのセンテンスを復唱した。

レアドはエミーに同情の笑みを見せながら、椅子の背にもたれた。「さて、どうかなあ、ハリー。いまのでもなんとか通じるかもしれない。ただし、きみが背を向けたとたんに、現地人が笑いだすよ」

ハリーは傷ついた表情になった。「いまの言葉の意味は？」

「〝ボーイ！〟」とレアドは翻訳した。「〝その銃をよこせ。虎がすぐ前の林のなかにいるぞ〟」

「ピリャ！」とハリーは命令口調でいった。「シッバ・トゥー・バンバン。リビン・フルー・ドンナ・スティーク！」ハリーは銃を受けとろうと片手をさしだし、その手が川岸へ打ちあげられた魚のようにピクピクふるえた。

「いいぞ――さっきよりずっといい！」レアドがいった。

「すごく感じが出てたわ」エミーもいった。

ハリーはふたりの賞賛をはらいのけるしぐさをした。真剣な、思いつめた表情でいった。「教えてくれ、バゴンボでは虎が問題なのかね？」

「ときどき。ジャングルの獲物がすくなくなると、虎が人里のはずれまで出てくる」レアドはいった。「そうなると、でかけていって仕留めなくちゃならない」

「バゴンボでは召使たちを雇っていたんでしょう?」

「男は日給六セント、女は日給四セントだったかな、たしか」

家の外壁に自転車のぶつかる音がした。

「スティービーのお帰りだ」ハリーがいった。

「わたし、バゴンボへ行ってみたい」エミーがいった。

「あそこは子育てに向いてない」レアドはいった。「そこが大きな難点さ」

玄関のドアがひらき、ハンサムで筋肉質の九歳の少年が、汗だくの真っ赤な顔ではいってきた。少年はクローゼットのフックめがけて帽子を投げ、階段を上がろうとしかけた。

「帽子をちゃんと掛けなさい、スティービー!」エミーがいった。「お母さんは、あんたの投げたものをあとから拾って歩く召使じゃないのよ」

「階段は静かに登れ!」ハリーがいった。

びっくりしたスティービーは、めんくらった顔でそうっと階段を下りてきた。「きゅうにふたりともどうしちゃったのさ?」

「生意気いうんじゃない」ハリーがいった。「こっちへきて、レアドさんにごあいさつしなさい」

「レアド少佐」とレアドが訂正した。

「こんちは」スティービーはいった。「少佐ならどうして軍服を着てないの?」

「予備役だからさ」レアドは答えた。率直で、無遠慮で、世間ずれした少年のまなざしに、彼はどぎまぎした。「元気のいい子だね」

「そうか」とスティービーはいった。「そういう少佐なんだ」少年は嗅ぎタバコ入れを見つけて、さっそくそれを手にとった。

「スティービー」とエミーがいった。「下におきなさい。それはお母さんの宝物なの。ほかのものみたいにこわされちゃ困るから。下におきなさい」

「わかった、わかった、わかった」スティービーはいって、わざとばかていねいに箱をおいた。

「そんな宝物とは知らなくてさ」

「レアド少佐がわざわざバゴンボからおみやげに持ってきてくださったのよ」エミーがいった。

「バゴンボって日本なの？」

「セイロンだよ、スティービー」ハリーはいった。「セイロンのバゴンボだ」

「じゃ、どうしてこの箱の底に〝メイド・イン・ジャパン〟と書いてあるの？」

レアドの顔が青ざめた。「バゴンボから日本に輸出してるのさ。日本が代わりに販売してる」

「ほらね、スティービー」とエミーがいった。「きょうはいいお勉強をしたわね」

「じゃ、どうして〝メイド・イン・セイロン〟と書かないのさ？」スティービーは食いさがった。

「東洋人のものの考えかたはまわりくどいんだ」ハリーがいった。

「そのとおり」とレアドはいった。「東洋の精神はそのひとことでいいつくされてるよ、ハリー」

「こういう品物をわざわざアフリカから日本まで送るわけ？」とスティービーがたずねた。

恐ろしい疑念がレアドの心をつついた。世界地図が頭のなかでぐるぐる回転し、大陸がぱたぱたはためいては形を変え、セイロンという名の島が七つの海を駆けめぐった。じっとしているのはふたつの点だけで、それはスティービーの無遠慮な青い瞳だった。

「セイロンはインドの沖にあるんじゃなかったかしら」とエミーがいった。

「真剣に考えれば考えるほどこんがらがってくるんだよな」ハリーがいった。「セイロンとマダガスカルの区別がつかなくなってきたよ」

「それにスマトラとボルネオもね」エミーがいった。「家から外に出ないと、こういうことになるんだわ」

いまやレアドの頭のなかでは、四つの島が波立ち騒ぐ海の上を駆けめぐっていた。

「エディ、正解は？」とエミーがきいた。「セイロンはどこにあるの？」

「アフリカの沖にある島だよ」スティービーがきっぱりといいきった。「学校で習ったもん」

レアドは部屋のなかを見まわしたが、確信がありそうなのはスティービーの顔だけだった。レアドは咳ばらいした。「この子が正しい」とのどから声をしぼりだした。

「地図帳を持ってきてあげるよ」スティービーが誇らしげな顔でいい、階段を駆けあがっていった。

レアドはがくがくする膝で立ちあがった。「じゃ、そろそろおいとまを」

「もう？」とハリーがいった。「それじゃ、ウランをどっさり見つけてください」彼は妻の目を避けながらいった。「あんたといっしょに行けるなら、右腕だって惜しくないがね」

「いつかそのうち、子供たちが大きくなってから」とエミーがいった。「まだそのときでも、旅行をたのしめるだけの若さが残ってるかもしれないわ。ニューヨークやパリや、そのほかほうぼうへ

――それに、ひょっとしたらバゴンボに隠居できるかも」

「そう願ってるよ」とレアドはいった。そそくさと玄関を出て、いまや果てしない距離に思える私道を歩き、待たせてあったタクシーに乗りこんだ。「出してくれ」と運転手にいった。

「みんながなにかいってますよ」と運転手がいった。そして、むこうの声がレアドにも聞こえるように窓を巻きおろした。

「おーい、少佐さーん！」とスティービーがさけんでいた。「ママがいったとおりで、ぼくたちふたりはまちがってたよ。セイロンはインドの沖なんだ」

レアドがさっき風のなかにまきちらしたばかりの家族は、ふたたび寄り集まり、玄関でたのしそうに団結していた。

「ピリャ！」とハリーが陽気な口調でいった。「シッパ・トゥー・バンバン。リビン・フルー・ドンナ・スティーク！」

「トーリ！」とエミーも負けずにいった。「パッカ・サーン・ネブル・ロッカ・ター。シ・ノッテ・ローニ・ジン・タ・トニック」

タクシーは走りだした。

その夜、ホテルの部屋で、レアドは長距離電話を入れた。遠い遠い彼方、ニューヨーク州ロング・アイランド、レヴィット・タウンの小さな家に住む二度目の妻のセルマに。

「アーサーの朗読の成績はよくなったかい、セルマ？」と彼はたずねた。

「先生がおっしゃるには、あの子は頭がわるいんじゃなくて、なまけてるだけなんだって」セルマはいった。「その気になれば、いつでもクラスのみんなに追いつけるそうよ」

「こんど家に帰ったら、たっぷり説教してやるよ。双子のほうは？　ちっとはきみを眠らせてくれるようになったか？」

「でも、一度にふたりで生まれてきて手間をはぶいてくれたんだからいいの。そうとでも考えなくちゃ」セルマはオーバーなあくびをした。「旅のぐあいはいかが？」

「ダビュークでポテトチップは売れないってセリフをおぼえているかい？」

「ええ」

「それが売れたんだ。おれはこの地方で歴史を築いてみせる。この町をびっくり仰天させてやるよ」

「ところで――」セルマはそこで口ごもった。「彼女に会いにいくつもりなの、エディ？」

「いや」とレアドは答えた。「なぜいまさら古い墓を掘りかえすんだ？」

「その後の彼女がどうしてるか、なんの好奇心もわかない？」

「わかないね。おれたちはおたがいをよく知らなかったんだ。人間は変わる、人間は変わる」レアドは指をぱちんと鳴らした。「そうそう、忘れるとこだった。ドーンの歯だけど、歯医者はなんていった？」

セルマはためいきをついた。「歯列矯正器をはめなくちゃだめだって」

「じゃ、そうしろ。そろそろ切るよ、セルマ。おれたちはこれから人生をたのしむぞ。新しいスーツを買ったよ」

「そろそろ潮時だわね」セルマがいった。「ずいぶん長いこと、古いのでがまんしてたんだもの。こんどのはよく似あう？」

「そう思う」レアドはいった。「愛してるよ、セルマ」

「愛してるわ、エディ。おやすみなさい」

「きみがいないと淋しいよ。おやすみ」

審判の日《グレート・デイ》

Great Day

浅倉久志 訳

十六のころに、おれはみんなから二十五、六に見られただけじゃなく、町からやってきたある年増などは、三十だね、きっと、と断言したぐらいだ。体ぜんたいがでっかいつくりで——おまけにあごひげはスチールウールなみ。おれはインディアナ州ルヴァーンでないどこかの土地を見たくてたまらなかった。といっても、インディアナポリスじゃものたりないし。

そこで年齢《とし》をごまかして、世界陸軍に入隊した。

だれも泣いてくれなかった。旗もなし、ブラスバンドもなし。昔とは大ちがいだ。昔はおれみたいな若造が戦争にいくと、デモクラシーに身を捧げて、頭をふっとばされるかもしれなかったのに。バス乗り場にいるのはおれとおふくろだけで、おふくろは頭にきてた。世界陸軍は、どこにもともな職の見つからないろくでなしのためにある、と思ってるらしい。

まるできのうのことみたいな気がするが、うんと昔、二〇三七年のことだ。

「ズールーたちとつきあうんじゃないよ」とおふくろがいった。

「世界陸軍にいるのはズールーだけじゃないんだぜ、おふくろ」とおれはいった。「あらゆる国の人間が集まってるんだ」

だが、おふくろから見ると、フロイド郡の外で生まれた人間はみんなズールーらしい。「まあ、とにかく」とおふくろはいった。「軍隊がいいものを食べさせてくれるといいけど。あんなに世界税が高いんだからね。それと、どうしてもおまえがズールーやなんかの仲間とでかける決心なら、わたしは喜んだほうがいいか。よその軍隊がこのあたりをうろついて、おまえを撃ったりしないことだけでもさ」

「おれは平和を守るんだよ、おふくろ。おっかない戦争はもうなくなった。いまはたったひとつの軍隊があるだけさ。そう聞かされると鼻が高いだろう？」

「どこかのだれかが平和のためにそうしたと考えると、鼻が高いよ。だからといって、軍隊が大好きにはなれないけどさ」

「新しくて、うんと高級な軍隊なんだぜ、おふくろ」とおれはいった。「悪態をつくこともご法度《はっと》。それに、ちゃんと教会へ通わないとデザートにありつけない」

おふくろは首を横にふった。「ひとつだけはおぼえておきな。おまえが高級な人間だってことをさ」おふくろはおれにキスもしなかった。手を握っただけ。「わたしがそばにいたあいだ、おまえはそうだったよ」

しかし、基礎訓練の終了後に、最初の制服にくっついてた袖章をはずして送ってやったら、こんな噂が届いた。おふくろが神さまからきた絵ハガキみたいに、それをみんなに見せびらかしているという。青いフェルト地に金時計の絵の縫いとりがあって、その時計から緑の稲妻が出てるだけのデザインなんだが。

おふくろがみんなに、息子がタイムスクリーン中隊にはいったと自慢してまわってる、という噂も聞こえてきた。タイムスクリーン中隊がどんなものか、世界陸軍ぜんたいでもそれがいちばんすてきなものだってことを、まるでみんなが知ってるみたいに。

とにかく、おれたちは最初で最後のタイムスクリーン中隊だったんだ。タイムマシンにいろんなバグがなくなりゃべつだが。おれたちの任務は極秘。とうとうこっちがそれを知ったときは、もう脱走するには手遅れだった。

ボスのポリツキー大尉はなにも話してくれない。時計の袖章をつけられる兵士は地球上で二百人だけだから、鼻を高くしていいぞ、というだけだ。

大尉はもとノートルダム大のフットボール選手で、郡庁舎の芝生に積んである砲丸の山そこのけの体格だ。それを忘れないようにするためか、おれたちに話をするあいだも体を動かしつづけてる。その砲丸がどれほど堅いかを感じたいんだろう。

こんなすばらしい隊員たちを指揮してこんな重要任務につくのは実に名誉なことだ、と大尉はいった。その任務がどんなものかは、フランスのシャトー・ティエリーという土地で作戦行動にはいればわかる、と。

ときどき将軍たちがやってきて、これからなにか悲しくて美しいことをやろうとしている連中をながめる目つきでおれたちをながめていたが、タイムマシンのことはだれもなんにも話してくれなかった。

シャトー・ティエリーに着くと、みんながおれたちを待っていた。そこでわかったんだが、これからおれたちがやる予定の作戦は、めちゃくちゃにやけくそなものらしい。袖に時計の絵をくっつけた殺し屋集団を、だれもが見たがってた。おれたちのやらかすでっかいショーを、だれもが見たがってた。

その町へ着いたときのおれたちが荒っぽく見えたなら、日が経つにつれて、もっと荒っぽくなった。だが、タイムスクリーン中隊がなにをやるのかは、まだ見えてこない。

たずねてもむだだ。

「ポリッツキー大尉どの」おれは精いっぱいうやうやしい口ぶりでいってみた。「明日の明け方、われわれはなにか新しい種類の攻撃作戦をやると聞いたのでありますが」

「おい、新兵、幸福で誇らしげな笑顔を見せろ」と大尉はいった。「そのとおりだ」

「大尉どの」とおれはいった。「わが小隊がこれからなにをするかを教えていただきたくて、わたしはそれをおたずねする役目に選ばれたのであります。みんながその心構えをしておきたいと思っています」

「新兵よ」とポリッツキー大尉はいった。「あの小隊全員が、士気と団結心、それに手榴弾三発と小銃と銃剣と銃弾百発を持っている。そうだろう?」

「はい、大尉どの」

「いいか」とポリッツキー大尉はいった。「あの小隊はすでに準備完了だ。おれがあの小隊にどれほどの信頼をおいているかを教えてやろう。あの小隊は攻撃の先頭に立つことになる」大尉は眉を上げた。「おい、『ありがとうございます』といわんのか?」

おれはそういった。

「それとな、新兵よ、おれがおまえにどれほどの信頼をおいているかを示すために教えよう。おまえは先頭小隊の先頭分隊の先頭に立つことになるぞ」また大尉の眉が上がった。「おい、『ありがとうございます』といわんのか?」

おれはもう一度そういった。

「新兵よ、あとはせいぜい祈っておけ。科学者たちもおまえたち同様に準備ができていますように、となﾞ」

「科学者たちもこの作戦に参加するのでありますか？」

「会見終了」とポリッツキーはいった。「気をつけ」

おれはそうした。

「敬礼」とポリッツキーはいった。

おれはそうした。

「前へ進め！」

おれは歩きだした。


こうしておれは大演習の前夜、わけがわからず、怖じ気づいてホームシックになったまま、フランスのトンネルのなかで、アール・スターリングというソルトレイク出身の男と歩哨に立っていた。

「科学者たちがおれたちに手を貸すだと？」とアールがおれにいった。

「大尉はそういったぜ」とおれは答えた。

「聞かないほうがよかった気がする」とアールはいった。

頭上で大きな砲弾が炸裂して、鼓膜が破れそうになった。地上では弾幕砲撃がつづいてる。巨人たちがあたりを歩きまわって、この世界をバラバラにしようと、やたらほうぼうをけとばしてるみたいだ。もちろん、味方の大砲も撃ちまくっている。相手を敵に見立てたみたいに、えらくなにかに腹をたてたみたいにだ。おれたちは全員深いトンネルのなかにいるので、だれも怪我はしない。

だが、ものすごい音をたのしんでるのはポリツキー大尉だけだ。頭がおかしいんじゃないか。ナンキンムシみたいに。

「これも模擬演習、あれも模擬演習」とアールがいった。「だけど、ありゃ模擬演習の砲弾じゃないぞ、おれがこんなにブルってるのもお芝居じゃない」

「ポリツキーにいわせりゃ、あれは音楽だってさ」とおれはいった。

「みんなにいわせりゃ、あれは現実さ。また本物の戦争の時代にもどったんだってよ」とアールがいった。「このなかでどうやって人間が生き残れたんだろうな」

「地下壕が身を守ってくれたのさ」とおれはいった。

「だけど、昔は将軍でもなけりゃ、こんなりっぱな地下壕へはいれなかったんだぜ」とアールがいった。「兵卒がはいってたのは、屋根もない、浅いタコツボだ。それに、命令がくだると、タコツボから飛びださなくちゃいけない。命令はしょっちゅうだ」

「地面にぴったり身を伏せてたんじゃないかな」おれはいった。

「地面にどこまでぴったり伏せられるよ？」とアールはたずねた。「この真上の地面なんか、芝刈り機を使ったみたいに草が短い。立木は一本もなし。でっかい穴がほうぼうにあいてる。本物の戦争で、どうしてみんなは気が狂わなかったんだろうな——どうしてやめなかったんだろう？」

「人間は妙な生き物なんだよ」とおれ。

「ときどきそう思えないときもあるぜ」とアール。

またでっかい砲弾が一発、そのあと小さいのがふたつ——たてつづけに爆発した。

「あのロシアの中隊のコレクションを見たか？」とアールがたずねた。

「話は聞いたよ」とおれ。

「やつらは頭蓋骨を百個近くも集めたんだ」とアール。「それを棚の上へならべた。ハネデュー・メロンみたいにな」

「どうかしてるぜ」とおれ。

「ああ、そんなふうに頭蓋骨を集めるなんてよ」とアール。「だけど、集めずにいられなかったんだろう。つまりさ、どっちの方角へ土を掘っても、かならず頭蓋骨やなんかにぶちあたるわけだ。この上で、なにかでっかいことが起きたにちがいない」

「この上では、でっかいことが起こりつづけだ」おれは教えてやった。「世界大戦のすごく有名な古戦場だもんな。アメリカ軍がドイツ軍をやっつけた場所だってよ。ポリツキーが教えてくれた」

「ふたつの頭蓋骨には、榴散弾の破片が食いこんでたぜ。あれを見たか？」

「いや」とおれは答えた。

「持ちあげて振ると、なかでカタカタ音がしやがるんだ」アールがいった。「破片の飛びこんだ穴も見えるしよ」

「なあ、あわれな頭蓋骨をどうすりゃいいか知ってるか？」とおれはたずねた。「ありとあらゆる宗教から軒並みに牧師を呼んでくるんだ。かわいそうな頭蓋骨たちの葬式をちゃんとあげて、どこかもう二度とじゃまのはいらないような場所へ埋めてやる」

「もう、人間じゃないんだもんな」とアール。

「人間じゃないなんて、いっちゃだめだ」とおれはいった。「あの連中が命を捨ててくれたおかげで、おれたちのおやじや、祖父《じい》ちゃんや、ひい祖父ちゃんが生きてこられたんだからな。おれたちにできるせめてものことは、かわいそうな骸骨たちをちゃんと扱ってやることだ」

「うん。だけど、あのなかには、おれたちのひいひい祖父ちゃんだかを殺そうとしたやつもまじってるんじゃないのか？」とアール。

「ドイツ兵だって、自分たちで物事をよくしよう、と思ってたんだ」とおれはいった。「だれもが、自分たちで物事をよくしよう、と思ってた。心は正しい場所にあったんだ」とおれはいった。「問題はその考えさ」

トンネルの上でキャンバス地のカーテンがひらき、ポリツキー大尉が下りてきた。外で降ってるのが砲弾じゃなく、暖かい霧雨かなにかみたいに、ゆっくりと。

「外へ出るのは危険じゃないですか、大尉どの？」とおれはきいた。なにもわざわざ外へ出る必要はない。どこからどこへいくにもトンネルが通じてるし、弾幕砲撃がつづくうちは、だれも外へ出ない建前《たてまえ》なのに。

「新兵よ、おれたちは自分の自由意志で、ちょいと危険なこの職業を選んだんじゃないのか？」と大尉はたずねた。むこうがおれの鼻の下へ近づけた手の甲には、長い切り傷が横に走っていた。

「榴散弾」そういって大尉はにやりと笑い、切り傷を唇に当てて、ちゅっと吸った。

しばらく命が保《も》ちそうなぐらいの量の血を吸ってから、大尉はおれとアールを見上げては見おろした。「おい」とおれにきいた。「おまえの銃剣はどこだ？」

おれはベルトのまわりをさぐった。なんと銃剣を忘れてきた。

「おい、新兵、いまとつぜん敵がここへ下りてきたらどうする？」ポリツキーは、五月に木の実を集めているような感じのステップを踏んだ。「『なあ、わるいが——銃剣をとってくるまで、ここで待っててくれ』おまえは敵にそういうつもりか、新兵？」と大尉はおれにたずねた。

おれは首を横にふった。

「いざというときは、銃剣が兵士の最良の友だぞ」とポリツキー。「職業軍人がいちばん幸福なときでもある。いちばん敵に接近できるんだからな。そうだろうが？」

「はい、そうであります」とおれはいった。

「おまえは頭蓋骨を集めてたのか、新兵？」とポリツキーはいった。

「ちがいます」とおれはいった。

「あれを拾っても怪我はせんぞ」とポリツキーはいった。

「はい、大尉どの」

「新兵よ、なぜやつらがみんな死んだかという理由はある」とポリツキーがいった。「やつらは腕ききの兵士じゃなかったんだ！　プロじゃなかったんだ！　やつらはミスを犯した。大切な教訓をちゃんとまなんでなかったんだ！」

「はい、わかりました」

「もしかすると、おまえは演習をむずかしいと思ってるかもしれんが、あの程度じゃまだ生ぬるい」とポリツキーはいった。「もしおれが監督の立場なら、みんなを外へ連れだし、あの砲撃を体験させてやる。プロの兵士になる唯一の方法は流血だ」

「流血？」とおれは聞きかえした。

「何人かを死なせるんだ。すると、ほかの連中がなにかをまなぶ」とポリツキー。「くそ──こんなものは軍隊じゃない。安全規則だの、軍医だのが多すぎる。この六年間、指のささくれさえ見たことがない。これじゃおまえたちは永久にプロの兵士になれん」

「はい、大尉どの」とおれはいった。

「プロの兵士は、あらゆることを見ているから、なにを見ても驚かん」ポリツキーはいった。「いいか、新兵、明日おまえは本物の戦闘を見ることになる。あれに似たものは、ここ百年間、起きたことがない。毒ガス！　弾幕砲火のとどろき！　火炎放射器！　銃剣による決闘！　一騎打ち！

どうだ、うれしくないか、新兵？」

「は、なにが？」とおれはいった。

「うれしくないか、と聞いてるんだ」とポリツキー。

おれはアールをふりかえり、それから大尉に目をもどした。「はい、うれしいです、大尉どの」

とおれはいった。それからゆっくりと重々しく頭をふった。「はい、大尉どの」とおれはいった。

「はい、ほんとにほんと」


世界陸軍の兵士になり、いろんなすごい新兵器を渡されると、やることはひとつしかない。将校から聞かされる話がさっぱりわからなくても、それをうのみにするようになる。将校だって、科学者から聞かされた話をうのみにしてるだけだ。

なみの人間には手の届かない先まで、物事が進んでしまったってことだが、もしかすると昔からそうだったのかも。おれたち志願兵に、質問はぬきでゆるぎなき信仰を持て、と牧師がわめくのは、ニューカッスルに石炭を運ぶみたいによけいなお世話だ。

とうとう最後にポリツキー大尉がいった。タイムマシンの助けで攻撃するんだから、並みの兵士のおまえらに思いつける名案なんてどこにもないぞ。おれはただぼうっと、小銃の着剣装置を見つめた。前に身を乗りだしたので、ヘルメットの縁が銃口に乗っかり、まるで世界の七不思議を見るように小銃の着剣装置を見つめた。

いま、タイムスクリーン中隊のおれたち二百名の兵士は、大きな待避壕でポリツキー大尉の訓示を聞いてるとこだ。まともに大尉を見るやつはひとりもない。大尉はこれからはじまることが楽しみで楽しみで、それが夢でないことを願ってるみたいな顔つきだ。

「いいか、おまえたち」と頭のおかしい大尉はいった。「〇五〇〇時に砲兵隊が二百ヤードの間隔でつぎつぎに照明弾を発射し、二本の線を作る。その光が、タイムマシンのビームの両端だ。攻撃目標は照明弾が作る二本の線の中間」

ポリッキー大尉はつづけた。「いいか。照明弾の二本の線の中間には、きょうと一九一八年七月十八日の両方が、同時に存在するんだ」

おれは着剣装置にキスをした。ちょっぴり油と鉄の味がするのは嫌いじゃないが、瓶詰めにする気にはなれない。

「いいか、みんな」とポリッキーはつづけた。「これからおまえたちが見るものを民間人が見たら、髪の毛が真っ白になる。おまえたちがなにを見るかというと、昔シャトー・ティエリーで、アメリカ軍がドイツ軍に反撃を開始した場面だ」なんと、大尉のうれしそうな顔。「よく聞け、みんな。これは地獄のスローターハウスだ」

頭を上げ下げすると、ヘルメットがポンプみたいに動く。おでこの上に空気が吹きつける。こんなときだけに、ちょっとしたことがすごくうれしい。

「いいか」とポリッキーはいった。「兵士に怖がるなというのは嫌いだ。怖がることなんかなにもないんだ、とはいいたくない。それは兵士への侮辱だ。しかし、科学者どもはこういった。一九一八年があなたがたになんの影響も与えるはずがないし、あなたがたも一九一八年に対してなにもできるはずがない。つまり、敵から見たおれたちは幽霊で、おれたちから見た敵も幽霊だ。おれたちは敵の体をすんなり通りぬけ、敵もこっちがまるで煙でできてるみたいに、おれたちの体をすりぬけるだろう」

おれは小銃の銃口へ息を吹きつけた。なんのメロディも出てこない。出てこなくてよかった。もし出てきたら、この集まりはぶちこわしだ。

「いいか」とポリツキーはいった。「一九一八年の昔にもどって、なにが飛んでこようと、おまえたちにイチかバチかの賭けができることを、おれは願ってる。それを生き残るのが、最高の意味での兵士だ」

だれも反対しなかった。

「いいか」とこの偉大な軍事科学者はいった。「おまえたちにも想像がつくだろう。一九一八年からやってきた幽霊どもでいっぱいの戦場を見たら、敵はどうすると思う？　どこをめがけて撃てばいいのか、わけがわからなくなるだろうな」げらげら笑いだしたポリツキーが真顔にもどるまでには、しばらくひまがかかった。「いいか」とひと息ついていった。「おれたちは幽霊どものなかを匍匐《ほふく》前進する。敵に接近したら、ああ、おれたちも幽霊だったらよかったのにな、と思わせてやれ。生まれてこなけりゃよかった、と思わせてやれ」

その敵というのは、半マイルほど前方に並んだ、ぼろ切れをくくりつけた竹竿の列だ。いまポリツキーがやってみせたように竹竿やぼろ切れを憎むことは、ほかのだれにも無理だろう。

「いいか」とポリツキーはいった。「もしこのなかに無許可離隊《AWOL》をたくらんでるやつがいたら、これこそ絶好の機会だぞ。照明弾の境界線を横切り、ビームのへりをくぐるだけでいい。そいつの姿は本物の一九一八年のなかへ消える──幽霊じみたことはなんにもない。それに、そのあとを追いかけるほど頭のおかしい憲兵もいない。あれを横切ったあとでもどってきた人間は、ひとりもいないからだ」

おれは小銃の照星で前歯のすきまをせせった。いま思いついたんだが、プロの兵士としていちばんたのしいのは、だれかに嚙みつけるときかも。そんな芸当がおれにむりなのはわかってる。「いいか」とポリッキーはいった。「われわれタイムスクリーン中隊の使命は、歴史はじまって以来の各中隊の使命となんのちがいもない。われわれタイムスクリーン中隊の使命は、殺すことだ。なにか質問は？」

おれたちみんなは陸海軍条例を読み聞かされていた。分別のある質問をするのは、生みのおふくろを鉈《なた》で殺すよりもわるいと知ってる。だから、だれも質問しなかった。そんな質問をするやつがいるはずはない。

「安全装置をかけろ、装塡」とポリッキーがいった。

おれたちはそうした。

「着剣」とポリッキーがいった。

おれたちはそうした。

「じゃ、いくか、お嬢さんがた」

ああ、この男は心理学を前後左右にわきまえてる。それが将校と志願兵のちがいだ。おれたちが若い男たちの集まりなのを知ってるくせに、わざとお嬢さんがたと呼びやがる。それでこっちは頭にきて、物事がまっすぐ見えなくなってしまうんだ。

これからおれたちは外へ出て、竹竿とぼろ切れをこっぱみじんにするだろう。これから何世紀ものあいだ、釣り竿もキルトもなくなっちまうぐらいに。

タイムマシンのビームのなかへはいるのは、流感にかかって、目のよく見えないだれかの遠近両用メガネをかけて、ギターのなかへ押しこまれた気分だった。もっと改良しないと、安全でもなく、人気《にんき》も出ないだろう。

最初のうち、一九一八年の連中の姿はどこにも見えなかった。見えるのはやつらのタコツボと鉄条網だけ。そこにはもうタコツボも鉄条網もないはずなのにだ。そのタコツボは、平気でその真上を歩ける。ガラス屋根がついてるみたいに。鉄条網を横切っても、ズボンは破けない。やつらはここにいない――やつらは一九一八年にいるんだ。

何千人もの兵士がおれたちを見物してた。ほうぼうの国からきた連中が。

おれたちがやつらの前で演じてるのは、ぱっとしない見世物だ。

タイムマシンのビームで胃がむかついて、目が半分見えない。筋金入りのプロの兵士に見せかけるため、おれたちはでっかい鬨《とき》の声をあげるはずだった。だが、照明弾に挟《はさ》まれた現場に近づいても、だれも声を出さない。へたに声を出すと、ゲロを吐きそうだ。攻撃的に前進する予定だが、どれがおれたちで、どれが一九一八年の連中なのか、見わけがつかない。おれたちはそこにないもののあいだを歩きまわり、そこにあるものにつまずいた。

もしおれがオブザーバーだったら、きっと滑稽《こっけい》な眺めだといっただろう。

おれはタイムスクリーン中隊の第一小隊第一分隊の先頭で、おれよりも前にいるのは、わが気高いポリッツキー大尉ひとりだけだ。

大尉は勇猛な自分の中隊に向かって、ひと言さけんだだけだった。おれたちをそれまで以上に血に飢えさせようと思って、そうさけんだんだろう。「じゃ、あばよ、ボーイスカウト諸君!」と大尉はどなった。「ママにしょっちゅう手紙を書き、鼻水が垂れたら、きちんと拭《ふ》けよ!」

そういうと大尉は背をかがめ、全力疾走で中間地帯を横切りはじめた。

志願兵の名誉にかけて、おれは大尉についていこうとがんばった。まるでふたりの酔っぱらいのように、倒れては起きあがり、戦場で自分たちを痛めつけてるだけだ。

大尉はおれやほかのみんながどうしてるかを知ろうと、ふりむきもしなかった。自分の青ざめた顔をだれにも見られたくなかったんだと思う。おれは何度も大尉に、ほかのみんなを置き去りにしたことを知らせようとしたが、この競走だけで息が切れた。

大尉が向きを変え、照明弾の線に向かって走りだしたときは、だれからも見えない煙のなかへはいって、こっそりゲロを吐く気かな、と思った。

だが、大尉のあとにつづいてその煙のなかへはいったとたん、一九一八年からの弾幕砲火がおそってきた。

かわいそうな古い世界はガタガタ揺さぶられ、バラバラにひきちぎられ、煮えたぎって黒焦げ。一九一八年からの土くれと鋼鉄の破片が、ポリツキーとおれのまわりでめちゃくちゃに飛びちっていた。

「立て！」とポリツキーがおれにどなった。「あれは一九一八年だ！　あんなものじゃ、怪我ひとつせん！」

「当たったら怪我しますよ！」とおれはどなりかえした。

大尉はいまにもおれの頭をけとばしそうな身ぶりをした。「立て、新兵！」

おれは立ちあがった。

「ボーイスカウト仲間のところへもどれ」大尉が指さしたのは、煙のなかにぽっかりあいた穴、さっきおれたちのやってきた方角だった。そこでは中隊全員が、専門家というものはどのように身を伏せ、身ぶるいするかを、何千人ものオブザーバーに見せているところだ。「おまえのいるべき場所はあそこだ」とポリツキーがいった。「ここはおれの見せ場なんだ。ひとり芝居のな」

「はあ？」とおれは聞きかえした。それから首をめぐらし、いま頭の上を飛び越えていった一九一八年の石ころの行方を目で追った。

「こっちを見ろ！」と大尉はどなった。

おれはそうした。

「新兵よ、ここは子供とおとなを分ける場所だぞ」と大尉はいった。

「はい」とおれはいった。「だれも大尉どののようには速く走れません」

「おれがいうのは走ることとじゃない」と大尉はいった。「戦うことだ！」ああ、この会話はまるっきり狂ってる。一九一八年の照明弾がおれたちの体を突きぬけはじめた。

大尉がいってるのは、竹竿やぼろ切れと戦うことらしい。「大尉どの、だれもあんまりいい気分じゃないでしょうが、勝利はわれわれのものだと思います」

「おれがいうのは、こういうことだ。いまからおれはこの照明弾のなかを突きぬけて、一九一八年へいく」と大尉はどなった。「そんなことをする度胸は、ほかのだれにもないだろうが。さあ、とっとと失せろ！」

むこうは本気だ、とおれは気づいた。本気でなにか派手なことをやらかす気だ。もし旗を振ったり、弾をとめたりできるなら、たとえこれが百年、いや、それ以上も前の戦争で、平和条約の文書のインクがすっかり薄れてほとんど読みとれなくなっていても、大尉は自分なりにひと仕事をやってのけるつもりなんだ。

「大尉どの」とおれはいった。「自分はただの志願兵で、助言できる立場じゃないことは知ってます。しかし、大尉どの、それはあまり意味があると思えません」

「おれは戦うために生まれてきた」と大尉はどなった。「その体がいまにも錆びつきそうなんだ！」

「大尉どの」とおれはいった。「ここの戦闘はもうすでにこっちが勝ったんです。われわれは平和を手に入れ、自由を手に入れ、世界中のみんなが兄弟になって、みんながすてきな家に住んで、日曜日ごとにチキンを食えるようになったんです」

大尉はおれの話を聞いてない。照明弾が作った線のほう、タイムマシンのビームのへりへと歩きだした。照明弾の煙がいちばん濃いところへ。

一九一八年の世界へ永久に消える前に、大尉は足をとめた。なにかを見つめている。この無人地帯に鳥の巣かヒナギクでもあったのかな、とおれは思った。

だが、大尉が見つけたものはどっちでもなかった。おれは近づいてそれをよく見た。一九一八年の砲弾が炸裂した穴の真上で、大尉は立ったまま宙に浮かんでいる。

その爆裂孔のなかには、ふたりの不運な死人と、ふたりの生きた人間がいた。それとぬかるみ。ふたりの兵士が死んでいるのはひと目でわかった。ひとりは頭がないし、もうひとりは体がふたつにちぎれている。

人なみの心があれば、濃い煙のなかでそんなものにでくわすと、この宇宙のものがなにひとつ現実でなくなる。もう世界陸軍もなく、永久の平和もなく、インディアナ州ルヴァーンもない。タイムマシンもない。

あるのはポリッキーと、おれと、その穴だけ。

自分に子供ができたら、おれはその子にこう教えるつもりだ。「なあ、チビすけ。絶対に時間をおもちゃにするんじゃないぞ。いまはいま、昔は昔のままにしとけ。それとな、チビすけ、もし濃い煙のなかへはいったら、煙が薄れるまでじっとしてろ。自分がいまどこにいるか、これまでどこにいたか、どこへいくつもりだったか、それがわかるまではじっとしてろ、いいな?」

おれはその子を揺さぶるだろう。「チビすけ、わかったか？」とおれはいう。「パパがいってることをちゃんと聞けよ。パパは知ってるんだから」

おれがそんなかわいい子を持つ日はこないだろうと思う。だが、その子にさわって、その子の匂いを嗅いで、その子の声を聞きたい。でなけりゃ、くそくらえ。

その穴のなかで、かわいそうな一九一八年の人間が四人、まるで金魚鉢のなかを這いまわるカタツムリなみにぐるぐる這いまわっていたことは、ひと目でわかった。それぞれのうしろに足跡がつづいている——生きたふたりのと、死んだふたりのと。

その穴のなかへまた一発の砲弾が落下して、爆発した。

噴きあがった土砂が落ちてきたとき、もう生き残りはひとりしかいなかった。

その男はうつ伏せの姿勢から寝返りを打って仰向けになり、両腕を上げた。自分の無防備な部分を一九一八年にさらして、そんなに殺したけりゃ殺せ、といってるみたいに。

つぎの瞬間、その男はわれわれに気づいた。

自分の真上に浮かんだこっちの姿を見ても、その男は驚かなかった。もうその男はなにを見ても驚かなくなっていた。恐ろしくゆっくりと不器用に、その男は土のなかから自分の小銃を掘りだし、こっちに狙いをつけた。その男は微笑をうかべていた。まるでわれわれがだれなのか知っているように。われわれを傷つけられないことを知っているように。このすべてがでっかい冗談であるかのように。

その小銃から銃弾が飛びだす可能性はなかった。銃口が泥でふさがっているのだ。小銃は暴発した。

それでもその男はぜんぜん驚かなかった。怪我をしたようすもない。男がこっちによこした微笑、いまのジョークを面白がってるような微笑は、その男が倒れて死んだあとも、まだその顔に残っていた。

一九一八年の弾幕砲火がやんだ。

だれかが遠くでホイッスルを鳴らした。

「なにを泣いてるんだ、新兵？」とポリッキーがいった。

「自分が泣いてるとは知りませんでした、大尉どの」とおれはいった。えらく皮膚が張りつめ、目が熱くなったが、自分が泣いてるとは知らなかった。

「おまえは泣いていたし、いまも泣いてる」と大尉はいった。

それを聞いて、おれは大泣きをはじめた。自分はまだ十六、ただのでっかい赤ん坊なのはわかってる。おれは腰をおろした。たとえ大尉に頭をけとばされようと、二度と立ってやるもんか、と思った。

「ほら、みんながいくぞ！」ポリッキーがでっかい声でわめいた。「おい、見ろよ、新兵、見ろ！アメリカ兵だ！」まるで独立記念日かなにかみたいに、大尉は拳銃をぶっぱなした。「見ろ！」

おれはそっちを見た。

まるで百万人もの人間が、タイムマシンのビームを横切ってるみたいだ。一方のなんにもないところから出てきて、もう一方のなんにもないところへ消えていく。だれの目も死んでる。まるでゼンマイを巻かれたみたいに、片足をもう片足の前に出している。

とつぜんポリッキー大尉は、おれの体を重さがないみたいにほうりあげた。「こい、新兵——やつらといっしょにいこう！」と大尉はどなった。

頭のおかしい大尉は、おれの手をひっぱって、照明弾の線を横切った。

おれはわめき声をあげて彼に嚙みついたが、もう遅い。

照明弾はもうどこにもなかった。

あるのは、まわりの一九一八年だけ。

永久に一九一八年のなかへとり残されたんだ。

そこへまた弾幕砲火がおそってきた。だが、こんどのそれは鋼鉄と高性能弾薬で、おれは肉体で、昔は昔、鋼鉄も肉体もひとかたまり。


目がさめると、おれはここにいた。

「いまは何年ですか？」とおれはきいた。

「一九一八年だよ」とむこうの何人かがいった。

「ここはどこですか？」とおれはきいた。

ここは病院に改造された大聖堂だ、とむこうは答えた。おれはそれが見たくなった。音の反響からしても、天井がどんなに高くて、でっかい建物かはわかる。

おれは英雄じゃない。

英雄は、おれのまわりにいるここのみんなだ。おれは自分の経歴に尾ひれなんかつけなかった。たったひとりの敵も突き刺したり、射殺したりしてないし、一発の手榴弾も投げてないし、ひとりのドイツ兵も見てない。あの恐ろしい穴のなかにいたのがドイツ兵だったならべつだが。

英雄たちには特別の病院があっていいと思う。おれみたいなやつの隣のベッドに英雄を寝かさないためにも。

新入りのだれかが話を聞きにくると、おれはいつも最初にこういう。おれが戦場へ出てから弾に当たるまでには、十秒もかからなかった。「この世界を民主主義にとって安全な場所にするために、おれはなにもできなかった」とその連中にいう。「弾に当たったときは、まるで赤ん坊みたいに泣きわめいて、大尉を殺そうとしてた。もしあの銃弾でむこうが殺されなかったら、おれが殺してた。大尉は同胞のアメリカ人なのに」

いや、ほんとにおれはそうしてただろう。

そのあと、おれは連中にこういう。もしチャンスがすこしでもあれば、もう一度脱走して二〇三七年の世界へもどりたい、と。

それは二重の意味で軍法会議に相当する罪だ。

しかし、ここの英雄たちはだれもそんなことに頓着しない。「気にするな、相棒」とみんながいう。「おまえはとにかくしゃべりつづけろ。もしだれかがおまえを軍法会議にかけようとしたら、おれたちみんなが宣誓証言してやるよ。おまえが素手でドイツ兵どもを殺し、おまえの両耳からは火が吹き出ていた、と」

連中はおれの話を聞きたがってる。

そこで、おれはまるきり目が見えないまま、ここで横になって、どんないきさつで自分がここへやってきたかを話すわけだ。頭のなかにはっきり見えるものを洗いざらい——世界陸軍のことも。どこに住んでるだれもが兄弟みたいなもので、平和がいつまでもつづいて、だれも飢える者がなくて、だれもおびえてないことを。

いまのあだ名をもらったのも、そういうわけだ。この病院にはおれの本名を知ってる人間がほとんどいない。最初にその名を思いついたのがだれかは知らないが、みんながおれのことを審判の日《グレート・デイ》と呼ぶんだ。

バターより銃

Guns Before Butter

浅倉久志 訳

1

「たとえばロースト・チキンを作るんだったら、チキンをいくつかに切って、熱いフライパンの上で、溶けたバターとオリーブ油でキツネ色になるまでこんがり焼く」ドニーニ一等兵はそういってから、考え深げにつけたした。「上等の熱いフライパンだぜ」

「ちょっと待った」コールマン一等兵が小さい手帳にせっせと書きこみながらいった。「チキンの大きさは?」

「四ポンドぐらい」

「何人前?」ニプタッシュ一等兵が鋭くたずねた。

「たっぷり四人前はあるよ」とドニーニ。

「忘れるな、チキンってものは骨がいっぱいくっついてるからな」ニプタッシュは警戒ぎみにいった。

ドニーニはグルメだった。この料理、あの料理の作り方をニプタッシュに教えるとき、彼の頭には何度も〝豚に真珠〟という言葉が浮かんだ。ニプタッシュは味や香りをまるで気にしない――気にするのは栄養価だけ。爆発的なカロリーだけ。手帳にレシピを書きこむときも、一人前ではたりないと考え、そこに関係したあらゆる食材の分量を倍にしようとする。

「おまえひとりで平らげたっていいんだぜ、いわせてもらえば」とドニーニは冷静にいった。

「わかった、わかった。で、それから？」コールマンが鉛筆を構えたままたずねた。

「約五分間、両面がキツネ色になるまで焼いてから、刻んだセロリと、タマネギと、ニンジンを入れて、お好みの味に仕立てる」まるで味見をするようにドニーニは唇を閉じた。「それから、ぐつぐつ煮えてるうちに、シェリーとトマト・ペーストを混ぜたものを入れて、蓋をする。三十分ほど煮てから――」ドニーニは言葉を切った。コールマンとニプタッシュは書く手をとめ、壁にもたれ、目を閉じ――耳をすましている。

「うまそうだ」とニプタッシュが夢見心地にいった。「だけど、知ってるか。アメリカへ帰ったら、おれが最初になにをするかを？」

ドニーニは心のなかでうめきをもらした。その答えは先刻承知だ。もう百回も聞かされている。この世界で自分の飢えを満足させる料理はないと確信しているニプタッシュは、ある料理を発明した。ある怪物料理を。

「まず第一に」とニプタッシュは熱をこめていった。「パンケーキを一ダース注文する。そう、そういったんだよ、きみ」と彼は架空のウェートレスに話しかけた。「十二枚だ！　それから、その一枚一枚のあいだにフライド・エッグをはさむ。そのつぎになにをするか知ってるか？」

「その上からハチミツを垂らしてくれ！」とコールマンがいった。この男も、野獣まがいの食欲ではニプタッシュの同類だ。

「そうこなくっちゃ！」ニプタッシュが目をきらめかせていった。

「ばかばかしい」冷たくそういったのは、ドイツ軍の捕虜監視係である頭の禿げたクラインハンス伍長だった。この老人の年齢を、ドニーニは六十五歳ぐらいと踏んでいる。ときどきクラインハンスは考えこんでぼんやりしていることがある。この老人は、ナチス・ドイツという砂漠のなかの同情と非能率性のオアシスだった。本人の言によると、四年間リバプールで給仕として働いていたころに、いちおうの英語をおぼえたらしい。イギリス時代の体験について、クラインハンスはそれ以上を語らない。イギリス人は民族に役立つよりもはるかに大量のものを食べる、という意見を述べるだけだ。

クラインハンスはカイゼルひげをひねると、六フィートもの長さのある旧式小銃を杖にして立ちあがった。「おまえたちの話は食い物のことばっかり。この戦争でアメリカが負ける原因はそれだ──おまえたちみんながえらくやわなんだ」そういって、ニプタッシュをじろりとにらんだ。むこうはまだ空想のなかのパンケーキと、卵と、ハチミツに鼻を埋めているところ。「さあ、さあ、仕事にもどれ」それは忠告だった。

三人のアメリカ兵は、屋根のない建物の残骸のなかにすわったままだ。ここはドイツのドレスデン、こなごなになった石と材木の残骸のまっただなか。時は一九四五年の三月初め。ニプタッシュと、ドニーニと、コールマンはドイツ軍の捕虜。クラインハンス伍長は三人の監視者。彼の仕事は、この都市の十億トンもの瓦礫《がれき》を、もはや存在しない交通のじゃまにならないよう、ひとつずつ、秩序正しいケルンに積みあげさせることだった。三人のアメリカ兵は、捕虜収容所の規律を乱したというささやかな落ち度で、名ばかりの処罰を受けている。その実、毎朝この三人が街路まで駆りだされ、クラインハンスのものうげな青い瞳の前で働かされるのは、鉄条網に囲まれたお行儀のよい仲間たちの運命と比べて、それほどわるくもない。クラインハンスが要求するのは、士官たちが通りかかったときに、忙しく働いているふりをすることだけなのだから。

食べ物は、捕虜のぱっとしない生存レベルのなかで士気に影響をおよぼす唯一のものだった。パットン将軍はまだ百マイルもの先。接近中のパットンの第三軍について、ニプタッシュや、ドニーニや、コールマンが話しあっているのを聞くと、その先鋒は歩兵隊や戦車隊でなく、給食係下士官の密集部隊と炊事車の集団のような気がしてくる。

「さあ、さあ」とクラインハンス伍長はくりかえし、サイズの合わない軍服、老人を狩り集めた物悲しい市民軍のぺらぺらで安っぽい灰色の軍服から、漆喰《しっくい》の粉をはらい落とした。それから腕時計に目をやった。名ばかりの昼食時間、食事ぬきの三十分は終わったのだ。

ドニーニはさらにもう一分間、自分の手帳を悲しげにめくってから、それを胸ポケットに入れ、どっこいしょと立ちあがった。

この手帳熱は、ドニーニがピザの作り方をコールマンに教えたときからはじまった。爆撃で大破した文具店から何冊かくすねてきた手帳のひとつに、コールマンがそれを書き写したのだ。それが実に心温まる体験だったので、まもなく三人とも、手帳にレシピを書き写すのに夢中になった。三人からすると、食べ物の名前を書き写すだけで、ぐっと実物に接近した気分になれたからだ。

三人のめいめいが自分の手帳をいくつかの部門に分けていた。たとえばニプタッシュが設けたのは、四つの大きな部門だ。〝試食予定のデザート〟、〝うまい肉料理の作り方〟、〝スナック〟、それに〝その他〟。

コールマンは眉を寄せ、自分の手帳にコツコツ書きこみをつづけた。「シェリーの分量は？」

「ドライ・シェリーだぜ――ドライにかぎる」とドニーニがいった。「カップ四分の三ぐらいかな」ニプタッシュが手帳に書きこんだなにかに消しゴムを使っているのを見て、「どうした？　書きなおしてるのか、一ガロンのシェリー、と？」

「ちがう。あれのことじゃない。おれが書きなおしてるのは、もっとべつのこと。なにをいちばん最初に食いたいかで、気が変わった」

「なにを食いたい？」コールマンが夢中でたずねた。

ドニーニは顔をしかめた。クラインハンスも顔をしかめた。その手帳は、ドニーニとニプタッシュの精神的闘争を激化させ、明確にしてしまった。ニプタッシュが口にしたレシピは華やかだが、即席のでっちあげ。ドニーニのレシピは綿密なまでに本物で、芸術的。コールマンは両者の板挟みになった。グルメ対大食漢、芸術家対物質主義者、美女対野獣。ドニーニは自分に味方がいることに感謝した。たとえそれがクラインハンス伍長であろうと。

「まだいうなよ」とコールマンがページをめくりながらいった。「一ページ目を出すまで待ってくれ」それぞれの手帳のいちばん重要な部分は、なんといっても一ページ目だ。申し合わせによって、そこにはめいめいがほかのどの料理よりもたのしみにしている料理の名が書いてある。ドニーニは、自分の手帳の一ページ目に、愛情をこめてアニトラ・アル・コニャック――ブランデー風味のカモ肉を選んでいた。ニプタッシュは、その光栄あるページに、恐るべき自己流パンケーキを選んでいた。コールマンはあやふやな気分で、ハムとスイートポテトの糖蜜煮に投票したが、ほかのふたりとの議論に負けた。彼はみじめな気分で、ニプタッシュとドニーニが選んだ料理を手帳の一ページ目に書き、決定を先延ばしすることにした。いま、ニプタッシュは自己流の怪物料理を飾りたてて魅力たっぷりに見せている。ドニーニはため息をついた。コールマンは気が弱い。ひょっとしてニプタッシュの新しいひねりが甘い声でコールマンを誘い、アニトラ・アル・コニャックを忘れさせるのでは。

「ハチミツはだめだ」とニプタッシュが強硬にいった。「いちおう考えてはみたんだぜ。いま気がついたんだが、それはだめ。卵と合わない。ハチミツは卵と合わない」

コールマンは手帳の文字を消した。「それで？」と期待をこめてたずねた。

「ホット・ファッジを上にのせる」とニプタッシュはいった。「たっぷりのホット・ファッジ——そいつを上にのせて、まわりへひろがらせる」

「うーん」とコールマン。

「食い物、食い物、食い物」とクラインハンス伍長がつぶやいた。「明けても暮れても食い物の話！　起立！　仕事にかかれ！　おまえたちのばかばかしい手帳。あれは略奪行為だぞ、わかってるのか。それだけで銃殺にできる」伍長は目をつむり、ため息をついた。「食い物」と小声でいった。「食い物の話をしてなんになる？　食い物のことを書いてなんになる？　女の話をしろ。音楽の話をしろ。酒の話をしろ」両腕を上に伸ばし、天に向かって訴えた。「一日じゅうレシピのやりとりとは、まったくなんたる兵士どもだ」

「あんただって腹がへってる、ちがうか？」とニプタッシュがいった。「食べ物になんの恨みがある？」

「食べ物には不自由してない」クラインハンスがぶっきらぼうにいった。

「一日に黒パン六枚とスープ三杯——それで足りるのかい？」コールマンがきいた。

「それでじゅうぶんだ」クラインハンスは反論した。「そのほうが体調がいい。この戦争の前まで、おれは太りすぎだった。いまは若いころみたいにすらりとしてる。この戦争の前まで、だれもかれも太りすぎだった。生きるために食うんじゃなく、食うために生きていた」わびしげにほほえんで、

「ドイツがいまほど健康な時代はない」

「ああ、だけど腹がへらないか？」とニプタッシュが問いつめた。

「食べ物は、おれの人生でたったひとつのものじゃないし、いちばん大切なものでもない」とクラインハンス。「さあ、さっさと立て！」

ニプタッシュとコールマンはしぶしぶ立ちあがった。「おやじ、小銃の先っちょに漆喰かなにかが詰まってるぜ」とコールマンがいった。一同は乱雑に散らかった街路までのろのろとひきかえした。しんがりのクラインハンスは、小銃の銃口に詰まった漆喰をマッチ棒でかきだしながら、手帳への罵倒をつづけた。

ドニーニは何百万もの石ころのなかからひとつを選ぶと、舗道の縁石のそばまで運び、クラインハンスの足もとに置いた。それから両手を腰に当てて、しばらく休息した。「暑い」とドニーニはいった。

「仕事をするにはぴったりだ」クラインハンスはいって、縁石の上に腰をおろした。「民間人のころのおまえの仕事は？　コックか？」と長い沈黙のあとでたずねた。

「父親のイタリア料理店の手伝いをしてたんだ。ニューヨークで」

「おれはブレスラウでしばらく店を持ってた」とクラインハンスはいった。「もう大昔だ」ため息をついて、「いま考えるとばかばかしい。うまい料理を腹いっぱい詰めこむのに、ドイツ人がどれほどの時間とエネルギーを使ってたかを考えるとな。まったくばかげた浪費だ」彼はドニーニのむこうをにらみつけた。それからコールマンとニプタッシュに向かって指を一本立て、横にふった。

道路の中央に突っ立ったふたりは、どちらも片手に野球ボール大の石ころを持っている。もう片手には手帳。

2

「あれにはサワー・クリームがはいってたような気がする」とコールマンがしゃべっている。「手帳をしまえ！」とクラインハンスが命じた。「おまえたちには女がいなかったのか？　女の話をしろよ！」

「もちろん女はいたさ」コールマンが苛立った口調で答えた。「名前はメアリー」

「その女について知ってるのはそれだけか？」とクラインハンス。

コールマンはけげんな顔つきになった。「名字はフィスク——メアリー・フィスク」

「で、そのメアリー・フィスクは美人だったのか？　なにをしてた？」

コールマンは考えこむように目を細めた。「一度、彼女が一階まで下りてくるのを待っててさ、おれは年とった母親がレモン・メレンゲ・パイを作ってるのを見てたんだ」と彼はいった。「その母親がどうしたかというと、砂糖と、コーンスターチと、ひとつまみの塩をカップ二杯の水と混ぜて——」

「たのむ、音楽の話をしよう。音楽は好きか？」とクラインハンスがいった。

「それから、その母親はなにをした？」とニプタッシュがいった。手に持っていた小石を下におき、手帳に書きつけている。「もちろん卵を使ったんだろうな、ええ？」

「おい、たのむよ、おまえたち。もうよせ」とクラインハンスが訴えた。

「もちろん、卵は使ったさ」とコールマン。「それにバターも。バターと卵をたっぷりな」

ある地下室でニプタッシュがクレヨンを見つけたのは、その四日後のことだった——クラインハンスが処罰班に監視任務からの解放を要請して断られたのとおなじ日だ。

その日の朝、仕事に出発したとき、クラインハンスはおそろしく不機嫌で、三人の捕虜にどなりちらした。足並みを揃えず、両手をポケットに入れて行進した、というのだ。「好きなだけしゃべれ、しゃべれ、しゃべれ、食べ物のことをな。この女ども」と三人をなじった。「もう聞きたくない！」彼は勝ち誇った表情で弾薬嚢《だんやくのう》から脱脂綿の塊をふたつとりだし、両耳に詰めた。「これでおれは自分の考えに浸れる、あはっ！」

その日の昼休み、ニプタッシュは爆撃で破壊された家の地下室に忍びこんだ。故郷の家のこぢんまりした地下室のように、手つかずの自家製瓶詰が棚に並んでいるのでは、と望みをかけたのだ。地下室から出てきた彼は、落胆し、ほこりまみれで、緑色のクレヨンを毒味中だった。

「うまいか？」コールマンが希望をこめてたずねながら、ニプタッシュの左手に握られた黄と、紫と、ピンクと、オレンジのクレヨンに目をやった。

「うまいぜ。どの匂いが好きだ？　レモンか？　ブドウか？　イチゴか？」ニプタッシュは手に持ったクレヨンを地面に投げつけ、つづいて緑色のクレヨンを吐きだした。

ふたたび昼食の時間。クラインハンスは捕虜たちに背を向けてすわり、こなごなになったドレスデンのスカイラインを思案げに見つめていた。その両耳からは白い房がふたつ飛びだしていた。

「これに合うのはなんだか知ってるか？」とドニーニがいった。

「ホット・ファッジ・サンデー。ナッツとマシュマロをのっけたやつ」打って返すようにコールマンが答えた。

「それにチェリー」とニプタッシュ。

「スピエディーニ・アラ・ロマーナ！」ドニーニが目をつむり、小声でいった。

ニプタッシュとコールマンは手帳をとりだした。

ドニーニは自分の指先にキスをした。「チョップト・ビーフの串焼き、ローマ風」と前置きしてから、「チョップト・ビーフが一ポンド、卵が二個、ロマノ・チーズを大匙《さじ》三杯、それに――」

「それで何人前？」とニプタッシュがきいた。

「並みの人間なら六人前かな。ブタなら半人前」

「その料理、どんなふうに見える？」とコールマンがきいた。

「そうだな、いろんなものが串に刺さってるみたいに見える」ドニーニはクラインハンスが耳栓をはずしてから、すぐまたもとへもどすのを見てとった。「口では説明しづらい」ドニーニは頭をかいてから、はたとクレヨンに目をとめた。彼は黄色のクレヨンを手にとると、スケッチをはじめた。やがてその作業に身がはいってくると、ほかの色のクレヨンも使って、微妙な陰影やハイライトをつけたし、最後に背景として、市松模様のテーブルクロスを描きたした。ドニーニはそれをコールマンに渡した。

「うーん」とコールマンはつぶやき、首を左右にふりながら唇をなめた。

「すげえ！」ニプタッシュが感心した口ぶりでいった。「このちっちゃいやつらが、まるでこっちをめがけて飛びだしてくるみたいだ、なあ？」

コールマンがいそいそと自分の手帳をさしだした。ひらいたページの見出しは、真っ正直に〝ケーキ〟とある。「レディー・ボルチモア・ケーキの絵を描いてくれないかな？　ほら、白くて、てっぺんにサクランボののっかったやつ」

二つ返事でドニーニはその絵を描き、わくわくするほどの大成功をおさめた。とても見映えのするケーキで、おまけとしててっぺんにこんなピンクのアイシングの文句がくっついている――〝祝凱旋コールマン一等兵！〟。

「おれにはパンケーキの山を描いてくれよ――十二枚」とニプタッシュがせがんだ。「そう、おれはそういったんだよ、きみ――十二枚！」ドニーニは感心しないなといいたげに首を横に振りはしたものの、ざっとした下書きにとりかかった。

「おれのをクラインハンスに見せてやろう」コールマンはうれしそうにいうと、腕をいっぱいに伸ばし、レディー・ボルチモア・ケーキを目の前にかざした。

「さあ、その上にファッジ」とニプタッシュがドニーニの首すじに息を吹きかけた。

「まったく《アッハ》！　おまえたちは《メンシュ》！」クラインハンス伍長がそうさけんだとたん、コールマンの手帳はぐしゃぐしゃの隣家の残骸のなかへ、傷ついた小鳥のように落ちていった。「昼休みは終了！」伍長はすたすたとドニーニとニプタッシュのそばへ近づき、ふたりから手帳をとりあげた。胸ポケットにそれをしまいこんで、「さあ、お絵描きも終了だ！　作業にもどれ、わかったか？」派手な身ぶりで、小銃におそろしく長い銃剣をつけた。「いけ！　かかれ《ロス》！」

「あいつ、いったいどうしたんだ？」とニプタッシュ。

「おれはケーキの絵を見せただけだぜ。それでかんしゃく玉の破裂かよ」コールマンがぐちった。

「ナチめ」と声をひそめた。

ドニーニはクレヨンをポケットへ滑りこませ、クラインハンスの恐ろしい銃剣の前からさっさと遠ざかった。

「ジュネーブ協定の規約で、兵卒は食費分の労働をしなくちゃならん。働け！」とクラインハンス伍長はいった。その午後ずっと、伍長は汗だくで不満顔の三人を働かせた。三人のうちのだれかが口をひらく気配を見せたとたんに、命令をどなった。「おい！　ドニーニ！　このスパゲッティの深鉢を持ちあげろ」そういうと、でっかい石の塊を靴のつま先で指し示した。つぎに、街路を横切るように倒れた十二インチ角の二本の梁へ、大股に近づいた。「ニプタッシュとコールマン、ぼうやたち」彼は両手を打ちあわせ、歌うように呼びかけた。「おまえたちが夢見ていたチョコレート・エクレアだ。ひとり一本ずつ」コールマンの鼻先一インチまで自分の顔を近づけて、「ホイップクリームつきだぞ」とささやいた。

その夕方、よろよろと捕虜収容所の塀のなかへもどってきたのは、まぎれもなくふさぎこんだ一行だった。それまでの毎日、ドニーニと、ニプタッシュと、コールマンは、苛酷な重労働と厳格な規律で疲れきったように、足をひきずりながらもどってきた。また、クラインハンスは、三人がよたよたと門をくぐるとき、気性の荒い牧羊犬のように彼らをどなりつけ、すばらしい見せ場を演出したものだ。いまの三人の姿は以前とそっくりだが、彼らが演じている悲劇は現実だった。

クラインハンスは兵舎の扉を荒っぽくひらき、横柄に片手を振って、三人をなかへ追いこんだ。「気をつけ《アハトゥング》！」兵舎のなかからかんだかい声がひびいた。ドニーニと、コールマンと、ニプタッシュは足をとめ、前かがみになって、いちおう靴の踵を打ちあわせた。革がパチッと鳴り、踵を打ちあわせる音とともに、クラインハンス伍長は小銃の台尻を床に打ちつけ、身ぶるいしながら、年老いた背すじの許すかぎり直立不動の姿勢をとった。ドイツ軍将校の抜き打ち査閲が進行中なのだ。毎月一回、こんな査閲がある。毛皮の襟つき外套と黒いブーツに身を包んだ小柄な大佐が、一列横隊の捕虜たちの前で、両足を大きくひらいて立っている。そのそばには捕虜監視係の太った軍曹。全員がクラインハンス伍長と三人の捕虜を見つめた。

「さてと」大佐はドイツ語でいった。「この連中は何者だ？」

軍曹が身ぶりをまじえながら急いで説明した。茶色の瞳が是認を求めていた。

大佐は両手を背中で組んだまま、セメントの床の上をゆっくりと横切った。そして、ニプタッシュの前で立ち止まった。「おまえ、いたつらしたのか、うん？」

「はい、閣下」とニプタッシュは手短に答えた。

「いま、ごめんなさいしてるか？」

「はい、閣下、まったくそのとおりです」

「よし」大佐はハミングしながら、小さいグループの周囲を何回かまわり、一度は足をとめてドニーニのシャツの生地をいじった。「わたしの英語《エイコ》、理解てきるか？」

「はい、閣下。よくわかります」とドニーニは答えた。

「このアグセント、アメリカのとの地方か？」と大佐は熱心にたずねた。

「ミルウォーキーです、閣下。知らなければ、閣下をミルウォーキー出身と思うところでした」

「わたちはシュパイとして、ミルヴォーキーに潜入てきたな」と大佐は誇らしげに軍曹にいった。

そこでとつぜんクラインハンス伍長の上に視線をもどした。伍長の胸は大佐の視線の高さよりやや下にある。大佐のそれまでの上機嫌はふっとび、クラインハンスの真正面に近づいた。「伍長！上着のポケットのボタンがはずれとる！」

クラインハンスは目をまんまるにして、大佐を怒らせたポケットの垂れ蓋に手をのばした。必死にボタンをかけようとした。だが、垂れ蓋は閉まらない。

「そのポケットになにかはいってるな！」大佐は顔を真っ赤にしてさけんだ。「問題はそれだ。出してみろ！」

クラインハンスはポケットから二冊の手帳をとりだし、ボタンをかけた。安堵の吐息をもらした。

「で、その手帳にはなにが書かれておるんだ、うん？　捕虜のリストか？　もしかすると、罰点のリストか？　見せてみろ」大佐は相手の無力な指からそれをひったくった。クラインハンスはぎょろりと目をむいた。

「これはなんだ？」信じられないといいたげに、大佐は高い声でたずねた。クラインハンスは答えようとした。「黙れ、伍長！」大佐は眉を上げ、かたわらの軍曹にも見えるように、手帳のページをひろげた。「『故郷へ帰ったら、いちばん最初に食いたいもの』」と大佐はゆっくり読みあげた。そして首を横にふった。「アッハ！　『ちゅうに個のパンケーキとそこにはさんたフライト・エック』だと。ああ！　『上にのせたホット・ファッチ！』」大佐はクラインハンスに向きなおった。「おまえがほしいものはこれか、哀れな小僧？」と大佐はドイツ語でたずねた。「それになんときれいな絵が描けるものだ、うーん」大佐はクラインハンスの両肩をつかんだ。「伍長という階級は、四六時中戦争のことを考えなくちゃいかん。兵卒なら、なにを考えようと自由だ――女、食べ物、そのてのたのしみをな――伍長が命じたことをやっているかぎりは」まるでこれまで何度もそうしたことがあるかのような手際のよさで、大佐は両手の親指の爪をクラインハンスの肩章の下へもぐりこませた。ふたつの肩章が小石のように壁にぶつかり、兵舎の遠い一端までころがっていった。

「運のいい兵卒ども」

　もう一度、クラインハンスは咳払いして発言の許可を求めた。

「黙れ、兵卒！」小柄な大佐は、二冊の手帳をばらばらにひきちぎりながら、気どった足どりで兵舎から出ていった。

3

ドニーニは腐りきった気分だった。ニプタッシュとコールマンもおなじ気分なのはわかっていた。いまはクラインハンス降等事件の翌朝。見たところ、クラインハンスのようすはふだんと変わらない。以前とおなじように活発な足どりだし、新鮮な空気や、廃墟から頭をもたげた春の気配をたのしむだけの心の余裕もあるように見える。

四人が受け持ちの街路、三週間の労働にもかかわらず、まだ自転車さえ通行不能の街路へやってきたとき、クラインハンスは前日の午後にそうしたように捕虜たちを威嚇したりはしなかった。それ以前の毎日でいったように、仕事に忙しいふりをしろ、ともいわなかった。そうはせずに、いつも昼休みを過ごす廃墟のなかへ三人を連れていき、腰をおろせ、と身ぶりで命じた。クラインハンスは眠っているように見えた。三人は黙りこんですわった。アメリカ兵たちは良心のとがめを感じていた。

「おれたちのせいであんたが肩章をなくしたことは、すまないと思ってる」ようやくドニーニはそういった。

「運のいい兵卒ども」とクラインハンスは陰気な口調でいった。「二度の戦争で、おれはようやく伍長になった。いまは」指をぱちんと鳴らして、「プッ、料理本はご法度《はっと》」

「なあ」とニプタッシュが震える声でいった。「タバコ吸うかい？　ハンガリーのタバコがあるんだ」彼は貴重なタバコをとりだした。

クラインハンスはわびしげにほほえんだ。「みんなで回しのみするか」彼はそのタバコに火をつけ、一服吸って、ドニーニに渡した。

「ハンガリーのタバコなんて、どこで手に入れた？」とコールマンがきいた。

「ハンガリー人から」とニプタッシュは答えた。ズボンの裾をひっぱりあげて、「靴下と交換したんだ」

四人はタバコを吸いおわり、石の壁にもたれた。だが、まだクラインハンスは作業についてなにもいわない。心ここにあらず、というように、またもやじっと考えこんだ。

「おまえたち、もう料理の話はしないのか？」ふたたび長い沈黙が下りてから、クラインハンスがいった。

「あんたが肩章を剝がされたあとじゃな」ニプタッシュが陰気な声でいった。

クラインハンスはうなずいた。「それはもういい。悪銭身につかず、だ」唇をなめて、「もうじき、こんなことはぜんぶ終わる」うしろにもたれ、大きく伸びをした。「おい、おまえたち、この戦争が終わったら、おれがなにをするか知ってるか？」クラインハンス一等兵は目をつむった。

「牛の肩肉を三ポンド手に入れて、ベーコンのラードを塗りつける。つぎにニンニクと塩とコショウをすりこんで、白ワインと水といっしょに陶器の壺へ入れる」――声がかんだかくなってきた――「あとはタマネギとベイリーフと砂糖」――彼は立ちあがった――「それにコショウの実！ いいか、十日たったらでき上がりだ！」

「なにができ上がる？」以前に手帳を入れてあった場所へ手をやりながら、コールマンが興奮した口調でたずねた。

「ザウアーブラーテン！」とクラインハンスがさけんだ。

「それで何人前？」とニプタッシュがたずねた。

「たった、二人前《ににん》だよ、坊や。残念だな」クラインハンスはドニーニの肩に片手をおいた。「腹をすかせたふたりの芸術家には、ザウアーブラーテンの量はこれでじゅうぶん——そうだろう、ドニーニ？」彼はニプタッシュにウィンクしてみせた。「おまえとコールマンには、なにかうんと腹がふくれるものをこさえてやるよ。こういうのはどうだ？　十二個のパンケーキのそれぞれのあいだに大佐の薄切りをはさんで、たっぷりのホット・ファッジをてっぺんからかけるというのは？」

ハッピー・バースデイ、1951年

Happy Birthday, 1951

浅倉久志 訳

「夏は誕生日向きの季節だよ」と老人はいった。「だから、こっちが選べるのなら、どうして夏の日を選ばない？」老人は親指の先に唾《つば》をつけ、兵士たちから記入を命じられたひと束の書類をめくった。生年月日の記入がなければどんな書類も完全でない以上、この少年のために適当な日付を考えてやらなくては。

「なんなら、きょうを誕生日にしてもいいんだぞ、もしそれでよけりゃ」と老人はいった。

「けさは雨だったもんね」と少年はいった。

「よし、それじゃ明日にしよう。雲が南のほうへ吹きはらわれていく。明日は一日じゅうきっと上天気だ」

朝の吹き降りを避けて雨宿りをした兵士たちが、偶然にこの隠れ家を見つけた。そこは奇跡中の奇跡というか、この七年間というもの、この老人と少年が暮らしつづけた廃墟の一角だった。身元証明書類もなしに——いわば生きつづけることへの正式許可もなしに。兵士たちにいわせれば、書類なしではだれひとり食物にも住居にも衣類にもありつけない。だが、この老人と少年は、廃墟の都市のどん底、地下墓地《カタコンベ》めいた地下室を掘りかえし、夜なかにこそ泥を働き、その三つともを手に入れていたのだ。

「なぜ震えてるんだい？」と少年はいった。

「年寄りだからさ。年寄りは兵隊が怖い」

「ぼくは怖くないよ」と少年がいった。自分たちの地下世界へ不意の侵入者がやってきたことに興奮しているのだ。少年は金色に光るなにかを、地下室の窓からさしこむ細い日ざしにかざした。

「見える？　さっき兵隊のひとりが真鍮のボタンをくれた」

その兵士たちはべつに恐ろしくなかった。老人はとても年老い、少年はとても幼いため、兵士たちは面白半分にふたりをながめた——この都市のすべての人間のなかで、戦争が終わって以来、どこにも存在の記録がなく、どんな予防接種も受けず、なんに対しても忠誠を誓わず、なんの否認も弁明もせず、選挙にも行進にもまるきり無縁の、たったふたりの人間を。

「なんにも悪いことはしてないよ」老人はもうろくしたふりをして、兵士たちに語った。「なんにも知らなかった」戦争が終わった日、ある避難民の女性が赤ん坊をこの腕に預け、そのまま二度ともどらなかったことを、老人は語った。この少年といっしょに暮らしているのはそのためだ。この子の国籍？　名前？　生年月日？　わからんなあ。

老人は棒を使ってストーブの灰のなかでジャガイモをころがし、黒焦げの皮から灰をはたき落とした。「わしはあんまりいい父親じゃなかったな。こんなに長いあいだ、おまえを誕生日もなしでほうっておいたんだから。おまえには毎年誕生日を祝ってもらう権利があるのに。六年間も誕生日なしでほったらかし。プレゼントもなし。ふつうなら、プレゼントをもらえるだろうに」老人はそっとジャガイモをつまみあげ、少年に軽くほうった。少年はそれを受けとめて笑いだした。「で、明日をその日に決めたのか、ええ？」

「うん、まあね」

「わかった。となると、プレゼントの準備期間があまりないが、なにか見つけるよ」

「なに？」

「誕生日のプレゼントは、もらってびっくりのほうがいいんだ」老人は通りの先にあるゴミの山で目についた、いくつかの車輪のことを思いだした。この子が眠ったあと、あれでおもちゃの四輪車でも作ってやるか。

「聞いて！」と少年がいった。

廃墟ごしに、遠くの街路から行進の音が聞こえる。

「聞くな！」と老人はいってから、少年の注目を求めるように指を一本立てた。「おまえの誕生日に、ふたりでなにをするか知ってるか？」

「ベーカリーからケーキを盗む？」

「かもな――だが、わしが考えていたのはそれじゃない。明日、なにをすると思う？　生まれてはじめての場所へ、おまえを連れていってやりたい――わしもここ何年か、あそこへいったことがないんでな」そう考えるだけで老人は興奮し、幸せな表情になった。これこそプレゼントだ。四輪車など問題じゃない。「明日、戦争のない場所へおまえを連れていってやるよ」

老人は気づかなかったが、少年はけげんな表情で、すこしがっかりしていた。

少年が自分で選んだ誕生日は、老人が予言したとおり、からりと晴れた。ふたりはうす暗い地下室で朝食をとった。テーブルの上には、老人が夜ふけまでかかって作った四輪車のおもちゃがあった。少年は片手で食事し、もう片手を四輪車の上においていた。ときどきエンジン音をまねながら、その四輪車を二、三インチ前後に動かした。

「なかなかいいトラックを持ってなさるね、だんな」と老人はいった。「市場へ家畜を連れていくのかい？」

「ブルンガーガー、ブルンガーガー。どいた、どいた！　ブルンガーガー。戦車に道をあけろ」

「失礼」老人はためいきをついた。「わしゃトラックかと思ったよ。ま、とにかく気に入ってくれたか。問題はそこだからな」老人はストーブの上でチンチン沸いたバケツの湯のなかへブリキの皿をほうりこんだ。「それに、これはまだ序の口。はじまったばかり」ほがらかな声で、「一番のおたのしみはあとからやってくる」

「べつのプレゼント？」

「まあ、そんなものだ。わしの約束をおぼえているか？　きょうのわれわれは戦争からおさらばする。森のなかへいこう」

「ブルンガーガー、ブルンガーガー。この戦車を持ってっていい？」

「トラックだと思ってくれるといいんだがな。きょうだけでも」

少年は肩をすくめた。「ここへおいてくよ。帰ってからまたこれで遊ぶんだ」

明るい朝の日ざしに目をぱちぱちさせながら、ふたりは人気《ひとけ》のない街路を歩いたのち、新しく衣替えしたにぎやかな大通りへ折れた。とつぜん世界がまっさらで、清潔で、無傷になったように見える。このすばらしい大通りの両側わずか一ブロックの先から、都市の廃墟がはじまり、それが何マイルも先までつづいていることに、みんなは気づいていないように見える。ふたりは弁当を小脇にかかえ、南のほう、松林に覆われた丘陵地帯へと歩いた。大通りは、そちらへ向かってなだらかな登り坂になっていた。

四人の若い兵士が肩を並べて歩道を下ってきた。老人は彼らを通そうと車道に下りた。少年は敬礼したが、道はゆずらなかった。兵士たちは微笑して敬礼を返し、左右に分かれて少年に道をゆずった。

「機甲歩兵部隊だよ」と少年は老人にいった。

「ふーん?」老人は緑の丘に目を据えたまま、うわの空でいった。「ほんとか? どうしてわかる?」

「緑色のモールが見えなかった?」

「見たとも。しかし、あんなものは変わっていく。わしがおぼえてるのは、機甲歩兵部隊が黒と赤の時代で、緑は――」そこで言葉をとぎらせた。「なにもかもたわごとさ」老人はきつい口調になった。「なんの意味もない。きょうのわしらがここへきたのは、それを忘れるためだ。こともあろうに、おまえの誕生日にそんなことを考えちゃいかん」

「黒と赤は工兵隊だよ」少年は真剣な口調で口をはさんだ。「黒だけのは憲兵隊で、赤は砲兵隊、青と赤は衛生隊、それに黒とオレンジは……」


松林のなかはとても静かだった。何世紀もの長寿に恵まれた松葉のカーペットと緑の屋根とが、都市から漂ってくる騒音を鈍らせていた。太い茶色の幹が作りだす果てしない柱廊が、老人と少年をとりまいていた。太陽は真上にあるが、松葉と枝が作る厚く濃密な毛布ごしだと、まぶしい光の点の集まりにしか見えない。

「ここ?」と少年がいった。

老人はぐるっと周囲を見まわした。「いや――もうちょっと先だ」と指さした。「あそこさ――木と木のあいだ。ほら、ここから教会が見える」森のへりの二本の松の木のあいだから、四角な空を背景に、黒い骸骨を思わせる焼け焦げた尖塔が見えた。「だが、よくお聞き――あれが聞こえるか？　水の流れる音だよ。この上手に小川がある。そこから小さな谷間へ下りると、もう木の梢《こずえ》と空しか見えない」

「わかった」と少年はいった。「ぼくはここのほうが好きだけど。でも、いいよ」少年は尖塔をながめ、老人に目を移し、問いかけるように眉を上げた。

「いまにわかるさ――ここよりもずっといいぞ」と老人はいった。

尾根の頂きにたどりつくと、老人は幸せそうに真下の小川を指さした。「あそこだ！　おまえはあれをどう思う？　エデンの園だよ！　天地が始まったときのな――森、空、それに水。ここがおまえの世界になるはずだったし、きょうだけは、おまえもそれを自分のものにできる」

「わあ、見て！」少年がもう一方の尾根を指さした。

枯れた松葉の色そっくりに錆びついた巨大な戦車が、キャタピラを破壊されて、尾根の上に立ち往生している。かつての戦車砲は、錆のかさぶたに覆われた黒い穴でしかない。

「あそこへいくには、どうやって川を渡ればいいの？」と少年がいった。

「あそこへはいきたくない」老人は短気に答え、少年の手を強く握りしめた。「きょうはだめだ。いつかべつの日に、また出なおしてこよう。きょうはだめだよ」

少年はとても落胆したようすだった。老人に握られた小さい手が力なく垂れた。

「この先に曲がり角がある。そこを曲がると、ここへきたお目当てのものが見える」

少年は無言だった。小石を拾うと、それを戦車に向かって投げた。小さいミサイルが目標に向かって飛行するあいだ、少年は全世界がいまにも爆発するかのように身を固くしていた。カチンとかすかな音が砲塔から聞こえ、少年はいちおう満足したようすで体の緊張を解いた。それから従順に老人のあとへくっついてきた。

曲がり角をまわりきると、老人のお目当てのものが出現した。滑らかで平らなテーブル状の乾いた岩が、高い両岸にはさまれて、流れのなかへ突き出ている。老人は苔むした岩の上に身を横たえると、かたわらの一カ所を掌《てのひら》でたたき、そこに少年をすわらせた。そして、弁当をひらいた。

昼食のあと、少年はしばらくもじもじしていた。「すごく静かだね」ようやくそういった。

「こうでなくちゃな」と老人は答えた。「世界の片隅——こうでなくちゃ」

「淋しいよ」

「だから美しい」

「ぼくは町のなかのほうが好きだ。兵隊とか——」

老人は少年の腕を荒々しくつかみ、強く力をこめた。「いや、それはいかん。おまえはまだなにも知らんのだよ。まだ年が若すぎる。若すぎるから、これがなにか、わしがおまえになにを与えようとしているのか、それがわからんのだ。しかし、いずれもっと年をとれば、きっとここを思いだして、もどってきたくなる——おもちゃのトラックがこわれたずっとあとで」

「あのトラックはこわれてほしくないよ」

「こわれない、こわれない。だが、ここへ横になって、目をつむって、耳をすましてごらん。なにもかも忘れて。わしがおまえにくれてやれるのはこれだけ——戦争から離れた二、三時間だ」老人は目をつむった。

少年は老人のそばに身を横たえ、おとなしく目をつむった。

老人が目ざめたとき、太陽はすでに低く傾いていた。小川のそばで長い昼寝をしたせいか、全身が痛く、じっとり湿った感じだった。老人はあくびをし、伸びをした。「帰る時間だ」まだ目を閉じたままでそういった。「平和な一日の終わり」そこで老人は少年の姿が見えないことに気づいた。最初はべつに気がかりなようすもなく、少年の名を呼んだ。だが、風の音のほかになんの返事もないのに気づいて、立ちあがり、大声でさけんだ。

恐怖が老人をわしづかみにした。少年はこれまで一度も森のなかまではいったことがないから、もし北のほうへ、丘と森のなかへ分け入ったりしようものなら、あっさり道に迷うだろう。老人は小高い場所まで登って、もう一度名前を呼んだ。返事はない。

ひょっとすると、あの戦車を見に下まで降りていって、流れを渡ろうとしたのか。だが、あの子は泳げない。老人は急いで川下へ向かい、曲がり角をまわって、戦車の見える場所までもどった。その醜悪な記念物は、切り通しのむこうからこちらへ不気味に口をあけていた。動くものはない。聞こえるのは風と水の音だけ。

「バーン！」と小さい声がさけんだ。

少年は勝ち誇ったように砲塔から顔を上げた。「やったあ《ガッチャ》！」と少年はいった。

明るくいこう

Brighten Up

浅倉久志 訳

わたしにも自分の父親とおなじ考えを持っていた時期があった。信心深く、勇敢で、信頼でき、礼儀正しいイーグル・スカウト（最高位のボーイスカウト）になることが、ゆたかな人生の基盤だ、と。しかし、その後、心身の鍛錬についてもっと現実的に考える機会ができた。そして、ビーバー・パトロール（女あさりをすること）よりも、ヘルズ・キッチン（ニューヨークの貧民街）のほうが、人生にとっての堅実な準備ではないか、と考える機会に恵まれた。友人のルイス・ジーリアーノは十二歳から葉巻を吸った男だが、無秩序状態のなかでたくましく生きていくには、わたしよりもはるかに覚悟ができており、ポケットナイフと缶切りと皮革穴あけ器《レザーパンチ》の組み合わせで逆境に立ち向かうように訓練されていた。

わたしの考えている男としての生存技術のテストは、ドレスデンの捕虜収容所で起きた。わたしというまっとうなアメリカ青年と、民間人時代は十代の少女相手にハシシの売人をやっていたというじだらくな小男のルイスが、そこでいっしょに暮らすことになったのだ。いまになってルイスのことを思いだしたのは、こちらが文無しなのに、ルイスのほうは彼が裏も表も知りつくした世界のどこかで、王子様のような生活を送っているだろうからだ。ドイツでもそれはおなじだった。

ジュネーブ協定の民主的条項のもと、捕虜になったわれわれ兵卒は、食い扶持を自分で稼がなくてはならなかった。みんなが働いた。といっても、ルイスはべつ。鉄条網の囲いのなかでのルイスの最初の行動は、英語をしゃべれるナチの監視兵にこう訴えることだった。この戦争の片棒はかつぎたくない。これは兄弟同士の戦いで、ローズヴェルトやユダヤの国際銀行家どものしわざだと思うからだ、と。わたしはルイスに、本気でそんなことをいったのか、とたずねた。

「おれはバテたよ、まったくもう」とルイスはいった。「六カ月もやつらと戦ってバテバテだ。いまはのんびり休みたい。それにほかの連中なみにうまいものが食いたい。おい、明るくいこうぜ！」

「おれは遠慮する。あいにくだが」とわたしは冷たく答えた。

わたしは重労働をする作業班として、外へ送りだされた。ルイスはドイツ軍の軍曹の当番兵として収容所に残った。ルイスは軍曹の軍服に一日三回ブラシをかけ、よぶんの食料をもらっている。こちらはアメリカ空軍の爆撃の後始末にこき使われ、ヘルニアになった。

「対敵協力者！」廃墟の市街でとりわけつらい労働をやらされた一日のあと、わたしは歯をむきだして彼を罵った。よごれひとつない服を着た元気いっぱいのルイスは、捕虜収容所の門のわきで衛兵と並んで立ち、ほこりまみれでへとへとの行列のなかの顔見知りたちにうなずいていた。わたしの悪罵に対するルイスの反応は、宿舎までわきにくっついてくることだった。

ルイスはわたしの肩に手をおいた。「なあ、若いの、こんな見かたもできるんだぜ。ここでのおまえは、ドイツ野郎《ジェリー》どもがまたここを戦車やトラックで走れるように、街の後かたづけのお手伝いをやってる。おれにいわせりゃ、それこそ対敵協力じゃねえか。おれが対敵協力者だと？　おまえのいうのはあべこべだぜ。おれがこの戦争でドイツ野郎に協力してるのは、やつらのタバコをふかし、よぶんなエサをやつらからむしりとってることだけさ。それがわるいか？」

わたしは自分の寝棚でどさっと横になった。ルイスはそばにある藁《わら》のマットレスの上に腰をおろした。こちらの腕が寝棚の横からぶらさがっていたため、ルイスは腕時計に興味をひかれたようだ。母からの贈り物に。

「こりゃいい。すてきな腕時計じゃねえか、若いの」とルイスはいった。それから、「なあ、おい、力仕事で腹ペコだろうが？」

わたしは飢えていた。ツルハシをふるう九時間の重労働後の心臓《ハート》を喜ばせるごちそうが、代用コーヒーと、水っぽいスープ一杯と、ひからびた三切れのパンなのだ。ルイスは同情的だった。おまえが好きだから力になってやりたい、という。「おまえはいい子だよ。これからおれがなにをするか教えよう。おまえのために一肌脱いで、取引してきてやる。ひもじい思いをしてたって意味ないぜ。うん、この腕時計なら、すくなくともパン二個の値打ちはあるな。いい取引だと思わないか、どうだ？」

その瞬間のパン二個は、目もくらむ誘惑だった。ひとり占めできるとは信じられないほどの、どでかい食品だった。だが、わたしは値をつり上げようとした。すると、ルイスはいった。「なあ、いいか、若いの。相手がおまえだから、特別のお値段にしたんだぜ。とびきりの高値に。おまえのためにひと肌ぬいでやりたいんだよ、わかるな？　ただし、くれぐれもこの取引の件はないしょだぜ。でないと、ほかのみんなが腕時計をパン二個とひきかえたがるからな。約束するか？」

わたしは誓った。聖なるすべての御名《みな》にかけて、親友ルイスの寛大なはからいのことはいっさい口外しない、と。ルイスは一時間ほどでもどってきた。宿舎のなかをそうっと見まわしたあと、ぐるぐる巻きにした野戦用上着のなかからパンをとりだし、それをわたしのマットレスの下に隠した。わたしはふたつめのパンがとりだされるのを待った。だが、その気配はない。「若いの、なんとおまえに謝ればいいか。いつも取引してる衛兵にいわせるとだな、バルジの大会戦からおおぜいの兵隊がもどってきてからというもの、腕時計の相場が暴落したんだとさ。いっぺんに腕時計がどっと放出されたのが原因らしい。すまん。だが、これだけはわかってくれ。おまえの腕時計がぎりぎりの高値で売れるように、このルイスが骨折ったってことをな」彼はマットレスの下のパンに手を伸ばそうとした。「もしだまされたと思うなら、ひと言そういいな。そうすりゃ、おれはこいつを相手に返して、おまえの腕時計をとりもどしてくる」

胃袋がうめきをもらした。「しょうがないよ、ルイス」わたしはため息をついた。「おいてってくれ」

翌朝目が覚めたとき、わたしは何時だろうと腕時計に目をやった。そして、もうそこに腕時計がないことに気づいた。上の寝棚にいる男も身動きをした。わたしは彼に時間をたずねた。むこうは寝棚の横から首を突きだしたが、よく見るとパンを頬ばっている。返事といっしょに、むこうはパンのかすをパラパラと降らした。彼がいうには、もう腕時計はない。もぐもぐとパンを噛みこなし、口のなかの大きなひときれをのみこんでから、事情をこう説明してくれた。「いまの時間なんて、だれが気にする？　新品でも二十ドルしない腕時計とひきかえに、ルイスのやつがパン二個とタバコ十本をよこしたのに？」

ルイスは衛兵たちとなれあいで、独占事業を経営しているのだ。監視兵たちは、ナチの道徳基準を守ると誓ったルイスを、捕虜のなかでただひとりの頭のいい男で、捕虜全員との取引はこの見せかけのユダを通じておこなうべきだ、と信じこんだらしい。その六週間後、ドレスデンの宿舎に移されたときには、ルイスと衛兵たちをべつにすると、われわれのだれひとり、いまの時間を知る手だてを持っていなかった。その二週間後には、ルイスはこんな論法で、あらゆる既婚者たちから結婚指輪をせしめていた。「オーケイ。じゃ、せいぜいおセンチになって、どうぞ飢え死にしておくれ。愛とはすばらしいもんだって話は聞いてる」

ルイスはボロ儲けしていた。あとでわかったのだが、たとえばわたしの腕時計はタバコ百本とパン六個で売れたらしい。飢えた体験のある人間なら、これがすごい大当たりだとわかるはずだ。ルイスは自分の財産の大半を、あらゆる品物のなかでいちばん流通しやすいもの、つまり、タバコに変えていた。高利貸しになろうかという考えが彼の頭にうかぶまでに、そうひまはかからなかった。捕虜には二週間に一度、二十本のタバコが支給される。喫煙習慣の奴隷どもは、一日か二日で割り当て分を吸いつくし、つぎの支給日まで半狂乱状態になる。〝みんなの友〟または〝正直者《オネスト・ジョン》〟のあだ名で知られるようになったルイスは、つぎの支給日まで五十パーセントという穏当な利子でタバコを借りる方法もある、と宣言した。まもなくルイスは手持ち資産の貸し出しをはじめ、その資産を二週間で五割ずつふやしはじめた。わたしは借煙の深みにはまり、もはや担保に入れるものは自分の魂しかなくなった。わたしはルイスの強欲さをとがめた。「キリストは金貸しどもを神殿から追っぱらったんだぜ」といってみた。

「若いの、あの連中が貸してたのは金さ」と彼は答えた。「おれはおまえにタバコを借りてくれ、なんてたのんだおぼえはない、そうだろうが？　タバコを貸してくれ、とたのんだのはおまえだぜ。なあ、タバコは贅沢品。生きていくには、べつにタバコなんか吸わなくたっていい。タバコなんか吸わないほうが、たぶん長生きできる。なんであんな不潔な習慣をやめないんだよ？」

「つぎの木曜まで、何本貸してくれる？」とわたしはたずねた。

法外な利息がレコード破りの量にふくれあがったとき、ルイスがいらいらしながら待っていた大詰めが到来、ついに手持ちのタバコの価値が急上昇した。アメリカ空軍がドレスデンのひよわな防空網を突破して猛爆をおこない、なかでもとりわけ主要なタバコ工場のいくつかを破壊したのだ。その結果、捕虜へのタバコの割り当てだけでなく、衛兵や市民へのタバコの割り当ても完全にストップした。ルイスは地方財政の大立者となった。衛兵たちはすっかりタバコを切らしてしまったため、以前にルイスに払ったよりも安い値段で、われわれの指輪や腕時計をルイスに売りもどしはじめた。何人かの見積もりでは、ルイスの資産は腕時計百個にも達しているという。だが、本人の評価はもっと控えめで、腕時計五十三個と、結婚指輪十七個と、高校卒業の記念指輪が七個と、先祖伝来の懐中時計用飾り物が一個。「時計のなかには修理の必要なものだってけっこうあるしな」とルイスはわたしにいった。

アメリカ空軍が、なかでもとりわけ主要なタバコ工場のいくつかを破壊した、とさっきわたしがいったのは、それと同時におおぜいの人間も爆弾でふっとばされた、という意味だ——約二十万の市民が命を失った。そのため、こちらの作業も不気味な色あいを帯びてきた。われわれは無数の地下室から死体を掘りだす作業を命じられた。死者の多くは宝石類を身につけ、貴重品を地下室へ運びこんでいた。最初、われわれは副葬品などに目もくれなかった。第一に、死者から遺品を剝ぎとるのは卑しむべき行動だし、第二に、もしそんな現場を見つかったらさいご、死刑はまちがいない気がしたからだ。しかし、ルイスがわれわれに分別を説いた。「おいおい、若いの、たった十五分で、引退しても食っていけるだけの財産が手にはいるんだぜ。連中にたのんで、ほんの一日でもおまえたちの仲間入りをしたいぐらいだ」ルイスは唇をなめなめ、先をつづけた。「いいことを教えよう——おまえの苦労に見あうように。上物のダイヤの指輪をひとつ持って帰ってこいよ。そしたら、おたがいこのボロ家にいるあいだ、おまえがタバコに不自由しないようにしてやる」

翌日の夕方、わたしはルイスに渡す指輪をズボンの裾に隠して持ち帰った。あとでわかったのだが、ほかのみんなもそうしたらしい。持ち帰ったダイヤを見せると、ルイスは首を横にふった。「ああ、なんてひどい話だ」と、そのダイヤを明かりにかざした。「この哀れな若者はジルコンのために命を張ったのか！」みんなが持ち帰った宝石は、綿密な検査でわかったのだが、ジルコンか、ガーネットか、模造ダイヤだった。その上、ルイスの指摘によると、もしかしてそれらにあったかもしれないわずかな価値も、マーケットの供給過剰で暴落した可能性がある。わたしはタバコ四本とひきかえに、自分の略奪品を手放した。ほかのみんなは、チーズひと切れや、二、三百グラムのパンや、二十個のジャガイモにありついた。なかには見つけた宝石を手放さない者もいた。ルイスはときおり彼らに話しかけ、盗品所持を発見される危険性を説いた。たとえばこんなふうに。「きょう、イギリス兵の収容所で、哀れなやっこさんが槍玉に上がってな。シャツの内側に真珠のネックレスを縫いつけてるのを見つかったんだ。たった二時間の軍法会議のすえに銃殺さ」遅かれ早かれ、みんながルイスと取引することになった。

最後のひとりがお宝を放出してまもなく、収容所に親衛隊の抜き打ち査閲があった。検査されなかったのは、ルイスのベッドだけだった。「彼は一度もこの収容所から離れたことがないし、完全無欠な囚人です」看守のひとりが急いで査閲官にそう説明したらしい。その夕方、わたしが作業からもどってくると、マットレスは切り裂かれて、床の上に藁が飛びちっていた。

だが、ルイスの幸運も完全無欠とはいえなかった。最後の数週間の戦闘で、監視兵までがソ連軍の進撃を食いとめるために狩りだされ、入れかわりに、わたしたちの監視者として到着したのは、よぼよぼの老人中隊だった。新しい軍曹は当番兵を不要とみなしたため、ルイスは無名の存在としてわれわれのグループに埋没してしまった。新しい状況におかれたルイスがいちばん屈辱を味わったのは、ほかのみんなと同様に肉体労働へ送りだされることだった。ルイスはくやしがり、新任の軍曹に会見を求めた。彼は面接を許され、一時間ほど宿舎からいなくなった。

やがてもどってきたルイスに、わたしはたずねた。「どうだった、ヒトラーはベルヒテスガーデンの山荘をいくらで手放すって？」

ルイスはタオルにくるんだ包みをかかえていた。彼はそれをひらき、二挺の鋏《はさみ》と、いくつかのバリカンと、一挺のカミソリをとりだした。「おれはこの収容所の床屋だ」と彼は宣言した。「収容所長の命令で、おれはおまえたちを人前に出しても恥ずかしくない紳士にすることになった」

「もし髪を刈ってもらいたくなければ？」とわたしはきいた。

「その場合は、食料割り当てを半分に減らされる。これも所長命令」

「どうやってその仕事にありついたのか、話してくれるか？」

「ああ、いいとも」とルイスはいった。「おれは所長にこういっただけさ。まるでギャングそこのけのむさくるしい連中といっしょに扱われるのが、おれは恥ずかしくなりました。あんなみっともない連中を収容所においとくのは、所長の恥ですよ。で、われわれふたり、所長とおれは、その状況になんらかの手を打つことになったわけだ」ルイスは床のまんなかに腰掛けをおくと、わたしを手招きした。「若いの、おまえが第一号だ。所長はおまえの髪の毛が長く伸びてるのに気づいてたぞ。だから、早くあいつを刈れとさ」

わたしは腰掛けにすわり、ルイスはタオルをわたしの首のまわりに巻きつけた。鏡がないので刈りかたはよく見えないが、手つきはなかなかさまになっていた。わたしは理髪師としての彼の意外な技術を褒《ほ》めた。

「べつにどうってことはないさ」とルイスは答えた。「ときどき、自分でも驚くがね」彼はバリカンで仕上げを終えた。「手間賃としてタバコ二本、またはそれに相当するなにかをよこせ」わたしは料金をサッカリンの錠剤で支払った。いまやタバコを持っているのはルイスだけなのだ。

「晴れ姿を見てみるか？」ルイスはわたしに鏡のかけらをよこした。「わるくないだろうが、ええ？　それにこの仕事のいいところは、おそらく第一号のおまえの理髪が、これからおれがやるなかで最悪の仕事だってこと。時間をかけりゃ、どんどんうまくなっていくはずだしな」

「なんだ、こりゃあ！」とわたしはさけんだ。わたしの頭皮はまるでエアデール・テリアの背中そっくりだった。疥癬《かいせん》にかかった頭皮と、伸びほうだいの髪の房がまだらになって、一ダースほどの小さい切り傷から血がにじんでいた。

「つまりこういうことか。自分が一日じゅう収容所に居すわりたいもんだから、こんな仕事をひきうけたんだな？」とわたしはどなった。

「よせよ、若いの。そうカッカするな」とルイスはいった。「なかなか似合うぜ」

結局、この状況には、なにも目新しいところはなかった。ルイスにとっては、いつもとおなじビジネス。ほかのみんなが一日じゅう必死で働き、夕方、へとへとになって帰ってくると、ルイス・ジーリアーノの散髪が待ちかまえているわけだ。

一角獣の罠

The Unicorn Trap

浅倉久志 訳

西暦一〇六七年、イギリスのストウ・オン・ザ・ウォルド村では、ずらっと並んだ十八の絞首台のアーチの下に、てんでんばらばらの方角を向いた十八人の死者がぶらさがっていた。征服王ウィリアム一世の友人、恐怖公ロベールによって首を吊るされた死者たちは、どんよりした目で羅針盤の方位を順々ににらむ。北、東、南、西、そしてふたたび北。心優しい人びと、貧しい人びと、考え深い人びとには、なんの希望もない時代だった。

絞首台から道ひとつ隔てた土地に、木こりのエルマーと、妻のアイヴィーと、十歳の息子のエセルバートが住んでいた。

エルマーの小屋の裏手は森だった。

エルマーは小屋の戸を閉め、目をつむり、唇をなめ、後悔を味わった。それから食卓の前に息子のエセルバートとすわった。恐怖公ロベールの従者から思いがけない訪問を受けていたあいだに、オートミール粥《がゆ》はすっかり冷めていた。

妻のアイヴィーは、いましがた神が通りすぎていったかのように、背中を壁に押しつけていた。目が輝き、呼吸が浅い。

エセルバートは冷めたオートミール粥をぼんやりとわびしく見つめている。幼い少年の心も、家族の悲劇という水たまりのなかでびしょ濡れになっていた。

「ねえ、恐怖公ロベールはすごい貫禄じゃない？　馬の鞍にまたがったところなんて」とアイヴィーがいった。「あれだけの装身具とお化粧と羽根飾り。馬にまでとびきりきれいな布《ドレープ》でさ」ノルマン人の乗馬の蹄《ひづめ》の音が遠ざかるのを聞きながら、彼女は自分の着たぼろをひらひらさせ、まるでお妃のように頭をそらした。

「たしかに豪勢だ」とエルマーがいった。才槌《さいづち》頭の小男。不運な知性をたたえた青い瞳は、どことなく落ちつかない。小柄な体格を縁どっているのは、貧弱なロープまがいの筋肉、肉体労働を強いられた思考型の人間の拘束帯だ。「たしかに豪勢だよ」

「ノルマン人についてはは好きなことがいえるでしょうよ」とアイヴィーがいった。「でも、あいつらがイギリスに上品さを持ちこんだんだわ」

「こっちはいまその代償を払わされてるところだ」とエルマーがいった。「ただほど高いものはない」彼は息子のエセルバートの亜麻色の髪に指を埋め、少年を仰向かせて、人生に生きる価値があるという証《あかし》をその瞳のなかにさぐった。だが、そこにあるものは、自分の不安な心を映した鏡像だけだった。

「この近くに住んでる人たちは見たにちがいないわ。恐怖公ロベールが先頭に立って、みんなをどなりつけてるところをね。あの偉ぶったお殿さま」アイヴィーが誇らしげにいった。「もうしばらくの辛抱よ。いまにむこうは従者をここへよこして、あんたを新しい収税人に取りたてる」

エルマーは首を横にふり、口をもぐもぐさせた。知恵と温和な人柄を売り物にしてこれまでの人生を生きてきたのに、いまになって恐怖公ロベールの強欲を代弁するように命じられるとは――それがいやなら、恐ろしい死にざまが待っている。

「あの馬がつけてた布地でドレスを作りたいわ」とアイヴィーがいった。「いちめんの青い地の上に小さな金色の十字が散らしてある」生まれてはじめて彼女は幸福を味わっているようだ。「むぞうさな感じのドレスに仕立てるのよ。背中に大きなひだがいっぱいあって、裾をうしろにひきずって――でも、仕立てはぞんざいじゃないのよ。ひょっとしたら、ちゃんとした衣装ができたあと、すこしフランス語を勉強して、ノルマンの貴婦人たちとおしゃべり《パルレイ・ヴー》できるかも。すごく上品にね」

　エルマーはため息をつき、息子の両手を自分の手で包みこんだ。エセルバートの両手はかさかさ。掌《てのひら》は傷だらけ、毛穴や爪にまで土がはいりこんでいる。エルマーはそのひび割れのひとつを指先でなぞった。「なんでこうなった?」

「罠を仕掛けたんだよ」とエセルバートは答えた。生きかえったように元気づき、利発そうな目をきらきらさせている。「穴の上にサンザシを並べてさ」と熱心に説明した。「一角獣が罠にはまったら、サンザシの枝がその上に落ちるんだ」

「それでむこうは動けなくなるわけか」エルマーは優しくいった。「一角獣の夕食をたのしみにする家族は、イギリス広しといえどもそうたくさんはないだろうな」

「ねえ、いっしょに森のなかへきて、あの罠を見てくれない?」とエセルバートがいった。「ちゃんとできてるかどうか」

「きっとすてきな罠だろうな。ぜひ見たいもんだ」とエルマーはいった。一角獣を生け捕りにする夢が、父親と息子の暮らしというくすんだ生地のなかを、ひとすじの金色の糸のように縫っていく。

　この英国に一角獣が棲んでいないことは、父も子も知っていた。だが、ふたりは狂気をわかちあう仲間になった――まるで一角獣がこのあたりをうろついているかのように。まるでエセルバートがいつか一角獣をつかまえるかのように。まるでこの痩せこけた一家が一角獣の肉で満腹し、貴重な角を売って大金に換え、末永く幸福に暮らせるかのように。

「見にくる、見にくるっていって、もう一年にもなるよ」とエセルバート。

「ずっと忙しくてな」とエルマーは答えた。その罠を調べにいって、正体をはっきり見たくはない――地面をひっかいた浅いくぼみの上に、ひとつかみの枝がのせてあるだけ。それが少年の空想のなかで大きな希望の源にふくれあがっているのだろう。できればエルマーも、大きい有望な罠だと考えつづけたかった。ほかにはなんの希望もない。

エルマーは息子の両手に口づけし、皮膚と土のまじりあった匂いを嗅いだ。「近いうちに見にいくよ」

「それに、あの馬の飾り布の残りで、あんたとエセルバートのズボン下を縫ってあげられるかも」アイヴィーがまだなかば夢を見ているような口調でいった。「ねえ、小さい金色の十字架模様の青いズボン下を、親子ではいてみたくない?」

「アイヴィー」とエルマーはしんぼう強い口調でいった。「その頭にしっかりとたたきこんでくれよ――ロベールは心底恐ろしいやつなんだ。あの馬の飾り布をおまえにくれたりはしない。あの男はだれにも、なにひとつ与えない」

「もしそうしたけりゃ、わたしは夢を見られると思うけどね」とアイヴィーはいった。「それが女の特権なのよ」

「なんの夢を見るんだ?」とエルマー。

「もしあんたがいい仕事をしたら、もしかしてロベールもあの馬の飾り布をくれるかも。すりきれちゃったのをね」とアイヴィーはいった。「それに、もしかしてあんたがむこうも信じられないほどの税金を集めたら、いつかそのうち、わたしらをお城へ招いてくれるかもしれないし」空想の裳《も》裾《すそ》がよごれた床にふれないよう、彼女はドレスの両脇をつまむふりをして、しゃなりしゃなり歩きまわった。「ボンジュー。ムシュー。マダーム」とアイヴィーはいった。「殿方たちと奥方たちはお貧乏じゃあ、ございませんよね」

「おまえが見る最高の夢はそれか？」ショックを受けて、エルマーはたずねた。

「きっとむこうはあんたにとても風変わりな名前をつけてよこすわよ。血みどろエルマーとか、狂人エルマーとか」アイヴィーがいった。「あんたとわたしとエセルバートは、日曜日がくるたんびに着飾って馬車で教会へでかける。もしどこかの老いぼれ農奴が生意気な口をきいたら、さっそくひっとらえて……」

「アイヴィー！」とエルマーはさけんだ。「こっちも農奴なんだぞ」

アイヴィーは足を踏み鳴らし、首を左右にゆらした。「恐怖公ロベールは、もっと暮らしを改善する機会を、わたしたちに与えてくれたんじゃないの？」

「あの暴君みたいになれ、と？」エルマーは聞きかえした。「それが改善か？」

アイヴィーは食卓の前にすわり、食卓に両足をのせた。「もしだれかが自分のせいでもないのに支配階級に生まれたとしたら、支配しなけりゃ人民が政府への尊敬をなくしてしまうわ」彼女はお上品なしぐさで体をかいた。「まず人民を支配しなくちゃ」

「人民も気の毒にな」とエルマー。

「人民を保護しなくちゃね」と彼女。「それに甲冑《かっちゅう》やお城も安上がりじゃないし」

エルマーは目をこすった。「アイヴィー、教えてほしいもんだな。われわれはなにから保護されている？　いまの暮らしよりもずっと悪い、どんなものから保護されている？　この目でそれを見てみたい。自分がなにをいちばん怖がってるかがはっきりする」

アイヴィーは夫の言葉を聞いていなかった。蹄の音の接近に胸をおどらせていた。恐怖公ロベールとその側近が城への帰り道でここの表を通りかかり、その力と栄光のもとに小屋が身ぶるいしている。

アイヴィーが駆けよって戸をあけた。

エルマーとエセルバートが一礼した。

ノルマン人たちからうれしそうな驚きのさけびがあがっている。

「おい《アン》！」

「見ろ《ルガルデ》！」

「追いかけろ《ドネ・ラ・シャッス》、わが《メ・》勇者たちよ《ブラーヴ》！」

ノルマン人の乗馬がいっせいに竿立ちになり、向きを変え、森へ駆けこんでいく。

「いい知らせがどこにある？」とエルマー。「あの連中がなにかをしとめたのか？」

「鹿を見つけたんだわ！」とアイヴィーがいった。「みんなで追っかけてる。恐怖公ロベールを先頭に」彼女は胸に手をおいた。「彼はすごい狩猟家じゃない？」

「いや、そうじゃないな」とエルマーは答えた。「神が彼の右腕をたくましくさせたまわんことを」皮肉な笑みが返ってくるのを期待して、彼は息子のエセルバートを見た。

エセルバートの痩せた顔が青ざめた。目が大きく飛びだした。「あの罠——あいつらが向かってるのは、ぼくの罠のほうだ！」と少年はいった。

「もしやつらが指一本でもおまえの罠にふれたら、おれは——」とエルマーがいった。首の筋肉が大きく盛りあがり、両手がかぎ爪になった。もちろん、もし恐怖公ロベールが罠を見つければ、丹

「狩りのため《プール・ル・スポール》に。狩りのため《プール・ル・スポール》に」と苦い口調でいった。
精こめた少年の手細工はばらばらにされるだろう。

エルマーは恐怖公ロベール殺害の白昼夢に浸ろうとしたが、その夢は現実とおなじく失望ものだった――もともと弱点のないところに弱点は見つからない。その白昼夢は現実そっくりの終わりかたをした。大伽藍《だいがらん》のようにでっかい馬にまたがったロベールとその部下たちは、面頬《めんぼお》の桟《さん》の奥で笑いながら、刀剣や、鎖や、ハンマーや、肉切り包丁のなかからお好みの武器を選んでいる――ぼろをまとったひとりの怒《いか》れる木こりを始末する方法を選んでいる。

エルマーの両手は力なく垂れた。たるんだ、無気力な口調でいった。「もしやつらがあの罠をこわしたら、新しい罠をこしらえよう。前よりずっといい罠をな」

自分の弱さにエルマーは吐き気がした。その吐き気がどんどんひどくなる。彼は腕組みした両手の上にひたいをのせた。つぎに顔を上げたときには、されこうべのように不気味な笑みをうかべていた。臨界点を越えたのだ。

「父さん！　だいじょうぶ？」エセルバートが心配そうにたずねた。

エルマーはよろよろと立ちあがった。「だいじょうぶだ。だいじょうぶ」

「さっきとすごくちがって見えるよ」エセルバートがいった。

「たしかにちがう」とエルマーはいった。「おれはもう怖くないぞ」テーブルの縁をつかんでさけんだ。「おれはもう怖くない！」

「しーっ！」とアイヴィーがいった。「むこうに聞こえるわよ！」

「おれはもう黙らない！」エルマーは激しい口調でいった。

「黙ったほうがいいわ」とアイヴィーがいった。「知ってるでしょうが。黙らない人たちに、恐怖公ロベールがなにをするか」

「知ってる」とエルマーはいった。「連中の頭に帽子を釘づけするんだ。しかし、おれの払わなくちゃならない代償がそれなら、払ってもいいぞ」ぎょろりと目をむいた。「恐怖公ロベールがこの子の罠をこわしているところを考えてたら、目もくらむような光といっしょに、人生の物語ぜんたいがそこへ現われた！」

「父さん、聞いて――」とエセルバートがいった。「あいつが罠をこわしたって、ぼくは怖くないよ。それより怖いのは、あいつがつぎになにをしてくるかだ――」

「目もくらむような光だぞ！」とエルマーはさけんだ。

「大声はよしてよ」とアイヴィーが扉を閉めながら気短にいった。「わかった、わかった、わかった」彼女はため息をついた。「聞かせてちょうだい。目もくらむような光のなかの人生の物語を」

エセルバートが父親の袖をひいた。「ぼくが名乗り出るよ。あの罠は――」

「建設者対破壊者！」とエルマーはいった。「それが人生の物語のすべてだ！」

エセルバートは首を横にふりふり、ひとりごとをいった。「もしあいつの馬がロープにくっついた踏み板を踏んだら、それが若木をひっぱって、つぎにそれが――」そこで唇を嚙んだ。

「もうその話はおしまいよね、エルマー？」とアイヴィーがたずねた。「それでぜんぶね？」妻が内心でノルマン人見物にもどりたがっていることは、腹立たしいほど明白だった。彼は戸の引き手をいじった。

「いや、アイヴィー」とエルマーは緊張した声でいった。「おれの話はまだ終わってないぞ」そういうと、戸の引き手から妻の手を払いのけた。

「まあ、たたいたわね」アイヴィーは驚きの声をあげた。

「一日じゅう、おまえはその戸をあけっぱなしにしてたろうが！」とエルマーはいった。「戸なんかないほうがいい！　一日じゅう、おまえはその戸の前にすわって、処刑現場をながめ、ノルマン人が通りかかるのを待っていた」ふるえる両手を妻の顔に当てて、「おまえの脳みそが栄光と暴力で酔っぱらってるのも無理はない！」

アイヴィーはいじらしいほど身をすくめた。「ただの見物よ。淋しいんだもの。それに、ひまつぶしにもなるし」

「見物が長すぎる！」とエルマー。「それと、おまえに知らせることはまだある」

「なによ？」アイヴィーがかんだかい声で聞きかえした。

エルマーは痩せた肩をそびやかした。「アイヴィー、おれは恐怖公ロベールの収税人なんかにならないぞ」

アイヴィーは息をのんだ。

「破壊者どもの手助けなんか、だれがするもんか」とエルマーはいった。「息子とおれは建設者だ」

「もし断わったら、むこうはあんたを吊るし首にするわよ」とアイヴィーはいった。「そうするって約束したもの」

「わかってる」とエルマーはいった。「わかってる」不安はまだ生まれてない。いずれ苦痛がおそうだろう場所に、まだ苦痛は生まれてない。いまそこにあるのは、ついに完全なことをやってのけた、という思いだ――冷たい、澄んだ泉の水を味わった思いだ。

エルマーは戸をあけた。風が強まり、死人を吊るした何本もの鎖が、錆びたキーキーという音をゆっくりひびかせている。森を越えてやってきた風が、狩猟中のノルマン人の声をエルマーの耳まで運んでくる。

その叫び声は妙に困惑して、自信がなさそうだった。たぶん、うんと遠くから聞こえるためだろう、とエルマーは思った。

「ロベール、もーし《アロー》、もーし《アロー》？　ロベール？　おーい《アン》？　もーし《アロー》、もーし《アロー》？」

「アロー？　アロー？　アン？　ロベール——なにかいってください《ディット・ケルク・ショーズ・シル・ヴ・プレ》。アン！　アン！　アロー？」

「アロー、アロー、アロー？　ロベール？　恐怖公ロベール《ロベール・ロリブル》？　アン？　アロー、アロー、アロー？」

アイヴィーがエルマーの体をうしろから両腕で抱きよせて、頰を彼の背中にくっつけた。「ねえ、エルマー。あんたが首を吊られるなんていやよ。愛してるわ、エルマー」

エルマーは妻の両手を軽くなでた。「おれも愛してるよ、アイヴィー。おまえに会えなくなるのは淋しい」

「ほんとにやるつもりなの？」とアイヴィーがいった。

「いまこそ自分の信じるもののために死ぬときなんだ」とエルマー。「たとえそうでなくても、やはりそうしないと」

「なぜなの、どうして？」とアイヴィー。

「なぜなら、息子の前でそうするといったからさ」エルマーは答えた。エセルバートが父のそばに駆けより、エルマーは息子を抱きしめた。

いまやこの小家族は腕をしっかりからませあって結ばれていた。きつく抱きしめあった三人は、沈む夕日を前に体を前後に揺すった——骨のずいで感じとったリズムで。

アイヴィーはエルマーの背中で泣きじゃくった。「これじゃエセルバートに、この子まで首を吊るされる方法を教えてるようなものよ」と彼女はいった。「いまのこの子はノルマン人に対してすごく生意気だから、それだけで地下牢《ウーブリエット》へほうりこまれないのがふしぎなぐらい」

「エセルバートにも、死ぬ前におれの息子に似た息子を持ってほしい」とエルマーはいった。

「万事がとても調子よくいってたのに」そういうなり、アイヴィーはわっと泣きだした。「せっかくあんたがすてきな役目をあてがわれて、出世の機会があったのに」とふるえ声でいった。「わたしは考えたわ。ひょっとして、恐怖公ロベールがあの馬の飾り布を使い古したら、あんたからこうたずねてもらえないかと――」

「アイヴィー！」とエルマーはいった。「これ以上、おれをいやな気分にさせないでくれ。慰めてくれ」

「あんたがなにをするつもりなのか、それがわかれば、うんと気がらくになるのに」とアイヴィー。

ふたりのノルマン人が、とほうに暮れた悲しげな顔つきで森から出てきた。おたがいのほうを向き、両腕をひろげ、肩をすくめた。

ひとりが長剣で茂みをかたわらへ押しのけて、悲しげな顔つきで下をのぞいた。「アロー、アロー」と彼はいった。「ロベール？」

「殿は消えた《イラ・ディスパリュ》」ともうひとりがいった。

「煙のように《イル・セ・テヴァヌイ》」

「乗馬も《ル・シュヴァル》、武器も《ラルムマン》、羽根飾りも《レ・プリュム》――いっぺんに《トゥ・ダン・クー》！」

「ぱっと《プーフ》」

「ああ《エラス》」

ふたりはエルマーとその家族に気づいた。「おい《アン》！」とひとりがエルマーを呼んだ。「おまえは《アヴェ・ヴ》ロベールを見たか《・ヴュ・ロベール》？」

「恐怖公ロベールを？」とエルマーは聞きかえした。

「そうだ《ウイ》」

「あいにくだが」とエルマーはいった。「彼の皮一枚、髪の毛ひとすじ、見てない」

「なに？《エー》」

「彼の皮一枚、髪の毛ひとすじ、見てない《ジュ・ネ・パ・ヴュ・ニ・ポー・ニ・シュヴー・ド・リュィ》」エルマーはフランス語でくりかえした。

ふたりのノルマン人はまたもや陰気に顔を見あわせた。

「ああ！《エラス》」

「ちくしょう！《ズュット》」

ふたりはのろのろと森のなかへもどっていった。

「もーし《アロー》、もーし《アロー》、もーし《アロー》？」

「おーい《アン》！　ロベール？　もーし《アロー》？」

「父さん！　聞いて！」エセルバートが興奮していった。

「シーッ」エルマーはおだやかに応じた。「いま母さんと話してるところだ」

「あのばかげた一角獣の罠とおんなじ」とアイヴィーがいった。「あれもわけがわからなかったわ。あの罠のことはいままでずいぶんがまんしてたのよ。ずっと黙ってた。でも、これからは自分がいいたいことをいわせてもらう」

「いいえよ」とエルマー。

「あの罠は、ほかのどんなものとも関係ないわ」とアイヴィーがいった。

エルマーのまぶたの縁に涙があふれた。地面をひっかいたような穴と、その上にのせた小枝のイメージ、それに少年の想像力が、自分の一生のすべてを語っている——いままさに終わろうとしている一生のすべてを。

「このへんに一角獣なんか棲んでないのよ」アイヴィーが誇らしげに知識を披露した。

「そんなことは知ってるさ」とエルマーがいった。「エセルバートもおれもな」

「それに、あんたが首を吊るされたって、なんの役にも立たない」とアイヴィー。

「わかってる。エセルバートとおれはそのことも知ってる」とエルマー。

「じゃ、わたしがバカなのかもね」とアイヴィー。

とつぜんエルマーはさとった。自分がやっているこの完全な行動の代価は、恐怖と、孤独と、いずれ訪れる苦痛だ——冷たく澄んだ泉からひと口飲む水の代価。それはどんな恥辱よりもはるかに恐ろしい。

エルマーは唾《つば》をのみこんだ。いまに輪縄が食いこむだろう首すじに激痛が走った。「なあ、アイヴィー。おまえのいうとおりであってほしいよ」

その夜、エルマーは祈った。アイヴィーには新しい夫を、エセルバートには強い心を、そして明日の自分には慈悲深い死と天国を与えてください、と。

「アーメン」とエルマーは唱えた。

「なんなら、見せかけだけでも収税人のふりをしたら？」とアイヴィーがいった。

「見せかけの税金をどこから取りたてるんだ？」

「なんなら、ほんのしばらく収税人になる手もあるわ」とアイヴィー。

「もっともな理由で憎まれるあいだか」とエルマー。「それから首を吊るされるんだ」

「なにか手はあるわよ」アイヴィーの鼻が赤くなった。

「アイヴィー――」とエルマー。

「うん？」

「アイヴィー――青いドレスのことはわかったよ。小さい金十字の模様入りのな」とエルマーはいった。「おまえにそれを着せてやりたい」

「それと、あんたとエセルバートの青いズボン下よ」とアイヴィー。「わたしだけのものじゃない」

「アイヴィー」とエルマーはいった。「おれがやろうとしてることは――あの馬の飾り布よりもずっと大切なんだ」

「そこが問題ね」とアイヴィーがいった。「わたしにはあれよりすばらしいものが思いつけないわ」

「おれもだ」とエルマーはいった。「しかし、この世には、そういうものがある。あるにきまってる」悲しげに微笑してつづけた。「どんなものかは知らんが。明日おれが空中踊りをするとしたら、そのために踊るわけだ」

「早くエセルバートが帰ってくればいいのに」とアイヴィー。「いつも三人でいっしょにいないと」

「あいつは罠を調べにいったんだよ」とエルマー。「人生はまだつづく」

「あのノルマン人たちがとうとう帰ってくれてほっとしたわ」とアイヴィーがいった。「もーし《アロー》とおーい《アン》とああとちくしょう《エラスズュット》とぱっ《プーフ》とばっかりで、頭がおかしくなりそう。たぶん、あいつらは恐怖公ロベールを見つけたのよ」

「これでおれの破滅は本決まりか」とエルマーはそういって、ため息をついた。「いまからエセルバートを探しにいってくる」と彼はいった。「森のなかから息子を連れてもどること以上に、地上最後の夜を過ごすいい方法があるか?」


エルマーは、半月に照らされた淡青色の世界へと出ていった。エセルバートの足跡が残る小道をたどり――たどりながら、高く黒い壁に似た森までやってきた。

「エセルバート!」と彼は呼びかけた。

返事はない。

エルマーは森へ足を踏みいれた。木の枝が顔を鞭打ち、茨《いばら》の茂みが足をとらえた。

「エセルバート!」

答えるものは絞首台だけだった。鎖がきしみ、骸骨のひとつがカタカタ音をたてて地上に落下した。いまや十八のアーチの下の死体は十七。ひとり分の空席ができた。

エセルバートの身を案じるエルマーの思いはいっそうつのってきた。その思いが、彼を森の奥へ奥へと押しやった。やがて森のなかの空き地へたどりつくと、そこでひと休みすることにした。息がはずみ、汗が目にしみた。

「エセルバート!」

「父さん?」行く手の茂みからエセルバートの声がした。「ここへきて手伝ってよ」

エルマーはがむしゃらに茂みのなかへ駆けこみ、手さぐりで進んだ。

まっくら闇のなかでエセルバートが父親の片手をつかんだ。「気をつけて! もう一歩進んだら、父さんも罠に落ちるよ」

「ありゃま」とエルマーはいった。「間一髪か」息子の気分を明るくしようと、わざと恐怖を声にこもらせた。「ひえーっ！　危なかった！」

エセルバートは父親の手を下にひっぱり、地面に横たわったなにかに押しつけた。

エルマーがさわってみて驚いたことに、それは大きな牡鹿の死骸だった。彼はそのそばにひざまずいた。「鹿だ！」

その声は、まるで大地の内部からの反響のようにひびいた。「鹿だ、鹿だ、鹿だ」

「罠からひっぱりあげるのに一時間もかかったんだ」とエセルバートがいった。

「かかった、かかった、かかった」とこだまが返った。

「ほんとか？」とエルマー。「すごいじゃないか！　知らなかった、そんなに上出来なのか、あの罠は！」

「あの罠は、あの罠は、あの罠は」とこだまがいった。

「父さんが思ってるほどお粗末じゃないよ」とエセルバート。

「ないよ、ないよ、ないよ」とこだまがいった。

「どこから返ってくるんだ、あのこだま？」とエルマー。

「こだま、こだま、こだま？」とこだまがいった。

「父さんのすぐ前からさ」とエセルバートはいった。「この罠」

エルマーは思わず身を引いた。エセルバートの声がすぐ目の前の穴から聞こえたからだ。その声は、まるで地獄の門の奥から大地をつらぬいてひびくようだった。

「この罠、この罠、この罠」

「おまえが掘ったのか？」仰天してエルマーはたずねた。

「神さまが掘ったんだよ」とエセルバート。「洞窟の裂け目《チムニー》さ」

エルマーは長々と地上に横になった。冷えて硬直のはじまった牡鹿の腰に頭をのせた。茂みの緑の屋根にたったひとつ隙間があり、その隙間からまぶしい星の光がさしこんでくる。うれし涙のプリズムを抜けてくるその光が、エルマーの目には虹のように見えた。

「おれはもうこれ以上、人生になにも求めないよ」とエルマーはいった。「今夜は、あらゆるものを与えてもらった——それだけじゃない、もっと、もっとたくさんのものだ。神さまのお助けで、息子が一角獣を捕まえたしな」彼はエセルバートの片足にさわり、土踏まずをなでた。「もし神さまが、卑しい木こりとその息子の願いを聞きとどけてくださるのなら」と彼はいった。「この世界だってどうにでも変われるんじゃないか？」

エルマーはそこでうとうとと眠りかけた。あまりにもいろいろな計画で頭がごっちゃになっていた。

エセルバートが父親をゆり起こした。「この牡鹿を母さんに持って帰ろうか？　真夜中のごちそうに？」

「鹿のまるごとはだめだな」とエルマーはいった。「危険が大きすぎる。ステーキ用の上肉を切りとって、残りはここへ隠しとこう」

「ナイフはある？」とエセルバートはきいた。

「いや」とエルマー。「法律違反だからな」

「なにか肉を切る道具を探してくるよ」とエセルバートがいった。

エルマーはまだ横になったまま、息子が洞窟のチムニーへもぐりこむ物音を聞いた。やがて息子が地中深く、さらに深く、足がかりを探している物音が聞こえてきた。うめきをもらし、洞窟の底の丸太と取っ組みあっている。

もどってきたエセルバートの手には、なにか長いものがあり、まぶしいひとつの星の光を受けて、それがきらりと光った。「これで間に合うと思うよ」と息子はいった。

エセルバートが父親に渡したのは、恐怖公ロベールの鋭い両手用のだんびらだった。


いまは真夜中。

この小家族は鹿肉で満腹していた。

エルマーは恐怖公ロベールの短剣《ポワニャール》で歯をせせっていた。

エセルバートは戸のわきで見張りに立ち、羽根飾りで唇を拭《ぬぐ》っていた。

アイヴィーは満足そうに馬の飾り布を体に巻きつけた。「ふたりでなにかを捕まえにいくのがわかってたら、わたしもあの罠がそんなにまぬけな考えだと思わなかったかも」

「罠とはそういうものなんだ」とエルマーはいった。彼はうしろにもたれながら、明日の自分が吊るし首にならないことに、そして恐怖公ロベールが死んだことに、気分の高揚を感じようとした。だが、そこで気づいた。この執行猶予は、いま頭のなかの壮麗なドームを駆けめぐっているさまざまな考えにくらべると、退屈なしろものだ。

「わたしのたのみはひとつだけだわ」とアイヴィーはいった。

「いってみろよ」エルマーは気前よくいった。

「ふたりでわたしをからかうのはやめて。これが一角獣の肉だなんて」とアイヴィーはいった。

「わたしがあんたたちの話をなんでもうのみにすると思う?」

「これはまさに一角獣の肉さ」とエルマー。「それに、いまから話すことは、おまえにもきっと信じられるよ」彼は恐怖公ロベールの鉄の籠手《こて》をはめ、それでテーブルの上をたたいた。「アイヴィー――これは卑しい身分の人間にとってのすばらしい一日だ」

アイヴィーは愛《いと》しげに夫を見つめた。「あんたもエセルバートもすてきだわ」と彼女はいった。「わざわざ外へでかけて、布地をおみやげにしてくれるなんて」

遠くで馬の蹄の音がした。

「ぜんぶ隠さないと！」とエセルバートがいった。

あっというまに恐怖公ロベールと牡鹿の痕跡は消えてなくなった。

完全武装のノルマン人の戦士たちがすさまじい音をたてながら、木こりのエルマーの粗末な小屋のわきを走り去っていった。

彼らは無形の夜の悪霊たちに向かって、恐怖と挑戦の叫びをあげた。

「おい《アン》！　おい《アン》！　勇気を出せ《クラージュ》、わが勇者たちよ《メ・ブラーヴ》！」

蹄の音はしだいに遠ざかっていった。

略奪品

Spoils

浅倉久志 訳

もし最後の審判の日に、天国と地獄、このふたつのうちでおまえの永遠の住み処《すか》はどちらであるべきか、と神さまからたずねられたら、たぶんポールはこう答えるだろう。これまでにわたしがやったかずかずのあさましい行為を思いだすと、自分の規準と宇宙の規準に照らしても、地獄行きの運命でしょう――。そして全能の神は、すべての英知で見てとられるかもしれない。ポールの全人生が無害なものであったこと、ポールの敏感な良心が――これまでの行為をふりかえって――すでに彼をひどく苦しめていることを。

ズデーテン地方の戦闘で捕虜となってからのポールの派手な冒険は、過去のぬかるみのなかへ沈んでいくにつれて、気になる記憶のいろいろが薄れていったが、あるわびしいイメージだけは本人の意識から消え去らなかった。やがてある晩、妻のスーがディナーの席上で口にした軽い冗談が、忘れたいと願っていた記憶をよみがえらせる結果になった。その日の午後を隣家のウォード夫人のところで過ごしたスーは、ウォード夫人からみごとな銀製食器二十四人分のセットを見せられ、そこで驚くべきことを知らされたのだ。ウォード氏はヨーロッパの戦場でそのセットをかっぱらい、故郷へ持ち帰ったという。

「ハニー」とスーは夫をからかった。「小さくていいから、あなたもあのおみやげよりもすこしはましなものを持って帰れなかったの？」

ポールの略奪品は、ドイツ人たちがその損失を嘆き悲しんだとは思えない、錆びてひん曲がったドイツ空軍《ルフトヴァッフェ》のサーベルだけなのだ。ロシア軍の占領地帯にいたポールの仲間は、戦後の混乱期、何週間もの比類なき《パー・エクセラーンス》無政府状態をさいわい、スペインのガリオン船なみに宝物を山とかかえて帰国したというのに、ポールはその貧弱な記念品だけで満足していた。好きなものを取りほうだいの時期が何週間もあったというのに、むこうみずな征服者としての最初の数時間が、そのまま最後となったのだ。ポールの意欲と憎悪の念を挫《くじ》いたもの、彼を虐《しいた》げるイメージがその形をとりはじめたのは、一九四五年の五月八日、春の山中での上天気な朝のことだった。

ズデーテン地方のヘレンドルフにいたポールと捕虜仲間は、監視兵たちの不在という事態にしばらく慣れる必要があった。賢明にも監視兵たちは、前夜のうちに森や丘の頂へと逃げだしたのだ。ポールともうふたりのアメリカ兵捕虜は、戦争に面食らった人口五百の静かな農村、ペータースヴァルトに向かって、避難民であふれかえる道路をさまようことになった。人波は泣きさけぶ川の流れとなって、両方向へ動いていたが、その声はひとしくおなじ嘆きを訴えていた――「ロシア軍がくる！」三人の捕虜はその流れに加わって、うんざりするほど長い四キロの道のりを歩いたのち、ペータースヴァルトを横切る川岸に腰をおろし、思案にふけった。どうすればアメリカ軍のいる前線までたどりつけるのか、だれかのいったように、ロシア軍は行く手をさえぎる人間をかたっぱしから殺しているのか。三人の近くでは、納屋のかげにある小屋の暗がりで、一ぴきの白いウサギがうずくまり、ふだんとちがう外の騒ぎに聞き耳をたてていた。

三人の捕虜は、その村に押しよせた恐怖と無縁で、なんの哀れみも感じなかった。「あの傲慢なまぬけどもがこうなる運命だったのは、神さまもご存じだ」とポールはいい、ほかのふたりも陰気な笑みをうかべてうなずいた。「ドイツ人どもがロシア人にやったことを考えたら、ロシア人がこれからなにをやろうと、それを責められるか」とポールはいい、こんどもふたりの仲間はうなずいた。そのあと三人は黙りこんですわり、村の母親たちが子供たちを連れて必死で地下室へ隠れるのを見物した。そのほかの村人たちは丘を駆けのぼって森に隠れたり、わが家を見捨て、数少ない貴重品だけを持って道路の先へ逃げようとしていた。

目をかっと見ひらいて大股で歩いていたイギリス陸軍の上等兵が、道路からどなった。「おーい、先へ進んだほうがいいぞ。やつらはいまヘレンドルフだ！」

西のほうで砂煙がたち、トラック隊の轟音が聞こえ、おびえた避難民の逃げまどう姿が見え、やがてロシア兵たちが村へはいってきて、動転した村人たちにタバコを投げ与えたり、思いきって姿を見せた人たちに、べったりと熱烈なキスを与えたりしはじめた。ポールはそのトラックの周囲を踊りまわりながら、笑い、さけび、赤い星のついたトラックから流れる騒々しいアコーディオンのメロディに負けまいと、「アメリカ兵だ！　アメリカ兵だ！」とさけび、その声を聞きつけた解放者たちが投げるパンや肉の切れはしを受けとめた。ポールとふたりの仲間は、この幸福に上気しながら、食べ物を腕いっぱいにかかえて小川の岸辺へもどり、さっそくぱくつきはじめた。

だが、三人の食事中に、べつの連中――チェコ人、ポーランド人、ユーゴスラビア人、ロシア人など、それまでドイツ人の奴隷にされていた、怒りに燃える恐ろしい群集――がやってきて、ロシア軍通過のあとは、面白半分の破壊や略奪や放火をはじめた。彼らは計画的に、ちがった目的を持つ三人組と四人組の集団に分かれ、家から家をめぐり歩き、扉をこわし、住人たちを脅かし、てんでに好きなものを奪っていったのだ。略奪をまぬがれるのはとうてい不可能だった。ペータースヴァルトの村はせまい峡谷のなかに位置していて、ただ一本の道路の両側は、家一軒分の奥行きしかないからだ。ポールは思った。月夜が訪れないうちに、何千人もの人間が、この村のあらゆる家の地下室から屋根裏部屋までを探りつくすにちがいない。

ポールとふたりの仲間は、略奪者たちの熱心な作業ぶりを見物しながら、そのグループのどれかが通りかかるたびに冴えない笑みで迎えた。興奮したスコットランド兵二人組は、すでにそのグループのひとつと仲よくなり、愉快な略奪に加わっていたが、足をとめて三人のアメリカ兵と言葉を交わした。このふたりはりっぱな自転車を一台ずつと、指輪や腕時計、双眼鏡、カメラ、その他いろいろのすばらしい装身具をぶんどっていた。

「結局」とそのひとりが説明した。「こんな日にじっとしてる手はないもんな。こんなチャンスはめったにない。いいか、きみたちは勝利者だ。自分の好きなものをかっさらう権利があるんだぞ」

三人のアメリカ兵は、ポールの主唱でその問題を議論し、敵の民家を略奪することは完全に正当だと、おたがいをなっとくさせた。そこで三人は、もよりの民家へ向かった。そこは三人がペータースヴァルトに到着する前からの空き家で、すでにあさりつくされていた。窓には一枚のガラスも残っていない。どの引き出しもひきぬかれ、その中身が床にぶちまけられ、クローゼットからはあらゆる衣服がひっぱりだされ、食器棚はがらんどう、枕やマットレスは捜索者たちの手で腹を裂かれている。略奪者たちそれぞれが、先客たちの見捨てた山々を、ポールとふたりの仲間よりも前にあさった結果、まだ残されているのはぼろぼろの衣類と、いくつかの壺だけだった。

三人が乏しい収穫をすませたときにはすでに日暮れが近づき、興味をひかれるものはなにもない。ポールにいわせると、おそらく最初からこの家にはめぼしい品物がなかったし、だれが住んでいたにしてもきっと貧乏だったにちがいない。家具調度はお粗末、壁は剝がれかけ、家の外壁も修理と塗り替えが必要だ。しかし、ちっぽけな二階まで階段を昇ってみたポールは、ほかのみすぼらしいたたずまいにそぐわない、驚くべきひと部屋を発見した。そこは華やかな色彩に飾られた寝室で、美しく彫刻された家具がおかれ、キャンディーストライプに飾られた壁にはおとぎの国の絵が何枚もかかり、木造部分は塗り替えられたばかり。床の中央には、見捨てられた略奪品、おもちゃの山が淋しく積み重なっている。この家のなかで唯一の無傷な品物は、ベッドの頭側に近い壁に立てかけられていた。「驚いたな、見ろよ、子供用の松葉杖だ」

お値打ちの品をなにひとつ発見できなかったアメリカ兵たちは、もう宝探しには時間が遅すぎるから、夕食の準備をはじめようと意見が一致した。ロシア兵からもらった食べ物がけっこうたくさんあるが、きょうという日の夕食にはなにか特別なものが似合うのではないか。チキン、牛乳、卵、それにもしかするとウサギの肉。そのてのごちそうを探すため、三人は分散して近くの納屋や畑を当たってみることにした。

ポールは、略奪に失敗した家の裏手にある小さい納屋のなかをのぞいてみた。どんな食料や家畜がそこに残っていたとしても、もう何時間も前に東へ運ばれたことだろう。入口に近い土間にジャガイモがいくつか転がっていて、それを拾ったものの、ほかにはなにも見つからなかった。ジャガイモをポケットに詰めこみ、先へ進もうとしたとき、納屋の隅からカサカサと小さな音が聞こえた。その小さな音はまたくりかえされた。ようやく暗闇に目が慣れ、そこにウサギ小屋があるのがわかった。小屋のなかにはよく太った白ウサギがすわり、ピンクの鼻を光らせ、せわしなく呼吸している。これこそ思いがけない幸運、宴会のメイン料理だ。ポールはその小屋の扉をひらき、両耳をつかんで、なんの抗議もしないウサギをひっぱりだした。これまで自分の手でウサギを殺した経験がないため、どうすればいいのかさっぱり自信がない。結局、厚板の台の上へウサギの頭をのせ、斧の背で打ち砕いた。ウサギは二、三秒ほど弱々しく足をもがかせてから息絶えた。

この成功に気をよくしたポールは、ウサギの皮剝ぎと臓《わた》抜きをはじめ、これから訪れるにちがいない幸運な日々のお守りとして、足を一本切りとった。それがすむと、納屋の戸口に立ち、平和と、日暮れと、最後の抵抗拠点から足をひきずりひきずり故郷へ向かう、おどおどしたドイツ軍兵士の流れをながめた。その流れのなかには、けさ、自分たちといっしょにこの道路を避難してきたのに、ロシア軍の前進を避けてまたひきかえし、へとへとになった民間人もまじっていた。

とつぜんポールは気づいた。その陰気な行列から三人の人影が離れ、こちらへ近づいてくる。その三人は荒らしつくされた家の前に立った。悔恨と悲しみの波がポールの胸に打ちよせた——「ここはあの三人の住居と納屋だったにちがいない」とポールは思った。「あの年とった夫婦と、足のわるい少年の家だったんだ」女は涙を流し、男は激しく首を横にふっている。少年はふたりの注意をひこうと納屋に向かって身ぶりし、なにかしゃべっている。ポールはむこうから見えないように影のなかに立ち、三人が家のなかへはいったすきに、ウサギをかかえてそこから駆け去った。

ポールはその寄贈品を、ほかのみんなが炉床に選んだ場所まで運んだ。小山の上からはポプラの防風林をすかして、さっきあとにした家と納屋が見える。ウサギは、ほかの戦利品といっしょに、地べたに敷いた布地の上におかれた。

食事の準備に大わらわなほかのふたりをよそに、ポールは納屋を見まもった。さっきの少年が家から出てきて、松葉杖に可能なかぎりのスピードで納屋に向かっている。身を切られるような長い時間ののちに、少年は納屋のなかへ姿を消した。ポールは少年のかすかな悲鳴を聞き、そして少年が柔らかな白い毛皮を手にかかえて戸口に現われるのを見てとった。その毛皮で頰をさすると、少年は敷居の上にすわりこみ、毛皮のなかに顔を埋め、悲痛なすすり泣きをはじめた。

ポールは目をそらし、二度とそちらを見ようとしなかった。ほかのふたりは少年を見ていなかったし、ポールもふたりにそのことを話さなかった。三人が夕食を前にして腰をおろしたとき、ひとりが感謝の祈りを唱えはじめた。「われらが父なる神よ、この食べ物をわたしたちに与えてくださったことに感謝いたします……」

アメリカ軍のいる前線をめざして、村から村へと移動をつづけながら、ポールの仲間ふたりはドイツ人の宝物をかなり大量に集めた。どういうわけか、ポールが故郷へ持ち帰ったのは、錆びてひどく折れ曲がった、ドイツ空軍のサーベルだけだった。

サミー、おまえとおれだけだ

Just You and Me, Sammy

浅倉久志 訳

1

これは兵士の物語だが、厳密には戦争の物語といえない。この事件が起こったとき、戦争はすでに終わっていたから、たぶん殺人の物語ということになる。謎はなし。ただの殺人だけ。

わたしの名前はサム・クラインハンス。これはドイツ系の名前で、残念ながらわたしの父は、戦前の短期間、ニュージャージー州に設立された親独協会《ブント》（一九三六年に在米ドイツ人が組織した親ナチ団体）に関係したことがある。その会の正体に気づいたとき、父はさっさと退会した。だが、近所に住むおおぜいの人は、協会に大きく肩入れしていた。いまでもおぼえているが、おなじ通りに住んでいた二つの家族が、父祖の地でヒトラーがやろうとしていることに熱狂するあまり、手持ちの財産をすべて売りはらい、永住のためにドイツへ帰国したほどだ。

その二つの家族の息子たちはわたしとおなじ年ごろだったので、やがて合衆国が参戦し、ライフル銃兵として海の彼方の戦場へ向かったわたしは、もしかして昔の遊び友だちを撃ち殺す羽目になるのでは、と心配したほどだ。しかし、そうはならなかったと思う。あとでわかったのだが、ドイツ国籍を取得した親独協会員の息子たちは、大半がライフル銃兵としてロシア戦線へ送られたらしい。なかには情報機関でささやかな仕事につき、素性を隠してアメリカ兵のなかへまぎれこもうとしたものもいたが、その数はあまり多くない。ドイツ人は彼らをぜんぜん信用しなかったのだ――以前の隣人のひとりが、ケア物資（ケアは、一九四五年に設立されたアメリカ対外援助物資発送協会の略称）の小包を送ってほしい、とうちの父親によこした手紙には、とにかくそう書いてあった。その隣人は、いまからアメリカへもどれるならどんなことでもする、と書いていたし、おそらくみんながおなじ気持ちだったろうと思う。

彼らと仲よくつきあっていたことと、親独協会のインチキ行為とのせいで、わたしはアメリカがついに参戦したときも、自分の祖先がドイツ人なのをかなり気にしていた。みんなの目には、忠誠心とか、主義のために戦うとか、そんなことをぺらぺらしゃべるわたしが、かなりの世間知らずに見えたにちがいない。いっしょに陸軍に入隊した仲間にそうした信条がなかったという意味ではない――ただ、そんなことを口にするのが時流に合わなかっただけの話だ。すくなくとも第二次世界大戦の当時には。

いまふりかえってみても、自分がうぶだったのがわかる。たとえば、五月八日、つまり、ドイツとの戦争が終わった日の朝、わたしがなにをいったかというと――「すばらしいじゃないか！」

「なにがすばらしい？」とジョージ・フィッシャー一等兵が、さも深遠な言葉を口にしたように片眉を上げた。鉄条網の針金で背中をかきかき、ほかのことを考えていたらしい。おそらく食べ物やタバコのこと、それにひょっとすると女のことを。

これ以上ジョージと話をしているところを見られるのは、あまり利口じゃない。ジョージはこの収容所にひとりの友だちもなく、彼と仲よくなろうとしたものは、いずれ彼とおなじ孤独な立場におかれる。その日は、われわれみんながぞろぞろと歩きまわっており、ジョージとわたしは偶然に

――そのときはそう思ったのだが――門のそばでばったり出会ったのだ。

この捕虜収容所では、ドイツの監視兵たちがアメリカ兵のリーダーにジョージを選んだ。その理由はドイツ語をしゃべれるからだ、という説明があった。いずれにせよ、ジョージはその地位を存分に利用していた。彼はほかのみんなよりもずっと肉づきがよかった――だから、おそらく女のことも頭にあったのだろう。捕虜になってひと月もすると、もうほかのだれも女の話題を口にしなくなった。ジョージを除くほかの全員が、八カ月間ジャガイモだけで命をつないでいた結果、いまもいったように、女の話題は、ランを育てたり、ツィターを弾いたりする話題とおっつかっつの人気しかなかったのだ。

当時のわたしの気分なら、かりにベティ・グレーブルが目の前に現われて、わたしのすべてはあなたのものよ、といってくれても、たぶんこう答えたことだろう。じゃ、ピーナツ・バターといちごジャムのサンドイッチをこしらえてくれ、と。ただ、その日にジョージとわたしの前に現われたのはベティ・グレーブルではなかった――ロシア軍だった。われわれふたりは、収容所の門の前で路肩に立ち、谷間からいまわれわれのいる場所へ登ってくる戦車の轟音に耳をかたむけていたのだ。

ここ一週間、収容所の窓ガラスをガタガタ揺らしつづけていた北方からの砲声はすでに鎮まり、収容所の監視兵たちは夜のうちに姿を消していた。それまでこの街道を往き来していたのは、農民たちの数少ない荷馬車だけだった。いまこの街道は、ひしめきあい、わめきあう人波で埋めつくされている――ロシア軍に捕まらないうちにプラハへの山越えをすませようと、押しあいへしあい、よろめいては悪態をついている人びとの群れだ。

このての恐怖は、怖がる理由のない人びとにも伝染しやすい。ロシア軍から逃げようとしている人びとは、ドイツ人ばかりではなかった。たとえば、ジョージとわたしが目撃したイギリス軍の陸軍上等兵などは、まるで悪魔に追いかけられてでもいるように、プラハへの道を急いでいた。

「さっさと移動したほうがいいぞ、ヤンキーども！」と、その上等兵は息をはずませていった。

「ロシア軍が二マイル先まできてる。やつらとかかわりあいにはなりたくないだろうが、ええ？」

半飢餓状態のいいところは、どうやらこの上等兵はそんな状態でないらしいが、半飢餓状態であること以外の心配にまで手がまわらないことだ。「そりゃちがうよ」とわたしはどなりかえした。

「こっちはあの連中の味方だぜ。おれの知ってるところじゃ」

「やつらはおまえたちがどっちの側だなんて気にしないぞ、ヤンキー。目にはいるものを、かたっぱしから面白半分に狙い撃ちするんだ」その上等兵は道路のカーブを曲がりきって、姿を消した。

わたしは笑いだしたが、ジョージをふりかえると、そこに驚きが待っていた。むこうはずんぐりした指でもじゃもじゃの赤毛をかきむしり、血の気の失せた丸顔をやがてロシア軍が現われるだろう方角に向けているのだ。これまでだれも見たことのない表情――ジョージがおびえている。

それまでのジョージは、われわれに対するときも、ドイツ兵に対するときも、あらゆる状況をきっちり押さえていた。面《つら》の皮が厚く、はったりとおべっかでどんな状況でも切りぬける男だった。ジョージの奮戦の物語には、あのアルヴィン・ヨーク（『ヨーク軍曹』の題名で映画にもなった第一次大戦の英雄）でさえ、きっと感嘆したことだろう。われわれは全員おなじ師団の所属だったが、ジョージだけはべつ。彼はひとりで捕虜になったのだが、本人にいわせると、ノルマンディ上陸の日からずっと第一線で戦ってきたらしい。ほかのわれわれは、前線に出てから一週間たらずで、突破作戦中に捕虜になった青二才の集まりだ。ジョージは本物の戦士で、みんなの尊敬をかちとる権利があった。彼は尊敬をかちとった。しぶしぶとだが、かちとった――ジェリーが殺されるまでは。

「おい、きさま、もう一度おれのことを密告者《ストゥール・ピジョン》だとぬかしてみろ、その見てくれのわるい面《つら》をたたきつぶしてやる」と、ジョージがある男のひそひそ話を立ち聞きして、その男にいうのを聞いたことがある。「チャンスがあれば、きさまだっておなじことをやるくせによ。おれは監視兵をカモってただけだ。むこうはおれを味方と思いこんで、いい扱いをしてくれたんだ。それでべつにきさまが損するわけじゃないだろうが。よけいな口出しをするな！」

それがあの脱走の二、三日あと、ジェリー・サリヴァンが殺されたあとのことだった。だれかが監視兵に脱走計画を告げ口したらしい。すくなくともそう思える。監視兵たちがフェンスの外、トンネルの出口で待ち伏せしているところへ、ジェリーが先頭切って這いだしてきた。ジェリーを射殺する必要はないのに、むこうはそうした。ジョージが監視兵に密告しなかったということもありうる——だが、声の聞こえる範囲にジョージがいないときは、だれも彼に有利な解釈をしなかった。面と向かっては、だれもジョージになにもいわなかった。そう、ほかのみんながまぬけな案山子《かかし》に変身していくのと逆に、ジョージは健康な大男であるばかりか、どんどん体つきがたくましくなり、短気になっていったからだ。

だが、ロシア軍がやってくると聞いて、ジョージの神経はへこたれたらしい。「プラハへ逃げようや、サミー。おまえとおれだけなら身軽に動ける」と彼はいった。

「いったいどうした？」とわたしはたずねた。「おれたちはだれからも逃げなくていいんだぜ、ジョージ。たったいま戦争に勝ったのに、あんたはまるで戦争に負けたような口ぶりだな。いいか、プラハは六十マイルも先。ロシア軍はあと一時間かそこらでやってくる。おそらくやつらは、おれたちがアメリカ軍の前線まで帰れるように、トラックをよこしてくれる。おちつけよ、ジョージ——銃声が聞こえたりしたか、ええ？」

「やつらはおれたちを撃つぞ、サミー、まちがいない。おまえはアメリカ兵に見えないもんな。やつらは荒っぽいぞ、サミー。こいよ、チャンスのあるうちに逃げよう」

わたしの服装について、ジョージはいい点をついていた。ぼろぼろで、しみと継ぎ当てだらけ。アメリカ兵というより、どや街の住人に見える。だが、ご推察どおり、ジョージの服装はいまもりゅうとしていた。監視兵も、ジョージにだけは、食べ物のほかにタバコも不自由させていないので、彼は収容所でなにかほしいものがあれば、たいていの場合タバコと交換できた。ジョージはその方法で何着かの着替えを手に入れ、おまけに監視兵から宿舎のアイロンを借りて、この収容所ピカイチのファッション・モデルになっていた。

だが、いま、そのゲームは終わったのだ。もうだれもジョージと物々交換をする必要はないし、あれほど彼を大切に扱っていた監視兵たちの姿もない。もしかすると、ジョージが怖じ気づいたのは、ロシア軍よりもそのためかもしれない。「なあ、いこうや、サミー」と彼はいった。なんとこのわたしに哀願するとは。八カ月間、身近に暮らしていても、親しげな言葉ひとつかけたことのない相手に向かって。

「いきたきゃ、勝手にいけよ」とわたしはいった。「べつにおれの許可を得る必要はないぜ、ジョージ。どうぞお先に。おれはほかのみんなといっしょにここで待つ」

ジョージはゆずらなかった。「サミー、おまえとおれだけだ。ふたりでいっしょに行動しようや」にやりと笑い、わたしの肩に腕をかけた。

わたしは身をよじって逃れ、収容所の中庭を横切りはじめた。われわれふたりに共通するのは、赤毛という点だけだ。どうも気になる。とつぜん親友づらをはじめた相手の狙いが、さっぱりわからない。ジョージはいつもなにかたくらんでいるたぐいの男なのだ。

彼はあとを追うように中庭を横切ってきて、またわたしの肩に太い腕をかけた。「わかったよ、サミー、ふたりでじっとここで待つとしよう」

「あんたがなにをしようと、こっちの知ったこっちゃないよ」

「わかった、わかった」彼は笑いだした。「実はこういうつもりだったんだ。まだ一時間かそこらの待ち時間はあるから、どうだ、おまえとおれとでこの道路のちょいと先までいって、タバコやみやげ物を手に入れるってのは。ふたりともドイツ語がしゃべれるから、その気になりゃ大儲けできるぜ、おまえとおれで」

わたしがタバコに飢えているのを、ジョージは知っていた。つい二カ月前にも、タバコ二本と手袋を交換したばかりだ――あのころはまだけっこう寒かったのに――しかも、あれ以来一本のタバコも吸ってない。ジョージの言葉で、最初の一服がどんな気分だったかを思いだした。坂を上がって二マイル先、ここからいちばん近いペータースヴァルトの町には、タバコがふんだんにあるはずだ。

「どう思う、サミー？」

わたしは肩をすくめた。「しょうがない――いこう」

「えらいぞ」

「おまえたち、どこへいく？」収容所の中庭にいたひとりがそうさけんだ。

「ちょいと近くまでようすを見にいく」とジョージが答えた。

「一時間でもどるよ」とわたしはつけたした。

「仲間がほしいか？」とその男がどなった。

ジョージはそのまま歩きつづけ、返事をしなかった。「おおぜいはだめだ、万事がおじゃんになる」彼はウィンクをよこした。「ふたりが一番だ」

わたしは彼を見つめた。むこうは微笑をうかべているが、ひどく怖じ気づいているのはひと目でわかる。

「なにを怖がってるんだ、ジョージ？」

「この古狸《ふるだぬき》のジョージィが怖がるだと？　おいおい、まさか」

わたしたちふたりは騒々しい群集の仲間入りをして、ペータースヴァルトへのゆるやかな坂を登りはじめた。

2

ときどき、ペータースヴァルトでの出来事を思いだして、自分の行動を弁解したくなることがある――あのときは酔っていたとか、長期間の監禁状態と空腹のせいで頭がおかしかった、とか。だが、実をいうと、強制されてそうしたわけではない。べつに追いつめられてもいなかった。そうしたかったから、そうしたまでだ。

ペータースヴァルトはあてはずれだった。すくなくとも商店の一軒や二軒、わずかなタバコや食べ物をせびるか盗むかできる店があるだろう、と期待していたのに。なんと、その町にあるのは二ダースほどの農園だけで、どの農園も塀と高さ十フィートの門に囲まれていた。しかも、それが野原を見おろす緑の丘のてっぺんで、堅固な要塞を形づくっているのだ。だが、戦車や大砲がやってくるとなると、そのペータースヴァルトもイチコロでしかない。また、その町を守るために、だれかがロシア兵と一戦まじえそうにも見えない。

ここかしこに白旗が——ほうきの柄に結わえつけたベッド・シーツが——ひるがえっている。どの門の扉も開けっぱなし——無条件降伏だ。

「こりゃおあつらえ向きだな」とジョージはいった。彼はわたしの腕をつかむと、群集の外までひっぱりだし、とっかかりの農家の踏み固められた中庭にはいった。

中庭の三方は、住居と納屋でふさがれていて、第四の方角に塀と門がある。そのひらいた扉ごしにがらんどうの納屋をながめ、静まりかえった住居のなかを窓からのぞいたとき、はじめてわたしは自分の正体に気づいた——不安なよそもの。それまでのわたしは、自分が特別なケースで、このヨーロッパの戦乱とはどこか無縁な、なにを恐れる必要もないアメリカ人であるかのように行動していた。だが、このゴーストタウンへはいって、がらりと気分が変わった——

それとも、もしかしてジョージが怖くなったのか。いまになってそれをいうのは後知恵だろう——たしかなことはわからない。もしかして、心の奥で疑問を感じはじめたのか。わたしがなにかいうたびに、ジョージの目はばかに興味深そうにまんまるくなるし、わたしから手を離せないらしく、なでたり、さすったり、たたいたりする。そして、つぎになにをしたいかを話すときの決まり文句は、「サミー、おまえとおれだけだ……」

「おーい!」とジョージがさけんだ。まわりの壁からさっそくこだまが返り、また静寂がもどった。まだわたしの片腕をつかんだままの手に、彼はぐいと力をこめた。「ここは居心地よさそうじゃないか、サミー。ふたりきりで暮らせそうだぜ」彼は大きな門を手で押して閉め、太い木製のかんぬきをさしこんだ。わたしの力では動きそうもないような扉だったが、ジョージは表情も変えずにそれを動かした。わたしのそばへもどると、両手のほこりをはたいてにやりと笑った。

「なにをするつもりなんだ、ジョージ?」

「勝利者には略奪品――そうだろうが？」彼は玄関のドアを足でけりあけた。「とにかく、なかへはいれよ、坊や。お好きなものをどうぞ。このジョージが万事をちゃんと仕切ったから、好きなものをいただくまでは、だれのじゃまもはいらない。なあ、おふくろさんかガールフレンドのために、すてきなおみやげを見つけろよ」

「ほしいのはタバコだけさ」とわたしはいった。「あのくそ扉は開けっぱなしでも、おれはかまわないぜ」

ジョージは野戦服のポケットからタバコのパックをとりだした。「どうだ、気のきく仲間だろうが」そういって笑いだした。「一本吸えよ」

「はるばるペータースヴァルトまで歩かせて、タバコ一本とはどういうわけだ？　そこにひとパック持ってるくせに？」

ジョージは家のなかへはいりこんだ。「おまえといるのが好きなんだよ、サミー。マジで褒《ほ》められたと思ってくれ。赤毛同士は仲よくしないとな」

「ここから出ようや、ジョージ」

「門は閉まってる。こわがることはないぞ、サミー。おまえのいうとおりだ。明るくいこうぜ。キッチンへいって、なにか食べ物をとってこい。おまえのお目当てはそれだけだろうが。こんなチャンスを見逃したら、一生悔やむぞ」ジョージはこちらに背を向けると、つぎつぎに引き出しを開いては中身をテーブルの上にぶちまけ、物色をはじめた。彼が口笛で吹いているのは、一九三〇年代の終わりごろに廃《すた》れた古いダンス曲だ。

部屋の中央に立ったわたしは、ひさしぶりにタバコの煙を深く吸いこんだせいか、夢うつつのふらふらした気分になってきた。目をつむってもう一度ひらくと、ジョージのことは気にならなくなった。心配ご無用――さっきから強まる一方だった悪夢のような気分は消えた。わたしはリラックスした。

「だれが住んでたにしても、あわてて出発したらしい」まだこっちに背を向けたま、ジョージがいった。小瓶を上にさしあげて、「心臓病の薬も忘れてる。うちのおふくろが心臓病でさ、こいつをいつも手もとにおいてたっけ」彼はその小瓶を引き出しにもどした。「ドイツ語でも英語でもおんなじか。妙なもんだな、サミー、ストリキニーネってやつはよ――量がちょっぴりだと、これで命が助かることもある」彼はふくらみはじめたポケットへ一対のイヤリングを押しこんだ。「これを見たら、若い女どもが大喜びするぞ」

「十セント・ストアの品物が好きな女ならな」

「元気を出せって、なあ、サミー？　どういうつもりだ？　仲間のたのしみに水をさすのか？　たのむ、キッチンへいって、腹へなにか詰めこんできな。おれもじきにいく」

勝利者として戦利品をいただくことにかけては、わたしも人後に落ちない――奥のキッチンのテーブルの上で、黒パン三切れと、くさび形のチーズ一個がわたしを待っていた。そのチーズを切るナイフがないかと戸棚の引き出しをあけたとき、ちょっとした驚きにでくわした。たしかにナイフはあったが、おまけに拳銃もあったのだ。握り拳ぐらいの大きさで、その横には装塡ずみの弾倉もある。わたしはその拳銃を手にとり、操作法を考え、弾倉が拳銃に合うかどうかと、それをはめこんでみた。なかなかいい形――すてきな記念品だ。そこで肩をすくめ、引き出しへもどそうとした。拳銃を持っているところをきょうびのロシア軍に見つかったら、自殺もいいところだ。

「おい、サミー！　どこにいる？」とジョージが呼びかけた。

わたしはその拳銃をズボンのポケットに滑りこませた。「キッチンだよ、ジョージ。なにが見つかった？——王室の宝石箱か？」

「もっといいもんだ、サミー」キッチンにはいってきた彼の顔は明るいピンクで、呼吸が荒かった。さっきの部屋での戦利品で野戦服のポケットをふくらませているため、いつもより太って見える。彼はブランデーのボトルをどすんとテーブルの上においた。「どうだ、気に入ったか、サミー。いまからおまえとおれとで、ささやかな勝利の宴をひらこうじゃないか、なあ？　故郷のニュージャージーへ帰ってから、身内のみんなに話すんじゃないぞ。あのジョージのやつはなにもくれなかった、なんてな」彼はわたしの背中をどやした。「サミー、おれが見つけたとき、このボトルはいっぱいだったが、いまは半分しかない——おまえはパーティーに遅刻だぞ」

「遅刻ついでに、そのままでいるよ、ジョージ。せっかくだが、いまの体調だと、こいつを飲んでぽっくりいくかもしれん」

ジョージはわたしの向かいの椅子にすわり、間のぬけた大きな笑みをうかべた。「早くそのサンドイッチを食っちまえよ。そしたら、酒を飲む気になるさ。戦争は終わったんだぜ、坊や！　それだけでも飲む理由は十分、ちがうか？」

「たぶん、あとでな」

ジョージはそれ以上飲もうとしなかった。しばらく静かにすわったまま、なにか考えこんでいるようすだ。わたしは黙々とサンドイッチを頬ばった。

「いつもの食欲はどこへいった？」しばらくしてわたしはそうたずねた。

「べつに。前どおりさ。けさ、食ってきたからな」

「おこぼれをありがとうよ。そのブランデーはなんだ、監視兵からのお別れのプレゼントか？」

まるでわたしが彼のやってのけたうまい取引に敬意を捧げたかのように、ジョージは微笑した。

「どうしたんだ、サミー？――おれを心底嫌ってる、そういうことか？」

「おれがなにをいった？」

「いわなくたってわかるさ、坊や。おまえもほかのみんなとおんなじだ」彼は椅子の背にもたれ、大きく伸びをした。「噂は聞いたぜ。アメリカへ帰国してから、おれを対独協力者として告発する、と何人かがいってるそうだな。おまえもそうする気か、サミー？」穏やかな表情で、彼はあくびをした。それから、わたしに答えるひまを与えず、先をつづけた。「あわれなジョージはこの世界にたったひとりの友だちもいない、ちがうか？　ほんとのひとりぼっちだ、ちがうか？　察するところ、おまえたちみんなは飛行機でまっすぐアメリカへ帰れるが、陸軍ではこのジョージ・フィッシャーにちょいと話があるらしい、ちがうか、おい？」

「どうかしてるぜ、ジョージ。そんなことは忘れろよ。だれもあんたを――」

ジョージは立ちあがり、片手をテーブルにおいて、ふらつく体を支えた。「そうはいかねえよ、サミー。おれはちゃんとネタをつかんでる。対独協力者――そいつは反逆罪ってことだろうが、ええ？　やつらからすると、絞首刑にだってできる、ちがうか？」

「おちつけよ、ジョージ。だれもあんたを裁判にかけたり、絞首刑にしたりするわけがない」わたしはゆっくり立ちあがった。

「おれは答えを出したんだ、サミー。このジョージ・フィッシャーはそんな人間じゃない。だから、おれがこれからなにをすると思う？」彼はシャツの襟をいじり、自分の認識票をはずすと、床に投げつけた。「別人になりすますのさ、サミー。いうならばすごい名案だ、ちがうか？」

戦車隊の轟音で、戸棚の皿の山が低くうなりをあげはじめた。わたしはドアに向かおうとした。

「ジョージ、あんたがこれからなにをしようと、おれの知ったこっちゃない。あんたを引き渡したりしない。おれの望みは、五体満足で帰国できることだけさ。おれはいまから収容所へひきかえす」

　ジョージはわたしとドアのあいだに割ってはいると、片手をわたしの肩においた。それからウィンクして、にやりと笑った。「ちょいと待ちな、坊や。おまえはまだ話をぜんぶ聞いてない。相棒のジョージがこれからなにをするつもりか聞きたくないか？　おまえにとってもすごく面白い話だぜ」

「じゃ、またな、ジョージ」

　彼はわたしの前からどかなかった。「すわって飲めよ、サミー。神経を落ちつかせな。いいか、坊や、おまえとおれはどっちもこれっきり収容所へはもどらねえ。あそこの連中は、ジョージ・フィッシャーの人相特徴を知ってるし、それで万事はおじゃんだ、ちがうか？　おれは二、三日待ってから、プラハのアメリカ軍本部へ出頭するのが利口だと思う。あそこなら、だれもおれを知らない」

「おれはだまってるといったろうが、ジョージ。なにもいわない」

「すわれといったんだぞ、サミー。まあ、飲め」

　わたしは頭がぼんやりし、くたびれていた。さっき胃袋に詰めこんだ堅い黒パンのせいで、気分がわるい。わたしは腰をおろした。

「それでこそわが相棒だ」と彼はいった。「ひまはとらせねえよ。サミー、おまえがおれとおんなじ物の見方をしてくれるならな。いまもいったように、おれはジョージ・フィッシャーをやめて、ほかのだれかになりすます」

「ああ、わかったよ、ジョージ」

「問題はだ、そのためには新しい名前と認識票が必要になる。おれはおまえのが気に入ってる――それとひきかえになにがほしい？」ジョージは微笑を消した。おふざけではない――取引の申し込みだ。彼はテーブルの上に身を乗りだすと、ピンクで汗まみれの太った顔をわたしの顔から数インチまで近づけ、こうささやいた。「さあ、返事はどうだ、サミー？　認識票とひきかえに、現金二百ドルとこの腕時計をやろう。ラサールの新車が一台買えるぜ、おい。この腕時計を見ろよ、サミー――ニューヨークなら千ドルの値打ちがある――一時間ごとにチャイムが鳴るし、日付も出る――」

どうもおかしい。ジョージはラサールが製造中止になったのを忘れている。彼は尻ポケットから札束をとりだした。われわれは捕虜になったときドイツ兵に所持金を没収されたが、なかには服の裏地の内側へ札を隠したやつもいる。ドイツ兵が見逃したその現金を、ジョージはタバコの闇商売で一セント残らず巻きあげたのだろう。需要と供給――タバコ一本が五ドル。

だが、腕時計のほうは驚きだった。いまのいままでジョージはそれを秘密にしていた――それにはもっともな理由がある。それは、あのジェリー・サリヴァン、収容所からの脱走を図って射殺された若い男の持ち物だった腕時計だ。

「だれがジェリーの腕時計をあんたによこしたんだ、ジョージ？」

ジョージは肩をすくめた。「こいつは一級品だぜ、ちがうか？　ジェリーには、これとひきかえに、タバコを百本くれてやった。在庫ゼロさ」

「いつのことだ、ジョージ？」

もうジョージは、いつもの秘密めかした大きなにやにや笑いをよこさなかった。こすっからく、不機嫌になっていた。「どういう意味だよ、いつのことだとは？　知りたきゃ教えてやろう。やつが脱走しようとする直前さ」髪の毛をもじゃもじゃとかきながら、「わかった、さっさといえ、おれがやつを殺されるようにしむけた、とな。おまえはそう考えてるんだろう。なら、はっきりそういいやがれ」

「そんなことは考えてないぜ、ジョージ。こう思ったんだ。その取引が結べて、なんとあんたは幸運だったか、とな。ジェリーの話だと、その腕時計はやつのお祖父さんの持ち物で、なにがあってもひきかえにしない、といってた。それだけのことさ。ジェリーがそんな取引をしたとは意外だな」わたしは小声でそういった。

「だからどうしろってんだ？」ジョージは怒りもあらわにいった。「おれがあれとは無関係だったってことを、どうやって証明できる？　おまえたちがおれに罪をなすりつけるのは、おれがうまくやってるのに、おまえたちはちがうからだ。おれはジェリーと公正な取引をしたんだぜ。ちがうというやつがいたら殺してやる。ところでサミー、いまのおれは、おまえと公正な取引をしようといってるんだ。おまえはこの金と腕時計がほしいのか、ほしくないのか？」

わたしはあの脱走の夜のことを考え、ジェリーがトンネルにもぐりこむ直前にいったことを思いだした。「ああ神さま、一本でもタバコがあればな」といったことを。

戦車隊の接近は、いまや轟音に近い。収容所の前をとっくに通りすぎて、ペータースヴァルトへの最後の一マイルの坂を登っているところだ。時間稼ぎのひまはあまりない。「わかったよ、ジョージ。こりゃいい取引だ。すてきだよ、しかし、あんたがおれになりすますあいだ、おれはどうすりゃいい？」

「ほとんどなんにもしなくていいさ、坊や。することといえば、自分がだれなのかをしばらく忘れることぐらいだな。プラハのアメリカ軍本部に出頭して、記憶をなくしました、といえばいい。おれがアメリカへもどるまでのあいだ、連中をうまくごまかせ。ほんの十日間だよ、サミー――それだけさ。うまくいく。どっちも赤毛だし、身長も似たり寄ったりだし」

「もしむこうが、おれの本名がサム・クラインハンスなのに気づいたら？」

「そのときには、おれはもうアメリカの山奥にいる。やつらには絶対に見つからない」ジョージは焦りはじめていた。「さあ、どうだ、サミー。取引するか？」

狂気の計画で、とても成功の見こみはない。わたしはジョージの目をのぞきこみ、本人もそれを承知なのを見てとった。ひょっとして、まぐれの幸運を期待していたのか――だが、いまのジョージは気が変わったらしい。わたしはテーブルの上の腕時計に目をやり、ジェリー・サリヴァンが死体となって収容所へ運びもどされたときのことを考えた。あのとき、ジョージが死体の運搬を手伝っていたことを思いだした。

わたしはポケットに拳銃があることを考えた。「地獄へ失せろ、ジョージ」

ジョージは驚いたようすもなかった。ブランデーのボトルをわたしの前に押しやった。「一口飲んでよく考えろよ」と抑揚のない口調でいった。「おまえが意地を張ると、おれたち両方にとって万事がややこしくなる」わたしはボトルを押しもどした。「えらく強気だな」とジョージはいった。「おれにはぜひともその認識票が必要なんだ、サミー」

わたしは身を固くしたが、なにも起きなかった。彼は思ったよりも臆病らしい。

ジョージは腕時計をさしだし、親指で竜頭《りゅうず》を押した。「聞けよ、サミー――チャイムが鳴るぞ」

チャイムの音は聞こえなかった。とつぜん、外で大騒ぎがはじまったからだ――鼓膜が破れそうな戦車隊の大音響とバックファイア、調子はずれの幸福そうな歌声、そのすべての上で、アコーディオンが絶叫している。

「やつらがきたぞ！」とわたしはさけんだ。戦争はほんとに終わったんだ！　いまではそれが信じられた。ジョージのことも、ジェリーのことも、腕時計のことも、どこかへふっとんでしまった――頭のなかにあるのはすばらしい騒音だけだ。わたしは窓に駆けよった。排気ガスと土煙が塀の上までたちのぼり、門をたたく音がする。「やってきたぞ！」笑いながら、わたしはいった。

ジョージはぐいとわたしを窓の前からひきよせて、壁ぎわへ押しつけた。「とうとうきたか！」その顔は恐怖でいっぱいだ。ジョージはわたしの胸に銃口を押しつけた。それからわたしの認識票のチェーンを片手でつかみ、ぐいとひきちぎった。

なにかが裂ける鋭い音と、金属のうめきが聞こえ、門が大きくひらいた。そのむこうでは、エンジン全開の戦車が巨大なキャタピラをこわれた門にくっつけていた。ジョージがその物音に向きなおろうとしたとき、ロシア軍の兵士がふたり、戦車の砲塔の天蓋から滑りおり、軽機関銃を構えながら小走りに中庭へはいってきた。すばやく窓から窓へと目を走らせ、なにかさけんだが、わたしには意味不明だった。

「むこうがその拳銃を見たら、おれたちは殺されるぞ！」とわたしはさけんだ。

ジョージはうなずいた。茫然として、まるで夢のなかにいるようだ。「ああ」そういうと、拳銃を部屋の奥へ投げすてた。色あせた床板の上をすべった拳銃は、暗い片隅に落ちついた。「両手を上げろ、サミー」彼はそういってわたしに背を向けると、両手を頭上に上げ、廊下を近づいてくるロシア兵の荒々しい足音のほうを向いた。「サミー、さっきのおれはへべれけだったらしい。どうかしてたよ」とささやいた。

「そうとも、ジョージ――それはたしかだ」

「これを切りぬけるまで、おたがいに協力しないとな、サミー、聞いてるのか？」

「なにを切りぬける？」わたしは両手を体のわきにくっつけていた。「やあ、ロシアのだんながた、ごきげんいかが？」とどなった。

ふたりのロシア兵は荒っぽい感じのティーンエイジャーで、軽機関銃を構えたまま、キッチンのなかまですたすたはいってきた。にこりともしなかった。「手を上げろ！」と、ひとりがドイツ語でどなった。

「アメリカーナー」わたしはドイツ語で弱々しくいうと、両手を上げた。

むこうのふたりは驚いた表情になり、ひそひそ相談をはじめたが、われわれから目は離さなかった。最初はむずかしい顔つきだったが、ふたりで話しあううちにしだいに陽気な表情になり、ついにはこっちに笑顔を向けた。アメリカ兵と仲よくすることが軍の方針と一致しているかどうか、おたがいにたしかめあう必要があったのだろう。

「きょうは人民にとっての偉大な日だ」ドイツ語をしゃべれるほうの兵士が、重々しい口調でいった。

「偉大な日だ」とわたしは同意した。「ジョージ、このふたりに酒をさしあげろよ」

ふたりはうれしそうにボトルを見やり、前後に体をゆすり、うなずいてくすくす笑いをはじめた。ふたりは礼儀正しくジョージにすすめた。まずそっちが、人民のための偉大な日を祝って飲め。ジョージは神経質なにやにや笑いをうかべた。だが、ボトルの口が唇にふれる寸前、手から滑り落ちたボトルが床にぶつかり、われわれの足もとへ中身をぶちまけてしまった。

「ありゃ、申し訳ない」とジョージがいった。

わたしはボトルを拾いあげようとしたが、ロシア兵たちがそれをとめた。「ウォッカのほうがドイツの毒酒よりもいいぞ」とドイツ語を話すロシア兵がおごそかにいい、軍用ジャケットの下から大きなボトルをとりだした。「ローズヴェルト！」そういうと、彼はがぶりと一口飲み、ボトルをジョージにまわした。

そのボトルは、合計四回まわし飲みされた——ローズヴェルトと、スターリンと、チャーチルを讃え、ヒトラーが地獄の火に焼かれることを祈って。この最後の乾杯はわたしの発案だった。「とろ火の上で」とわたしはつけたした。ロシア兵たちはこの冗談をなかなか面白がってくれたが、その笑い声はすぐにやんだ。ひとりの士官が門の前に現われ、大声でふたりを呼んだからだ。ふたりは手早くわれわれに敬礼し、ウォッカのボトルをさらいとって、家から外へ駆けだしていった。

ふたりが戦車に乗りこむのを、われわれは見まもった。戦車は門の前からバックして、道路を走りはじめた。さっきのふたりが手をふっていた。

ウォッカのおかげで、わたしは頭がぼうっとし、体がほてって、すてきな気分だった——それに、あとでわかったのだが、身のほど知らずの血に飢えた気分にもなっていた。ジョージはもはやへべれけに近く、ふらついていた。

「おれは自分がなにをしてるか、よくわからなかったんだ、サミー。おれは——」ジョージの言葉はそこでとぎれた。彼はさっき投げ捨てた拳銃のあるキッチンの隅へ向かっているところだ——ふくれっつらで、千鳥足で、横目を使いながら。

わたしは彼の前に立ちふさがり、ズボンのポケットから小さい拳銃をひきぬいた。「見ろよ、ジョージ。おれがなにを見つけたかを」

ジョージは立ちどまり、拳銃を見て目をぱちくりさせた。「すてきじゃないか、サミー」片手をさしだして、「ちょいと拝見」

わたしは安全装置をはずした。「すわれよ、ジョージ、おれの旧友」

さっきわたしがすわっていたテーブルの前の椅子に、彼は腰をおろした。「よくわからんな」とつぶやいた。「まさかおまえは年上の仲間を撃ったりしないだろうな、サミー？」訴えるようにわたしを見た。「さっきのおれは、おまえにまっとうな取引を持ちかけたんだぜ、ちがうか？　これまでおれはいつもそうしてきたし――」

「頭の切れるあんたのことだ、この認識票の取引の件で、おれがあんたを見逃すとは思ってないだろうな、ええ？　おれはあんたの仲間じゃない。それはご存じのはずだ。ちがうか、ジョージ？　その取引がうまくいくのは、おれが死んだ場合だけさ。あんたもそう考えてたんじゃないのか？」

「ジェリーが弾を食らってからというもの、みんながこの老いぼれジョージにつらく当たりやがる。誓ってもいいぜ、サミー、おれはあれとはなんの関係も――」だが、その言葉は最後までつづかなかった。ジョージは首を横にふって、ため息をついた。

「かわいそうな老いぼれジョージにはけっこうつらい仕事だったろうな――チャンスがあるうちにおれを撃ち殺す度胸もなかったし」わたしはジョージが床に落としたボトルを拾いあげ、彼の前においた。「いまのあんたに必要なのは、うまい酒だ。わかるか、ジョージ？　たっぷり三杯分は残ってる。中身がぜんぶこぼれなかったのを見て、うれしくないか？」

「もう酒はいらんよ、サミー」彼は目をつむった。「その拳銃をどこかへしまってくれないか？　おまえに危害を加えるつもりなんてなかったんだから」

「一口飲め、といったろうが」だが、ジョージは動こうとしなかった。わたしは彼の正面にすわり、まだ拳銃の狙いをつけていた。「腕時計をよこせよ、ジョージ」

　とつぜんジョージは目が覚めたようだった。「おまえの狙いはそれだったのか？　いいとも、サミー、ここにある。これで仲直りといこうや。酔っぱらったときのおれがやったことを、どう説明すりゃいい？　自分で自分がコントロールできなくなっちまうんだよ、坊や」彼はジェリーの腕時計をよこした。「ほらよ、サミー。老いぼれジョージがおまえに苦労をかけた分、これでもとがとれた。神さまもご存じだ」

　わたしはその腕時計の針を正午に合わせ、竜頭を押した。小さいチャイムが一秒に二回、合計十二回鳴った。

「ニューヨークでなら千ドルの値打ちはあるぜ、サミー」チャイムが鳴るそばで、ジョージがかすれ声でいった。

「じゃ、そのボトルから飲みつづけてもらおうか、ジョージ」とわたしはいった。「この腕時計が十二回鳴りおわるまで」

「よくわからん。なんのことだよ？」

　わたしは腕時計をテーブルの上においた。「ジョージ、あんたのいうとおり、妙なもんだよ、ストリキニーネってやつは――量がちょっぴりだと、これで命が助かることもある」わたしはもう一度時計の竜頭を押した。「ジェリー・サリヴァンのために一口飲めよ、相棒」

　チャイムがまたチリンと鳴った。八……九……十……十一……十二。部屋は静まりかえった。

「わかったよ。だから、おれは飲まなかったのさ」ジョージはにやりと笑っていった。「で、これからどうするつもりだ、ボーイスカウト？」

3

この物語をはじめるとき、わたしはこういった。たぶん殺人の物語ということになるだろう、と。いまではあまり自信がない。

あのあと、わたしは首尾よくアメリカ軍前線にたどりつき、ジョージは排水溝で拾った拳銃の暴発で事故死しました、と報告した。その旨を書いた宣誓供述書にも署名した。

どうしていけない？　彼は死に、万事は片づいた、ちがうか？　このわたしがジョージを射殺したと報告したところで、だれが浮かばれる？　わたしの魂か？　もしかしてジョージの魂か？

さて、陸軍情報部はその物語にきなくさい点があるのにまもなく気づいた。フランスのル・アーブルに近いキャンプ・ラッキー・ストライクには、本国への送還船を待つおおぜいの元捕虜が収容されており、情報部がそこに作った天幕へわたしは呼びだされた。そのキャンプにたどりついたのは二週間前で、翌日午後には帰還船に乗る予定だった。

灰色の髪の少佐がいろいろとわたしに質問した。少佐は宣誓供述書を目の前におき、気のない口調で、排水溝に落ちていた拳銃のことをたずねた。つぎに、ジョージが捕虜収容所でどんな行動をしたかについて、かなり長く質問をつづけたすえ、いったいジョージはどんな外見だったかを知りたがった。そして、わたしの返事をメモに書きとめた。

「彼の名前はまちがいないか？」と少佐はたずねた。

「はい、閣下。それと認識番号も。これが彼の認識票の片方です。もう片方は死体といっしょに置いてきました。申し訳ありません。もっと早く提出するつもりでした」

少佐はその認識票をじっくり調べたすえ、宣誓供述書にそれをくっつけ、分厚いホルダーにおさめた。その外側にジョージの名前が記されているのが見えた。「この事件をどのように処理していいか、よくわからんのだよ」と少佐はホルダーのとじひもをいじりながらいった。「なかなかの曲者だな、ジョージ・フィッシャーは」少佐はタバコを一本さしだした。わたしはそれを受けとったが、すぐには火をつけなかった。

くるべきものがきた。軍は、どこをどうしてか、あの出来事の真相をさぐりだしたのだ。大声でわめきだしたくなったが、微笑を絶やさないようにした。じっと歯を食いしばったままで。

つぎの言葉を口にするまで、少佐はたっぷり時間をかけた。「この認識票は偽物だ」少佐はうすら笑いをうかべながら、ようやくいった。「合衆国陸軍には、この姓名に該当する行方不明者が存在しない」少佐は身を乗りだし、わたしのタバコに火をつけてくれた。「もしかすると、このホルダーをドイツ軍に渡して、むこうから親族へ通知させたほうがいいかもしれん」

八カ月前のあの日、ジョージ・フィッシャーが単身で捕虜収容所へ連れてこられたときが、彼との初対面だったが、考えてみると、ああいうタイプにはカンが働いていいはずだった。わたしは彼とよく似たふたりの若者といっしょに育ったからだ。ドイツ軍情報部の仕事にありついたところをみると、ジョージは優秀なナチだったのにちがいない。前にもいったように、親独協会にいた連中の大半は、そこまでうまくやれなかった。戦争が終わったとき、そのなかの何人ぐらいがアメリカへもどれたかは知らないが、わたしの相棒のジョージ・フィッシャーは、すんでのところでそれに成功しかけたのだ。

司令官のデスク

The Commandant's Desk

浅倉久志 訳

ここはチェコスロバキアのベーダの町。わたしは自分の小さな家具製作店の窓ぎわにすわっていた。いまでは未亡人になった娘のマルタが、自分の頭でこちらの視野をふさがないように気をくばりながら、カーテンを押さえている。

「むこうがこっちを向いてくれりゃ、顔が見えるのにな」わたしは苛立っていた。「マルタ、もうすこしカーテンをわきへ寄せてくれないか?」

「あれは将軍?」とマルタがたずねた。

「ベーダの町の司令官に将軍をよこすかな?」わたしは笑いだした。「伍長かもしれんよ。それにしても、なんとみんな栄養たっぷりの肉づきだ。あああ、連中がなにか食ってる——なんという食いっぷりだ!」わたしは黒猫の背をさすった。「さあ、ニャン公、アメリカ製クリームの毒味をしたけりゃ、表の通りを横切るだけでいいんだぞ」わたしは両手を頭上にさしあげた。「マルタ!どうだ、感じるか?　ソ連軍はもういないよ、マルタ、もういない!」

いまのわたしたちはアメリカ軍の指揮官の顔を見ようとしているところだ。むこうは通りの向かい側の建物へはいっていく——二、三週間前までそこにいたのは、ソ連軍の司令官だった。アメリカ兵たちは建物のなかへはいると、ゴミや家具の残骸をけとばして通路を作っている。しばらくのあいだ、窓からはなにも見えなくなった。わたしは椅子の背にもたれ、目をつむった。

「終わった。殺しあいはすべて終わりだ」とわたしはいった。「しかも、こっちはまだ生きている。こんなことがありうるか？　正気の人間がこんなことを予想したろうか？　すべてが終わったときに、まだわたしたちが生きている、と？」

「生きてることが、なんだか恥ずかしいような気がするわね」と娘がいった。

「おそらく全世界が、これからずっと先までそんな気分になるだろう。とにかく神さまに感謝しないと。ごくわずかな罪悪感だけで、この殺しあいを切りぬけられたんだから。無力なまま、敵と味方の中間にいると、得することもあるわけだ。アメリカ人が背負った罪悪感を考えてごらん――モスクワ爆撃では十万人、キエフでは五万人も死んだ――」

「ロシア人の罪悪感はどうなのよ？」娘が激しい口調でたずねた。

「ないね――ロシア人にはない。戦争に負ける喜びのひとつはそれだ。自分の罪悪感も財産もいっしょに捨てて、罪のない一般庶民の列に加われる」

猫がわたしの木の義足に背中をすりつけ、のどをゴロゴロ鳴らした。義足をつけた人たちは、たいていその事実を隠そうとしたがる。わたしは一九一六年にオーストリア軍の歩兵として左足を失ったが、ズボンの片方の裾をもう片方の裾よりも短くし、第一次大戦後に作った自家製の美しいオークの義足を見せびらかしている。その義足には、ジョルジュ・クレマンソーと、デイヴィッド・ロイド＝ジョージと、ウッドロー・ウィルソンの似顔が彫りこんである。一九一九年、わたしがまだ二十五歳のとき、チェコ共和国がオーストリア＝ハンガリー帝国の廃墟の下から生まれるのに尽力した人たちだ。その三人の下には、もうふたつの似顔があり、どちらも花輪に囲まれている――

トマーシュ・マサリクと、エドヴァルド・ベネシュ。チェコ共和国の最初の指導者たち。そこにつけ加えるべき顔はまだいくつかあるし、いま、平和がふたたび訪れたのを記念して、いずれ彫りたすことになるだろう。わたしがこの三十年間にこの義足に唯一つけたした彫刻は、粗雑で、不可解で、原始的ともいえる——それは先端の鉄輪のそばにある深い三つの刻み目で、一九四三年のある晩、ナチの占領を呪ったわたしが山腹から落下させた車中の三人のドイツ軍将校を示したものだ。

いま通りの向かい側にいる兵士たちは、わたしがひさびさに見るアメリカ人だった。共和国時代のわたしは、プラハで家具工場を経営し、アメリカの百貨店のバイヤーたちとよく取引をした。だが、ナチの侵略でその工場を失い、ズデーテン地方の丘陵地帯にあるこの静かな町へ引っ越した。その後まもなく、妻が亡くなった。いちばん珍しい死因、つまり、自然死で。こうしてわたしの身寄りは娘のマルタだけになってしまった。

いま、ありがたいことに、わたしはふたたびアメリカ人たちの姿を見ている——ナチのあと、第二次大戦のソ連軍のあと、チェコの共産党員のあと、ソ連軍兵士たちのあとで。この日の到来だけを信じて、わたしは生きてきた。工房の床下に隠したひと瓶のスコッチが、わたしの意志力をたえず試しつづけてきた。だが、わたしはそれを隠し場所においたままにした。いずれそのうちにアメリカ軍が到来したとき、わたしからのプレゼントにするつもりだったからだ。

「出てきたわよ」とマルタがいった。

目をひらくと、ずんぐりした赤毛のアメリカ軍少佐が、両手を腰に当て、通りの向かい側からじっとこちらを見上げていた。疲れて、放心状態のようすだ。もうひとりの若い男、がっしりした長身で、背丈をべつにすると典型的なイタリア系らしい大尉が、建物のなかからゆっくりと大股で出てきて、少佐の横に立った。

まぬけな話だが、わたしは目をぱちぱちさせて相手を見かえした。「あのふたり、ここへやってくるぞ！」興奮と無力さのまじった声で、わたしはいった。

少佐と大尉はわたしの家のなかへはいってくると、一冊の青いパンフレットをとりだした。おそらくチェコ語の会話本だろう。長身の大尉はなんとなく固くなっているようだ。赤毛の少佐は、わたしの直感からすると、かんしゃく持ちらしい。

大尉はページの余白に指を走らせ、困ったようにかぶりを振った。「〝機関銃、迫撃砲、オートバイ……戦車、止血帯、塹壕〟。書類戸棚や、デスクや、椅子は出てません」

「いったいなにを期待してる？」と少佐がいった。「兵士用パンフレットだぞ。なよなよした事務員用じゃない」少佐は渋い顔つきでパンフレットをながめてから、まったく意味不明の言葉を吐いたあと、期待をこめてわたしを見上げた。「すてきな本がいうことには、通訳をたのむにはこの方法にかぎるらしい。この爺さん、まるでアフリカのウバンギ語の詩にでくわしたような顔つきだぞ」

「みなさん、わたしは英語が話せますよ」とわたしはいった。「それに、わたしの娘のマルタも」

「なんとなんと。うまいもんじゃないか」と少佐はいった。「でかしたぞ、おやじ《パップ》」そういわれて、こちらはまるで小犬《パップ》のような気分になった。ゴムのボールを――小犬にしては上手に――くわえてもどってきたのを褒《ほ》められた気分。

わたしは少佐に片手をさしだし、姓名を名乗った。少佐は傲慢にその手を見おろしただけで、両手はポケットにつっこんだままだ。わたしは顔が赤くなるのを感じた。

「ポール・ドニーニ大尉です」と、もうひとりが急いで名乗った。「それから、こちらはローソン・エヴァンズ少佐です」大尉はわたしの手を握り、「よろしく」といった――父性的な太い声だ―

――「ソ連軍は――」

そこで少佐が吐いた罵り言葉にわたしはあんぐり口をあけ、これまでの人生の大半で兵士たちの言葉づかいには慣れていたマルタさえもが、びっくりしたようすを見せた。

ドニーニ大尉が当惑の表情をうかべた。「ソ連軍は家具ひとつさえ残していかなかったんですよ」と彼はつづけた。「そこで、こちらのお店にあるいくつかの家具を貸していただけないかと思って」

「こちらもそれを提供するつもりでした」とわたしはいった。「ソ連軍があらゆるものを破壊していったのは悲劇です。ベーダでいちばん美しい家具類を押収しておきながらね」わたしは微笑し、首を横にふった。「ああああ、あの資本主義の敵どもときたら――自分たちの司令部をまるでベルサイユ宮殿の小型版のように飾りたてたくせに」

「その破壊のあとは見ましたよ」と大尉がいった。

「しかも、彼らが宝物をわがものとしておけなくなったとき、それはほかのだれの手にもはいらなくなりました」わたしは斧を振りおろすしぐさをした。「われわれみんなにとって、この世界は前よりも艶《つや》のないものになったんです――前よりも宝物が減ったぶんだけ。たしかに、ブルジョアの宝物だったかもしれません。しかし、美しい品物を買うゆとりのない人たちも、どこかにそんなものがあることを喜んでいたんですがね」

大尉は愛想よくうなずいたが、驚いたことに、わたしの言葉はなぜかエヴァンズ少佐を怒らせたらしい。

「まあ、とにかく」とわたしはいった。「必要なものがあれば、なんでもお使いください。お役に立てるのは光栄です」いまこの場でスコッチをすすめるのはどんなものかな、と疑問がわいた。事態はかならずしもこちらの思惑どおりに進んでいない。

「実に利口だな、このおやじは」と少佐がひややかにいった。

さっきからこの少佐がなにをいいたかったのか、とつぜんわたしは気づいた。ショックだった。むこうは、わたしが敵のひとりだったといいたいのだ。いまの言葉の意味は、怖かったら協力しろ。むこうはわたしを怖がらせたがっている。

一瞬、わたしは吐き気を感じた。むかし、いまよりもずっと若く、もっと信心深いキリスト教徒だったころに、よくこういったものだ。恐怖を利用してなにかをさせる人間は、病的で、哀れで、痛ましいほど孤独だ、と。そのあとで、そうした人間ばかりを集めた軍隊が作戦行動をとるのを見たとき、いや、孤独なのはわたしのようなタイプだ、と気がついた。ひょっとすると、わたしのほうが病的で哀れなのかもしれないが、それを認めるぐらいなら、自殺を選んだろう。

新しい司令官に対するこの印象はまちがっているにちがいない。わたしは自分にこういい聞かせた。もともと猜疑心が強いうえに――年をとったいまだからいえるが――あまりにも長年、不安にとりつかれすぎたのだ。しかし、マルタもこの空気のなかに脅威と不安を感じているようだ。いまのマルタは、ここ何年かそうしてきたように、温かい心をとりすました鈍い仮面の奥に隠してしまった。

「そうです」とわたしはいった。「お役に立つものがあればなんでもどうぞ」

少佐は裏部屋のドアを押しあけた。そこはわたしの寝室兼工房だ。ホスト役はお役御免。わたしは窓ぎわの椅子にどすんと腰をおろした。ドニーニ大尉はばつが悪そうに、マルタとわたしのそばに残った。

「ここから眺める山々はとても美しいですね」と大尉がとってつけたようにいった。

三人は気詰まりな沈黙にはいったが、その静けさを破るのは、ときどき少佐が裏部屋でゴソゴソやらかす物音だった。わたしは大尉をじっくりながめ、少佐よりもずっと若く見えることに驚いたが、ふたりが同年配という可能性もじゅうぶんありえた。この大尉が戦場にいる場面を想像するのはむずかしく、逆にあの少佐が戦場以外にいる場面を想像するのはむずかしい。

エヴァンズ少佐が低く口笛を鳴らすのが聞こえたので、察しがついた。あの司令官用のデスクを見つけたのだ。

「少佐はとても勇敢な方なんでしょうね、きっと。あのたくさんの勲章からしても」とマルタがようやく言葉を見つけた。

ドニーニ大尉は、上官のことを説明する機会ができたことにほっとしたようすだった。「少佐はこれまでも、いまもすばらしく勇敢な方です」と大尉は温かい口調でいった。少佐と、ベーダにやってきた下士官兵の大半は、どうやら有名な機甲師団の出身らしく、大尉の口ぶりだと、その師団は恐怖や疲労を知らず、なによりも激戦が大好きらしい。

驚きの舌打ちが出た。そうした師団の話を聞くときのわたしの癖だ。そうした師団の話は、アメリカ軍将校からも、ドイツ軍将校からも、ソ連軍将校からも聞いた。第一次大戦中の上官たちも、おまえたちはそんな師団に所属しているんだぞ、とわれわれの前で宣言した。戦争好きが集まった師団の話を下士官兵から聞かされた場合は、もしかしてわたしもそれを信じるかもしれない。ただし、その下士官兵がしらふで、撃たれた経験がある場合にかぎる。もしこの世にそんな師団が存在するなら、戦争から戦争までのあいだ、ドライアイスに詰めて保存すべきだろう。

「それであなたはどうなんですか？」大尉の語るエヴァンズ少佐の血湧き肉躍る物語の切れ目で、マルタがそう口をはさんだ。

大尉はほほえんだ。「わたしはヨーロッパへきてまだ日が浅いので――ちょっと言葉がわるいですが――まだ両手が自分の尻を見つけてないんですよ。この肺のなかには、まだジョージア州フォート・ベニングの空気が残っています。しかし、少佐は――英雄ですよ。ここ三年間、休みなく戦いつづけてこられたんですから」

「それに、ここで警官と、村役場の書記と、嘆きの壁の合体として終わるつもりもないぞ」とエヴァンズ少佐が裏部屋の入口に立ったままでいった。「おやじ、このデスクをもらいたい。これはきみが自分のために作ったものだな、ちがうか？」

「わたしがそんなデスクを持ってどうします？ ソ連軍の司令官用に作ったんですよ」

「彼はきみたちの友人かね、ええ？」

わたしは微笑をうかべようとしたが、説得力はなかったようだ。「もし作るのを断っていたら、いまここであなたとお話しすることはできなかったでしょう。いや、第一、彼とも話ができなかったでしょう。もしわたしがナチの司令官のためにベッドを作るのを――しかも、その頭板の上に鉤十字の花輪と、ナチ党歌の第一節を彫りこむのを――断っていたらね」

大尉はわたしといっしょにほほえんだが、少佐はにこりともしなかった。「変わってるな、この先生」と少佐はいった。「ナチの協力者だったことを自発的に告白するとは」

「そうはいってません」とわたしは穏やかにいった。

「楽しみに水をささないでくれ」と少佐はいった。「たまにこういう変化があると、気がせいせいする」

マルタががまんできなくなったのか、だしぬけに二階へ駆けあがっていった。

「わたしは対独協力者じゃありません」といってみた。

「もちろんそうだろう——つねに彼らと戦いつづけてきたわけだな。わかった、わかった。ちょっとこっちへきてくれないか。デスクのことで相談がある」

少佐はまだ仕上げのすんでないデスク、巨大で、わたしから見ると醜悪な家具の上に腰かけた。そのデスクは、ソ連軍司令官の悪趣味と、富の象徴についての偽善に対するひそかな諷刺《ふうし》としてデザインしたものだ。できるだけ装飾的な気取った様式、ロシア農民が夢に描く、ウォール街の銀行家のデスクのイメージに近い。宝石もどきに板のなかへ埋めこまれた着色ガラスがきらきら光り、金箔そっくりの発光塗料がそれを際だたせている。だが、いまやその諷刺はひそかなものにしておくしかなさそうだ。このアメリカ軍司令官も、あのソ連軍司令官とおなじく、それに魅入られているのだから。

「わたしにいわせれば、これこそ正真正銘の家具だ」とエヴァンズ少佐がいった。

「とてもすてきです」とドニーニ大尉がうわの空でいった。マルタが逃げだした階段の上をまだ見あげている。

「だが、ひとつだけまちがったところがあるな」

「ハンマーと鎌でしょう——わかってます。それを削るつもりで——」

「なんという読みの正しさ」と少佐はいうと、ブーツの片足をうしろに引き、巨大な紋章の縁へ荒っぽい蹴りを入れた。円形の飾りが吹っ飛び、ごろごろと部屋の隅へ転がったすえ、ロ、ロ、ロ、と音をたてながら、表側を下にして倒れた——パタン！ 猫がそれを調べ、怪しいぞ、といいたそうにあとずさった。

「あそこへ鷲《わし》の紋章を入れてもらおうか、おやじ」少佐は帽子をぬぎ、そこについているアメリカの紋章の鷲を見せた。「これとおなじやつを」

「このデザインは簡単じゃないから、少々ひまがかかりますよ」とわたしはいった。

「鉤十字や、ハンマーと鎌ほど簡単じゃないというわけか、ええ？」

何週間も前からわたしが夢見ていたのは、このデスクに関するジョークをアメリカ人ととりかわすところで、なかでも最大のジョーク、ソ連軍司令官のためにそこへ組みこんだ秘密の引き出しのことを話す場面だった。いま、アメリカ人はここにいる。だが、こちらの気分は以前とすこしちがっていた――不愉快で、とほうに暮れ、孤独だ。そのジョークを、マルタ以外のだれかとわかちあう気分になれなかった。

「いや」わたしは少佐のとげとげしい質問に答えていった。「それはちがいます」いったい、ほかになんといえばいい？

床板の下にはスコッチが眠ったまま、デスクの秘密の引き出しは秘密のままだった。

ベータのアメリカ軍駐留部隊は約百名、ドニーニ大尉を除くほとんど全員が、エヴァンズ少佐とおなじ機甲師団出身で、筋金入りの下士官兵だった。彼らは征服者のようにふるまい、エヴァンズ少佐もそれを奨励していた。それまでのわたしはアメリカ軍の到来に大きな期待をかけていた――マルタとわたしの心のなかでの誇りと威厳の復活、ささやかな好景気とごちそう、そしてマルタにとって生きる価値のあるよりよい人生の時期。だが、その代わりに到来したものは、新司令官エヴァンズ少佐の弱いものいじめと、部下たちの手でそれが百倍にも増幅されたことに対する不信感だった。

戦争つづきの世界の悪夢のなかでは、それとつきあっていく特殊技術が要求される。そのひとつは、占領軍の心理を理解することだ。ソ連軍はナチと似ていなかったし、アメリカ軍はそのどちらとも大きくちがう。ありがたいことに、そこにはソ連軍やナチのような肉体的暴力はない——銃撃も拷問もない。とりわけ興味深いのは、泥酔しないかぎり、アメリカ兵が大きなトラブルをひきおこさない点だ。だが、ベーダの町にとって迷惑なことに、エヴァンズ少佐は兵士たちを好きなだけ酔っぱらわせた。泥酔すると、兵士たちは好んで——記念品探しという名目で——盗みを働く。めちゃくちゃなスピードのジープで街路を突っ走り、空に向けて拳銃を発射し、わいせつな言葉をわめきちらし、なぐりあいをはじめ、窓ガラスを割る。

ベーダの町の住民は、なにが起きても沈黙を守り、目につかない場所へ隠れることに慣れていたので、アメリカ兵と他国の兵士とのきわめて基本的な相違点を発見するまでには、しばらくひまがかかった。アメリカ兵の無法さと無神経さはごく表面的なもので、その底には深刻な不安感がある。やがてわかったのだが、女性や年長者が彼らの前へまるで親たちのように立ちはだかり、そうした行為を叱りつけると、むこうはひとたまりもなく恐れいる。たいていの兵士は、そうされるとまるでバケツの水を頭からぶっかけられたように、酔いがさめる。

征服者に関するこの洞察が得られたため、日常の暮らしは前よりいくらか耐えやすくなったが、大幅に、とまではいかなかった。屈辱的な認識は、この町の住民が、以前のソ連軍の態度と大差ない感じでいまなお敵とみなされ、少佐がわれわれに罰を加えたがっていることだった。町民たちは労働大隊に徴発され、武装警備兵の監視のもとで捕虜なみの作業を命じられる。さらに耐えがたいのは、その労働がこの町の受けた戦争被害の修復よりも、アメリカ軍駐留部隊の居住施設の快適化と、ベーダ周辺の戦闘で亡くなったアメリカ兵を顕彰する、巨大で醜悪な記念碑建設を目的としていること。四人の兵士が戦死したのだ。エヴァンズ少佐はこの町の雰囲気を刑務所の雰囲気に変えてしまった。恥を知れ、というのが司令官の布告で、誇りや希望の芽はたちまち摘みとられる。われわれにはそれを手にする権利がない。

　希望の星はひとつだけ。われわれのだれよりも不幸なアメリカ人――ドニーニ大尉だ。大尉には少佐の命令を実行する責任があり、酒で気をまぎらそうと何度も試みたようだが、ほかのみんなのようには効き目がなかった。少佐の命令を彼がしぶしぶ実行する態度は、へたをすると軍法会議にかけられるのではと、はらはらするほどだった。その上、大尉は少佐といる時間よりも、マルタやわたしと過ごす時間のほうが長く、わたしたちとの会話の大半は、自分のやらざるをえない仕事に関する遠まわしな謝罪だった。奇妙なことにいつのまにか立場は逆転し、マルタとわたしはこの悲しげで憂鬱そうな大男を、逆に慰める側にまわっていた。

　わたしは少佐のことを考えながら、工房の作業台の前に立ち、司令官のデスクの正面につける白頭鷲《アメリカン・イーグル》の紋章の仕上げにはいった。マルタはわたしの簡易ベッドに寝そべり、天井を見つめていた。彼女の靴は石粉で真っ白だった。まる一日の記念碑建立《こんりゅう》作業から帰ってきたばかりなのだ。

「まあ、とにかく」とわたしは陰気な口調でいった。「かりに自分が三年間も戦いつづけたとすれば、その戦いの相手とあまり仲よくなれる自信はない。事実に直面しよう。われわれみんながそれを望んだかどうかはともかくとして、兵士や資材を供給し、何十万ものアメリカ兵を殺す手助けをしたんだから」わたしは西の山脈を手で示した。「ごらん、ソ連軍がどこでウランを手に入れたかを」

「目には目を、歯には歯を」とマルタ。「いつまでそれがつづくのかしら？」

　わたしはため息をつき、首を横にふった。「神さまもご存じだが、チェコ人は利息込みで借金を返済したよ。手には手を、足には足を、火には火を、傷には傷を、鞭打ちには鞭打ちを」われわれは若者たちの大半を失った。マルタの夫も、ソ連軍主力の攻撃の前に、決死の戦いを挑んだひとりだ。そして、わが国最大の都市のいくつかは、瓦礫《がれき》の山と煙にされてしまった。

「そして、その代償を払ったあとにやってきたのは、新しい人民委員《コミッサール》。でも、彼らはほかの連中とぜんぜん変わりがなかった」マルタは苦々しげにいった。「それ以外のものを期待するほうが甘かったのよね」

マルタの恐ろしい落胆は、わたしがはかない希望を育てあげたせいでもあるし、マルタの嫌悪感と絶望は――ああ、神よ、もうわたしには耐えられません！　しかも、もうこのあとに解放者はやってこないのだ。この世界に残された唯一のたのみの綱はアメリカで、げんにアメリカ兵たちがベーダにきているのだから。

のろのろと、わたしは白頭鷲の製作にもどった。その紋章を写しとれるようにと、大尉が一ドル紙幣をくれたのだ。「待てよ――このかぎ爪がつかんだ矢は、ぜんぶで……九、十、十一、十二、十三本か」

控えめなノックの音がドアにひびき、ドニーニ大尉がはいってきた。「失礼」

「ご遠慮なく」とわたしはいった。「そちらが戦争に勝ったんだから」

「残念ながら、わたしはあまり役に立たなかった」

「少佐は撃つべき敵を大尉に残しておかなかったようね」とマルタがいった。

「いったいあの窓はどうしたんです？」と大尉がたずねた。

ガラスの破片が床いちめんに散らばり、風雨が窓からはいりこむのを防ぐために、大きなボール紙を当ててある。「ゆうべ、一本のビール瓶で窓が解放されてね」とわたしはいった。「そのことで少佐に手紙を書いたんだが――罰として、おそらくこの首を刎《は》ねられるだろうな」

「いま作っているそれは？」

「片脚の爪に十三本の矢、もう片脚にオリーブの枝をつかんだ鷲」

「あなたは恵まれてます。へたをすると、石に漆喰《しっくい》を塗らされる羽目になったかも。だが、そのリストから除外された。デスクを仕上げられるように」

「そう、みんなが漆喰を塗っているのは見たよ」とわたしはいった。「漆喰を塗った石碑のおかげで、ベーダは戦前よりもりっぱに見える。この町が砲撃を受けたとはだれも気がつかない」少佐は彼の芝生の上におかれた漆喰塗りの石碑に、感動的メッセージを彫りつけるように命じた——第一四〇二MP中隊、指揮官ロースン・エヴァンズ少佐。花壇と通路の輪郭線も、並べた石ですでに記されている。

「いや、少佐はべつにわるい人じゃない」と大尉はいった。「少佐があの激戦のすべてを生きのびたのは、ひとつの奇跡です」

「わたしたちがこの戦争を生きのびたのもひとつの奇跡だわ」とマルタがいった。

「そう、それはたしかだ。わたしにはわかる——あなたがたは恐ろしい時代を生きのびた。だが、ともかく、少佐もそうなんです。彼はシカゴの爆弾事件で家族を失いました。奥さんと三人のお子さんを」

「わたしもこの戦争で夫を失ったわ」とマルタがいった。

「だから、なにを言いたいんだね——少佐はわれわれみんなが少佐の家族の死を悼《いた》んで、贖罪《しょくざい》の苦行をするべきだ、とでも？　われわれが彼の家族の死を願っていたとでも思っているんだろうか？」とわたしはいった。

大尉は作業台にもたれ、目をつむった。「ああ、くそ、わからない、まったくわからない。少佐の気持ちを理解することがあなたがたのためになる、と思ったんだが——あなたがたが少佐を憎まないようにするためにね。しかし、ぜんぜん意味が通らない――役に立つように思えない」

「あなたは役に立てると思ったんですか？」とマルタがいった。

「ここへやってくるまではね――そう思った。いまは自分が必要とされてないことを知っているが、なにが必要なのかはわからない。くそ、わたしはみんなに同情し、なぜみんながああいう行動をとるかの理由もわかる。あなたがたふたり、この町のみんな、少佐、志願兵たち。もしかするとこのわたしも、弾を一発食らうか、火炎放射器を持った敵に追いかけられるかすれば、もっと男らしくなれるかもしれない」

「そして、ほかのみんなとおなじように相手を憎むわけよね」とマルタ。

「そう――そして、ほかのみんなとおなじように自信が持てるようになる」

「それは自信じゃない――麻痺状態だよ」とわたしはいった。

「麻痺状態」と大尉はくりかえした。「だれにも麻痺状態になる理由はある」

「それが最後の砦ね」とマルタ。「麻痺状態か、自殺」

「マルタ！」とわたしはいった。

「それが事実だと知ってるくせに」マルタはにべもなくいった。「もしヨーロッパの都市の街角にガス室があれば、パン屋の前よりも長い行列ができると思う。この憎悪のすべてはいつになったらやむのか？　けっしてやまないわ」

「マルタ、たのむからそんなふうに話すのはやめてくれ」とわたしはいった。

「エヴァンズ少佐も、やはりそんなふうに話しますよ」ドニーニ大尉がいった。「ただちがうのは、もっと戦いつづけたいということだけ。一度か二度、酔っぱらったときに、少佐はこういった。おれは戦死すりゃよかった――故郷へ帰っても、なにも残ってないからな、と。だから少佐は戦場ではとんでもない危険を冒すが、かすり傷ひとつ負わない」

「かわいそうに」とマルタはいった。「もう戦争はないわ」

「いや、まだゲリラ戦がある——レニングラード周辺ではずいぶんさかんでね。少佐はそれに参加したくて、転属を志願しました」大尉は目を下に落とし、両膝の上で掌《てのひら》をひらいた。「それはともかく、なにをお伝えにきたかというと、少佐はこのデスクを明日までにほしがっているんです」

ドアが大きくひらいて、少佐が大股に仕事部屋へはいってきた。「大尉、いままでどこにいた？五分ですむ用件に送りだしたのに、もう三十分も超過してるぞ」

ドニーニ大尉は立ちあがって気をつけをした。「申し訳ありません」

「部下が敵と親密になることを、わたしがどう考えているかは知っているな」

「はい、閣下」

少佐はわたしに向きなおった。「ところでこの窓はどういうことだ？」

「昨夜、あなたの部下のひとりが、ガラスを割ったんです」

「さて、それは実に困ったことだな、ええ？」これも返答不可能な少佐の質問のひとつ。「わたしはこういったんだ。おやじ、それは実に困ったことだな、ええ？」

「はい、閣下」

「おやじ、これからきみの頭にたたきこんでおいてほしいことをいうぞ。それをきみはこの町のみんなにちゃんとわからせてくれ」

「はい、閣下」

「きみたちは戦争に負けた。それがわかっているのか？　わたしがここへきたのは、きみたちやほかのみんながこの背中にすがって泣くためではない。戦争に負けたことを、ここのみんなにしっかり認識させ、問題を起こさないようにさせるためだ。わたしがここへきた理由はそれしかない。こんどわたしに向かって、自分は生きるためにソ連軍に協力しました、といったやつは、歯が折れるほど顔をけとばされると思え。自分はひどい仕打ちを受けました、とわたしに訴えるやつにも、おなじことがいえる。きみたちはまだ手荒な仕打ちの半分も受けてはいないんだ」

「はい、閣下」

「ここはあなたのヨーロッパですものね」とマルタが静かにいった。

少佐は不機嫌にマルタをふりかえった。「若いご婦人よ、もしこの町がわたしのものなら、技術者たちを動員して、このどうしようもないガラクタをそっくりブルドーザーで地ならしさせるところだ。ここに住んでいるのは、つぎつぎにやってくるいまいましい独裁者どもの命令をへいこら聞く、根性なしの妙な連中ばかりだからな」ふたたびわたしは最初の日とおなじように気づいた。この少佐がどれほど疲れきり、放心状態であるかに。

「閣下――」と大尉がいった。

「静かに。わたしがここまで激戦をつづけてきたのは、イーグル・スカウトの模範生にあとをまかせるためではない。さて、わたしのデスクはどこにある?」

「いま、鷲の仕上げ中です」

「見せてもらおうか」わたしはその円盤をさしだした。少佐は小さく悪態をついて、自分の帽子の記章に手をふれた。「これだ。これとそっくりおなじものを作れ」

わたしは目をぱちくりさせて、少佐の帽子の記章を見つめた。「しかし、これとそっくりおなじですよ。一ドル札のをそっくり写したんですが」

「おやじ、問題は矢だ！　どっちの爪が矢をつかんでる?」

「ああ――あなたの帽子の記章では右脚ですね。一ドル札では左脚」

「そこに天地のひらきがあるんだ、おやじ！　片方は陸軍、もう片方は民間」少佐は片膝を持ちあげ、そこに木彫りをあてがうと、まっぷたつにへし折った。「やりなおしだ。ソ連軍司令官を喜ばせることに熱心だったきみだ。このわたしを喜ばせろ！」

「ひとつ申しあげていいですか」とわたしはいった。

「いかん。聞きたいのは、明朝までにデスクをお渡しするという返事だけだ」

「しかし、この木彫りを仕上げるには何日もかかります」

「徹夜でやるんだな」

「はい、閣下」

少佐は大尉をしたがえて外に出ていった。

「あの男になにをいおうとしたの？」マルタが皮肉な笑みを浮かべてたずねた。

「チェコ人が、憎むべきヨーロッパと、根かぎり長く、激しく戦ってきた、ということだよ。あの男にいってやりたかったのは――まあいい、そんなことをしてなんの得がある？」

「つづけて」

「おまえはもう千回も聞いてるよ、マルタ。退屈な物語だと思うが。あの男にいってやりたかったのは、このわたしが、どうやってハプスブルク家と、それにナチ、つぎにはチェコの共産主義者、そのつぎにはソ連人たちと戦ってきたかだ――自分なりのささやかな方法でどう戦ってきたか、それを話してやりたかった。わたしはただの一度も独裁者に味方したことはないし、これからもそうする気はない」

「早く鷲の木彫りにとりかかったほうがいいわ。忘れないで、矢は右脚よ」

「マルタ、おまえはスコッチというものを飲んだことがないだろうが？」わたしは床板の割れ目にハンマーの釘抜き側をつっこみ、床板を持ちあげた。そこには、偉大な一日を夢見てお祝い用にとっておいた、ほこりまみれのスコッチのボトルがあった。

スコッチはうまかった。ふたりともすっかりごきげんになった。わたしは仕事にもどり、マルタとふたりで昔の日々を懐かしんだ。しばらくはまるでマルタの母親が生き返り、マルタが幼くて、かわいくて、明るい少女にもどり、一家がプラハに住居と友人たちを持っていた時代に……ああ、神さま、それは短いが、すばらしいひとときだった。

やがてマルタは簡易ベッドの上で眠りこけ、わたしは鼻歌まじりに、ひとり真夜中まで白頭鷲を彫りつづけた。お粗末なやっつけ仕事で、パテや偽の金箔を使って、いろいろな欠陥を隠してある。日の出の二、三時間前に、わたしはその紋章をデスクにくっつけ、万力で固定してから、眠りに落ちた。新しい司令官にぴったりのしろものだ。紋章をべつにすると、そもそもはソ連軍のためにデザインしたデスクなのだから。

翌朝早く、大尉が五、六人の兵士を連れてデスクを引き取りにきた。デスクは東洋の君主の遺骸をおさめた柩《ひつぎ》のように見え、彼らは葬送者さながらにそれを運んでいった。少佐は入口で兵士たちを出迎え、宝物がドアの枠にぶつかりそうになるたびに警告を発した。ドアが閉まり、その前で歩哨が所定の位置にもどると、もうなにも見えなくなった。

わたしは工房にもどり、作業台から木屑を払い落として、チェコスロバキアのベーダに駐屯した一四〇二MP中隊のロースン・エヴァンズ少佐宛に手紙を書きはじめた。

『拝啓』とわたしは書いた。『あのデスクに関して、まだ閣下のお耳に入れてない事実がひとつあります。その鷲の真下をごらんになればわかりますが、そこに……』

その手紙をさっそく通りの向かいへ届けるつもりでいたが、結局はそうしなかった。読みかえして、ちょっと気分がわるくなったからだ——最初にその手紙を受けとるはずだったソ連軍の司令官宛てだったら、そんな気分にはならなかったろう。その手紙のことを考えるだけで昼食がだいなしだった。もっとも、ここ数年はろくな食事をとってない。マルタはマルタでふさぎこんでいるため、気がつかなかったようだが、いつもならもっと自分の体に気をつけなさい、とお小言を食うところだ。マルタは、わたしが手をつけなかった皿を無言で下げてしまった。

その午後遅く、わたしはボトルに残ったスコッチを飲みほしてから、通りを横切った。そして、歩哨に封筒をさしだした。

「おやじ、これもあの窓の一件の苦情かい？」と歩哨はいった。どうやらあの窓の一件は、みんなに知れわたったジョークらしい。

「いや、べつの問題だ——あのデスクのことで」

「わかったよ、おやじ」

「ありがとう」

わたしは仕事部屋にもどり、簡易ベッドで横になって待つことにした。短い時間だが、眠ることができた。

マルタがわたしを起こしにきた。

「わかった、用意はできてる」とわたしはつぶやいた。

「なんの用意？」

「兵士たちさ」

「兵士たちじゃないわ——少佐よ。彼が出発する」

「彼がなにをするって？」わたしは簡易ベッドの横に両脚を下ろした。

「いま装備品といっしょに、ジープへ乗りこむところ。エヴァンズ少佐がベータを離れるのよ！」

わたしは急いで表の窓までいき、ボール紙をとりのけた。エヴァンズ少佐はジープの後部席にすわり、ダッフル・バッグと寝袋その他の装備品に囲まれていた。そのいでたちからすると、ベータ郊外で激戦が起きているのかと思うほどだ。少佐は鉄かぶとの下から周囲をにらみ、かたわらにカービン銃をおき、腰のまわりに弾帯とナイフと拳銃をつけていた。

「少佐は転属になったのか」わたしは驚きをこめていった。

「ゲリラと戦うわけね」マルタが笑いながらいった。

「神よ、彼らを助けたまえ」

ジープが動きだした。エヴァンズ少佐は手を振り、ガタガタ揺すられながら去っていった。この驚くべき人物の最後の姿をわたしが見たのは、ジープが町はずれの丘の頂上にたどりついたときだった。少佐はこちらへ向きなおり、親指を鼻にくっつけて、ほかの指をひろげてみせた。ジープは谷のむこう側へ下り、視界から消えてしまった。

通りの向かい側で、ドニーニ大尉がわたしと目を合わせてうなずいた。

「新しい司令官はどなた？」とわたしは呼びかけた。

大尉は自分の胸をたたいた。

「イーグル・スカウトってなんのこと？」マルタが小声でたずねた。

「あの少佐の口調からすると、まったく兵士らしくなくて、うぶで、気の優しいだれかのことらしい。シーッ！　そのご当人がやってくるぞ」

ドニーニ大尉は、この新しい重責をなかば厳粛に、なかば滑稽《こっけい》に受けとめているようだった。大尉は考え深げにタバコに火をつけ、頭のなかで言いまわしを考える表情になった。それから口をひらいた。「前にあなたはこうたずねたことがある。いつ憎悪の終わりがやってくるのか、と。いまその時がやってきましたよ。もう労働大隊はなし、盗みもなし、破壊もなし。わたしは憎悪すべきものをそんなに見ていませんから」タバコの煙をパッパッと吐きだして、大尉はまたしばらく考えた。「しかし、エヴァンズ少佐に劣らず、わたしもベーダの住民を憎むことはできます。もしここの住民が、明日からこの町を子供たちにとって住みよい場所に再建する仕事をはじめなければね」

大尉はすばやく背を向けると、ふたたび通りを横切っていった。

「大尉さん」わたしは呼びかけた。「エヴァンズ少佐に手紙を書いたんですが――」

「少佐はそれをこのわたしによこしました。まだ読んでませんが」

「返してもらえますか？」

大尉はいぶかしげにこちらを見つめた。「ああ、いいですよ――わたしのデスクの上にある」

「そのデスクに関する手紙なんです。修理の必要な部分があって」

「引き出しはちゃんとひらきますが」

「あなたのご存じない特別な引き出しがあるんです」

大尉は肩をすくめた。「じゃ、きてください」

わたしはいくつかの工具を袋にほうりこみ、彼のオフィスへ急いだ。あのデスクは、それ以外は質素な部屋のなかで、華やかだが孤独な存在を誇っていた。わたしの手紙はそのデスクの上にあった。

「もしご希望なら、読んでもらってけっこうです」とわたしはいった。

大尉はその手紙をひらき、声を出して読みはじめた。

『拝啓。あのデスクに関して、まだ閣下のお耳に入れてない事実がひとつあります。その鷲の真下をごらんになればわかりますが、そこにあるオークの葉の飾りは、押すと回転します。オークの葉の茎の端が鷲の左のかぎ爪にくっつくまでまわしてください。それから鷲のすぐ上のどんぐりを指で押すと……』

大尉が手紙を読むあいだに、わたしは自分の手紙の指示を実行した。オークの葉を押しながら回転させると、カチッという音がした。つぎにどんぐりを親指で押すと、小さい引き出しの前面が、指をかけていっぱいにひっぱりだせるように、数分の一インチひらいた。

「どこかへひっかかったらしい」とわたしはいった。それからデスクの下に手を伸ばして、引き出しの奥にとりつけられた一本のピアノ線を切った。「これでよし！」引き出しをいっぱいにひらいた。「どうです？」

ドニーニ大尉は笑いだした。「エヴァンズ少佐ならきっと大喜びしたでしょう。すばらしい！」感心したように、彼は引き出しを何度か開け閉めし、その前面が装飾とぴったり一致するのに呆れているようすだった。「わたしも秘密を持ちたくなってきた」

「秘密を持たない人間は、ヨーロッパにはそうざらにいませんよ」とわたしはいった。大尉はつかのまこちらに背を向けた。わたしはもう一度司令官のデスクの下へ手をのばし、信管にピンをさしこんで、爆弾をとりはずした。

追憶のハルマゲドン

Armageddon in Retrospect

浅倉久志 訳

親愛なる友よ

あなたのお時間をすこし拝借できますか？　お目にかかったことは一度もありませんが、こうしてお手紙をさしあげるのは、共通の友人のひとりがあなたのことを、知性の面でも、同胞への思いやりの面でもずばぬけている、と絶賛していたからです。

連日のニュースの衝撃がこれほど大きいと、二、三日前の大事件ですらあっさり忘れがちですね。そこで、わずか五年前に全世界を揺るがしたにもかかわらず、いまやごく少数の人間以外には忘れ去られた事件のことで、あなたのご記憶を新たにしたいと思います。つまり、聖書に基づく当を得た理由から、〝ハルマゲドン〟と名づけられた例の事件です。

パイン研究所が発足した当時の大騒ぎは、もしかするとあなたもご記憶かもしれません。告白しますと、わたしは一抹《いちまつ》の恥ずかしさと愚かしさを感じつつも、金銭的理由からあの研究所の管理職についていた者です。ほうぼうの研究施設から誘いを受けておりましたが、パイン研究所の人材スカウトは、よそが申し出た給料の最高額の二倍を出そう、といったのです。当時のわたしは大学院生としての三年間の貧乏生活で借金を背負っていたこともあり、その申し出を承諾しました。自分にこういい聞かせたのです。まる一年ここに勤めて借金を完済し、ある程度の貯金ができたら、もっとちゃんとした仕事につき、その後はオクラホマ州ヴァーディグリスの百マイル以内にさえ足を踏みいれたことがないふりをしよう、と。

誠実さを一時棚上げにしたおかげで、わたしは現代の真に英雄的な人物のひとり、ゴーマン・ターベル博士と親密になることができました。

パイン研究所にわたしが持ちこんだものは、企業経営関係の博士号に付随してくるたぐいの技能でした。この種の技能は、もしそうする気なら、三輪車工場や遊園地経営にも応用できたことでしょう。いかなる意味でも、わたしは人類をハルマゲドンに導き、それを経験させた、あのさまざまな理論の創造者ではありません。わたしがその現場に到着したのはかなりあとになってからです。重要な思索の大部分はすでに完成していました。

精神的にいっても、また犠牲的行為という点からも、あの作戦と勝利に関する真の貢献者のリストの先頭を飾るべき名前は、やはりターベル博士のそれでしょう。

年代順でいえば、そのリストはドイツのドレスデン在住の故ゼーリヒ・シルトクネヒト博士からはじめるべきかもしれません。博士は精神病に関する自己流の理論にだれかの関心をひきよせるため、自己の後半生と遺産を捧げましたが、その努力はほとんど実りませんでした。シルトクネヒト博士の理論は、要するにこういうことです。すべての事実に符合する精神病の統一理論は最も古来からのもので、まだ一度も誤りを証明されたことがない。つまり、博士はこう信じていたのです。精神を病む人たちは、悪魔にとりつかれている、と。

博士は、つぎつぎに書き上げた著書のなかで――どの出版社からも敬遠された結果、そのすべてが自費出版でしたが――その点を指摘しました。そして、悪魔に関してできるだけ多くの事実を発見できるような研究の必要性を説いたのです。悪魔の形態、習慣、強みと弱点に関して。

そのリストでつぎに名前が挙がるのは、アメリカ人で、わたしの旧雇用主でもある、ヴァーディグリス在住のジェシー・L・パインです。石油の百万長者であるパインは、もう何年も前に、図書館開設のため、積みあげれば二百フィートもの高さになるほどの書籍を注文しました。その注文を受けた書籍商は、ほかの良書に混ぜてゼーリヒ・シルトクネヒト博士の全集を処分するチャンスをつかんだのです。さて、パインはこう推測しました。シルトクネヒト全集が外国語で印刷されているのは、英語では印刷できないほど過激な部分があるからだろう。そこでパインはオクラホマ大学のドイツ語学科長を雇い、その本を自分のために英訳させたのです。

パインは書籍商の選択に怒りをおぼえるどころか、むしろ狂喜しました。彼は無教育であることから、それまでの人生でさまざまな屈辱をなめてきたのに、五つの大学の学位を持つ学者の披瀝する基本的な哲学が自分のそれと一致することを、はじめて知ったわけです。ひと言でいうと、それはこういうことでした――「この世界のみんなの悩みはたったひとつ。それは悪魔が一部の人間をふんづかまえていることだ」

もしシルトクネヒトがもうすこし長生きしていたら、無一文で野垂れ死にせずにすんだことでしょう。しかし、残念ながら、彼はジェシー・L・パイン研究所の創立よりも二年前に他界したのです。さて、研究所創立の瞬間以後は、オクラホマ州の油井《ゆせい》の半分近くから噴出する石油のすべてが、悪魔の棺桶に打ちこまれる釘となりました。そして、ヴァーディグリスに誕生した大理石の殿堂を訪れるため、なんらかの種類のご都合主義者が列車に乗りこまない日はめずらしいほどになったのです。

このリストをさらにつづけるなら、それはかなり長いものになるでしょう。何千人もの男女が――

—そのなかには少数の知的で誠実な人たちも混じってはいますが——シルトクネヒトの指示した研究の行く手をさぐりはじめ、パインはパインで真新しい紙幣の詰まったショルダーバッグをかかえて、執拗に彼らのあとを追ったからです。しかし、これらの男女の大部分は、史上最大のぼろ儲け列車に乗り合わせた、欲の深い無能な乗客にすぎません。たいていの場合、とてつもなく費用がかさむ彼らの実験は、後援者であるジェシー・L・パインの無知と軽信性に対する諷刺《ふうし》ともいえるものでした。

ふつうなら、そこで使われた数百万ドルからはなにひとつ生まれず、わたしもそれに値する仕事をなにひとつせずに、驚くべき高額の給料小切手を受けとりつづけたことでしょう。ハルマゲドンの生きた殉教者、ゴーマン・ターベル博士がいなければ。

博士はこの研究所の最古参メンバーであり、最も高名な人物でした——六十歳前後で、背は低いが屈強な体格。情熱的で、白髪は伸びほうだい、橋の下で何度も夜を明かしたかのように思える身なり。博士は東部のある大きな工業施設の実験研究室で物理学者として輝かしい成功をおさめたのち、引退してヴァーディグリス近辺で暮らしていたのです。ある日の午後、食料品を仕入れにいく途中で、あの堂々たる建物はいったいなんだろう、と好奇心にかられた博士は、パイン研究所に立ち寄りました。

最初に博士を迎えたのは、このわたしでした。わたしは相手が驚くべき知性の持ち主なのを直感し、この研究所がどんな目的を掲げているかをおそるおそる物語りました。その態度は、いわばこんな感じでした。〝教育のあるわれわれふたりのあいだだけの話ですが、これはたわごとの塊ですよ〟。

しかし、博士はこの計画に関するこちらの愛想笑いには同調せず、シルトクネヒト博士の著書の一部を見せてほしい、と要求しました。わたしは彼の全著書の論旨を要約した代表的な一冊をさしだしました。そして、ターベル博士がそれを走り読みするあいだ、かたわらに立って、知ったかぶりのくすくす笑いをもらしていたのです。

「研究室の空きはあるかね？」その本をざっと見終わって博士はたずねました。

「えーと、はい、実をいうとあります」わたしは答えました。

「どこに？」

「えーと、三階のぜんぶがまだ空き部屋のままです。いま、塗装工が最後の仕上げにとりかかっていますが」

「どの部屋を使わせてもらえる？」

「つまり、ここで仕事をしたいとおっしゃる？」

「平和と、静けさと、働く場所がほしいんだよ」

「ご存じでしょうか。ここでやれる唯一の研究は、悪魔学関係のものだけなのを？」

「実にたのしいアイデアだ」

わたしはパインが近くにいないのをたしかめようと廊下をのぞいてから、博士にささやきました。

「ほんとに研究の価値があるかもしれないとお考えですか？」

「それ以外にこのわたしがなにを考える権利がある？　悪魔が存在しないことを、きみはわたしに証明できるか？」

「いや、その――いくらなんでも、教育のある人間はそんなことを信じたりは――」

バシッ！　ステッキが腎臓形のデスクの上に打ちおろされました。「存在しないことが証明されないかぎり、悪魔はこのデスクに負けず劣らず現実の存在だ」

「はい、先生」

「おいきみ、自分の仕事を恥じるんじゃないぞ！　ここでの研究は、どこの原子力研究所のそれにも負けないほど、世界にとっての希望が含まれている。〝悪魔の存在を信じろ〟とわたしはいいたい。悪魔の存在を信じない態度にいまよりもましな理由がないかぎり、われわれは悪魔の存在を信じつづける。科学とはそういうものだ！」

「はい、先生」

博士は廊下を歩きながらみんなに檄《げき》を飛ばし、三階へ上がって自分の実験室を選ぶと、がんばって明朝までに仕上げてくれ、と塗装工たちにたのみました。

わたしは就職申込用紙を手に、三階まで博士のあとについていきました。「先生、恐れいりますが、これに記入していただけますか？」

博士はその用紙を受けとると、ちらとも見ずに上着のポケットへつっこみました。ポケットは、すでにしわくちゃの書類でサドルバッグのようにふくらんでいます。結局、博士はその申込書に記入しなかったのですが、引っ越してきただけで、管理部門に悪夢を作りだしました。

「ところで先生、給料の件ですが、ご希望はどれぐらいでしょうか？」とわたしはたずねました。

博士は気短に手を振り、質問をさえぎりました。「わたしは研究のためにここへきたんだ。帳簿をつけるためじゃない」

それから一年後、『パイン研究所年刊報告書第一集』が出版されました。それによると、研究所の主要業績はパインの六百万ドルの資金が流通過程にはいったことらしい。西欧の新聞雑誌は、このレポートを本年随一の滑稽《こっけい》な本と呼び、その証明に内容の一部を転載しました。共産党系の新聞はそれを本年随一の気が重くなる本と呼び、私利をふやそうと悪魔に直接接触を試みたアメリカの百万長者の記事に、何段分ものスペースを割《さ》きました。

しかし、ターベル博士は平然たるもの。「いまのわれわれが達した時点は、かつての自然科学が原子の構造に関して到達した程度さ」とほがらかにいってのけました。「われわれは信仰の問題よりも少々重要なアイデアを持ちあわせている。もしかすると滑稽に見えるかもしれないが、ある程度の時間を実験に費やさないかぎり、それを笑いとばすことは無知であり、非科学的だといえる」ページまたページとつづくその報告書のたわごとのなかに隠れているのは、ターベル博士が提案した三つの仮説でした。

つまり、精神病の多くの症例が電気ショック療法で治ることからして、悪魔は電流を不愉快に感じるのかもしれない。また、軽症の精神病の多くがその本人の過去についての根気よい対話で治ることからして、悪魔はセックスや子供時代に関する果てしないおしゃべりを不快に感じるのかもしれない。もし悪魔が存在するとすれば、さまざまな度合いの不撓不屈《ふとうふくつ》の精神を持つ人びとにとりつくのではなかろうか――悪魔はある患者から話しあいによって去り、またべつの患者からは電気ショックによって去るけれども、一部の患者からは、その患者が治療過程中に死亡しないかぎり、追いはらうことができない。

こうした仮説について、ある新聞記者がターベル博士を質問ぜめにしたとき、わたしはその場に居合わせました。「それは冗談ですか？」と記者はたずねました。

「もし、わたしがこうした仮説を遊びの精神で提供しているのかという意味なら、答えはイエスだ」

「つまり、あなたは悪魔の存在をだぼらと考えておられる？」

「〝遊び〟という言葉から離れないでくれ」とターベル博士は答えました。「いいか、科学の歴史を調べてみればわかることだが、画期的アイデアの大半は、知的な遊びの精神の結果として生まれている。実をいうと、唇をひき結んだ真剣な精神集中は、画期的アイデアの周囲を整理するためのものでしかないんだよ」

　しかし、世界は〝だぼら〟という言葉のほうを好みます。まもなく、ヴァーディグリス発のお笑い記事を飾るお笑い写真が現われました。そのひとつはヘッドセットを頭につけた男で、それがたえず脳内に弱い電流を送りつづけ、その電流のおかげで、その男は悪魔にとって居心地悪い休息所になるらしいのです。その電流は感知不能ということでしたが、わたしがヘッドセットを試着してみて味わったのは、きわめて不愉快な感覚でした。撮影されたもうひとつの実験は、いま思いだすと、やや精神錯乱ぎみの女性が、巨大な鐘型ガラスの内部で自分の過去を物語っている場面でした。理論的には、じょじょに追いだされていく探知可能な悪魔的物質の一部を、なんとか捕捉しようというわけです。写真紹介による実例はまだいろいろとつづきますが、新しいものほど前のものよりもいっそう滑稽で、費用がかかるように思えたものです。

　つぎにはじまったのは、わたしが〝ネズミ穴作戦〟と名づけた実験でした。この実験のため、パインは何年かぶりに銀行残高を調べる必要にせまられました。そこに出た数字を見て、パインは新しい油田開発に奔走する結果になりました。その実験に莫大な経費がかかることを知って、わたしは反対しました。しかし、わたしの抗議など、ターベル博士はどこ吹く風で、パインにこう信じこませました。悪魔理論をテストする唯一の方法は、大集団による実験しかない。こういういきさつからはじまったネズミ穴作戦は、ノワタ、クレイグ、オタワ、デラウェア、アデア、チェロキー、ワゴナー、それにロジャーズの八つの郡を悪魔から解放する試みでした。対照グループとして、これら八つの郡に囲まれたメイズ郡だけが、なんの保護もなく残されることになったのです。

最初の四つの郡では、九万七千個のヘッドセットが配布され、実験中は昼夜ぶっとおしで着用の指示が出ました。最後の四つの郡にはセンターが設置され、住民はすくなくとも週二回そこを訪れて、自分の過去を腹蔵なく語りあうことになりました。これらのセンターの経営を、わたしは助手のひとりにゆだねました。そうした施設の空気に耐えられなかったからです。永久の自己憐憫と、想像できるなかでの最も退屈な泣き言で満たされている空気に。

それから三年後、ターベル博士はこの実験の部外秘の中間報告をジェシー・L・パインに手渡したのち、極度の疲労で入院しました。博士はパインにこう警告しました。その報告書は試験的なものだから、もっともっと——はるかに多くの——研究が進むまでは、だれにも見せないように、と。

ある日、病院の一室でラジオを聞いていたターベル博士は、恐ろしいショックに見舞われました。全米ネットの放送でアナウンサーがパインを紹介し、そしてパインが支離滅裂な前置きのあとで、こんなことをいいだしたのです。

「いまおれたちが守っとるこの八つの郡のなかに、悪魔にとりつかれた人間はおらんよ。古い患者はおおぜいおるが、新しい患者はゼロだ。口のきけん連中五人と、バッテリーが切れたままでほっといた十七人のほかはな。ところで、八つの郡に囲まれたメイズ郡の住民だけは、自力でなんとかするように残しといたんだが、結局、あの連中はいままでどおり、つぎつぎに地獄行きを……」

パインは結論を述べました。「いまも昔もこの世界の悩みは悪魔のせいだ。さて、おれたちはオクラホマ州北東部から悪魔を追いだした。メイズ郡だけはべつだが。いずれはそこからも悪魔を追いだし、この地上を洗い浄《きよ》める。聖書には、いずれ善と悪の一大決戦が起こる、と書いてあるだろうが。おれの考えでは、これがそれだ」

「あのくそたわけ！」とターベル博士はさけびました。「ああ、神さま、これからなにが起こることやら」

パインとしても、すさまじい爆発的反応をひきおこすのに、これほどぴったりのタイミングを選ぶことはできなかったでしょう。その時期を考えてみてください。当時は全世界がまるで悪意の魔法のしわざのように敵対する二派に分かれ、一連の行動と反対行動がはじまり、もうこの先には大きな災厄しかありえないと思えた時期でした。どうすればいいのか、だれにも見当がつかない。人類の運命は、人間の手ではほどこすすべがないように見えました。やけくそで無力な毎日がくりかえされ、つねに前日よりもいっそう悪いニュースの伝えられる日々がつづいていたのです。

やがて、オクラホマ州ヴァーディグリスからこんな声明が届きました。この世界の災厄の原因は、悪魔が自由に行動しているからである。そして、その声明とともに、こんな申し出があったのです。その証拠と解決法を提供しよう！

全地球がもらした安堵の吐息は、よそのギャラクシーにまで届いたにちがいありません。神よ讃えられよ、この世界の紛争は、ロシア人やアメリカ人や中国人やイギリス人や科学者たちや将軍たちや資本家たちや政治家たち、あるいはいたるところに住む人間という哀れな生き物のせいではない。人間はりっぱで、上品で、無垢で、利口だが、その人間の誠実な試みを悪魔が失敗させているのだ。この声明によって、あらゆる人間の自尊心は千倍にもふくれあがり、悪魔を除くだれもが面目を失いませんでした。

あらゆる国の政治家がマイクに向かい、われわれは悪魔反対である、と宣言しました。あらゆる国の新聞の社説ページも、やはり大胆な立場——悪魔反対の立場——をとりました。悪魔の支持派はひとりもなし。

国連内部では、小国の代表者たちが決意を表明。すべての大国は、実はだれもが内心そうなのだが、愛情深い子供たちさながらに手を結び、唯一の敵である悪魔をこの地上から永久に追放すべきである、という趣旨のメッセージが採択されました。

　パインの放送につづく何カ月かは、新聞の第一面のスペースを奪いとるためには、祖母を殺して茹《ゆ》でるか、孤児院で戦斧《せんぷ》を持って暴れまくるしかないほどでした。すべてのニュースがハルマゲドン一色に染まりました。これまでヴァーディグリスの活動を面白おかしく報道して読者をたのしませていた執筆者たちが、一夜にしてブラトプール（ヴォネガットの『プレイヤー・ピアノ』や『ホーカス・ポーカス』に登場する王国）の悪魔除《よ》け銅鑼《どら》や、ブーツの底につけた十字架の効力や、黒ミサやその種の伝承的知識の真剣な専門家になったのです。国連や、政府官僚や、パイン研究所に届く郵便は、クリスマス・シーズンのように激増しました。悪魔がずっと以前からすべてのトラブルの原因であったことを、どうやらほとんどすべての人間が知っていたらしい。多くの人間が、自分は悪魔を目撃したことがあると語り、しかも、そのほとんど全員が悪魔退治の名案を持ちあわせているというのです。

　こうした成り行きのすべてが常軌を逸していると考える人びとは、自分が誕生日パーティーでの葬儀費用保険勧誘員の立場にあることに気づき、大半は肩をすくめて口を閉ざしました。口を閉ざさなかった人びとは、最初からだれにも相手にされませんでした。

　ゴーマン・ターベル博士は、その懐疑派に属するひとりでした。「なんということだ」と彼は慨嘆しました。「われわれはこの実験でなにが証明されたかを知らない。この実験はたんなるはじまりにすぎん。われわれの仕事が悪魔をやっつけているかどうかを語るのは、まだ時期尚早だ。ところが、パインはあらゆる人間を煽《あお》りたて、二、三の新しい仕掛けのスイッチを入れるだけで、地球はエデンの園にもどれる、と思わせてしまった」しかし、だれも博士に耳をかしません。

　どのみちすでに破産していたパインは、研究所を国連《UN》に譲渡し、ここに国連悪魔学調査委員会《UNDICO》が発足しました。ターベル博士とわたしはその委員会のアメリカ代表に指名され、第一回の委員会がヴァーディグリスでひらかれました。わたしは議長に選ばれ、たぶんあなたも予想されるように、名前からしてこの仕事にうってつけだという、くだらないジョークの材料にされたのです。

委員会にとっては、これほど多くの期待が——いや、要求が——自分たちの上にかかり、しかも、その土台となるべき知識があまりにもすくないため、ずっしりと重荷がのしかかってきました。全世界の人びとからわれわれに委任された仕事は、精神病予防ではなく、悪魔退治なのです。しかし、恐ろしい圧力のもと、われわれは一歩また一歩と計画を練り上げました。その大部分は、ターベル博士の手になるものでした。

「われわれはなにひとつ約束できない」と博士は語りました。「われわれにできるのは、これを機に、全世界的な実験を行うことだ。すべてが仮定である以上、もう二、三の仮定をふやしたところで、べつに支障はなかろう。では、こう仮定しよう。悪魔は伝染病のようなものだから、こちらもそのつもりで対処する必要がある。もし、悪魔がどこのだれに宿ろうとしても、居心地のいい場所を見つけるのが不可能であるような環境を作れば、悪魔は姿を消すか、死ぬか、どこかべつの惑星へいくか、それともなにか悪魔がやりそうな行動をとるだろう。もし悪魔が存在すればの話だがね」

計算してみたところ、あらゆる老若男女に電動式ヘッドセットを支給するには、約二百億ドルの経費、それに電池代として年間さらに七百億ドルの経費がかかります。現代の戦争と比べれば、この価格はほぼ妥当でしょう。しかし、まもなくわかったのですが、おたがいを殺しあう以外のことに、人びとはそんな高額の支出をしたがりません。

とすると、バベルの塔式のテクニックが最も実用的に思えます。話をするだけなら安上がり。というわけで、ＵＮＤＩＣＯ最初の勧告は、全世界に新しいセンターを設け、各地の人びとを、その土地伝来の強制手段——あぶく銭、または銃剣、または劫罰の不安——を使って、規則的にそのセンターへ出頭させ、子供時代やセックスに関する心の重荷を下ろさせよう、というものでした。

この最初の勧告、ＵＮＤＩＣＯが現実的かつ本格的に悪魔を追い払う方針をたてたことへの反応から、熱狂の洪水のなかに深い不安の底流があることが明らかになりました。多くの指導者の側に逃げ腰の態度が見うけられ、そして「われわれの先祖が犠牲をかえりみずに打ち立ててきた偉大な国家的遺産に逆行する……」というたぐいの漠然たる表現で、あいまいな抗議が提出されたのです。だれも悪魔の擁護者とみなされたがるほど軽率ではないが、それと同時に、高い地位にいる多くの人物が推奨する用心深さとは、完全な無活動に酷似したものでした。

最初、ターベル博士は、この反応が恐怖心——われわれが準備中の戦争に悪魔が報復することへの恐怖心——から生まれたものだろう、と考えました。しかし、その後、反対派の顔ぶれとその声明をしばらく研究してから、博士は上機嫌でこういったのです。「驚いたな、あの連中はこっちに勝ち目があると思ってる。もし悪魔が民衆のあいだで自由に活動していなければ、自分たちには野犬捕獲人ほどの存在価値もない、とおびえきっている」

しかし、前にもいったように、こちらの見積もりでは、この世界をほんのわずかでも変えられる確率は一兆分の一もあるかなしでした。ところが、ある事故と反対派のなかの底流とで、その確率はまもなく千の九乗倍《オクティリオン》に跳ね上がったのです。

委員会の最初の勧告後まもなく、事件が発生しました。「どんなバカでも、悪魔を始末する手軽で手早い方法は心得ている」と国連の通常総会で、アメリカ代表のひとりがもうひとりに耳打ちしたのです。「簡単なことさ。クレムリン本部という地獄へ追いかえせばいい」目の前のマイクがオフだと思っていたのなら、それは大まちがいでした。

この発言は拡声装置を通じて放送され、ごていねいにも十四カ国語に翻訳されました。ソ連代表団はさっそく退席し、この失言にふさわしい反応を求めて本国に打電。二時間後、彼らはこんな声明書を手に席へもどりました。

『ソビエト社会主義共和国連邦の人民は、国連悪魔学調査委員会に対するすべての支援を打ちきる。これは同委員会がアメリカ合衆国の国内問題だ、という理由によるものである。ソビエト連邦の科学者たちは、合衆国全域における悪魔の存在に関して、パイン研究所の作成した発見記録にことごとく同意する。これらの科学者は、おなじ実験方法を用いたところ、ソビエト連邦内部には悪魔の活動の痕跡がまったく発見できず、したがってこの問題はアメリカ合衆国独自の問題である、と考えるにいたった。ソビエト連邦の人民は、アメリカ合衆国の人民が困難な計画に成功し、できるだけ早急に友好国家グループの正式メンバーとして加入する準備の整うことを望むものである』

アメリカ国内の即時の反応は、わが国におけるＵＮＤＩＣＯの役割をこれ以上うんぬんすることは、ソ連にとってのさらなるプロパガンダの勝利を意味する、というものでした。ほかの国々もこの動きに同調し、われわれはすでに悪魔から解放された、と宣言しました。ＵＮＤＩＣＯにとっては一巻の終わり。正直なところ、わたしはほっと安心し、うれしくなりました。ＵＮＤＩＣＯがひどい頭痛の種になりかけていたからです。

パイン研究所にとっても、それが一巻の終わりでした。パインは完全に破産、ヴァーディグリスでの門戸を閉ざす以外に選択の余地がなかったのです。研究所の閉鎖が発表されると、ヴァーディグリスを金儲けと息抜きの場にしていた何百人ものイカサマ師がオフィスへ乱入してきたので、わたしはターベル博士の研究室へ避難しました。

研究室へはいると、ちょうど博士がハンダごてで葉巻に火をつけているところでした。博士はうなずき、職場を追われた悪魔研究家たちが、眼下の中庭で右往左往しているのを、葉巻の煙ごしに目を細めて見おろしました。「そろそろ潮どきだ。これでスタッフが厄介ばらいできれば、もっと実のある仕事ができる」

「しかし、われわれもクビなんですよ」

「いまのところ、資金の必要はない」とターベル博士。「電気は必要だがね」

「じゃ、急がないと――最後に電力会社に支払った小切手は、いまや紙きれ同然です。それはともかく、いま作っておられるそれはいったいなんですか？」

博士が接続端子をハンダづけした銅製ドラム缶は、高さ約四フィート、直径六フィートのサイズで、てっぺんに蓋がありました。「わたしは酒樽に入ってナイアガラ瀑布下りをする最初のＭＩＴ卒業生になるつもりだ。これで生計が立つかな？」

「まじめな話ですよ」

「なんと律儀な男だ。それより、なにか朗読してくれ。あそこにある本を――しおりが見えるか？」

その本は魔法の分野の古典、サー・ジェイムズ・ジョージ・フレイザーの『金枝篇』でした。しおりのはさまったページをひらくと、アンダーラインを引いた箇所がありました。聖セケールの黒ミサを描写したくだりです。わたしはそこを朗読しました。

「『言い伝えによれば、聖セケールのミサがとり行われるのは、フクロウが陰気に鳴き、たそがれにコウモリが飛びまわり、夜はジプシーの宿となり、聖性を奪われた祭壇の下にヒキガエルが巣食うような、荒廃した、もしくはさびれきった教会堂のみである。夜が更けると、悪しき僧侶がそこに現われ……十一時の最初の鐘の音を合図にミサの文句をさかさまに誦しはじめ、真夜中を告げる鐘の音と同時に誦しおわる。……この僧侶の祝福するパンは黒く、三つのとがった先端がある。この僧侶はブドウ酒を聖別せず、その代わりに洗礼前の嬰児の死体を投げこんだ井戸の水を飲む。この僧侶は十字を切るが、それは左足を使って地上に描かれる。そのほかこの僧侶が行うさまざまな行動は、もし善良なキリスト教徒がそれを見たならば、たちまち目がつぶれ、耳は聞こえず、口がきけなくなり、それは生涯つづくことだろう』うひゃあ！」とわたしは声をあげました。

「すると悪魔がやってくる。火災報知器で呼びだされた消防車そっくりに」とターベル博士。

「まさかこれが成功すると本気で思っておられるんじゃないでしょうね？」

博士は肩をすくめました。「まだ試したことはない」とつぜん明かりが消えました。「おしまいだな」博士はため息をつき、ハンダごてを下におきました。「とにかく、もうここではわれわれにできることはない。外へ出て、まだ洗礼を受けてない赤ん坊を探そうじゃないか」

「そのドラム缶がなんの役に立つのか、教えてもらえませんか？」

「明々白々。悪魔を捕らえる罠だよ、もちろん」

「なるほど」わたしはあやふやな微笑をうかべてあとずさりしました。「で、餌にはデビルズ・フード・ケーキ（濃厚なチョコレート・ケーキ）を使うんですか」

「きみ、パイン研究所で生まれた主要な仮説のひとつは、悪魔がデビルズ・フード・ケーキにまったく興味を示さないというものだよ。しかし、悪魔が電気に無関心でないことだけはたしかだ。もし電気代さえ払えれば、このドラム缶の周囲と蓋に電流を流せる。いったん悪魔がこのなかへはいれば、スイッチを入れるだけでむこうは袋のネズミだ。おそらくは。だれにわかる？　それを実地に試すほど頭のおかしい人間がいたろうか？　だが、ウサギ肉のシチューのレシピにもあるとおり、まずウサギを捕まえなくちゃな」

実をいうと、そのときのわたしはこれで悪魔学とも当分お別れだなと思い、べつの仕事への転向をたのしみにしていたのです。しかし、ターベル博士の不撓不屈ぶりを見ていると、行動をともにする気になりました。博士のいう〝知的な遊び〟が、つぎになにを生みだすかを見たくなって。

それから六週間後、ターベル博士とわたしは、銅製ドラム缶を載せた荷車をひっぱり、わたしの背負ったスプールから電線をくりだしながら、夜なかに丘の中腹を下っていました。モホーク谷の底、スケネクタディの町の明かりが見える場所まで。

わたしたちと川とのあいだで、昔のエリー船舶用運河の見捨てられた部分が満月の光を反射しています。塩分まじりのよどんだ水に満たされた運河は、川の中央の土砂を浚渫《しゅんせつ》して新しくできた水路にとって代わられたのです。運河の岸辺にあるのは、古いホテルの土台。昔はこの水路を使う船員たちや旅行者たちにとっての一夜の宿でしたが、いまはすっかり忘れられています。

ホテルの土台のそばにあるのは、屋根のない、骨組みだけになった教会でした。

古い尖塔は、朽ち果てて亡霊のたむろする教区の夜空へ、まだしっかりと頑固にシルエットを描いています。教会のなかへはいったとき、川のどこかではしけを曳いた船が汽笛を鳴らし、峡谷としめやかな墓地一帯にこだまがひびきわたりました。

一羽のフクロウが鳴き、一ぴきのコウモリが頭上を飛びまわっています。ターベル博士は祭壇の前へドラム缶を転がしていきました。わたしはそこまでひっぱってきた電線をスイッチに接続してから、べつの二十フィートほどの電線をドラム缶につなぎました。その電線のもう一端は、丘の中腹にある農家の電源に接続されています。

「いま何時だ?」とターベル博士がたずねました。

「十一時五分前」

「よし」と博士はかぼそい声でいいました。ふたりともおびえきっていたのです。「さあ、いいか。これからなにかが起きるとは思えないが、もし起きた場合を考えて――つまり、われわれの身にだよ――わたしはあの農家に置き手紙をしてきた」

「実はわたしも」そういってから、わたしは博士の腕をつかみました。「ねえ――もうおしまいにしたらどうですか？　もし現実に悪魔が存在して、こっちがやつを捕らえようと努力をつづければ、むこうはきっと牙をむきます――悪魔がなにをやらかすか、知れたもんじゃない！」

「きみがここに残る必要はないよ」とターベル博士はいいました。「このスイッチはわたしひとりで操作できると思う」

「本気で最後までやりとおすつもりなんですか？」

「心底おびえてはいるがね」

わたしは大きなため息をつきました。「わかりました。あなたに神のご加護を。スイッチはわたしが操作します」

「よし」博士はわびしく微笑しました。「防護ヘッドセットを着けたまえ。それからはじめよう」

スケネクタディの尖塔の時計の鐘が十一時を打ちはじめました。

ターベル博士は唾《つば》をのみこみ、祭壇に近づき、そこにすわっていたヒキガエルを払いのけると、身の毛もよだつ儀式をはじめました。

これまで何週間ものあいだ、ターベル博士はいろいろの本を読んで自分の役割を検討し、それを練習しました。一方、わたしはその儀式にふさわしい場所と、不気味な道具だてを探し歩いたのです。洗礼前の赤ん坊が投げこまれた井戸は見つかりませんでしたが、おなじ分野で、最も堕落した悪魔の目にも満足がいくだろうと思える不気味な代用物をいくつか見つけました。

いま、科学と人道の名のもとに、ターベル博士は聖セケールのミサの儀式に全身全霊を打ちこみ、恐怖の表情をうかべたまま、信心深いキリスト教徒ならひと目見ただけで目がつぶれ、耳も聞こえず、口もきけなくなるような行動をとりました。

なんとか五感をたもったまま生きのびたわたしは、スケネクタディの時計が十二時を打ちはじめるのを聞き、安堵のため息をつきました。

「現われいでよ、悪魔！」時計の鐘の音を聞きながら、ターベル博士はさけびました。「夜の帝王よ、召使いたちの声が聞こえれば、現われいでよ！」

時計が最後の鐘を打ちおわったとき、ターベル博士は疲れ果てたように祭壇の上へぐったりくずおれました。しかし、まもなく身を起こし、肩をすくめ、微笑をうかべてこういったのです。「なんということだ。やってみるまではわからんもんだな」博士はヘッドセットをはずしました。

わたしは電線をはずす準備として、ネジまわしを手にとりました。「いまのが、本当にUNDICOとパイン研究所の大団円だといいんですがね」

「いや、まだ二、三のアイデアはあるさ」ターベル博士はそう答えてから、きゅうにうなり声をあげました。

見上げると、なんとターベル博士が目をまるくし、横目でこちらを見ながら、ガタガタ震えているではありませんか。博士はなにかいおうとするのですが、息の詰まった、ゴロゴロというのど鳴りの音しか出てきません。

やがて、これまで人間の見たなかでもいちばん奇怪な闘争がはじまりました。のちに何十人もの画家がその光景に手を染めましたが、たとえいまにも飛びだしそうなターベル博士の目を描き、朱に染まった顔を描き、節くれだった筋肉を描いても、このハルマゲドンの英雄的行為を毛すじほども再現することは不可能でした。

ターベル博士は両膝をつき、まるで巨人の手が握る鎖にあらがうように、じりじりと銅製ドラム缶へ近づきました。衣服は汗びっしょり、息をあえがせ、唸りをもらすことしかできません。ひと息つこうと動きをとめるたびに、目に見えない力でひきもどされるのです。そこでふたたび両膝を立て、失地回復をしたのち、さらに何インチか先へ出ようと、必死の前進をくりかえすのでした。

ようやく博士はドラム缶にたどりつき、煉瓦の山を持ちあげるように、とほうもない努力で立ちあがると、ひらいたドラム缶の口からなかへ転がりこみました。内部の絶縁被覆をひっかいているのが聞こえ、増幅された息づかいが教会内にひびきわたります。

わたしは麻痺したように立ちつくしました。自分がいま見ているものを信じることも、理解することもできず、つぎになにをしてよいやらわからずに。

「いまだ！」とターベル博士がドラム缶の内部からさけびました。つかのま、片手が外に現われ、蓋を閉めたあと、ふたたびさけび声。はるか遠くから聞こえるような、弱々しい声です。「いまだ」

ようやくその意味を理解したとたん、わたしは身ぶるいと吐き気におそわれました。ターベル博士がわたしになにをさせたいのかが理解できたのです。博士が体内にいる悪魔に食いつくされながらも、最後の魂のひときれを使ってわたしに要求していることを。

わたしは外から蓋をしっかりロックし、スイッチを入れました。

ありがたいことに、スケネクタディの町がすぐ近くでした。わたしはユニオン大学電気工学部のある教授に電話をかけ、それから四十五分たらずののちにむこうが到着、急造のエアロックを工夫して、とりつけてくれたのです。そのエアロックを通じて、ターベル博士に空気と食べ物と水を送ることはできますが、彼と外の世界を隔てる悪魔除けバリヤーの帯電状態はたもたれたままでした。

悪魔に対するこの悲劇的勝利の最も悲しいながめが、ターベル博士の知能の劣化なのはまちがいありません。あのすばらしい頭脳には、もはやなにも残されていないのです。そこに入れ替わったものは、博士の声と肉体を使う何者かでした。そいつはわれわれのご機嫌をとり、同情と自由をかちとるために、大声でいろいろな苦々しい嘘をわめきたてます。わたしがターベル博士をドラム缶のなかに投げこんだのだ、というような嘘を。いわせてもらえば、このわたしの役割も、苦痛と自己犠牲ぬきには不可能だったのです。

悲しいかな、このターベル事件は論争の的となり、しかもわが国としては、プロパガンダの視点からいっても、悪魔がこの地で捕らえられたことを公式に認めるわけにはいかないので、ターベル保護協会には政府補助金が下りません。これまで悪魔の罠とその中身を維持する費用は、あなたのように公共心に富んだかたがたの個人寄付を仰いできたわけです。

この財団の経費と予算は、全人類が受けとったものの価値と比べれば、きわめてつつましいものです。絶対に必要と思える居住設備を改善する以外、われわれはまったく手をつけませんでした。くだんの教会に屋根を葺《ふ》き、塗装し、保温し、周囲に塀をめぐらし、腐朽した材木を丈夫な材木と取り替え、暖房設備と、補助発電設備をとりつけた程度です。これらのすべてが絶対必要なものであることは、おわかりいただけると思います。

しかし、これほど倹約をつづけてきたにもかかわらず、インフレの襲来で財源が枯渇してきたことに、財団は気づきました。これまでささやかな改善作業のために蓄えてあった金も、どんどん維持費のほうへ吸収されていくのです。財団が雇っているのは必要最小限の有給管理者三人のみ。この三人は輪番で一日二十四時間の勤務をつづけ、ターベル博士に食事を与え、野次馬を追いはらい、必要最低限の電気設備を維持しております。かりにこのスタッフを削減しようものなら、ほんの一瞬の不注意でさえ、ハルマゲドンの勝利は敗北に変わり、比類のない災厄を招くことでしょう。理事たちは、このわたしも含め、全員無料奉仕をつづけております。

そこにはたんなる管理作業を越えた、もっと大きい必要性があるため、われわれは新しい友人たちを探しもとめなくてはなりません。いまあなたに手紙を書いているのもそのためです。ターベル博士の居住房は、ドラム缶内部での最初の悪夢の数ヵ月後に拡張され、いまでは絶縁された銅板の壁に囲まれた、さしわたし八フィート、高さ六フィートの部屋になりました。しかし、ご同意いただけると思いますが、これはターベル博士の脱け殻にとっては貧弱な住処です。あなたのように公正な精神と肉体の持ち主のお力を借りて、われわれは博士の居住房を拡張し、小さな書斎と、寝室と、浴室を含めたものにしたい、と考えております。最近の研究で明らかになったところでは、たしかに大きな費用はかかりますが、電流を通じた博士専用の大きなはめ殺し窓を設けることも可能なようです。

しかしながら、いかに経費がかかろうと、ターベル博士が全人類のためにやってくれたことに比べれば、われわれの犠牲などわずかなものであるといえましょう。もしあなたのような新しい友人からの寄付がじゅうぶんな金額に達したあかつきには、ターベル博士の居住房を拡張するだけでなく、その業績にふさわしい記念碑を教会の外に建設したい、とわれわれは考えております。博士の似姿と、悪魔に打ち勝つ数時間前に博士がある書簡に記した不滅の言葉をそこに飾りたいのです。『今夜、もしわたしが成功すれば、悪魔はもはや人類のなかに存在しなくなるだろう。それがこのわたしにできるすべてだ。そして、ほかの人びとが、この地球上から虚栄と、無知と、貧困をとり除けば、その後いつまでも人類は幸福に生きつづけられるだろう。――ゴーマン・ターベル博士』
どれほど少額のご寄付でもかまいません。

敬具

理事長

ルシファー・J・メフィスト博士

化石の蟻

The Petrified Ants

大森 望 訳

1

「こりゃまた、たいした穴だな」ヨシフ・ブロズニクが興奮した口調で言った。ガードレールから身を乗り出し、音が反響する眼下の黒々とした穴を覗き込んでいる。山の斜面を登ってきた長い道中のおかげで息が切れ、禿《は》げ頭は汗で光っていた。

「すごい穴だ」ヨシフの二十五歳になる弟、ピョートルが言った。背が高く、関節が太いその体軀は、霧に濡れた服の中で、いかにも居心地が悪そうに見える。もっと深遠な形容を求めてピョートルは頭の中を探ったが、なにも見つからない。まさしく、すごい穴だ――疑いの余地はない。おせっかいな鉱山監督ボルゴロフの話によれば、穴の底は、放射性のある鉱泉の現場から八百メートルの深さがあるという。これだけの穴を掘っても採掘の価値があるウランがまったく見つからないという事実も、ボルゴロフの熱狂にはいささかも影響しないようだった。

ピョートルは興味をもってボルゴロフを検分した。もったいぶった愚鈍な若者に見えるが、鉱夫たちのあいだでその名が語られるときは、つねに恐怖と敬意をともなっている。畏敬の念をもって囁かれている噂によれば、彼はスターリンその人のお気に入りのまたいとこであり、ここで働いているのは、もっと大きな仕事に就くための訓練にすぎないのだとか。

ピョートルと兄のヨシフは、ともにロシアを代表する蟻学者で、この穴を調査するために――いやむしろ、この穴から出てきた化石を検分するために――はるばるドニエプロペトロフスク大学からやってきた。蟻学《マームコロジー》とは――と、現場の入口でふたりを制止した百人ばかりの警備員に向かって兄弟は説明した――蟻の研究を専門とする科学分野である。どうやら、問題の穴は、化石化した蟻の豊かな鉱脈を掘り当てたらしい。

ピョートルは、大人の頭くらいの大きさの岩を揺さぶって地面から掘り起こし、穴の中に転がり落としてから、肩をすくめ、調子っぱずれの口笛を吹きながらきびすを返して歩き出した。彼はいままた、一カ月前の屈辱のことを思い出していた。生け垣の下などに生息する蟻で、奴隷狩りを行う好戦的な種、ラプティフォルミカ・サングイネア（アカヤマアリ）に関する論文の内容について、公的に謝罪することを余儀なくされたのである。学術的科学的方法論による傑作だと自負して発表したのに、得られたのはモスクワからの厳しい譴責《けんせき》だけだった。ラプティフォルミカ・サングイネアとムカデの区別もつかない連中に、西側の頽廃《たいはい》に接近する危険な傾向を持つイデオロギー的堕落者であるとの烙印を捺《お》されてしまった。ピョートルはやり場のない怒りを抱えてこぶしをぎゅっと握りしめ、また開いた。要するに彼は、自分の研究対象である蟻が、共産党上層部にいるおえらがたの科学者が期待するような行動をとらないことについて謝罪させられたのである。

「正しく指導すれば」とボルゴロフは言った。「人民は、達成しようと決めた目標をなんでも達成できる。この穴は、モスクワから命令書が届いてから一カ月も経たずに完成した。きわめて高い地位にあるだれかが、まさにこの地点でウランが見つかるという夢を見たのだよ」と謎めいた言葉をつけ加えた。

「きっと勲章を授与されるだろうね」ピョートルはうわのそらで言いながら、穴のまわりに張り巡らせた有刺鉄線に手を触れた。どうやら、本人よりも評判のほうが先に着いていたらしい。ともかく、ボルゴロフは彼と目を合わせようとせず、話をする必要があるときは、いつもヨシフに話しかける――巌《いわお》のヨシフ、イデオロギー的に傷ひとつない、頼りになる男。論議の的になりそうな論文を発表するのはやめたほうがいいとピョートルに助言したのも、謝罪文を代筆したのもヨシフだった。ヨシフはいま、この穴を大仰に褒《ほ》めそやし、エジプトのピラミッドやバビロンの空中庭園、ロードス島の巨像と比較している。

ボルゴロフはうまずたゆまずべらべらしゃべりつづけ、ヨシフは心のこもった相槌を打っている。ピョートルは、眼前の奇妙な新しい田園風景に、視線と思いをさまよわせた。この足の下はエルツ《エルツ》山地《ゲビルゲ》――ロシアに占領されたドイツと、チェコスロバキアとの国境になっているオア山脈だ。緑の山肌に穿たれた立坑や空洞を出入りする人間たちが灰色の河をなしている。ウランを求めて掘りつづける、赤い目をした汚い群れ……。

「見つかった蟻の化石はいつ見る?」というボルゴロフの質問に、ピョートルは物思いから醒めた。

「大量にあるぞ。いまは安全な場所に鍵をかけて保管してあるが、あしたならいつでも見られる。標本はすべて、大きな箱に入れて、化石が見つかった地層の順番に並べてある」

「ふむ」とヨシフは言った。「今日一日の大半は、ここまで来る許可をとることに費やしてしまったから、どのみち明日の朝までたいしたことはできない」

「それに、昨日と一昨昨日《さきおととい》も、硬いベンチにすわって、許可が下りるのを待つことに費やされたしな」うんざりした口調でそう言った瞬間、ピョートルはまたまずいことを口にしてしまったと気がついた。ボルゴロフは黒い眉を上げ、ヨシフはこちらをにらみつけている。うっかりして、ヨシフの基本的な処世訓のひとつ――「どんなことについても、人前では愚痴を言わない」――に背いてしまった。ピョートルはため息をついた。戦場では、苛烈なまでに愛国的なロシア人であることを千回も証明してきたというのに、いまは同国人から、反逆罪のしるしはないかと一挙手一投足を監視されている。ピョートルはヨシフに悲しい視線を投げ、兄の目におなじみのメッセージを読みとった。すなわち、にっこり笑ってすべてに同意せよ。

「保安体制はすばらしい」ピョートルはにっこり笑って言った。「彼らの徹底した仕事ぶりから考えると、たった三日でわれわれの身元が確認されたのはめざましい成果だね」ぱちんと指を鳴らして、「じつに効率的だ」

「化石を見つけたのは、どのくらいの深さ？」ヨシフが話題を変えるべく、ぶっきらぼうにたずねた。

ボルゴロフの眉は上がったままだった。明らかに、ピョートルの言葉は疑いを強めるだけに終わったらしい。「砂岩と花崗岩《かこうがん》の層に到達する前、石灰岩層の下のほうを掘っているときに見つかった」ボルゴロフはヨシフに向かって平板な口調で言った。

「おそらく、中生代中期だな」とヨシフ。「われわれとしては、見つかったのがもっと下の層であることを期待していたんだが」ヨシフは両手を上げて、「いや、誤解しないでくれ。蟻が見つかったことはうれしい。ただ、中生代中期の蟻よりも、それ以前の蟻のほうが興味深いというだけのことで」

「中生代より前の年代の化石蟻は、まだだれも見たことがないんだよ」ピョートルは熱のない口調でまた口をはさんだ。ボルゴロフはそれを無視した。

「要するに、中生代の蟻は、現代の蟻と区別できない」口を閉じているようにと弟に向かって内緒の合図を送りながら、ヨシフが言った。「大きなコロニーをつくり、兵隊蟻とか働き蟻とかいうふうに専門化する。うちの蟻学者は、コロニーを形成するようになる以前に蟻がどんなふうに暮らしていたかが――どんなふうにしていまの蟻になったかが――わかるなら、右腕をさしだしてもいいと思っている。大発見になるからね」

「ロシアがまた世界に先駆けるわけだ」とピョートル。今度も反応なし。ピョートルは、二匹の蟻が死にかけたフンコロガシの肢《あし》をたがいに反対の方向へひっぱろうと綱引きしているのをむっつりと見つめた。

「われわれが発見した蟻をまだ見ていないのでは?」ボルゴロフが挑むように言った。ヨシフの鼻先で、小さなブリキの箱を振ってみせる。親指の爪で蓋を開け、「これがおなじみの蟻だと?」

「いやはや、これは」ヨシフがつぶやいた。そっと箱を手にとると、石灰岩のかけらに埋まった蟻がピョートルにも見えるように、腕をまっすぐ前にのばした。

発見の興奮がピョートルの憂鬱を吹き飛ばした。「二センチ半もあるぞ! それに、その堂々たる頭! 蟻を見て美形だと言う日が来るとは思わなかった。たぶん、ふつうの蟻が野暮ったく見えるのは、でかい大顎のせいだな、ヨシフ」ピョートルは、ふつうならハサミ状の顎が突き出している部分を指さした。「こいつにはほとんど大顎がない。中生代以前の蟻だ!」

ボルゴロフは足を開き、太い腕を組んで、英雄然とした姿勢で立っている。晴れやかな笑み。この驚異の蟻は、彼の穴から発掘されたのだ。

「おい、見ろ」ピョートルは興奮した口調で言った。「蟻の横のあのとげはなんだ?」胸ポケットから拡大鏡をとりだし、レンズごしに覗く。ごくりと唾《つば》を飲み、かすれた声で、「ヨシフ。これを覗いて、なにが見えるか教えてくれ」

ヨシフは肩をすくめた。「変わった寄生虫かなにかだろう。それとも、もしかしたら植物」石灰岩のかけらをレンズの前に近づける。「あるいは水晶か――」その顔が蒼白になった。震える指で、拡大鏡と化石をボルゴロフに押しつけた。「なにが見えるか教えてくれ、同志」

「なるほど」紅潮した顔が、息をつめた集中の表情に歪む。咳払いして、また口を開いた。「太い棒に見えるね」

「もっとよく見ろ」ピョートルとヨシフが同時に言った。

「ふむ、考えてみるとこいつは、たしかに似てるな」とボルゴロフ。「いやまったく、これはどう見ても――」途中で言葉を切り、困惑した表情でヨシフを見上げる。

「コントラバスそっくりだろ、同志?」とヨシフ。

「コントラバスそっくりだ」とボルゴロフは畏敬の念に満ちた口調で言った。

2

ピョートルとヨシフがベッドを割り当てられた作業員宿舎の奥では、酔っ払いが集まって、険悪なムードのカードゲームに興じていた。外では雷鳴が轟き、稲妻が空を切り裂く。蟻学者兄弟はそれぞれの寝台に向かい合わせで腰かけて、驚くべき化石をやりとりしながら、安全な場所に保管されているという大量の標本について想像をたくましくしていた。

ピョートルは片手で自分の寝床のマットレスを探った――汚い白い袋に藁《わら》を詰めた薄い地層が厚い板の上に敷いてある。ピョートルは、部屋の濃密な悪臭を持ち前の敏感な長い鼻から吸い込むのを避けるべく、口で息をしていた。「子供のおもちゃのコントラバスが、蟻といっしょにあの地層にまぎれこんだってことはあるかな」とピョートル。「ほら、この場所は以前、おもちゃ工場だったから」

「おもちゃのコントラバスなんて見たことあるか？　それ以前に、サイズの問題がある。あんな細工をさせようと思ったら、世界最高の宝石職人が必要だ。それにボルゴロフは、あんな深さの地層に人為的に潜り込ませる方法はないと断言している――すくなくとも、過去百万年間には」

「となると、結論はひとつ」とピョートル。

「ひとつ」ヨシフは、巨大な赤いハンカチでひたいの汗を拭《ぬぐ》った。

「この豚小屋よりひどいものなんてあるか？」とピョートルが言った。ヨシフが弟の足を乱暴に蹴《け》りつけたが、時すでに遅く、部屋の向こうでカードゲームをしている連中の二、三人が、その言葉を聞きつけて顔を上げていた。

「豚小屋ね」とひとりの小男が笑って、手札をテーブルに投げ出し、自分の寝棚に歩み寄った。マットレスの下に手を突っ込んでコニャックの瓶をとりだすと、「飲むかい、同志？」

「ピョートル！」ヨシフがきっぱり言った。「村に忘れものをしてきただろう。いますぐとりにもどったほうがいい」

ピョートルは兄のあとについて、むっつりと雷雨の屋外に出た。小屋を出るなり、ヨシフはピョートルの腕をつかんで幅のせまいひさしの下へ連れていくと、「ピョートル、いいかげんにしてくれよ、ピョートル――いつまで待てば大人になる？」重いため息をつき、てのひらを上に向けて訴えた。「いつだ？　あの男は警察の人間だぞ」ずんぐりした指先で、かつて髪の毛が生えていたつるつるの表面を撫でまわす。

「だって、どう見ても豚小屋じゃないか」ピョートルは頑固に言った。

ヨシフは憤懣やるかたないという顔で両手を上げた。「もちろんそうだとも。しかし、そう思っていることを警察に教える必要はない」ピョートルの肩に手を置いて、「あの譴責処分以来、おまえは、なにか一言でもうっかりしたことを口にしたら、おそろしい泥沼にハマりかねない立場なんだ。おれたちふたりともがおそろしい泥沼にハマることになる」ぶるっと身震いして、「おそろしい」

稲妻が田園地帯の空を切り裂いた。まばゆい一瞬、ピョートルはいまも斜面に掘削作業員の群れが渦巻いているのを見てとった。「たぶん、おれはもう、口を開くのもやめたほうがいいんだろうな、ヨシフ」

「とにかく、口を開く前に頭を使ってくれればそれでいいんだよ。ピョートル、おまえ自身のために。頼むから、立ち止まって考えてくれ」

「よけいなことを言ったと兄貴はいつも叱るけど、おれが言ったのはぜんぶほんとのことじゃないか。謝罪を強要された論文だって真実だった」ピョートルは、轟く雷の弾幕がおさまるのを待ってから、「真実を口にしちゃいけないのか？」

ヨシフは心配そうにまわりを見渡し、ひさしの下の暗がりに目を凝らした。「口にしちゃいけない種類の真実もあるってことだ」と囁く。「早死にしたいんじゃないかぎりな」ヨシフは両手をポケットに深く突っ込み、肩をまるめて、「すこしは折れろよ、ピョートル。場合によっては見なかったふりをすることを学べ。道はそれしかない」

それ以上ことばを交わさず、兄弟は、まばゆく息苦しい宿舎へといっしょに引き返した。ぐっしょり濡れた靴と靴下のおかげで、ふたりの足はごぼごぼと音をたてた。

「せっかくの標本が朝まで見られないのは残念だな、ピョートル」とヨシフが声高に言った。

ピョートルはコートを乾かすために壁の釘にひっかけてから、硬い寝棚にどしんと腰を落として靴を引き抜いた。その動きはぎこちなく、悲しみと喪失がもたらす果てしない痛みによって神経が鈍麻していた。稲妻がほんの一瞬だけ灰色の男たちと掘削された山肌を照らしたのと同じように、この会話が、兄ヨシフのむきだしの怯えた魂をとつぜん明るみに出した。いま、ピョートルの目に映るヨシフは、渦巻きに呑まれ、妥協といういかだに必死にしがみつく、かよわい犠牲者だった。

ピョートルは、自分の心もとない両手に目を落とした。「道はそれしかない」とヨシフは言ったけれど、たしかにそのとおりだ。

ヨシフは、薄い毛布を頭の上までひっぱりあげて光を遮った。ピョートルはまた、化石の蟻について考えることに没入して、すべてを忘れようとした。われ知らず、たくましい指が白い石のかけらをぎゅっと強く握りしめていた。そのとき、貴重なかけらがふたつに割れた。ピョートルは後悔しながら割れた断面を検分し、もとどおり接着できないかたしかめた。片方の面に、小さな灰色の点が見えた。たぶん鉱物だろう。気のない態度で拡大鏡を手にとり、その点を覗いてみた。

「ヨシフ!」

眠そうなヨシフが毛布の下から顔を出した。「なんだ、ピョートル?」

「ヨシフ、見ろ」

ヨシフは、黙りこくったまま、まるまる一分間、レンズを覗いていた。口を開いたとき、その声はうわずっていた。「どうしたもんか、さっぱりわからん。笑うべきか、泣くべきか、張り切るべきか」

「おれの目に見えているとおりに見えるか?」

ヨシフはうなずいた。「本だよ、ピョートル――本だ」

3

ヨシフとピョートルは何度も何度もあくびをして、山の冷たい薄明の中でぶるっと身震いした。ふたりとも一睡もしていないが、充血した目はらんらんと鋭く輝き、焦りと興奮の色が浮かんでいる。ボルゴロフは厚底の長靴を履いた足でよたよた歩きながら、細長い道具小屋の錠前と格闘する兵士を叱りつけていた。

「ゆうべは宿舎でよく眠れたかな」ボルゴロフが気遣うような口ぶりでヨシフにたずねた。

「ぐっすりと。まるで雲の上のような寝心地だった」とヨシフ。

「死んだように眠ったよ」とピョートルが明るく言う。

「ほう」ボルゴロフはからかうような口調で、「では、やっぱり豚小屋ではなかったと?」そう口にしたとき、ボルゴロフの口もとに笑みは浮かんでいなかった。

ドアが開き、これといって特徴のないドイツ人の作業員ふたりが、割れた石灰岩の入った箱を小屋から運び出しはじめた。見たところ、それぞれの箱には番号が振ってあり、作業員は、ボルゴロフが長靴の鉄の踵《かかと》で土の上に描いた線に沿って、順番に並べた。

「さあ、これでぜんぶだ」ボルゴロフが短い人差し指でさしながら、「一番、二番、三番。一番は、もっとも深い地層——石灰岩層のすぐ内側——で、あとのふたつはその上。下から番号順になっている」ぱんぱんと手をはたき、自分が箱を運んできたかのように、満足げに息を吐いた。「では失礼して、ここから先の仕事はおふたりにまかせよう」

ボルゴロフがぱちんと指を鳴らすと、兵士はふたりのドイツ人作業員をしたがえて山を下りはじめた。ボルゴロフは、足並みをそろえるためにぴょんぴょん跳ぶようにしてそのあとを追った。

ピョートルとヨシフは、もっとも古い化石が入っている一番の箱の中身を夢中になって漁り、岩のかけらを地面に積み上げた。兄弟それぞれがひとつずつ白いケルンを築いて、そのかたわらにあぐらをかいてすわり、楽しげに分類しはじめた。前夜の陰鬱な会話、ピョートルの政治的失敗、湿度の高い寒さ、なまぬるい大麦粥と冷めた紅茶の朝食——それらすべては忘却の彼方に去った。しばらくのあいだ、兄弟の意識は、世界のあらゆる科学者たちの共通分母——それを満たす事実以外のすべてが目に入らなくなるような、圧倒的好奇心——だけに集中していた。

なんらかの災厄が、大顎のない大型の蟻を日常生活から切り離し、こんなふうに岩の中に閉じ込めたらしい。そして数百万年後、ボルゴロフの掘削作業員たちが、彼らの墓を壊した。ヨシフとピョートルは、いま、信じられない目で証拠を見つめていた。蟻たちがかつては個として——地球の新しいうぬぼれた支配者である人間のそれに匹敵するような文化を有する個として——生活していた証拠を。

「収穫は?」とピョートル。

「例の美形の大型蟻をもう何匹か見つけた」とヨシフが答えた。「あんまり社交的じゃなかったみたいだな。たいていひとりぼっちでいる。いちばん大きい集団で三匹。どれか、岩を割ってみたか?」

「いいや。表面を調べていたところだ」ピョートルは大きな西瓜ぐらいの大きさの岩をぐるぐる動かし、拡大鏡でその下側を検分している。「ん、ちょっと待った。ここになにかあるぞ、たぶん」ピョートルは岩本体とはわずかに色合いの違うドーム状のでっぱりに指先を走らせた。その周囲をハンマーで軽く叩き、岩に根気よく振動を与えて、かけらを落としてゆく。とうとうドーム全体が岩からはずれて、その全貌をあらわした。ピョートルのこぶしよりも大きく、傷ひとつない——窓、ドア、煙突、すべてついている。

「ヨシフ」声がかすれ、ピョートルは何度も言い直した。「ヨシフ——この蟻は家に住んでる」ピョートルは、無意識のうちにうやうやしい態度をとり、石を押しいただくように両手に抱えて立ち上がった。

ヨシフがピョートルの肩越しにうしろから石を見つめた。うなじに息がかかる。「美しい家だ」「おれたちの家より立派だ」とピョートル。

「ピョートル！」ヨシフが注意し、心配そうにあたりを見まわした。

忘れていた悲惨な現実がいっぺんに甦った。不安と嫌悪感がまた新たに押し寄せ、両手の力が抜ける。岩が落ち、他の岩にぶつかった。ドーム状の家は、石灰岩の堅いインテリアともども、数十のくさび形のかけらに砕《くだ》けた。

ふたたび、兄弟の抵抗しがたい好奇心が支配権を握った。ふたりは膝をついて、破片を拾いはじめた。岩に閉じ込められていたその家の、耐久性の高い部分が、永劫の時を経て、いまようやく空気と陽光に触れた。朽ちやすい家具は、その痕跡を残している。

「本だ——何十冊もある」ピョートルは破片のひとつをためつすがめつしながら、もうおなじみになった四角い染みの数を数えた。

「それに、ここには絵がある。まちがいなく絵画だ！」とヨシフが叫ぶ。

「こいつら、車輪を発明してる！　このワゴンを見ろ、ヨシフ！」高笑いの発作がピョートルを襲った。「ヨシフ」と息をあえがせながら、「わかるか？　おれたちは歴史上もっともセンセーショナルな発見をなしとげたんだぞ。蟻はかつて、人類と同じくらい豊かで高度な文明を有していた。音楽！　絵画！　文学！　考えてもみろ！」

「そして、家に住んでいた――たっぷりのスペース、風通しと日当たりのいい、地上の家に」ヨシフが恍惚とした口調で言う。「そして火を使って調理していた。ほら、こいつはこんろ以外のなにものでもないだろ？」

「最初の人類が――最初のゴリラだかチンパンジーだかオランウータンだか猿だかがあらわれる何百万年も前に、蟻はすべてを手にしてたんだ、ヨシフ。なにもかも」ピョートルはうっとりと遠くを見つめ、想像の中で指の第一関節サイズにまで自分を縮小して、この壮大なる歓楽宮をひとりじめにして豊かに暮らしている情景を思い浮かべた。

一番の箱に入っている岩のとりあえずの点検を終えたときには正午になっていた。ぜんぶで五十三個の家――サイズは大小いろいろ、かたちもドーム形、立方体などさまざまで、それぞれが個性と想像力の産物だった。家々のあいだは距離が離れていたらしく、また、一軒の家に住んでいるのは多くても三匹――雄と雌と子供、各一匹――で、それ以上になることはめったになかった。

ヨシフは信じられないという顔で、呆《ほう》けたような笑みを浮かべた。「ピョートル、おれたちは酔っ払ってるのか、それとも頭がおかしくなったのか？」黙りこくってすわったまま煙草を吸い、ときおり首を振る。「気づいてるか？　もう昼メシ時だ。ここに来てからまだ十分しか経っていない気がする。腹は減ったか？」

ピョートルはじれったげに首を振り、二番めの箱――ひとつ上の地層の化石群――の岩を漁りはじめた。あれだけの壮大な蟻文明が、いったいどうして現在の蟻の、本能に支配された悲惨な生活に堕してしまったのか。その謎を早く解明したかった。

「こいつはめったにない幸運だぞ、ヨシフ――十四の蟻が一ヵ所にかたまってる。親指の先ぐらいの範囲内だ」ピョートルは岩を次々に検分している。蟻が一匹見つかると、その近くにすくなくとも六匹はいる。「群居しはじめている」

「身体的な変化は？」

ピョートルは拡大鏡を覗いたまま眉間にしわを寄せた。「うん、前と同じ種だな。いや、ちょっと待った――ひとつ違いがある。大顎がもっと発達している。かなり大きくなってる。現代の働き蟻や兵隊蟻に似てきている」彼はヨシフに岩を手渡した。

「うーん、本は見当たらんな」とヨシフ。「そっちは見つかったか？」

ピョートルは首を振り、本が見つからないことに深く落胆している自分に気づいて、けんめいに探した。「まだ家に住んでるけど、家の中は人だらけだ」咳払いして、「つまり、蟻だらけだ」とつぜん、喜びの叫びが口をついた。「ヨシフ！　一匹、大顎が大きくないやつがいる。下の地層にいたのと同じ種類だ！」標本を陽光にかざしてためつすがめつする。「独居性だ。自分の家に家族だけで住んでて、本やなんかもぜんぶある！　働き蟻や兵隊蟻に分化したものもいるが――そうじゃないのもいるんだ！」

ヨシフは、大顎の大きな蟻の集まりをいくつか再点検した。「群居性の蟻は、本には興味なかったのかもしれんが」と結果を報告する。「しかし、彼らがいるところには、かならず絵がある」けげんそうな表情で、「妙な成り行きだな、ピョートル。書籍愛好者から分かれて、絵画愛好者に進化するとは」

「群居愛好者は、私生活愛好者から分化してる」ピョートルは考え込むように言った。「大きな大顎を持つ蟻は、そうでない蟻から分化した」目を休めるために、視線を道具小屋のほうにさまよわせた。風雨にさらされたポスターの中で、スターリンの目がきらりと光った。また視線を移し、今度は遠くのほう、最寄りの坑道の入口を見やった。だらだらと出入りする鉱夫たち全員に、スターリンの肖像画が父のような笑みを向けている。眼下には、タール紙張りの簡易宿舎が群れをなし、そこでは、ガラスケースで風雨から守られたスターリンの肖像画が、不潔きわまりない衛生設備に鋭い視線を向けている。

「ヨシフ」ピョートルは自信のない口調でしゃべりだした。「あしたの分の煙草の配給を賭けてもいい。大顎のある蟻が大好きなあの絵画は、政治ポスターだよ」

「だとしたら、われらがすばらしい蟻たちは、さらに高い文明を有していることになるな」と、ヨシフは謎めいたことを言った。服をはたいて岩の埃《ほこり》を落とし、「三番の箱を開けてみるか？」

三番の箱を見ながら、ピョートルは恐怖と嫌悪にさいなまれていた。「兄貴が見てくれ、ヨシフ」とようやく言う。

ヨシフは肩をすくめた。「いいとも」ヨシフは箱に入っていた岩石を数分間、黙って検分した。

「ふむ、予想どおり、大顎はさらに力強くなり、そして――」

「集団はさらに大きく、さらに高密度になって、本は消え、ポスターは蟻の数とおなじくらいに増えている！」ピョートルが唐突にまくしたてた。

「そのとおりだ」とヨシフ。

「で、大顎のない、例のすばらしい蟻たちはいなくなってるんだろ、ヨシフ？」とかすれた声でたずねる。

「落ち着け」とヨシフ。「そんなにかっかしなくても、これは百万年――もしくはそれ以上――も前に起きたことだ」考え込むように耳たぶをひっぱり、「じつのところ、大顎のない蟻はたしかに絶滅したようだな」眉を上げ、「おれの知るかぎり、古生物学では先例がない。たぶん、大顎のない蟻は、大顎のある蟻が免疫を持っているなんらかの病気によって一掃されたのかもしれない。ともかく、彼らは短期間のうちに消えた。自然選択のもっともきびしい例——適者生存だ」

「適者だかどうだか」ピョートルは嫌味たっぷりに言った。

「いや！　待て、ピョートル。ふたりともまちがってる。旧タイプの蟻が一匹いる。それにもう一匹、ここにも一匹！　彼らも集まるようになったらしいな。一軒の家にみんなでぎゅうぎゅう詰めになってる。マッチ箱の中のマッチ棒みたいに」

　ピョートルは、ヨシフの言葉を信じたくなくて、その手から岩石のかけらを受けとった。ボルゴロフの作業員が割った岩のきれいな断面には、蟻でいっぱいの家が見てとれた。家の反対側を包んでいる岩石をハンマーで叩いた。岩の覆いが欠け落ちた。

「おお。なるほど」と静かに言う。岩が欠けたことで、小さな建物の玄関口があらわれた。それをガードしているのは、大鎌のような大顎を持つ七匹の蟻。「収容所だ」とピョートル。「再教育収容所」

　その言葉を聞いて、善良なロシア人ならだれでもそうなるように、ヨシフは蒼白になった。しかし、何度か唾を飲み込んでから落ち着きをとりもどし、「そこの星みたいなものはなんだ？」と不愉快な対象から話をそらした。

　ピョートルは、その物体が埋まっている岩をハンマーで叩いて砕き、とりはずしたものをヨシフの目の前にかざした。それは、一種の薔薇形装飾《ローゼット》だった。中心には、大顎のない蟻が一匹。古代種のたった一匹の生き残り。そのまわりを兵隊蟻や働き蟻が花弁のようにとり囲んでいる。

「兄貴の言う、迅速な進化だよ、ヨシフ」ピョートルは兄の顔をじっと見つめ、自分の頭に浮かんだ病的な考え——彼ら自身の人生に関する突然の洞察——を兄が共有している気配を探った。

「たいへんな好奇心だな」とヨシフは平静に言った。

ピョートルはまわりにすばやく視線を走らせた。ボルゴロフがはるか下のほうから、えっちらおっちら山道を登ってくる。「好奇心なんかじゃない。わかってるくせに、ヨシフ。この蟻たちに起きたのと同じことが、いま、おれたちに起きてる」

「しいっ！」ヨシフが必死の口調で言った。

「おれたちは、大顎のない蟻なんだ。もう命運が尽きてる。おれたちは、大きな群れをつくって働いたり戦ったりするようにはできてない。おれたちにはどだい無理なんだ、本能だけにしたがって生き、どうしてなのかと考える知恵さえもなく、暗くてじめじめした蟻塚を永遠に築きつづけるなんて！」

ふたりが顔を真っ赤にして黙り込んでいるあいだに、ボルゴロフが最後の数百メートルを登ってやってきた。「おやおや」道具小屋の角を曲がって、兄弟の顔を見たボルゴロフが言った。「われわれが発掘した標本が、そこまでがっかりさせるものだったとは」

「いや、疲れただけだよ」ヨシフは迎合するような笑みを浮かべた。「化石があまりにすごくて、茫然としているところだ」

ピョートルは、殺害された蟻とその加害者たちが埋まる化石のかけらを最後の山の上に置いた。

「それぞれの地層から発掘された化石の中で、もっとも重要な標本をこうして積んである」と言って、ピョートルは石塚の列を指さした。ボルゴロフがどんな反応を見せるかに興味があった。ヨシフの反対を押し切って、ピョートルは、同じ種から分化した二種類の蟻について説明し、深い地層で見つかった家や本や絵画と、浅い地層で見つかった群居性の蟻を見せた。それから、自分たちの解釈は一言もはさまず、ボルゴロフに拡大鏡を手渡して、うしろに下がった。

ボルゴロフは標本を手にとっては、チッチッと舌を鳴らしながら、石塚の列を何度か行ったり来たりした。最後にようやく、「これを見れば、なにが起きたか、手にとるようにわかる」と言った。

ピョートルとヨシフはうなずいた。

「まさに一目瞭然」ボルゴロフは、無数の兵隊蟻に襲われて大顎のない蟻が非業の死を遂げた場面がレリーフされた化石を手にとった。「かつて、この中心にいる一匹のような、無法者の蟻たちがいた。労働者の蟻を攻撃し搾取する、資本主義者の蟻——これを見ればわかるとおり、一度に何十匹も、無慈悲に殺害した」

ボルゴロフは虐殺展覧会の化石を置いて、大顎のない蟻がぎゅうぎゅう詰めになっている家の化石を手にすると、「そしてこれは、無法者の蟻たちが労働者蟻に対して計略をめぐらしている謀議の現場。さいわいなことに」と言って、ドアの外にいる兵隊蟻たちを指さし、「彼らの陰謀は、労働者の自警団が立ち聞きしていた。その結果」と、次の地層の標本をかざした。大顎のある蟻たちの集会と、独居性の蟻の家。「労働者は民主的な糾弾集会を開き、抑圧者をコミュニティから追放した。放り出された資本主義者は、慈悲深い民衆によって助命されたものの、軟弱で甘やかされた彼らは、奴隷として仕える大勢の蟻がいなければ、生き延びることがかなわない。芸術に耽溺して、のらくら暮らすことしかできなかった。よって、まさに自業自得のなりゆきにより、彼らはほどなく絶滅した」ボルゴロフは、最終結論が出たというように満足げに腕を組んだ。

「しかし、順番が反対だ」とピョートルが異を唱えた。「蟻文明は、その一部が大顎を発達させ、集団で行動するようになった時点で崩壊しはじめたんだ。地質学には逆らえない」

「だったら、石灰岩層で逆転が起きたんだろう——なんらかの地殻変動で上下が逆さまになった。

一目瞭然」ボルゴロフの口調は氷のように冷ややかだった。「もっとも決定的な証拠がここにある――論理という証拠が。ものごとの順序は、わたしがさっき説明したとおりでしかありえない。したがって、地層に逆転が生じた。そうじゃないか？」と言って、まっすぐヨシフのほうを見つめた。

「まちがいない。逆転だ」とヨシフ。

「どうかな？」ボルゴロフがピョートルのほうを向いてたずねた。

ピョートルは、体じゅうの息を吐き、あきらめきった態度でうつむいた。「たしかに明白だ、同志」と言って、謝罪するような笑みを浮かべた。「明白ですよ、同志」とくりかえした。

エピローグ

「やれやれ、それにしても寒いな！」ピョートルは両引き鋸の柄から手を離して、シベリアの風に背中を向けた。

「働け！　働け！」警備兵のひとりが怒鳴った。防寒のためにマフラーをぐるぐる巻きにしているせいで、洗濯ものの山から短機関銃が突き出しているように見える。

「まあ、もっとずっとひどいことになる可能性もあったからな」と、両引き鋸の反対の柄を持つヨシフが言った。眉毛についた霜を服の袖でこすり落とす。

「兄貴まで巻き込んで、悪かった」ピョートルは悲しげに言った。「ボルゴロフの説に反論したのはおれなのに」両手に息を吐きかけて、「ここに送られる羽目になったのは、たぶんそのせいだ」

「いや、もういいんだよ」ヨシフはため息をついた。「ここにいると、そういうことは考えなくなる。なにも考えなくなる。ここにいるべき人間でなかったら、ここにはいない」

ピョートルは、ポケットに入っている石灰岩のかけらに指先で触れた。そこには、殺害者たちに包囲された、大顎のない蟻の最後の一匹が埋まっている。ボルゴロフの穴から発掘された化石の中で、地上に残された最後の標本だった。ボルゴロフは、蟻について自分が解釈したままの報告書を兄弟に書かせると、すべての化石を底なしの穴に埋めもどし、ヨシフとピョートルをシベリア送りにした。一点非の打ちどころのない、徹底した仕事ぶりだった。

ヨシフは茂みをかきわけ、むきだしになった地面をうっとり見つめている。卵を抱えた一匹の蟻が巣穴からこそこそ出てきた。しばらく狂ったように輪を描いて走りまわっていたが、やがてちっぽけな安住の地の闇へとまたもどっていった。

「蟻たちの適応ぶりには驚くしかないな、ピョートル」とうらやむように言う。「楽しい生活――効率的で、単純で、本能がすべてを決めてくれる」ヨシフは鼻を鳴らした。「死んだら、蟻に生まれ変わりたいよ。資本主義者の蟻じゃなくて、現代の蟻に」と急いでつけ加える。

「どうして自分が資本主義者の蟻にならないとわかる？」

ヨシフは肩をすくめて弟の嘲りを受け流した。「人間は、蟻から多くを学べるんだよ、ピョートル」

「たしかにな、ヨシフ。たしかにそうだ」ピョートルは疲れたように言った。「自分で知る以上に多くを学んでる」

暴虐の物語

Atrocity Story

大森 望 訳

解放されたアメリカ人捕虜たちの多くは、帰国準備のため、いくつかの大きなグループに分かれて、ル・アーヴル近郊にあるラッキー・ストライク駐屯地へと移送されたが、わたしたちのグループはそのうちの最後だった。軍から支給される衣服と給料の一部を受けとったあとは、とくに決まった日課もなかったので、食事と、睡眠と、赤十字クラブでエッグノッグを飲むこととに時間を分割した。ある暑い日の午後、昼寝していたわたしのところに、ジョーンズがやってきた。

「戦争犯罪テントで、ある中尉と話してたんだが」とジョーンズはいった。「マロッティの件を伝えたら、ずいぶん驚いてたぞ。初耳だったそうだ。いままでにここに来たほかの連中は、だれも報告しなかったらしい。知ってることをぜんぶ話したら、おまえとドニーニを連れてきてくれといわれた。すぐに会いたいって」

わたしはジム・ドニーニを起こし、三人で連合国戦争犯罪委員会の天幕に向かった。ジョーンズ、ドニーニ、わたしの三人は、ドレスデンのアメリカ人作業グループでいっしょに過ごした仲間だった。グループの総勢は百五十人。いや、百四十九人か――スティーヴ・マロッティが略奪のかどで銃殺されたあとは。ドニーニはドレスデンの米軍の衛生兵で――もっとも、軍医だったわけではない――最大規模のドレスデン爆撃のさなか、ドイツ人の出産を介助し、無事に赤ん坊をとりあげた。

天幕の中に入ると、簡素な木のテーブルの向こうに、中尉がひとりと、そのとなりに技術士官の男性速記者がすわっていた。中尉はジョーンズの労をねぎらい、わたしたちに向かって、椅子にすわるよう、手で合図した。見たところ、中尉は沿岸防衛砲兵隊の所属だった。わたしたちが腰かけるなり、中尉は質問をはじめた。わたしたちの返事を、技術士官が、戦争犯罪委員会のカーボン複写式フォームに記録した。

「で、その若者の名前はなんといったかな?」

「スティーヴン・マロッティです」とジムがいって、綴りを教えたが、まちがっていたので、わたしが訂正した。技術士官は消して書き直さなければならないことにむっとしたような顔だった。

「で、出身は……」

「東ピッツバーグ」ジムとわたしが同時にいった。話すのはどちらかひとりでいいと中尉にいわれたので、わたしは口を閉じていることにして、ジムが話をつづけた。「マロッティは、おれたちと同じく、第一〇六師団にいるとき、バルジの戦いで捕虜になったんです。たしか、第四二三連隊のI中隊かL中隊でした」といって、確認を求めるようにわたしのほうを見た。

「断言はできないけど」とわたし。「むしろ、第四二二連隊のK中隊かM中隊だったような気がしますね」それを聞いて、速記者はえらくむっとした顔になった。

「ふむ」中尉が考え込むようにいった。いつのまにか、責任者とおぼしき大佐がやってきて、ジョーンズの椅子のうしろに立っていた。「マロッティが死んだのはいつ?」

「きっと……三月の十五日あたりかな?」ジムの返事に、ジョーンズとわたしがうなずいた。たしかそのころだったはずだ。というのも、わたしが病院にいたとき、ホールがやってきて、そのことを教えてくれたからだ。ホールは、この件についてわたしたちのだれよりもよく知っている。なぜならホールは、スティーヴの墓を掘った四人のうちのひとりだったからだ。しかし、ホールはすでに帰国の途についている。残ったわれわれが、知ってる事実を継ぎ合わせて、なにがあったのかをできるかぎり再現するしかない。技術士官は、あいまいな情報を記録しながら、やれやれというふうに首を振った。

「銃殺の理由は？」と大佐。

ジムがとんちんかんな話をするんじゃないかと不安に思ったが、彼の説明は上々だった。「ええと、大規模爆撃のあと、おれたちは、ドレスデンの通りをかたづける作業をさせられてたんです。食べるものもろくに与えられてなかったんで、一度にひとりずつこっそり抜け出して、爆撃された建物の地下室を漁るのがいつものことでした。じゃがいも箱とか、瓶詰めのチェリーとか、マーマレードとか、にんじんとか、かぶとか、そういうものがときどき見つかった。おれたちが食べものを漁っているのは衛兵もわかってて、でも、見つけた酒瓶やなんかをたまに渡してたんで、たいして注意はされなかったんです。でもある日、スティーヴが地下室から出てきたちょうどそのとき、警察官の一団が彼を捕まえて、身体検査した。スティーヴは、ジャケットの下に、半分まで入った瓶詰めのサヤインゲンを隠し持ってた」

速記者は書くのをやめていた――カーボン複写式の書類には、こんなタイプの証言を記入する空欄が存在しなかった。

「で、逮捕された、と」ジョーンズからすでにあらましを聞いている中尉が口をはさんだ。「次に彼の姿を見たのはいつ？」

「ここにいる三人とも、二度とスティーヴの姿を見てませんよ。連れていかれてから二週間くらい経ったころ、衛兵たちがうちの部隊から四人選んで連れ出して、彼の埋葬をやらせたんです。だから、あのあとスティーヴの姿を見たのは、その四人だけ」わたしたちはその四人の名前を伝えた。技術士官が『所見』の欄にそれを記入した。

「で、その朝、いったいなにがあった?」

ジムは疑問の余地なく雄弁だった。「ええと、その四人は、ほかの連中より早起きさせられたんです。爆撃のせいで交通網がずたずたになってて、街の反対側にある射撃練習場まで、八マイルの距離を歩いていかなきゃならなかったから。彼らがスティーヴに会ったのは、目的地に着く直前でした。スティーヴには、ライフルを携えた四人の衛兵と下士官ひとりがついていた」

「スティーヴは憔悴したようすだった?」大佐がたずねた。

「いいえ。ホールたち四人の話によると、彼はかなり落ち着いていたそうです。どこへ行くんだいとスティーヴに訊かれた四人は、なんだか知らないけど、ろくでもない骨折り仕事をさせられるんだよ、と笑って答えた。その時点では、なにをさせられるのか知らなかったんですよ。スティーヴのほうも笑って、戦争はもうすぐ終わるらしいよ、といった」

「つまり彼は、自分の身になにが起きるのか知らなかったと?」速記者が急に興味を示してそうたずね、まわりの全員を驚かせた。

「知らなかったのか、ものすごく肝がすわった男だったのか、どっちかですね」とジムはいった。あとでこの問題について話し合った結果、わたしたちのあいだでは、スティーヴは自分が処刑されるのを知っていただろうという結論になった。彼は、ものすごく肝がすわった男だったのだ。

「その四人は、銃殺について、ほかになにか話していた?」と中尉がたずねた。

「たいしたことはなにも。彼が背中を撃たれたことと、ぞっとするような死に顔だったっていうことくらいですね。処刑のあと、四人は衛兵に呼ばれて、自分たちが穴を掘った場所まで遺体を運ぶように命じられたんですよ。墓穴は、掩蔽壕《えんぺいごう》かなにかのうしろだったんで、四人は銃殺の現場は見ていないそうです。銃声を聞いただけで。スティーヴには、棺もなにもなかった。墓標は、板切れが一枚だけ。そこに彼の名前と、銃殺された理由が書いてあった。四人のうちのひとりが、祈りの言葉を唱えました。司祭《チャプレン》はいなかったから」

「ほかにはなにか？」

「あるといえばあるけど、あなたがたにはあんまり関係ないでしょう。つまり、その件は、あなたがたじゃなくて、ロシア人の担当だろうから。どういうことかというと、四人は、墓穴をふたつ掘らされたんですよ。もうひとつは、スティーヴの直前に銃殺されたロシア人の墓だった。爆撃された建物から、マッチ箱をひとつくすねたんだそうです。ほんとかどうか知りませんが」

「マロッティはどんな裁判を受けた？」

「だれも彼に話を聞いてないんで、くわしいことはわかりません。でも、当時おれたちと同じ収容所で生活していた南アフリカ人捕虜のリーダーが、その裁判の一部を傍聴したそうです。その男の話だと、裁判はすべてドイツ語でおこなわれて、陪審員はいなかった。スティーヴは、何度か十字を切ったうえで証言し、裁判の最後に、略奪の罪で有罪と書かれた書類に署名したんだとか。スティーヴはドイツ語がぜんぜんできなかった。自分がなんにサインしているのか知っていたかどうかはなんともいえませんね」

「ということは、彼は法律にのっとって裁判にかけられ、有罪を宣告されたと？」と大佐。

「ええ、まあ、そうなるでしょうね」ジムはちょっとむっとしたようにいった。「しかし、公正な裁判じゃなかった。それにね、彼がやったことといえば、インゲンの瓶詰めを一個くすねただけですよ。それも、腹ぺこだったから」

大佐は左右に首を振り、舌先を歯に当てて、チッチッと鳴らした。「きみたちは、略奪の罪を犯せば銃殺される可能性があることを知っていたんだろう？」速記者は、この法的な見識を賞賛するようにうなずいた。

「はい」わたしたちはそろって認めた。中尉は腹立たしげな顔をしたが、口は閉じていた。「でも、おそろしく腹が減ってた。おれたちだって、食わなきゃいけなかった――んです」

「かもしれん」大佐はテーブルのところまでやってくると、強調するようにこぶしで天板を叩き、「しかし、きみらは知っていたし、マロッティも知っていた。地下室からなにかを盗んで捕まれば、略奪の罪で銃殺になる可能性がある、と。わたしの理解するところでは、マロッティは現行犯で逮捕され、裁判にかけられ、有罪を宣告され、銃殺された。残念ながら、これは戦争犯罪には当たらない」大佐はチップス先生のような笑みを浮かべた。

ジョーンズ、ドニーニ、わたしの三人はそろって立ち上がった。「これで終わりですか、中尉？」とジョーンズがたずねた。

中尉はばつの悪そうな表情だった。「ああ、だと思う」

「もしかしたら、のちほど記録のために、いくつか事実を確認させてもらうかもしれない」と大佐がつけ加えた。「その場合は追って連絡する」

天幕からまばゆい日光の下に出たとき、大佐が中尉と技術士官にこう説明しているのが聞こえた。

「ほらな、向こうは完璧に合法的に処刑を遂行したし、彼が有罪であることに疑問の余地はない」

「思ったんだけど」とジョーンズがいった。

「なんだ？」とジム。

「同じ日に、連中がロシア人を銃殺していたのはもっけのさいわいだったな」

「ああ」ジムがいった。「きっとロシア人なら、その代償として、あの射撃練習場の半径五十マイル内にいるドイツ人を全員縛り首にするからな」

セクション2

Women

女

一九五〇年五月十九日、大学の友人で自身も《ハーパーズ》に短篇が掲載されたことのあるミラー・ハリスに宛てた手紙で、ヴォネガットはこう嘆いた。「わたしは女を自作に出せたためしがないんだ」一九七四年のジョー・デイヴィッド・ベラミーとジョン・ケイシーによるインタビューではこういっている。「悩んできたわけじゃないが、本のなかで女を一度もうまく動かせたことがないのが不思議なんだ。理由の何割かは書くときに自分で演じているからだな。いろいろな人物に入り込む、そうすると英語のアクセントがうまい具合になることが多いし、本のなかでうまく動かせた登場人物は楽に演じられた役なんだ。もし演劇になったら、わたしが舞台で一番うまく演じられる、だけど女のまねはそこまでうまくない」

三年後の《プレイボーイ》のインタビューでは、ヴォネガットは「女をうまく動かせない」ことで「不思議」がるのをやめ、事実を受け入れたようだった。彼はインタビュアーにこう答えている。「わたしが自分の物語から濃密な恋愛を取り除こうとするのは、いったんこの話題が出てくるとほかの話がほとんどできなくなってしまうからなんだ。読者はほかの話なんて聞きたがらない。恋愛に夢中になってしまう。物語のなかの恋人が真の愛を勝ち取ったら、それで話はおしまい、たとえ第三次世界大戦の間際だろうが、空が空飛ぶ円盤で埋めつくされようが、だ」

ヴォネガットは登場人物を——男であれ女であれ——発展させて物語を前進させることよりも、短篇の話の筋、すなわちプロットを組み立てるほうに関心を持っていた。プロットは彼が短篇を書くうえでの強みであり、そしてまたそれを作る過程で対象読者である一九五〇年代の中産階級の姿を正確に写し取り、その習慣や夢や希望を反映させ、彼自身の文化批評を忍び込ませた。

説得力のある女性キャラクターを作る力量がないと自己評価していたからといって、ヴォネガットが女嫌いというわけではない。実のところ、当時の大衆雑誌で書いていた男性小説家の大半に比べて、彼は女たちが仕方なく我慢していた男たちに厳しかったし、妻やガールフレンドのいらだちを理解できない男たちを明るみに出した。女性を主人公にしながらロマンスに走らない短篇では、(「帰れ、いとしき妻子のもとへ」に登場する離婚を何度も重ねた映画スター、グローリア・ヒルトンを除き)女性は共感的に描かれる——容姿ではなく、行動でそう感じさせるのである。しかし彼女たちの人生に出てくる男たちはたいていが真性のろくでなしだ——馬鹿で、無神経で、粗野。この豚じみた男たちの群れにも大きな例外はいる。ある片目の小男は、ロマンティックな手紙を孤独な女性に送り、写真交換などという下品なことは決してしないよう言い含め、最後には遠方の恋人が急死して連絡が途絶えてしまったと信じ込ませることで、彼女たちの空想を傷つけないまま去っていく(「消えろ、束の間のろうそく」)。

われわれが「女」カテゴリーに分類した短篇のなかでも最大のろくでなしが「スロットル全開」に出てくる鉄道模型の愛好家、アール・発熱軸箱《ホットボックス》・ハリスンだ。彼は三十代半ばにして道路建設で財を成したが、仕事以外の人生を地下に設置した精密な鉄道模型レイアウトを操作し、そして拡張することに費やしている。アールの実母は妻の味方について、鉄道模型に没頭する息子をこう評する。「麻薬常用者の母親になった気分ね」アールにとっての「売人」は鉄道模型キット店の店主で、アールのもとへ「宝冠のように光り輝く」高価な新型の機関車を持ってくる。

アールは地下で車掌帽をかぶり、自分の列車を橋を越えトンネルを抜けて運行させるのに時間の大半を費やして、「かなり年下の妻」を四カ月も外食に連れ出していない。アールの妻と母親は土曜日にすてきな昼食を準備しても、時間どおりに階上まで上がってこさせることさえできない。

アールは模型屋の友人に愚痴を垂れる。「女が男の視点に立つことなんて、年に十秒もないじゃないか」愛とロマンスの物語で妻をないがしろにする男たちが口をそろえていうように、アールは「一日十時間も十二時間も」働くことで夫婦の義務は果たしていると感じている。「この家やこの料理、車や服を買う金はどこから来てると思う？　ぼくは妻を愛してるし、エラのために死ぬほど働いてるんだ」結局、母の怒りに触れてようやく、鉄道ごっこを続けていたいというだけで妻との外出を何度も反故《ほご》にしてはいけないと悟る。ほんとうのところ彼は妻が欲しいものを「理解して」はいないのだが、彼女を連れ出すことでひとまず平穏を得る。

きっとこうやって五〇年代の男たちの多くは夫婦げんかを解決したのだろう――われわれの「良識ある」時代にもおそらくこのやり方は残っているが、一方で離婚で解消する男女間のいさかいもますます増えている。ヴォネガットが雑誌向け短篇のうちほんの一篇でしか離婚を扱っていないのは時代の反映だろう――そしてその一篇は五番目の夫のもとを離れようとしている映画スターの話だ（「帰れ、いとしき妻子のもとへ」）。この一篇を除き、離婚は彼の短篇のプロットに現れない。

これらの短篇は書かれた時代を正確に反映している。ヴォネガットが育ったのと同じ、一九四〇年代から一九五〇年代にかけてのインディアナポリスで過ごしたわたしの自身の幼少期と思春期に、両親が離婚した友人は一人もいなかった。小学校のときに一人だけ、母親と暮らしている少年がいた――父親の話は一度もしなかったが、うわさではきっと別の女と「駆け落ちした」とか、たんに結婚や父親の役目から逃げ出したとか憶測されていた。尋ねたりはしなかった。子供時代に世間についてショックを受けたことの一つが、十歳のとき、母がわたしと古い人間の父に「離婚した女性」を夕食に誘ったと告げたことだった（わたしも父もショックを受けた）。「きっと色っぽいひとだ」と思ったのをおぼえている。はたしてわたしは正しかった。その女性はアンクレットすら着けていた！　一年かそれくらいして彼女はハリウッドに引っ越し、若手女優らしいポーズを取った写真を送ってくれたが、それ以降二度と彼女の姿を銀幕で見ることも、母が買ってくる《フォトプレイ》やそのほか人気「映画雑誌」で見ることもなかった。

鉄道模型中毒者のアールのいらだった疑問は、当時の男たちの大多数が女性の権利に関して抱く感情を吐露している。「女たちは投票権と酒場に自由に出入りする権利を獲得した。今度はなんだ？　男子砲丸投げに参加する権利か？」

この新世紀が一巡りするまでに、その答えは決定的なものになるだろう。「そのとおり！」と。

五〇年代の短篇に登場する、当時の象徴である女性たちは一切スポーツをしない。テニスは許されるかもしれないが、それももっぱら上流階級の話で、この時代の人気週刊誌の読者には縁がない。

ヴォネガットは「小さな水の一滴」で独身の色男の男性優越主義の薄っぺらさを見透かし、男の一枚上手をいく女性に彼の習慣をかき乱し、独身生活から連れ出そうと誘惑させる。「百ドルのキス」では男性誌《プレイボーイ》や当時刊行されていたその模倣誌《ナゲット》を含む）の魅力を批判し、こんな文で話を締めくくる。「みんなが注意を向けるのは、ものを撮《と》った写真です。もの自体に注意を向ける人間なんてだれもいない」この「もの」とは女性たちのことだ。この短篇はヴォネガットの時代の雑誌では不採用となり、没後の短篇集『人みな眠りて』で日の目を見た。

ヴォネガットの短篇で唯一女性の物語、あるいはロマンスだが作中の女性が主婦であることに満足しない物語がある。その短篇、「失恋者更生会」は女性誌《レッドブック》に一九六三年に掲載された――ベティ・フリーダン『新しい女性の創造』が刊行された年である。この短篇はフリーダンの本の文化的影響をはじめて小説の形で伝えたものかもしれない――その社会への影響は最初の核爆弾に匹敵する。

「シーラ・ヒンクリー」とこの短篇の語り手はいう。「この才色兼備の女性は、わたしとおなじ年齢層に所属するほとんどすべての男のあこがれの的だった……シーラは高校一の秀才だったし、ヴァーモント大学でもその才能は嘱望の的だった」彼女の崇拝者たちは「大学を卒業するまでは、本気で求婚してもむだだろう、とだれもが思いこんでいた」。

シーラが大学三年目のなかばで中退してハーブと結婚したとき、元崇拝者たちは自分たちを「永遠の苦しみにさらされた者たち」の集まりと宣言し、生涯にわたって「まさかシーラ・ヒンクリーが主婦になりたがるとは考えもしなかったあほうどもの友愛団」を結成する。そして会の名を「失恋者更生会」と命名した。

この苦しみに悶える崇拝者たちも、彼女の夫もともに鈍感すぎて、シーラ自身がいつか主婦以上のものを望んでいるかもしれないとは気づきもしなかった！　読者は彼らを許してやらなければいけない、というのも当時の男性でそんなことを想像しただろう人間はほんのわずかだったからだ――少なくとも『新しい女性の創造』が――あるいは、シーラが読んでいる『女、この浪費された性、あるいは主婦業のぺてん』という本が世に出るまでは。

語り手――ヴォネガットの「アルミの一体型防風窓と網戸」セールスマンの一人――は近所の貸出文庫へ行ってシーラが持ち歩いている本の正体を知る。目次を読んだあと、彼は本を文庫の担当者に返してこう告げる。「この汚物をもよりの下水へ捨ててくれ」

「とても人気のある本なのよ」と担当者はいう。

この本を読んだあと、シーラは自分の脳が「お粥状態《かゆ》」になっているといい、大学に戻りたいと願う。夫のハーブは家を出て、母屋の「エル」（建増し部分）を自分用の離れにする。彼は怒ったのではなく、「高校も満足に出てない小さい町の簿記屋のために、家庭を支えさせ」たことで妻の知性を無駄にしてしまった罪悪感からそうしたのだった。

シーラのほうでもその罪悪感を共有し、そして夫に理解を示したのだろう。彼女は夫が「これまでの一生でずっと奴隷だったこと」、「自分の母親、それからわたし、それからわたしと娘たちを養うために、好きでもない仕事をやってきたこと」に気づく（彼らには二人の娘がいる）。

『女、この浪費された性、あるいは主婦業のぺてん』を読み終えたシーラは、大学に復学し学位を取得すると決意する――だがそれは高校の卒業アルバムに彼女が記した目標ではない。「新しい惑星を発見するか、女性最初の最高裁判所判事になるか、それとも消防自動車メーカーの社長になる」一九六三年の《レッドブック》読者を落ち着かせるために――特に夫が万が一この短篇を読んだときのために――シーラは高校の男子たちが冗談の種にしたその目標には向かわず、教師になると決意する（『新しい女性の創造』の登場以前も、教職と看護師は女性のための職業と校長が認めていた）。

物語の終幕で、アルミ窓セールスマンの語り手が『女、この浪費された性、あるいは主婦業のぺてん』を友人たちとの昼食会に持ってくると、仲間の一人がいう。

「まさか女房にこんなものを読ませたんじゃなかろうな」とヘイ・ボイドンがたずねた。

「もちろん読ませたさ」とわたしはいった。

「彼女、おまえと子供たちをおいて家出するぞ……海軍へはいって、提督に出世したりして」

一九六三年にはこれは突拍子もない発想だった。ヴォネガットは知るよしもないが、この短篇（そして『新しい女性の創造』）が出版されてから九年後、エイリーン・B・ドゥアーク少将がアメリカ海軍初の女性提督となった。その十年後にはサンドラ・デイ・オコナーが最初の女性最高裁判事となり、シーラ・ヒンクリーの高校時代の二番目の夢を叶えた。消防自動車メーカー初の女社長に関する記録はないが、きっと彼女もどこかにいるだろう。ヴォネガットの物語は中産階級向け大衆雑誌の読者に『新しい女性の創造』が生んだ衝撃波と、来《きた》るべき新世界を真っ先にかいま見せたのである。

――ダン・ウェイクフィールド

（鳴庭真人訳）

誘惑嬢

Miss Temptation

宮脇孝雄 訳

清教主義もすでに荒廃の極に堕ち、たとえ甲羅の生えたオールド・ミスでもスザンナを水責め椅子にすわらせようとは思わなかったし、同じく甲羅の生えた農夫でもスザンナの悪魔的な美しさのせいで牛の乳の出が止まったとは考えなかった。

スザンナは村のそばにある夏期劇場《サマー・シアター》の端役女優で、消防団詰所の上に部屋を借りていた。夏のあいだはいつも村の生活の一部になるが、村人たちは決して彼女に慣れなかった。大都会の消防機具のように、いつまでも驚くべき存在、あこがれの存在であった。

スザンナの羽毛の髪と、丸く大きな目は、真夜中のように黒かった。肌はクリームの色をしていた。ヒップは竪琴のようで、その胸のふくらみは、平和と豊穣よ、いつまでも、いつまでもの夢を男たちに与えた。貝がら型のピンク色の耳に、蛮族風の金の輪をつけ、両足のくるぶしのまわりには小さな鈴のついたチェーンがあった。

スザンナは素足で歩きまわり、毎日、正午まで眠った。そして大通りの村人たちは、正午が近づくにつれて、雷雨の前のビーグル犬のようにそわそわしはじめるのだった。

正午になると、スザンナは部屋の外のポーチに現われる。そして、物憂げにのびをして、飼っている黒猫の深皿にミルクを注ぎ、猫にキスをして、髪の毛をふんわりさせると、イヤリングをつけ、ドアに鍵をかけて、その鍵を胸のふくらみに隠す。

それから、素足のまま、身をくねらせ、男の気をそそる足取りで、鈴の音《ね》をたてながら、堂々と散歩に出かけるのだ――外の階段を降り、酒屋と保険屋、不動産屋、食堂、在郷軍人会駐屯所、教会の前を通り、最後に着くのは混み合ったドラッグストア。そこで彼女はニューヨークの新聞を買う。

スザンナは、奥床しく、女王のように、全世界に向けてうなずきかけているようだった。しかし、その日課の散歩のあいだに話しかける相手は、七十二歳の薬剤師、ビアス・ヒンクリーだけだ。

老人はいつも彼女の新聞を用意していた。

「ありがとう、ヒンクリーさん。あなたって、まるで天使みたい」そういうと、出鱈目に新聞を開く。「さあ、文明社会ではどんなことが起こっているのかしら」老人が香水の匂いに酔ってじっと見つめる前で、スザンナは新聞の記事に声を上げて笑ったり、息をのんだり、眉をひそめたりする――が、どんな記事かは一度も話さなかった。

そのあと彼女は、新聞を持って消防団詰所の上の自分の巣に戻る。部屋の外のポーチで立ち止まると、胸もとに手を入れ、鍵を出し、ドアをあけ、黒猫を抱き上げ、またキスをして、中に消える。

このたった一人のお祭り行列は、儀式のようにいつも変わらなかった。ところが、夏も終わりに近づいたある日、ソーダ・ファウンテンの回転椅子の、油のきれたベアリングから、けたたましいきしみが長々と響き、ドラッグストアの空気を切り裂いた。

そのきしむ音は、ヒンクリー氏が天使みたいだというスザンナの言葉に割って入った。頭の皮がむずむずし、歯が浮くような音だった。スザンナは、犯人を赦そうと、音の方に寛容の目を向けた。

が、相手は寛容にすがりつく人間ではないように見えた。

そのきしみを立てたのは、前夜、朝鮮での荒涼たる十八カ月を経て帰郷したノーマン・フラー伍長の椅子だった。十八カ月のあいだ、戦闘はなかった――が、同じように、その十八カ月には喜びもなかった。フラーは、ゆっくり椅子を回して、スザンナに怒りの視線を向けた。きしみがやむと、店は死んだように静まりかえった。

フラーは、夏の浜辺の魅惑をたち切ってしまったのだ――店内の全員に、しばしば人生を動かすぜんまいとなる、あのどす黒い秘密めいた情熱を思い起こさせたのだ。

フラーは、悪の巷《ちまた》から愚かな妹を救いに来た兄の役をつとめているのかもしれない。あるいは、妻を馬のムチでひっぱたいて、本来の帰るべき場所、赤ん坊のいる家庭に連れ戻そうと酒場にやってきた夫の役を。が、実をいうと、フラー伍長はこのとき初めてスザンナを見たのだった。

意図して波乱を起こすつもりはなかった。椅子がきしむことを意識していたわけでもなかった。ただ自分の怒りを控え目に表現して、スザンナのお祭り行列の背景の、ささやかな細部にするつもりだったのである――人間喜劇の愛好者一人か二人が、ようやく気のつくような細部に。

しかし、あのきしみのおかげで、ドラッグストア内の全員には――とりわけスザンナには――彼の怒りが太陽系の中心になってしまった。時間は停まり、フラーがニューイングランド人らしい花《か》崗岩《こうがん》の顔に浮かべた自分の表情に説明を加えるまで、それはふたたび流れ出しそうもなかった。

フラーは、熱い真鍮のように顔が紅潮するのを感じた。運命というものを悟りはじめていた。その運命が、突然、彼に観客を与え、さんざん苦言を呈したくなる状況を与えてくれたのだ。

フラーは自分の唇が動くのを感じ、そこから出てくる自分の言葉を耳にした。「いったい何様だと思ってるんだ?」彼はスザンナにそういった。

「え、何ですって？」と、スザンナ。新聞を自分に引き寄せ、身を守るようにしている。「きみがサーカスのパレードみたいに通りをやってくるのを見て、不思議になったんだ。この女、自分を何だと思ってるんだろうって」と、フラーはいった。

スザンナは真っ赤になった。「あたし――あたし、女優よ」

「そいつはいい」と、フラー。「世界一の名女優だ。アメリカの女はみんなそうさ」

「どうもご親切に」スザンナは不安げにいった。

フラーの顔はさらに紅潮し、さらに熱くなった。その心は、気のきいた複雑なセリフが湧き出る泉になっていた。

「ぼくが話しているのは、客席のある劇場のことじゃない。ぼくが話しているのは、人生という劇場のことだ。アメリカ女のすることや着るものを見ていると、まるで全世界をこちらに差し出してくれるような気がする。それで、うっかり手を伸ばしたら、角氷を握らされるのさ」

「そうなの？」スザンナは空ろな声でいった。

「そうさ」と、フラー。「そろそろ誰かがそれをいってもいい頃なんだ」彼は挑むように観客を順に見つめ、そこに見たものを呆然とした激励の表情と解釈した。「こんなのは、ずるいんだ」

「こんなのって？」スザンナは話についてゆけなくなっていた。

「きみが、くるぶしに鈴をつけて入ってくるから、そのくるぶしや、かわいいピンク色の足に目がいってしまう」フラーはいった。「きみが猫にキスするから、その猫になったらどんな気持だろうと思ってしまう」フラーはいった。「きみが老人を天使と呼ぶから、きみに天使と呼ばれたらどんな気持だろうと思ってしまう」フラーはいった。「きみがみんなの前で鍵をしまうから、その鍵の隠し場所のことを考えてしまう」フラーはいった。

彼は立ち上がった。「お嬢さん」その声は苦悩に満ちていた。「きみのやることは、ぼくみたいな一人ぼっちのどこにでもいる人間を、消化不良にしたり、ノイローゼにしたりすることばかりなんだ。おまけに、ぼくが崖から落ちそうになっても、きみは手を差しのべてさえくれないだろう」

彼は大またでドアに近づいた。視線という視線が彼にそそがれていた。ほとんど誰も気のつかなかったことだが、彼に告発されたおかげで、スザンナは、ほんの少し前の彼女ではなく、その燃えかすにすぎない存在に変わっていた。今のスザンナは、本来の姿に戻って見えた――洗練の世界の小さな隅っこにしがみついている、当惑した十九の娘に。

「こんなのは、ずるいんだ」と、フラーはいった。「きみみたいな格好をして、きみみたいなことをする娘たちを取り締まる法律がなきゃいけない。人を幸せにするより、不幸にすることの方が多いんだ。きみにぼくが何をいいたいか、わかるかい？　男という男を、きみとキスしたい気持にさせてまわっているきみに？」

「わからないわ」スザンナは消え入りそうな声を出した。その神経系のヒューズは一つ残らずふっ飛んでいた。

「ぼくがきみにキスを迫ったときに、きみがぼくにいうのと同じことをいってやりたいのさ」フラーは、してやったりとばかりに答えた。そしてアンパイアが〝アウト〟を宣告するように手を大きく振り、「とっとと失せろ」というと、網戸つきのドアを叩きつけて外に出ていった。

その直後、ふたたびドアが音をたてたときも、素足で走る足音がして、激しく鳴る鈴の音《ね》が消防団詰所の方角に遠ざかっていったときも、彼はうしろを振り返らなかった。

その日の夜、夫を亡くしているフラー伍長の母親は、テーブルにキャンドルを立て、サーロイン

・ステーキとイチゴのショートケーキで息子の帰郷を祝った。フラーは、湿った吸取り紙でも食べるように食事を口に運び、浮きうきした母親の質問にも死んだ声で答えた。
「家に帰ってうれしくないの？」コーヒーを飲み終えて、母親はいった。

「うれしいさ」と、フラー。

「今日、何をしてきたの？」

「散歩さ」

「昔の友だちみんなと会ってきたんだね？」

「友だちなんか一人もいないよ」と、フラー。

母親は両手をひろげ、「友だちがいない？　おまえにかい？」

「時代は変わるんだよ、母さん」沈んだ声でフラーは答えた。「十八カ月というのは長い期間だよ。町を出ていく者もいるし、結婚する者も――」

「結婚したって別に死ぬわけじゃないでしょう？」

フラーは、にこりともしなかった。「そうかもしれないけど、昔なじみが入り込めるような場所は、なかなか見つからなくなるもんさ」

「ドゥーギーはまだ独りじゃなかったかい？」

「あいつは西に行ってるよ――戦略空軍部隊に入って」と、フラーは答えた。小さな食堂は、空気の薄い寒々とした成層圏を飛ぶ爆撃機のように淋しくなった。

「あら、そう」と、母親はいった。「でも誰かいるでしょう」

「いや」と、フラー。「ぼくは午前中ずっと電話をかけていたんだよ。まるで朝鮮に戻ったみたいだ。誰もいやしない」

「信じられないねえ」と、母親。「だって、これまでは、大通りを歩くと必ず誰か友だちと会ったじゃないか」

「母さん」フラーは、空ろな声でいった。「かける電話番号がなくなったとき、ぼくはどうしたと思う？　ドラッグストアに行ったんだよ、母さん。ソーダ・ファウンテンの椅子にすわって、何もしないで人が入ってくるのを待っていたんだ――ほんの少しでも知っている人が入ってきやしないかと思って」その声は、煩悶の口調に変わっていた。「ぼくの知っている相手は、ビアス・ヒンクリーじいさんだけだった。冗談をいってるんじゃないよ」彼は立ち上がり、ナプキンを玉のように丸めた。「母さん、ちょっと出かけてもいいかな」

「ああ、いいとも」と、母親は答えた。「どこへ行くんだい？」そしてにっこりすると、「どこかのかわいい娘さんのところへ行くんだね」

フラーはナプキンを投げ捨てた。「葉巻を買いに行くんだよ！」と、彼はいった。「女なんか知るもんか。どうせみんな結婚してるよ」

母親は蒼ざめた。「わ――わかったよ。お――おまえが煙草を吸うことも、今はじめて知ったくらいだし」

「母さん」フラーはぴしゃりといった。「どうしてわかってくれないんだ？　ぼくは十八カ月いなかったんだよ。十八カ月も！」

「確かに長いねえ」彼の勢いにうろたえ、母親は答えた。「さあ、葉巻を買っておいで」と、息子の腕に手を触れ、「お願いだから、淋しがるのはやめておくれよ。まあ、待ってごらん。そのうち、また友だちだらけになって、どっちを向けばいいかわからないような暮らしに戻るから。それどころか、自分でもわからないうちに、かわいい若い娘さんと出会って、おまえも結婚することになるから」

「当分、結婚する気はないからね、母さん」フラーは、こわばった口調でいった。「結婚は神学校を出てからだ」

「神学校だって！」と、母親。「そんなこと、いつ決めたんだい？」

「今日の昼さ」と、フラー。

「昼に何があったの？」

「いわば宗教的な体験をしたんだよ、母さん」と、彼は答えた。「何かにうながされてぼくはしゃべりだしていた」

「どんなことを？」母親は面喰らっていた。

ブーンと唸るフラーの頭の中では、この世のスザンナたちの狂詩曲《ラプソディ》が渦巻いていた。朝鮮で彼を苦しめた、誘惑を天職とする女たち、ベッドのシーツを代用した映画のスクリーンや、じっとり湿ったテントの中に貼られた先のめくれたピンナップ写真や、砂袋をまわりに積み上げた穴の底に落ちていたよれよれの雑誌から手招きしていた女たち、その姿が一つ残らず脳裏によみがえってきた。そういったスザンナたちは、世界中の孤独なフラー伍長たちに手招きして――目も覚めるような美しさで、何をする気もないくせに、どこにもない場所にフラーたちを誘い込もうと手招きして、金を稼いでいるのだ。

肩すじをこわばらせ、黒い服に身を包んだ清教徒の先祖の怒りが、フラーの舌に乗り移った。フラーは、数世紀の時を越えてきた声、魔女を死刑にした判事の声、欲求不満と独善と運命の響きに満ちた声で語りかけた。

「ぼくが何を告発したかって？」と、彼はいった。「それは誘惑の罪だ」

夜の中に光るフラーの葉巻は、のんきなやじ馬を追い払う灯台だった。腹立ちまぎれに葉巻を吸っていることは一目でわかった。蛾でさえ、賢明にもそばに近づかなかった。何かを尋ね歩く赤い目のように、村の通りという通りを動きまわったあと、その光は消防団詰所の前で止まり、葉巻は湿った吸いがらになった。

老薬剤師のビアス・ヒンクリーがポンプ車の運転席にすわっていた。その目は、郷愁に——まだ彼が若く、ポンプ車の運転をすることができた時代への郷愁に曇っていた。しかもその顔にありありと浮かんでいるのは、ふたたび大異変が起き、若者たちがいなくなって、ほかならぬ老人がもう一度ポンプ車を栄光へと走らせることができる日への夢想であった。彼は暑い夜をその運転席で過ごした——それが何年も前からの習慣だった。

「そいつに火が欲しいのかね？」彼は、フラー伍長のくわえている火の消えた葉巻を見て、そう声をかけた。

「いや、結構です、ヒンクリーさん」フラーは答えた。「もう吸っても楽しくなくなったんです」

「わしにはそもそも葉巻を楽しむ連中の気が知れんがね」老人はいった。

「好みの問題ですよ」と、フラー。「人の好みは説明できない」

「一人の肉はもう一人の毒というわけだね」と、ヒンクリー。「わしがいつもいっているように、この世は持ちつ持たれつさ」老人は天井に目をやった。その上には、スザンナと黒い飼猫の香《かぐわ》しい巣があった。「わしかね？　わしの楽しみは、かつて楽しかったものをながめることだけさ」

言外に語られた意味を正面から受けとめ、フラーも天井に目をやった。「もしヒンクリーさんが若かったら、ぼくがなぜ彼女にあんなことをいったか、わかってもらえたでしょう。美しくて自惚《うぬぼ》れの強い女の子を見ると、胸がとても痛くなるんです」

「ああ、それならわしにも憶えがあるさ」ヒンクリーは答えた。「あの胸の痛みを忘れるほど老いぼれちゃおらんぞ」

「ぼくに娘が生まれたなら、美しくない方がいい」と、フラーはいった。「ハイスクールのきれいな娘たちときたら――みんな自分のことをとびきり上等だと思ってる」

「そりゃわしだってそう思うさ」と、ヒンクリー。

「車のない男や、デート用の二十ドルのおこづかいがない男には、見向きもしないんだ」フラーはいった。

「当たり前じゃないかね？」老人は楽しげにいった。「わしが美しい娘なら、やっぱりそうするよ」と、一人でうなずき、「まあ、ともかく、おまえさんは戦争から帰ってきて、その恨みを晴らしたわけだ。あの娘《こ》にも戦争のことを話したんだろう？」

「そううまくいくもんですか」と、フラー。「あんな女たちを感心させようったって無理なんです」

「わしにはわからんがね」と、ヒンクリー。「演劇界には立派な伝統があって、ショーは続けなければならない、といわれている。つまり、肺炎になろうと、赤ん坊が死にかけていようと、舞台には出なきゃならんわけだ」

「ぼくなら大丈夫ですよ」と、フラー。「泣きごとはもういいません。元気になりましたから」

老人は白い眉をつり上げた。「誰もおまえさんの話はしておらんよ。わしがいっているのは、あの娘《こ》のことだ」

フラーは、エゴイズムの罠に落ち、赤くなった。「彼女なら平気でしょう」

「そうかな？」と、ヒンクリー。「そうかもしれんがね。ただ劇場ではもう芝居が始まっている。彼女も出演するはずだったが、今でもまだ上の部屋にいるんだよ」

「ほんとですか？」フラーは驚いていた。

「ずっと閉じこもっている」と、ヒンクリー。「おまえさんにがつんとやられて、部屋に戻ってからずっとな」

フラーは皮肉な笑いを浮かべようとしながら、「へえ、それは残念ですね」と、いった。その笑いは不快で弱々しい感じがした。「それじゃあ、ヒンクリーさん、おやすみなさい」

「ああ、おやすみ、伍長、おやすみ」と、ヒンクリーはいった。


その次の日、正午が近づくにつれて大通りの村人たちは何も手につかなくなってきた。このニューイングランドの店の主人たちは、金など眼中にないごとく、ぼんやりして釣り銭を間違えた。頭にあるのは、巨大なハト時計に変じた消防団詰所のことだけだった。問題は、果たしてフラー伍長のせいで習慣は破られるか、それとも正午になれば勢いよく小さな扉が開き、スザンナが顔を出すか、であった。

ドラッグストアでは、ビアス・ヒンクリー老人がやきもきしながらスザンナのニューヨークの新聞を手にしていた。しわになっていたが、その新聞がスザンナをおびきよせるおとりであった。

正午まであと少しになったとき、フラー伍長――問題の野蛮人――がドラッグストアに入ってきた。その顔には、罪悪感と不機嫌の入り交った奇妙な表情があった。彼は、ほとんど夜も眠らず、美しい女たちへの不満を再検討した。あいつらの考えることは、自分の美しさだけなんだ、夜明けに彼はそう思った。たとえ時間を尋ねても教えちゃくれないんだ、と。

フラーは、一列に並んだソーダ・ファウンテンの椅子に沿って歩きながら、誰もすわっていないその椅子を、一見さりげなく、一つひとつ回していった。やがて前の日にあの大きなきしみを上げた椅子が見つかった。彼はそれに腰をおろした。その椅子こそ正義の記念碑であった。彼に話しかける者は一人もいなかった。

消防団詰所のサイレンが、息切れしたようなお座なりな声で正午を告げた。そのとき、霊柩車のように、運送屋のトラックが一台、詰所に近づいた。中から二人の男が降り、階段を昇っていった。お腹をすかせたスザンナの黒猫がポーチの手すりに飛び上がって、スザンナの部屋に入ってゆく運送屋に背中を丸めた。スザンナのトランクを持って運送屋がよろめきながら出てきたとき、猫はうなり声を上げた。

フラーは衝撃を受けた。ビアス・ヒンクリーに目をやった彼は、老人の不安の表情が両肺炎を病む人のそれに変わっているのを見て取った――それは空ろで、視力も失せ、呼吸困難に陥った者の顔だった。

「これで気がすんだかね、伍長」と、老人はいった。

「ぼくは出ていけといったわけじゃない」フラーは答えた。

「選択の道もあまり残してやらなかったじゃないか」と、ヒンクリー。

「ぼくがどう思おうと、気にしなければいいんですよ」と、フラー。「彼女がこれほど傷つきやすい花だったなんて、ちっとも知らなかった」

老人はそっとフラーの腕に手を置いた。「わしらはみんなそうなんだよ、伍長――わしらはみんなそうなんだ。若い者を軍隊に入れて少しでも利点があるとしたら、それだと思っていたのに。軍隊に入れれば、この世で傷つきやすい花は自分だけじゃないことがわかると思っていたんだがな。おまえさんにはわからなかったのか？」

「ぼくは、自分のことを傷つきやすい花だなんて一度も思ったことはない」と、フラー。「こういうことになったのは残念ですが、これは彼女が自分で招いたことなんですよ」彼は顔を伏せていた。耳は熱く真紅になっていた。

「よほどあの娘《こ》のことがこわかったんだろうな」と、ヒンクリーはいった。

何かと理由をつけて集まっていたささやかな見物人たちの顔に、笑いが花開いた。フラーはその笑いを値踏みし、老人が自分に残した武器は一つしかない、と判断した——つまり、面白さのかけらもない市民の良識に訴えるのだ。

「誰がこわいなんていいました？」その口調はこわばっていた。「ぼくはちっともこわくない。ただ、誰かがこの問題を持ち出して議論すべきだと思っただけです」

「確かにこういう話題だと誰も退屈せんな」と、ヒンクリー。

すでにひどく落着きを失くしていたフラーの視線は、雑誌の棚の上を通り過ぎた。そこにはスザンナたちの姿が——一フィート四方の無数の枠におさまった、唇の濡れた笑顔や、とろんとした目や、クリームのような肌が、幾重にも重なり合っていた。彼は、頭の中をひっかきまわして、自分の主義主張に尊厳を与える高らかに鳴り響く文句をさがした。

「ぼくは少年非行のことを考えているんだ！」と、彼はいった。そして棚の雑誌を指さし、「子供たちの頭がおかしくなるのも無理はないでしょう」

「わしも同じ気持だった」と、老人は静かにいった。「おまえさんのように、わしもこわかったよ」

「さっきいったでしょう。彼女のことなんかこわくありません」と、フラー。

「よかろう！」ヒンクリーはいった。「それならちょうどいい、おまえさんがあの娘《こ》に新聞を届けるんだ。代金はすでにもらってある」彼はフラーの膝に新聞を投げ出した。

フラーは答えようと口を開いた。が、また閉じてしまった。喉がこわばり、もしもしゃべろうとしたら、アヒルのようにがあがあわめきだすことが、自分でもわかっていたからだ。

「もし本当にこわくなかったら、伍長」と、老人はいった。「そうするのが親切というものじゃないかね――キリスト教徒なら、ぜひそうしたまえ」

スザンナの巣への階段を昇りながら、フラーは努めて平静を装おうとして、まさに痙攣せんばかりになっていた。

ドアには、かんぬきが降りていなかった。フラーがノックすると、扉はひとりでに開いた。フラーの想像の中にあった彼女の巣は、暗く静かなところで、香の匂いがたれ込め、厚い垂れ幕や鏡の迷路になっており、どこかにトルコ風の飾りつけをした一角があり、またどこかに白鳥の形をした大波のようにうねるベッドのある部屋だった。

彼は今、スザンナとその部屋の真実を目《ま》のあたりにした。その真実とは、格安のニューイングランドの夏期専用貸し部屋の陰気な真実であった――むき出しの木の壁、三つしかない上着かけ、リノリウムの敷き物。ガス・バーナー二台、鉄の寝台、アイス・ボックス。水道管が丸見えの小さな流し台、プラスチックのコップ、二枚の皿、すすけた鏡、フライパン、ソース鍋、粉せっけん一缶。

ただ一カ所、ハレムらしい感じがするのは、すすけた鏡の前に丸くこぼれた白いタルカム・パウダーだけだった。その円のまん中には、素足の跡が二つついていた。足の指の跡は、せいぜい真珠ほどの大きさしかなかった。

フラーはその真珠から目を離し、真実のスザンナを見た。背中が彼に向けられていた。彼女は、最後の荷物をスーツケースに詰め込んでいるところだった。

スザンナは旅に出る服装をしている――その服装は、宣教師夫人のように申し分がなかった。

「新聞を」と、フラーは、しゃがれ声でいった。「ヒンクリーさんに頼まれたんだ」

「ほんとにヒンクリーさんて親切な方ね」と、スザンナは答え、振り返った。「ヒンクリーさんに伝えて――」あとの言葉は出なかった。相手が誰なのかを知ったのだ。彼女は唇をすぼめ、小さな鼻を赤くした。

「新聞だよ」フラーは空ろな声でいった。「ヒンクリーさんからの」

「それなら聞こえたわ」と、スザンナ。「さっきもいったじゃない。おっしゃりたいことはそれだけ？」

フラーは両わきに力なく手を垂らした。「ぼ――ぼくは――ぼくは、別にきみを追い出すつもりじゃなかったんだ」と、彼はいった。「そんなつもりじゃなかったんだ」

「出て行くなといいたいの？」哀れっぽくスザンナはいった。「あたし、公衆の面前で辱めを受けたのよ。姦通した女みたいに。あばずれみたいに。淫売みたいに」

「よしてくれよ、ぼくはそこまでいった覚えはないぞ！」

「あなた、あたしの身になって考えたことある？」彼女はいって、胸を軽く叩いた。「あたしのこの中にも、もう一人の人間が住んでいるのよ」

「わかってるさ」と、フラーは答えた。実はこのときまでわかっていなかったのだが。

「あたしにも魂があるのよ」

「確かにそうだとも」震えながら、フラーはいった。彼が震えたのは、深い親しみが部屋に満ちあふれてきたからだ。胸苦しい幾千もの白昼の夢想が生んだ黄金の娘、スザンナが、今、孤独なフラー、さえないフラー、陰気なフラーに向かって、自分の魂について熱っぽく語りかけている。

「あなたのおかげで、ゆうべは一睡もできなかったわ」と、スザンナはいった。

「ぼくのおかげで？」フラーは、彼女がまた自分の人生とは無縁になってくれればいいのに、と思った。白黒写真の中、厚さ千分の一インチの雑誌の一ページに入ってくれればいいのに、と思った。そのページをめくって、野球の記事や外国の記事を読めればいいのに、と思った。

「あなたは何を期待していたの？」と、スザンナはいった。「あたし、一晩中、あなたに話しかけてたわ。あたしが何をいったかわかる？」

「いや」あとずさりしながら、彼は答えた。スザンナはその彼に肉薄しながら、大きな鉄のラジエーターさながらに熱を放射しているように見えた。その姿は目を見張るほど人間らしかった。

「あたしはイエローストーンの国立公園じゃないのよ！」と、彼女はいった。「税金で養われているわけじゃないのよ！　あたしは誰のものでもないわ！　あたしがどう見えようと、あなたなんかにつべこべいう権利はないわ！」

「ちょっと待ってくれ！」と、フラーはいった。

「あなたみたいな薄ら馬鹿にはうんざりよ！」スザンナはいった。そして足を踏み鳴らしたが、そのあと不意にやつれて見えた。「あなたがあたしにキスしたくなったって、あたしにはどうしようもないわ！　それはどっちの罪？」

今になって、ようやくフラーには、海底から太陽を覗く潜水夫のように、この問題における自分の立場がおぼろげながら見えかけてきた。「ぼくがいいたかったのは、もう少しおとなしい格好をしたらどうか、ということだけなんだ」

スザンナは両手をひろげた。「これくらいおとなしければいいの？」と、彼女はいった。「あなたはこれで満足？」

愛らしい娘のその訴えの仕草に、フラーは骨の髄が疼いた。彼の胸の中には、失われた心の琴線の響きにも似たため息があった。「ああ」と、彼は答えた。そして、つぶやくように、「ぼくのいったことは忘れてくれ」

スザンナは顔を上げた。「トラックに礫かれたことを忘れろっていうの？」と、彼女はいった。「どうしてあなた、そんなに意地悪なの？」

「ぼくは思ったとおりのことをいうだけだ」と、フラー。

「じゃあ、意地悪なことばかり思ってるんだわ」とまどいながら、彼女はいった。その目は大きくなった。「ハイスクールのとき、あなたみたいな人が、こいつなんか死んじまえとでもいうような目で、いつもあたしを見ていたものよ。あたしとは踊ってくれなかったし、話しかけてもくれなかったし、笑顔を見せても知らん顔だったわ」彼女は震えた。「みんな、田舎町のおまわりさんみたいに、こそこそ嗅ぎまわるだけ。あなたと同じ目でこっちを見たわ——あたしが何か恐ろしいことでもしでかしたように」

その言い分が真実を衝いていたので、フラーはいたたまれなくなった。「どうせ何かほかのことを考えていたのさ」と、彼はいった。

「そうじゃないと思うわ」と、スザンナ。「あなたの場合は絶対そのことを考えていたはずよ。ドラッグストアで、いきなりあたしのことを怒鳴りはじめたじゃない。それまで一度も会ったことがないのに」彼女は泣き出した。「あなた、いったいなんなの？」

フラーは床を見つめた。「これまで、きみみたいな女の子と、きっかけがなかったんだ——それだけのことさ」と、彼はいった。「つらいよ」

スザンナは不思議そうに相手を見た。「そのきっかけがどんなものか、あなたは知らないのよ」

「最新型のコンヴァーティブル、新品のスーツ、二十ドル、それがきっかけさ」と、フラー。

スザンナはうしろを向いてスーツケースを閉じた。「きっかけは、女の子よ」と、彼女はいった。

「その子に頬笑みかけて、仲良くなって、彼女が女の子だということをよろこべばいいのよ」スザンナは振り向き、また両腕をひろげた。「あたし、女の子よ。女の子は、こういうふうにできているのよ」と、彼女はいった。「男の人が優しくしてくれて、幸せだと思ったら、あたし、その人とキスをすることもあるわ。わかってもらえる？」

「うん」と、フラーは慎ましく答えた。宇宙を支配する甘美な法則で、スザンナは彼の気分を和らげていた。フラーは肩をすくめた。「もう帰らなくちゃ。じゃあ、さよなら」

「待って！」彼女はいった。「そんなの駄目よ――あたしをこんなひどい気分にしたままで帰るなんて」彼女は首を振った。「こんなひどい気分にさせられるようなことをした覚えもないのに」

「じゃあ、どうすればいいんだ？」なすすべもなく彼は尋ねた。

「一緒に大通りを散歩してもらえないかしら、あたしのことを自慢するみたいにして」と、スザンナはいった。「あたしが人間の仲間に戻るのを歓迎してちょうだい」そして一人でうなずき、「あなたにはそれくらいの貸しがあるわよね」

二晩前、朝鮮での暗鬱な十八カ月から家に戻ってきたノーマン・フラー伍長は、村人たち全員の視線を浴びながら、スザンナの巣の外のポーチで待っていた。

スザンナは、自分が着がえるあいだ、人間の仲間に戻る服を着るあいだ、彼には外で待つようにいったのだ。それから運送会社に電話をかけ、トランクを返してもらうようにも手配した。

フラーは、スザンナの猫を撫でて時間をつぶした。「こんにちは、子猫ちゃん」彼は何度も何度もそう声をかけた。「子猫ちゃん、子猫ちゃん、子猫ちゃん、子猫ちゃん」その繰り返しは、慈悲ぶかい薬のように彼の心を麻痺させてくれた。

スザンナが巣の外に出てきたときも、彼はまだそれを繰り返していた。どうしても止まらなくなっていたので、スザンナがきっぱりした態度で猫を遠くにはなすまで、フラーは彼女を見ることも、腕を差し出すこともできなかった。

「さよなら、子猫ちゃん、子猫ちゃん、子猫ちゃん、子猫ちゃん、子猫ちゃん、子猫ちゃん」と、フラーはいった。

スザンナは素足だった。そして蛮族風の輪になったイヤリングを身につけ、くるぶしには鈴をつけていた。フラーの腕を軽くつかむと、彼女は相手を連れて階段を降り、身をくねらせ、男の気をそそる足取りで、鈴の音《ね》をたてながら、堂々と散歩に出た。酒屋と保険屋、不動産屋、食堂、在郷軍人会駐屯所、教会の前を通り、最後に着くのはドラッグストア。

「さあ、笑顔をつくって優しくして」と、スザンナはいった。「あたしを恥ずかしく思ってないことを、はっきり態度に見せてちょうだい」

「葉巻を吸ってもいいかな？」

「わざわざ尋《き》いてくれるなんて、思いやりがあるのね」と、スザンナはいった。「ええ、どうぞ吸ってちょうだい」

左手で右手の震えを押さえながら、フラー伍長はやっとの思いで葉巻に火をつけた。

小さな水の一滴

Little Drops of Water

大森 望 訳

もう、ラリーは行ってしまった。

われわれ独身男というのはさびしがり屋だ。ときおりひどくさびしくなることがなかったら、わたしがバリトン歌手のラリー・ホワイトマンと友人になることもなかっただろう。いや、友人じゃない、仲間だ。彼のことが特段に好きかどうかと関係なく、いっしょに時間を過ごしたという意味だ。これはわたしの発見だが、独身男は、年をとるにつれ、仲間をどこで見つけるか、えり好みしなくなる傾向がある。そして、独身男の生活すべての例に洩れず、友人は習慣になる。たぶん、きまりきった日常の一部と化すのだろう。ラリーの途方もないうぬぼれと虚栄心にむかつく一方、長年にわたり、わたしが折に触れて彼と会いつづけていたのもその一例。折に触れてというのが具体的にはどういうことなのか、あらためて考えてみると、毎週火曜日、午後五時から六時のあいだにラリーと会っていたことに気づく。じっさい、判で捺《お》したようにスケジュールが決まっているから、もしもわたしが証人席に立たされて、これこれの日付の金曜の夜、あなたはどこにいましたかと訊かれたら、今度の金曜の夜に自分がいる場所を考えるだけで、問題の金曜の夜にいた場所を答えられる。

急いでつけ加えておくと、わたしは女が好きで、それでもあえて独身でいることを選んでいる。独身男はたしかにさびしがり屋だが、女房持ちは扶養家族のいるさびしがり屋だというのがわたしの持論だ。

ただ女が好きだというだけでなく、名前を挙げることもできる。ラリーとの関わりは、習慣という理由だけでなく、女たちという点からも説明できる。スケネクタディの醸造業者の娘で、歌手になりたがっているイーディス・ヴランケン。インディアナポリスの金物商の娘で、歌手になりたがっているジャニス・ガーニー。ミルウォーキーのコンサルティング・エンジニアの娘で、歌手になりたがっているベアトリクス・ワーナー。バッファローの食料品卸商の娘で、歌手になりたがっているエレン・スパークス。

こうした魅力的な若い女性たちと――ひとりずつ、名前を挙げた順に――わたしが出会った場所は、ラリーのスタジオ、ひらたく言えばアパートメントだった。ラリーはバリトンのソリストとしての収入に加えて、歌手になりたがっている裕福で美しい若い娘たちにボイストレーニングを施すことで副収入を得ていた。ラリーはホット・ファッジ・サンデーのようにソフトな一方、大柄でたくましく、たとえて言えば大学出の木こり、もしくはカナダ騎馬警官のようなタイプだった。豊かなその声は、もちろん、指でつまむだけで岩を粉々に砕く力がありそうな印象を与える。必然的に、生徒たちは彼に恋をした。どんなふうに恋したのかという質問には、質問で応じるしかない。恋愛サイクルのどの期間のこと？　もしはじまりの時期なら、ラリーは代理の父親のように愛された。のちには慈愛に満ちた先生として愛され、最後にようやく恋人になる。

そのあとは、ラリーと友人たちが〝卒業〟と呼ぶ段階が来る。もっともこれは、生徒のシンガーとしての習熟度とはなんの関係もなく、恋愛のサイクルと大いに関係がある。卒業のキューは、生徒が〝結婚〟という言葉を過剰に使いはじめること。

ラリーにはいくぶん青ひげ的なところがあり、言わせてもらえば、運がつづくあいだは果報者だった。イーディス、ジャニス、ベアトリクス、エレン——いちばん最近の卒業生四人——は、かわるがわる順番に愛し愛された。そして、かわるがわる順番に袖《そで》にされた。彼女たちは全員、すばらしく美人だった。彼女たちの出身地には、彼女たちのような娘がもっとたくさんいて、列車や飛行機やコンバーティブルに乗り、歌手になろうとしてニューヨークにやってくる。ラリーが後釜《あとがま》に不自由することはなかった。そして、いくらでもとりかえがきくおかげで、結婚のような永続的な関係を築く誘惑から自由でいられた。

ラリーの生活は、ほとんどの独身男の生活とよく似ているが、もっと徹底していた。分刻みでスケジュールが決まり、女性を女性として相手にする時間はほとんどなかった。正確に言うと、そのときどきで贔屓《ひいき》にしている生徒のための時間がとってあるのは、月曜の夜と火曜の夜だけだった。レッスンの時間、友人たちとのランチの時間、練習の時間、床屋に行く時間、わたしとカクテルを二杯飲む時間——あらゆることに時間割が決まっていて、ラリーが数分以上スケジュールを違えることはけっしてなかった。同様に、彼は自分のスタジオを完璧に望みどおりに管理していた——あらゆるものにきちんと場所があり、無駄な空間はひとつもなく、彼の見るかぎり、なくて済むものもひとつもなかった。若いころは結婚の瀬戸際に立つことがあったかもしれないが、ほどなく結婚は不可能になった。かつては妻を——窮屈な思いはさせるにしても——受け入れるための時間と空間がすこしは残っていたはずだが、もはやまったくのゼロになってしまった。

「習慣——それがおれの力だ！」とラリーは前に言ったことがある。「女たちはこのラリーを愛の力で捕まえて改心させようとしないのかって？　ふむ、おれを捕まえるには、この決まりきった生活から、このレールからおれを脱線させる必要がある。そんなことは不可能だ。おれはこの居心地のいいレールを愛してるからな。この習慣、このイース・トリプレックスを」

「なんだって？」とわたし。

「イース・トリプレックス——三重の鎧《トリプル・アーマー》だ」

「なるほど」じつのところ、薄紙の鎧《イース・クリネックス》と呼ぶほうがまだしも真実に近かったのだが、しかし、彼もわたしも、そんなこととは知る由もなかった。このときは、エレン・スパークスが新たな星としてラリーの天空に昇りつつあったが——ベアトリクス・ワーナーとはその二カ月前に切れていた——エレンに、ほかの女たちとは違うという気配はまるでなかった。

先ほど、女が好きだと述べ、その例として、エレンを含め、ラリーの生徒たちの名前を挙げたけれど、彼女たちに自分から手を出したという意味じゃない。わたしは、安全な距離から彼女たちを見るのが好きだった。お気に入りの生徒との恋愛サイクルの中で、ラリーがニューヨークのパパでいるのをやめて、もっとホットな役柄にゆっくり移行するとき、わたしがかわりに父親代理の役になる。たしかに頼りない、だらしのない父親だが、女の子たちは、いまの状況を自分から進んで打ち明け、アドバイスを求めてきた。もっとも、アドバイザーとしては失格だった。なにしろ、思いつく助言といえば、「まあいいじゃないか。かまうもんか。若いのは一度だけなんだから」だけという体《てい》たらく。

エレン・スパークスにも同じことを言った。心労や金欠で落ち込むことなどありそうにない、とてもきれいなブルネットだった。彼女のしゃべる声はじゅうぶん耳に心地よかったが、いざ歌うと、まるで声帯が鼻腔にまで上がってきたみたいに聞こえた。

「歌詞つきの口琴《ジューズ・ハープ》だな」とラリーは言った。「歌詞はイタリア語、ただしまだ中西部訛りが残ってる」

それでもラリーはエレンのレッスンをつづけた。エレンを眺めるのは眼福だったし、彼女は言われるがままにレッスン料を払い、ラリーがそのとき必要としている金額をふっかけていることに気づくようすもなかった。

歌手になりたいとどうして思ったのか、一度たずねてみたことがある。リリー・ポンス（フランスからアメリカに渡りニューヨークで大人気を博した歴史的なソプラノ歌手。一八九八－一九七六）が好きだからと、エレンは答えた。彼女にとってはそれだけでじゅうぶんな理由だったらしい。実情は、生まれ故郷という保護区を離れて、知り合いがだれもいない土地で、裕福な家に生まれたことを楽しんでみたかったんだと思う。エレンなら、その口実が音楽だろうと芝居だろうと美術だろうと、人目を引いただろう。音楽に関しては、同じ立場にある娘たちの中で、エレンは真剣なほうだった。わたしが知っているある娘は、父親の金でホテルの続き部屋を借り、見聞を広めるために時事週刊誌を何種類も定期購読して、毎日一時間、細心の注意を払って、重要だと思えるすべての記事にアンダーラインを引いていた。一本三十ドルもする万年筆で。

エレンのニューヨークにおける父親として、わたしは、過去の女たちの言い分を聞いてきたように、彼女の言い分を聞き、きみはラリーを愛していると断言した。たしかなことはわからないくせに、きみは自分がラリーにとても気に入られるだろうとも思っている、と。

エレンは、故郷を出てからまだ五カ月しか経っていないのに、いまこうして、かなりの有名人とつきあっている自分を誇りに思っていた。勝利の美酒が倍も甘露に感じられるのは、どうやら彼女が故郷のバッファローで莫迦扱いされていたせいらしい。その後、エレンは、ラリーと何度も過ごしたワインの夜とほろ酔いの芸術談議についてたどたどしく打ち明けた。

「月曜と火曜の夜？」とわたし。

エレンははっとしたように、「なに？　監視でもしてるわけ？」

六週間後、エレンは用心深く、結婚という話題と、それを持ち出したときのラリーの態度について口にするようになった。七週間後、エレンは卒業した。たまたま、毎週火曜日のカクテル訪問でラリーの家に立ち寄ったとき、エレンが通りの向かいに駐車している黄色いコンバーティブルにすわっているのを見かけた。座席のクッションにもたれているその姿から――ふてぶてしく、同時にうちひしがれて見えた――なにがあったのかすぐに見当がついた。そっとしておくのが最善なのはわかっていた。ひとつには、おきまりのパターンにうんざりしていたせいもある。しかし、エレンのほうがこちらに目をとめ、激しく車の警笛を鳴らした。

「やあ、エレン」としかたなく声をかけた。「レッスンは終わったの？」

「いいわよ、笑いなさいよ」

「笑ってない。どうして笑うことがある？」

「どうせグルなんでしょ」と苦々しい口調で言う。「まったく、男って！　他の子たちのことも知ってたのよね？　どうなったのか知ってて、あたしがどうなるのかも知ってた」

「ラリーの生徒たちの多くが、彼に強く引き寄せられることは知ってたよ」

「そして、引き離される。まあ、ここに、てこでも動かない子もいるけどね」

「ラリーはすごく忙しい男なんだよ、エレン」

「仕事が嫉妬深い恋人なんだって言ってた」とかすれる声で言う。「じゃあ、あたしはどうなるの？」

ラリーの言は、必要以上に的確に思えた。「なあ、エレン。きみは恵まれてると思うよ。もっと年齢の近い男のほうが、きみにふさわしい」

「意地悪ね。あたしは彼にふさわしいのよ」

「たとえきみがラリーを求めるほど愚かだとしても、彼を手に入れることはできない。彼の生活は習慣でがんじがらめになってて、妻を迎え入れる余地はない。メトロポリタン・オペラ・カンパニーにコマーシャル・ソングを歌わせるほうがまだ楽だろうね」

「また来るわ」決然とした口調で言って、エレンは車のエンジンをかけた。

スタジオに入ると、ラリーはこちらに背中を向けてカクテルをつくっていた。「愁嘆場？」

「涙一滴なかったよ」

「そりゃよかった」ラリーが本気でそう言ったのかどうかはよくわからない。「女に泣かれるといつもいやな気分になる」両手を挙げて、「でも、どうしようもない。おれの場合、仕事という嫉妬深い恋人がいるからな」

「知ってるよ。エレンに聞いた。ベアトリクスに聞いた。ジャニスに聞いた。イーディスに聞いた」女の子の名前リストは、ラリーを喜ばせたようだった。「ちなみに、エレンはてこでも動かないと言ってる」

「ほう？　なんと愚かな。まあ、どうなるかようすを見よう」


神が（エレンに関するかぎり）そらにしろしめしていたあいだ――つまり、折り紙付きのニューヨークの名士をほんの数週間で籠絡し、バッファローに連れて帰れるとエレンが自信満々だった時期――わたしは贔屓のレストランに彼女を案内し、父親と娘のようにランチをともにした。エレンは店が気に入ったようで、ラリーと別れたあとも、ときおりその店で姿を見かけた。

エレンはだいたいいつも、ラリーやわたしが彼女にふさわしいと告げたようなタイプの男性――年齢が近い男性――といっしょだった。それだけでなく、エレンは、自身自身の愛想のいい放心状態にふさわしい相手を選んだらしく、ランチの時間は、ためいきと長い沈黙、それに、しばしば愛と勘違いされる、濃霧で立ち往生したような空気をまとっていた。じっさい、わたしの見るところ、エレンと連れは、しゃべることをなにも思いつかないという悲惨な状態だったにちがいない。ラリーが相手なら、そんな問題はけっして生じない。会話をリードするのはつねにラリーの役割で、もし彼が口をつぐんだら、それは劇的効果を高めるための、記憶に残る美しい間《ま》であって、沈黙を破るのは彼女の役目ではなかった。観客の目をいつも意識しているエレンは、連れが勘定を済ませる段になると、落ち着かない態度と軽蔑の視線で、それが自分に釣り合う相手ではないことを示した。もちろん、そのとおりだった。

たまたま店でいっしょになったときは、エレンはわたしのうなずきを無視し――文字どおり一顧だにせず――その結果、わたしは虚空に向かってうなずく羽目になった。わたしもラリーの一味で、自分を侮辱する計略に加担していると思っていたのだろう。

しばらくすると、エレンは、年齢の近い男にランチをおごらせるのをあきらめてしまった。そしてとうとう、われわれ双方を驚かせた偶然のなりゆきで、彼女はわたしのとなりのテーブルに着くこととなり、わざとらしく咳払いした。

知らん顔で新聞を読みつづけるのは不可能だった。「おやまあ、これは驚いた」

「元気だった？」とエレンはそっけなくたずねた。「まだ大笑いしてる？」

「ああ、大いに笑っているとも。サディズムは上昇銘柄だからね。ニュージャージー州では合法化されたし、インディアナ州とワイオミング州ももうすぐだ」

エレンはうなずいて、「深い川は静かに流れる」と謎めいた言葉を口にした。

「わたしのことかい、エレン？」

「あたしのこと」

「なるほど」困惑して相槌を打った。「つまり、きみには目に見える以上のものがあると？　同感だよ」たしかに同感だった。目に映る美しさにくらべて、エレンの内側にあるものが――つまり、頭の中身が――こんなに少ないというのは信じがたい。

「ラリーの目にね」とエレンは言った。

「おいおい、頼むよ、エレン――もちろん、もう乗り越えただろ。ラリーはうぬぼれが強くて利己的で、いつも腹にガードルを巻いてるんだぜ」

エレンは両手を挙げた。「もうやめて――いいから、葉書と警笛のことだけ教えて。彼、なんて言ってた？」

「葉書？　警笛？」わたしは首を振った。「どっちのことも、ラリーはなにも言ってなかったよ」

「もちろんね」とエレン。「すばらしい。カンペキ。百パー」

「ごめん、タマ乱してて。大約《ダイヤク》がある」と言ってわたしは立ち上がった。

「いまなんて？」

「頭が混乱してて、ちゃんと話を聞きたいのは山々だけど時間がない。大事な約束があるんだ。幸運を祈るよ、エレン」

約束というのは歯医者の予約で、その憂鬱な用事が終わると、午後の時間が中途半端だったので、ラリーに会って、葉書と警笛の話を聞いてみることにした。きょうは火曜日、時刻は四時。ということはラリーは当然、床屋にいる。わたしは店に行って、ラリーのとなりの席にすわった。顔は石《せっ》鹼《けん》の泡におおわれていたが、たしかにラリーだ。何年も前から、火曜の午後四時に、この店のその椅子にすわる人間はほかにいない。

「カットを頼む」と理髪師に言ってから、ラリーに向かって、「エレン・スパークスからの伝言で、深い川は静かに流れるってさ」

「んむむ？」ラリーが泡の下から言った。「エレン・スパークスって？」

「きみの元生徒だよ。忘れたか？」卒業した娘のことをあっさり忘れてしまうのもラリーの昔からのパターンで、わたしの知るかぎり、べつだん芝居をしているわけじゃない。「二カ月前に卒業した子」

「女子卒業生たちの名前をずっと覚えておくのもたいへんでね」とラリー。「あのちっちゃなバッファロー出身の子か？　食料品卸商の？　覚えてるよ。次はシャンプーを頼む」と理髪師に言う。

「もちろんです、ホワイトマンさん。当然、次はシャンプーですよ」

「彼女、葉書と警笛のことを知りたがってた」

「葉書と警笛」考え込むように言った。「いや、心当たりがないな」それから、ぱちんと指を鳴らして、「ああ、そうそうそう。おかげでこっちは大迷惑だと伝えてくれ。毎朝、彼女からの葉書が郵便で届くんだ」

「なんて書いてる？」

「半熟卵の朝食を食べていると、その最中に郵便が届く。ぜんぶまとめて目の前のテーブルに置く。いちばん上があの子の葉書だ。卵を食べ終え、とびつくように葉書をつかむ。それから？　半分に破り、四分の一に破り、八分の一、十六分の一と破って、ゴミ箱に雪嵐を降らせる。それから、コーヒーの時間。彼女がなんと書いてきてるかはさっぱりわからない」

「で、警笛は？」

「葉書よりさらにおそろしい罰だ」とラリーは笑った。「ふられた女の怨みより怖いものはないからな。毎日午後二時半、おれが練習をはじめようとする。すると、なにが起きると思う？」

「警笛を五分間鳴らしっぱなしにして、神経をおかしくする？」

「そんな度胸はないよ。毎日毎日、二時半になると、ほとんど聞こえないくらい小さなブーッという音と、ギアを入れる音がして、それからあの莫迦娘は姿を消す」

「気にさわらないか？」

「気にさわらないかって？　おれが敏感な性質《たち》だっていう見込みはあたってるが、おれの適応力を過小評価してるね。二、三日は気にさわったが、いまじゃ列車の騒音と同じくらい気にならない。じっさい、さっき警笛の件を訊かれたときだって、しばらく考えないと思い出さなかったくらいだ」

「あの娘、目が血走ってたぜ」

「その血を脳みそにまわしたほうがいいのにな。ところで、新しい生徒をどう思う？」

「クリスティーナ？　もし自分の娘だったら、溶接学校に入れるね。むかし、小学校の教師が聞き手《リスナ》と呼んでたタイプだ。歌の授業のときは隅の席にすわって、口を閉じたまま足でリズムをとりなさいと指示される」

「熱心なもんでね」とラリーが弁解がましく言う。生徒に対して職業的興味以上の関心を抱いているんじゃないかというあてこすりにラリーはことのほか敏感で、自衛のためもあってか、生徒の音楽的な可能性にあくまでも強く義理を立てていた。たとえば、エレンの声質について否定的な評価を下したのは、彼女が地下牢に追放される準備ができてからだった。

「十年もすれば、クリスティーナも『ほかほか十字パン』の歌が歌えるようになるだろうね」とわたし。

「そんなこと言ってると、あっと驚く羽目になるかもしれんぞ」

「どうかな。しかし、エレンの場合はそうなるかもしれない」すさまじい、抵抗しがたい力を解き放とうとしているかのようなエレンの雰囲気が気にかかっていた。とはいえ、現状は、葉書と警笛という、たわいないいやがらせだけだ。

「エレンだれ？」熱いタオルの下からラリーがくぐもった声で言った。

床屋の電話が鳴った。理髪師が受話器をとろうとすると、呼び出し音がやんだ。理髪師は肩をすくめ、「おかしいな。どうもここのところ、ホワイトマンさんがいらっしゃるたびに、ああやって電話が鳴るみたいで」

ベッド脇の電話が鳴った。

「ラリー・ホワイトマンだ！」

「うるさいよ、ラリー・ホワイトマン！」時計は午前二時を指していた。

「あの娘にやめろと言ってくれ、聞こえるか？」

「いいとも、喜んで、もちろん」と寝ぼけた声で言う。「だれにどうしろって？」

「あの食料品卸商の娘だよ、もちろん！　バッファローの。聞こえるか？　いますぐやめさせろ。あの光。あのクソったれな光」

ラリーの鼓膜を破るはかない望みを抱いて受話器を叩きつけようとしたそのとき、ようやく目が覚め、がぜん興味が湧いてきた。もしかしたら、エレンはとうとう秘密兵器をぶっ放したのかもしれない。今夜はラリーのリサイタルだったはず。観客の面前でエレンがなにかやらかしたのか。

「光で目を眩まされたのか?」

「もっとひどい! 客電が落ちたら、あの女、キーホルダーに下げるペンライトで自分の顔を照らしたんだ。真っ暗闇の客席で、あの女がぞっとするような笑みを浮かべていた」

「コンサートのあいだじゅう、ずっと顔を照らしてたのか? 劇場の係員につまみ出されそうなもんだが」

「おれがあの女の顔をしっかり見たのがわかると、ライトを消した。それから咳だ。まったくもう! 咳とは!」

「客席ではいつもだれか咳をしてるじゃないか」

「あんな咳をするやつはいない。おれが息を吸って、さあ歌いはじめようとするたびに、彼女が咳をする——ゴホン、ゴホン、ゴホン。三回のわざとらしいゴホンだ」

「まあ、もし会ったら、話してみるよ」エレンの作戦の目新しさに興味を引かれたものの、長期的展望の欠如にはがっかりした。「どうせ、きみみたいな百戦錬磨のベテランなら、そういう手管も造作なく無視できるはずだろう」と言ったが、それは気休めではなく真実だった。

「おれに揺さぶりをかけようとしている。タウンホールのリサイタル前に神経を参らせる作戦だ」とラリーは苦々しく言った。プロ歌手としてのラリーのハイライトは、年に一度、タウンホールで開くリサイタルだった。ちなみにこのコンサートはいつも大成功を収める。それについてはなんの心配もない——歌手としてのラリーは最上級だ。しかし、一大イベントを二カ月後に控えて、エレンは光と咳の作戦を開始した。

このせっぱ詰まった深夜の電話の二週間後、あのランチの店で偶然またエレンと出くわした。あいかわらず、あからさまに非友好的な態度で、わたしのことを、価値のあるスパイだが信用ならない相手——できればつきあいたくない、いやな人物——のように扱った。エレンは、今度もまた、なにか秘密兵器を隠しているような、なにか大きなことを起こそうとしているような印象を与えた。顔は赤く、妙にこそこそした態度。二言三言あいさつを口にしてから、エレンは、ライトのことでラリーがなにか言っていたかとたずねた。

「さんざん愚痴っていたよ」とわたし。「つまり、きみの一回目の実演のあとはね。相当頭にきてるみたいだった」

「でも、いまは？」とエレンが熱っぽくたずねる。

「エレン、きみには悪い知らせだ——ラリーにはいい知らせだがね。あれから三回のリサイタルをこなしたあと、もうすっかり慣れて、みごとにおちついている。あいにく、効果ゼロだよ。なあ、いいかげんあきらめたらどうだい？　もうじゅうぶん長いあいだ、彼を悩ませたじゃないか。どうせ復讐以上のものは手に入らないんだし、復讐はもう果たしたんだ」エレンの作戦には根っこのところで大きなまちがいがあるのだが、それを指摘する気にはなれなかった。つまり、彼女のいやがらせはすべて規則正しく、予測可能だったから、ラリーは、分刻みで予定が決まっている生活の中にそれを組み込み、容易に無視することができた。

エレンは動じるそぶりもなく悪い知らせを受けとめた。きみの作戦は驚くべき大成功を収めているよ、ラリーは降伏の一歩手前だ——と答えたとしても、きっと同じ反応だっただろう。「復讐は小さな果実よ」とエレンは言った。

「まあとにかく、ひとつだけ約束してくれ、エレン——」

「もちろん。あたしだってラリーみたいに、なんでも約束していいわよね」

「エレン、ラリーのタウンホールのリサイタルで、過激な真似はしないと約束してくれ」

「お安いご用」と言ってエレンはにっこりした。「いままでした中でいちばん簡単な約束ね」

その夜、わたしはラリーに向かって、この謎めいた会話をプレイバックして聞かせた。彼は、クラッカーにホットミルクの夜食をとっているところだった。

「ふうむ」ラリーは口の中をいっぱいにして言った。「もしあの女が筋の通ったことを言ったとしたら、そっちのほうが驚きだ。きっと生涯初だろうよ」侮蔑するように肩をすくめ、「これでおしまいだ、そのヘレン・スマートの件は」

「エレン・スパークス」と訂正した。

「名前がなんだろうが、その女はもうすぐ列車に乗って故郷に帰る。げっ、こりゃ、最低の味だな！　正直な話。彼女が紙つぶてを投げて、うちのドアベルの中にピンを突っ込んでも驚かなかったよ」

おもての通りのどこかで、ゴミ缶の蓋がガチャンと鳴った。「ひどい騒音だ」とわたし。「あんな大きな音を立てなきゃゴミを捨てられないのか？」

「騒音って？」

「あのゴミ缶の音」

「ああ、あれか。ここに住んでりゃ、すぐに慣れる。だれだか知らないが、毎晩ゴミ缶をぶっ叩くやつがいるんだ」あくびをしながら、「ちょうど寝つくころに」

大きな秘密を隠し通すのはむずかしい。とりわけ、自分の行動に関わる秘密の場合、利口な人間でもなかなか隠し切れない。頭の足りない人間にはなおさらむずかしいから、犯罪者はたいがい、しゃべりすぎるのがもとで捕まって、刑務所に送られる。犯した罪がなんだとしても、つい他人に自慢したくなるわけだ。だから、ほんの五分でも、エレンが秘密を自分の胸にしまっておけるとは信じがたい。ところが彼女は、とびきりの秘密を、半年の長きにわたって――ラリーと別れたその日から、彼のタウンホール・リサイタルの二日前まで――守りつづけた。

背中合わせのランチの席で、エレンはとうとうその秘密を打ち明けてくれたのだが、彼女一流の言い回しだったため、わたしはそのことに気づかず、翌日、ラリーと会ったときにはじめて、それがなんだったのかを理解する始末だった。

「じゃあ、約束だよ、エレン」と、その日、わたしは念を押した。「あさってのリサイタルで、過激な真似はなし。咳払いも悪臭弾も召喚状の送達もなし」

「不作法は禁止」

「頼むよ、ほんとに。あのリサイタルは、ラリーだけのものじゃなくて、ホールに集まる音楽ファンみんなのものでもある。ゲリラ作戦の戦場じゃないんだ」

この数カ月ではじめて、エレンはくつろいで見えた。百パーセント満足すべき仕事――近ごろでは珍しいタイプの仕事――をなし遂げたばかりの人間のようだ。いつも興奮と謎めいた期待に赤っぽく染まっているその顔は、おちついたピンクとアイボリーの色だった。

エレンは黙って食事をつづけ、ラリーのことをなにもたずねなかった。わたしが彼女に伝えられる新しい情報はなにもなかった。自分を思い出させるための彼女のたゆまぬ努力――警笛、葉書、ライトと空咳、神のみぞ知るその他いろいろ――にもかかわらず、ラリーはエレンのことをすっかり忘れていた。彼の生活は、規則正しく自分本位な道を、なにごともなかったように進みつづけている。

それから、エレンが知らせを伝えた。彼女のおちつきぶりにそれで納得がいった。しばらく前から心のどこかで予期していたし、そちらの方向に進むように彼女をなんとか説き伏せようとさえしていた。わたしは、驚くことも感心することもなかった。この混乱状態に対する、完璧に明白な解決策。明白なものと連動している脳がついにそこに到達した。

「賽《さい》は投げられた」とエレンは真面目な口調で言った。「もう引き返せない」

賽が投げられたことについては、たしかにわたしも同意するし、いい目が出ることを祈っていた。そして、彼女の言葉の意味を理解したつもりでいた。唯一の驚きは、エレンが立ち上がってレストランを出るとき、わたしの頰《ほお》にキスしたことだった。

次の日の午後——またもや、ラリーとの五時のカクテル・タイム——彼のスタジオに足を踏み入れた。ラリーの姿はどこにもなかった。わたしが行くときはいつも、ラリーはリビングルームにいて、女性ファンから贈られたタータンチェックの派手なジャケットにエレガントに身を包み、グラスを手にぶらぶら歩いているのがつねだった。「ラリー！」

寝室を仕切るカーテンが開き、情けない姿のラリーがおぼつかない足どりで現れた。バスローブがわりに着ているのは、往年のオペレッタの衣裳で使った、刺繡で飾られた深紅の裏地のマントだった。ラリーは、負傷した将軍のようにぐったり椅子に沈み込み、両手に顔を埋めた。

「インフルエンザか！」とわたし。

「未知のウイルスの仕業だ」とラリーが暗い声で言う。「医者に診せても、なにも見つからない。なんにもだ。もしかしたら第三次世界大戦のはじまりかもしれん——細菌戦争だ」

「たぶん、睡眠が足りないだけじゃないかな」と助言するつもりで言った。

「睡眠！　はっ！　ひと晩じゅうずっと眠れなかった。ホット・ミルク、腰の下に枕、羊の数を—

――」

「陛下でパーティーでも？」

ラリーはため息をついた。「近所は霊安室みたいに静かだったよ。おれの中にあるなにかのせいだな、つまり」

「まあ、とにかく、食欲があるんなら――」

「嫌味を言わせるために呼んだわけじゃないぞ。お気に入りの朝食は、おがくずみたいな味だった」

「まあ、声は問題なさそうじゃないか。いまほんとに肝心なのはそれだけだろ？」

「昼間の練習は大失敗だった」とラリーが不機嫌に言う。「自信が持てず、動揺して、調子が出なかった。しっくり来ないんだ。準備ができてないっていうか、半裸で人前に立っているような――」

「とにかく、いまは百万ドルの色男に見えるよ。あの床屋がちゃんと――」

「あの床屋は木でも伐《き》ってるほうがよほど――」

「立派に仕事をしている」

「じゃあどうしておれ自身はそんな気がしないんだ？」ラリーは立ち上がった。「きょうはなにもかもしっくりこない。スケジュールがぜんぶめちゃくちゃだ。生まれてこのかた、ただの一度も、ほんのこれっぽっちも、リサイタルに不安を抱いたことなんかなかったのに。ただの一度も！」

「だったら」とわたしはためらいがちに切り出した。「いい知らせがある。もしかしたら役に立つかもしれない。きのうランチを食べた店でエレン・スパークスと出くわしたんだが、そのとき聞いた話だと、彼女――」

ラリーがぱちんと指を鳴らした。「それだ、それ！　もちろんそう、そのエレンだ。あの女に一服盛られた！」フロアをうろうろ歩きながら、「殺すほどの毒じゃない。リサイタルの夜までにおれの神経を参らせるくらいの毒だ。最初からずっとそれを狙ってたんだ」

「彼女が毒を盛ったとは思えないな」にっこり笑って答えた。おしゃべりでラリーの気をまぎらわせようと口を開けたところで、自分が言いかけたことのおそろしい意味に気がついて黙り込んだ。

「ラリー」とゆっくり言った。「エレンはゆうべ、バッファローに発ったよ」

「いい厄介払いだ！」

「もう、朝食の席で葉書を破る必要もない」とさりげなく口にした。効果なし。「練習の前に警笛が鳴ることもない」やはり効果なし。「床屋の電話が鳴ることも、寝入りばなにゴミ缶がガチャンと鳴ることもない」

ラリーがわたしの両腕をつかんで揺さぶった。「ウソだ！」

「ほんとうだとも」思わず噴き出しそうになった。「きみは彼女に生活をすっかり支配されて、エレンのキューがないと行動に移れない体になったんだな」

「あの薄汚いシロアリめ！」ラリーが荒々しく言った。「破壊的で陰険な、モグラみたいに勝手に入りこんでくる、あのいけすかない――」炉棚を殴りつけて、「習慣を破ってやる！」

「ひとつじゃ済まないぞ」と警告した。「どの習慣を破ったとしても、きみにははじめての経験になる。あしたまでにできるのか？」

「あした？」ラリーはうめき声をあげた。「おお――あしたか」

「客電が消えて、それから――」

「懐中電灯なし」

「きみは最初の曲を歌おうと――」

「咳はどこだ?」ラリーは絶望的な口調で言った。「おれはテキサス・シティみたいに吹っ飛んじまう（一九四七年の爆発火災で同市の大半が焼失、五百八十一人の死者が出た）」ぶるぶる震えながら受話器をとると、「交換手、バッファローにつないでくれ。あの子の名前はなんていったっけ?」

「スパークス――エレン・スパークス」


結婚式にはわたしも招待されたが、公開処刑に参列するほうがまだましだ。わたしは銀製のピクルス・フォーク一本と、参列できなくて残念だという断り状を送った。

驚いたことに、結婚式の翌日、わたしがいつもの店でランチを食べていると、エレンがやってきた。彼女はひとりで、巨大な包みを抱えていた。

「よりによってこんな日に、ここでなにをしてる?」

「ハネムーン中よ」と快活に言って、エレンはサンドイッチを注文した。

「ほほう。で、花婿は?」

「彼のスタジオでハネムーン中」

「なるほど」納得したわけではないが、これ以上穿鑿《せんさく》すると不作法になる。

「きょうは、予定外だったあたしの二時間を割り込ませたの」とエレンが自分から口を開いた。

「それからドレスを一着、彼のクローゼットのハンガーに吊した」

「あしたは?」

「二時間半と、ハイヒール一足追加」

「小さな一滴一滴の水、小さなひと粒ひと粒の砂が広大な海をつくり、うるわしい大地をつくる」

とわたしは引用した（アメリカの教育者、ジュリア・カーニーの詩「小さなもの」より）。包みを指さし、「それ、嫁入り道具？」

エレンはにっこり笑った。「ある意味ではね。ゴミ缶の蓋よ、ベッドの脇に置くの」

解説

大森　望

現代アメリカ文学のあまたの作家たちの中でも、カート・ヴォネガットは、たぶん日本でもっとも愛されているひとりだろう。浅倉久志や伊藤典夫、池澤夏樹や円城塔に翻訳され、若き村上春樹や高橋源一郎に影響を与え、太田光に深く尊敬され、ほかにも無数の著名人から愛を告白されている。

簡単に経歴を紹介すると、カート・ヴォネガットは一九二二年、インディアナ州インディアナポリス生まれ。一九五〇年、《コリアーズ》誌に発表したＳＦ短篇「バーンハウス効果に関する報告書」で作家デビューを飾った。一九五二年に刊行したディストピアＳＦ『プレイヤー・ピアノ』を皮切りに、生涯で十四冊の長篇小説を書き、二〇〇七年、八十四歳で世を去った。

小説家を短篇作家と長篇作家に分けるなら、ヴォネガットは確実に長篇作家だろう。『タイタンの妖女』、『猫のゆりかご』、『スローターハウス５』から『タイムクエイク』まで、その長篇の多くが奇抜なアイデアと絶妙の語り口で強烈な印象を与えるのに対し、短篇のイメージはそれほど強くない。衆目の一致する代表作を見つけにくいこともあるが、生前には、（事実上）たった二冊しか短篇集を出していなかったことが大きい。収録作は『モンキー・ハウスへようこそ』（一九六八年）が二十五篇、『バゴンボの嗅ぎタバコ入れ』（一九九九年）が二十三篇。これ以外の短篇と言えば、エッセイ集『パームサンデー──自伝的コラージュ──』（一九八一年）に変則的に収録された怪作「ザ・ビッグ・スペース・ファック」（ハーラン・エリスン編のオリジナル・アンソロジー『危険なヴィジョン』のために書かれたもの）一作しかない。つまり、ヴォネガットが半世紀余の作家歴で活字にした短篇は、合計でわずか四十九篇。そのうち三十三篇が、短篇小説マーケットのアメリカにおける黄金時代だった一九五〇年代（家庭向け高級誌、いわゆるスリック・マガジンの全盛期）に発表されている。そのため、ヴォネガット好きを自任していても、こと短篇となると、「うん、『モンキー・ハウス』はむかし読んだよ。いくつか面白いのもあったけど、やっぱり長篇にくらべるとね」みたいに思っている人が多いのではないか。

実際、ヴォネガットはその後、長篇に軸足を移し、六〇年代後半以降、短篇はほとんど書いていない。短篇から長篇への移行期はフィリップ・K・ディックのキャリアとも重なるが、ディックと違ってヴォネガットは、高級誌に短篇が売れたおかげで一篇あたりの原稿料は超高額だったし（パルプ・マガジンに書いていたディックの原稿料の数十倍に及ぶ）、長篇に移行してからも、『猫のゆりかご』が大ベストセラーになったおかげで、生活のために量産を強いられることはなかった。『地球の長い午後』で知られる英国のSF作家で批評家のブライアン・W・オールディスは、SFの歴史を概観した評論書『十億年の宴』（一九七三年）の結末近くでヴォネガットに言及し、「ガソリン代が手に入ったとたん、フルスピードでSF界から走り去ってしまった」と皮肉っているが（ちなみにこれは作品内容のことではなく、オールディスはそのすぐあとに、「しかし彼自身、いまなおSFを書いていることに気づかぬはずはない」とフォローしている）、ビブリオグラフィを見る限り、むしろ、「フルスピードで短篇小説から走り去った」のである。いや、実情に照らせば、短篇小説マーケットのほうがフルスピードで縮小したと言うべきか。いずれにしても、短篇作家ヴォネガットのキャリアは、作品集二冊で終わったはずだった。

しかし、不思議なことに、ヴォネガットが病没したあと、事情が変わってくる。一九五〇年代に書かれたきり、どこにも発表されずにいた短篇群が続々発掘され、未発表作品集が立て続けに刊行されはじめたのである。『追憶のハルマゲドン』(二〇〇八年)、『はい、チーズ』(二〇〇九年)、『人みな眠りて』(二〇一一年)、*Sucker's Portfolio*(二〇一三年)と、合計四冊。いずれも、半世紀以上にわたる熟成期間を経たヴィンテージもの。お蔵出しとか言っても、どうせ自分でボツにした原稿でしょ――と思っていた僕は、これらの短篇集を実際に読んでみて、深く不明を恥じる結果になった。執筆当時、三十代の働き盛りだったヴォネガットは、技のデパートさながら、さまざまなジャンル、さまざまなスタイルを使い分け、あらゆるテクニックを駆使してきっちり楽しませてくれる。『モンキー・ハウス』収録作とくらべて遜色ないどころか、生前未発表だった作品のほうが明らかに面白いケースも多い。一九五〇年代当時、絶大な権力と権威を持って作家をあれこれ指導していたスリック誌編集者に意外と見る目がなかったのか、それともアメリカ人中産階級の好みが日本人と違うのか……。

前述のお蔵出し短篇集『はい、チーズ』の河出文庫版に巻末解説を寄せた円城塔は、収録作を読んだ仮想的な読者の反応として、「どうもこの新人作家は有望だ。様々な題材を巧みに、しかも、こちらの方が重要だが、媒体に合わせ、想定される読者に合わせて書き分けることができるらしい(後略)」との見方を紹介したうえで、『スローターハウス5』に出てくるトラルファマドール人的なヴォネガット観を提案する。トラルファマドール人の時間感覚(人生のすべての時点を一度に一望するため、彼らには過去→現在→未来という順序は存在しない)は、テッド・チャン「あなたの人生の物語」に影響を与え、ドゥニ・ヴィルヌーヴ監督によるその映画版「メッセージ」で世界的に評価されて、ヴォネガットの先見性をあらためて証明するかたちになったが、円城塔はその時間感覚に基づき、お蔵出しの初期作品群を老年期の作として――「過剰なSF的視点や実験的な手法を捨て、円熟にたどりついた作家の作」として――読むことを提唱し、「つまりヴォネガットはあらかじめ老成し、円熟した果てに生まれてきた新人作家だったのだと言いたい」と書いている。ビリー・ピルグリムさながら、時間の中に解き放たれたカート・ヴォネガット。そのように俯瞰することで、作品にまったく新しい光があたり、いまどき珍しいほどサービス精神旺盛な熟練の短篇作家が忽然とあらわれる。短篇作家カート・ヴォネガットの再誕。

　こうした新しい状況を踏まえたうえで、前記四冊の没後短篇集にも入っていなかった未発表作五篇を新たに追加し、著者がヴォネガット名義での発表を意図して書き上げた短篇小説すべて（全九十八篇）を一冊にまとめた本が、二〇一七年九月にセブン・ストーリーズ・プレスから刊行された。ハードカバー九一四ページの大冊、『カート・ヴォネガット全短篇』（*Complete Stories*）である。最近で言うと、二段組ハードカバー全五巻で邦訳された『J・G・バラード短編全集』よりちょっと薄いくらいの分量になる。とても一冊では出せないので、邦訳では、四冊に分けてお届けすることになった。本書『カート・ヴォネガット全短篇1　バターより銃』は、その第一巻にあたる（各巻の表題作は、早川書房編集部と協議のうえ、日本側で選んだもの）。

　この種の短篇全集は、執筆順、もしくは発表順に作品を配列することが多いが、『カート・ヴォネガット全短篇』は、編者ふたりによるイントロダクションにも書かれているとおり、テーマ別分類を採用。「戦争」「女」「科学」「ロマンス」「働き甲斐VS富と名声」「ふるまい」「リンカーン高校音楽科ヘルムホルツ主任教諭」「未来派」の八つのカテゴリーに分けて収録している。生前未発表の作品が半数に及ぶうえ、原稿の完成日を特定できない短篇が多いことから、いわば苦肉の策としてこうなったんじゃないかと推測されるが、その結果、いくつもの短篇集にバラバラに入っていたヘルムホルツ先生シリーズが初めてひとつにまとまったり、SF系の作品がずらっと並んだり、各セクションがそれぞれひとつのコンセプト・アルバムというか、連作短篇集のように読める。

ただし、各セクションの分量にはかなりの差があるため、邦訳では、一冊に二セクションずつというふうにきれいに収めることができず、第一巻と第二巻では、「女」セクションの途中で分かれてしまっていることをお断りしておく。また、原書では、デイヴ・エガーズの「序文」、編者ふたり共同の「イントロダクション」のあと、さらに二本のエッセイ、ジェローム・クリンコウィッツ「一九五〇年代アメリカの短篇小説と個人事業主カート・ヴォネガット」と、ダン・ウェイクフィールド「ヴォネガットはいかに短篇小説の書き方を学んだか」が収められている。しかしどちらも、日本で言えば「解説」に相当するような文章だし、それが邦訳全四巻の第一巻だけに集中するのもあまりバランスがよくない。そこで協議のうえ、この邦訳版『全短篇』では、前者を第二巻の巻末、後者を第三巻の巻末に移して収録させていただくことにした。ご承知おきください。

全九十八篇のうち本邦初訳となるのは、*Sucker's Portfolio* 収録の五篇と、『全短篇』で新たに加わった六篇の合計十一篇。ちなみに本書では、戦争セクションに収められた「暴虐の物語」が初訳。バルジの戦いで捕虜になったヴォネガットが終戦直前に体験した出来事が題材になっている。その前後の事情については、『追憶のハルマゲドン』(浅倉久志訳)に収められた「カート・ヴォネガット上等兵が家族に宛てた手紙」に詳しい。他の短篇とも関係するので、一部を抜粋して以下に引用しよう。

ジュネーブ協定では、士官と下士官は捕虜になっても労働につく義務はありません。ご存じのように、ぼくは兵卒です。そのての下等生物百五十人は、一月十日にドレスデンの強制労働収容所へ送られました。片言のドイツ語がしゃべれるという取り柄から、ぼくはリーダーに任命されました。不運なことに、われわれにあてがわれたのは、嗜虐的で狂信的な監視兵たちでした。医療処置も衣服も与えてもらえません。しかも、長時間の極端な重労働を強《し》いられました。食料の割り当ては、一日に黒パン二百五十グラムと、調味料なしのジャガイモのスープ一パイント（約半リットル）だけ。二カ月間、ぼくは必死でこの状況を改善しようとして、監視兵の冷淡な微笑にでくわしたあげく、とうとういってやりました。いまにソ連軍がやってきたら、ぼくがその監視兵たちをどうするつもりかを。むこうはちょっぴりぼくを痛めつけました。グループのリーダー役もクビ。しかし、痛めつけられるぐらいはましなほうでした——ひとりの若い兵士は飢え死にし、もうふたりは食べ物を盗んだ罪で親衛隊に射殺されたのです。

（浅倉久志訳）

空腹を愚痴る短篇がやたらに多いのは、この悲惨な体験の結果だろう。戦争をテーマにした短篇がこうして十九篇集まると、同じモチーフがくりかえし描かれていることがわかって面白い。

なお、「細かいところまで気になってしまうのが僕の悪い癖でしてね」という人のためにつけ加えておくと、『全短篇』に収められているのは、ヴォネガットが書いたすべての短篇小説というわけではない。二〇一二年にヴァンガード・プレスから出た *We Are What We Pretend To Be: The First and Last Works* は、サブタイトルのとおり、ヴォネガットが作家デビューする前、（勤務先のゼネラル・エレクトリックに兼業がバレて問題になるのを恐れて）マーク・ハーヴィーという別名義を使って投稿するために書いた中篇“Basic Training”に、絶筆になった未完の長篇*If God Were Alive Today*の書き出し部分（七十ページほど）を併録したもの。また、*Sucker's Portfolio*には、『全短篇』収録の六篇のほかに、未完のＳＦ短篇“Robotville and Mr. Caslow”が収められている。ほかにも、ヴォネガットの原稿の山の中には、書きかけの原稿や、他の短篇の別バージョンがいくつも見つかったらしいが、きちんと完結したヴォネガットの短篇だと編者が認定した九十八篇はすべて『全短篇』に入っているのでご心配なく。

最後に、お世話になった方々への謝辞を。大森がヴォネガットを翻訳することになった経緯やヴォネガットとのなれそめについては、『はい、チーズ』の訳者あとがきに書いたのでここではくりかえさないが、河出書房新社編集部の伊藤靖氏には、『はい、チーズ』『人みな眠りて』の邦訳刊行に際してひとかたならぬお世話になり、この『全短篇』についてもなにかと便宜をはかっていただいた。また、『カート・ヴォネガット全短篇』刊行というめったにないすばらしい企画に関わる機会を与えてくれた早川書房ミステリマガジン編集長の清水直樹氏と、煩雑な編集実務を担当してくれた梅田麻莉絵氏に感謝したい。また、装丁では、『はい、チーズ』『人みな眠りて』に続き、川名潤氏のお力を借りた。ありがとうございました、残り三巻もよろしく。

この『全短篇』によって、短篇作家ヴォネガットの新たなファンが増えれば、訳者の端くれとして、これにまさる喜びはない。それでは、本書が亡くなった浅倉さんのお眼鏡にかなう本になっていることを祈りつつ……。

ヴォネガット既刊作品集一覧　※短篇小説を含むもののみ

『モンキー・ハウスへようこそ』*Welcome to the Monkey House*（1968）一九八三年、早川書房刊→一九八九年、ハヤカワ文庫ＳＦ（『1』『2』に分冊）＊『モンキー1』『モンキー2』と略

『バゴンボの嗅ぎタバコ入れ』*Bagombo Snuff Box*（1999）二〇〇〇年、早川書房刊→二〇〇七年、ハヤカワ文庫ＳＦ　＊『バゴンボ』と略

『パームサンデー――自伝的コラージュ――』*Palm Sunday*（1981）一九八四年、早川書房刊→一九八九年、ハヤカワ文庫ＮＶ→二〇〇九年、ハヤカワ文庫ＳＦ

『追憶のハルマゲドン』*Armageddon in Retrospect*（2008）二〇〇八年、早川書房刊　＊『ハルマゲドン』と略

『はい、チーズ』*Look at the Birdie*（2009）二〇一四年、河出書房新社刊→二〇一八年、河出文庫　＊『チーズ』と略

『人みな眠りて』*While Mortals Sleep*（2011）二〇一七年、河出書房新社刊→二〇一八年、河出文庫　＊『人みな』と略

本書収録の各篇原題・訳者・初出・収録短篇集一覧

●セクション1　戦争

「**王様の馬がみんな……**」"All the King's Horses" 伊藤典夫訳／《コリアーズ》五一年二月十日号／『モンキー1』

「**孤児**」"D.P." 伊藤典夫訳／《レイディーズ・ホーム・ジャーナル》五三年八月号／『モンキー2』

「**人間ミサイル**」"The Manned Missiles" 宮脇孝雄訳／《コスモポリタン》五八年七月号／『モンキー2』

「**死圏**」"Thanasphere" 伊藤典夫訳／《コリアーズ》五〇年九月二日号／『バゴンボ』

「**記念品**」"Souvenir" 浅倉久志訳／《アーゴシー》五二年十二月号／『バゴンボ』

「**ジョリー・ロジャー号の航海**」"The Cruise of *The Jolly Roger*" 浅倉久志訳／《ケープコッド・コンパス》五三年四月号／『バゴンボ』

「**あわれな通訳**」"*Der Arme Dolmetscher*" 浅倉久志訳／《アトランティック・マンスリー》五五年七月号／『バゴンボ』

「**バゴンボの嗅ぎタバコ入れ**」"Bagombo Snuff Box" 浅倉久志訳／《コスモポリタン》五四年十月号／『バゴンボ』

「**審判の日**《グレート・デイ》」"Great Day" 浅倉久志訳／*Armageddon in Retrospect*（2008）／『ハルマゲドン』

「バターより銃」“Guns Before Butter”浅倉久志訳／*Armageddon in Retrospect*（2008）／『ハルマゲドン』
「ハッピー・バースデイ、1951年」“Happy Birthday, 1951”浅倉久志訳／*Armageddon in Retrospect*（2008）／『ハルマゲドン』
「明るくいこう」“Brighten Up”浅倉久志訳／*Armageddon in Retrospect*（2008）／『ハルマゲドン』
「一角獣の罠」“The Unicorn Trap”浅倉久志訳／*Armageddon in Retrospect*（2008）／『ハルマゲドン』
「略奪品」“Spoils”浅倉久志訳／*Armageddon in Retrospect*（2008）／『ハルマゲドン』
「サミー、おまえとおれだけだ」“Just You and Me, Sammy”浅倉久志訳／*Armageddon in Retrospect*（2008）／『ハルマゲドン』
「司令官のデスク」“The Commandant's Desk”浅倉久志訳／*Armageddon in Retrospect*（2008）／『ハルマゲドン』
「追憶のハルマゲドン」“Armageddon in Retrospect”浅倉久志訳／*Armageddon in Retrospect*（2008）／『ハルマゲドン』
「化石の蟻」“The Petrified Ants”大森望訳／*Look at the Birdie*（2009）／『チーズ』
「暴虐の物語」“Atrocity Story”大森望訳／本書初出

●セクション２　女

「誘惑嬢」“Miss Temptation”宮脇孝雄訳／《サタデイ・イヴニング・ポスト》五六年四月二十一日号／『モンキー１』
「小さな水の一滴」“Little Drops of Water”大森望訳／*Look at the Birdie*（2009）／『チーズ』

監修者略歴　1961生，京都大学文学部卒，翻訳家・書評家　訳書『はい、チーズ』ヴォネガット（河出書房新社刊），『銀河の壺なおし〔新訳版〕』ディック，『ブラックアウト』ウィリス　編訳書『人間以前』ディック　著書『21世紀SF1000』（以上早川書房刊）他多数

カート・ヴォネガット全短篇《ぜんたんぺん》1
バターより銃《じゅう》

2018年9月20日　初版印刷
2018年9月25日　初版発行

著者　カート・ヴォネガット
監修者　大森望《おおもりのぞみ》
訳者　浅倉久志《あさくらひさし》・他
発行者　早川　浩
発行所　株式会社早川書房
東京都千代田区神田多町2－2
電話　03－3252－3111（大代表）
振替　00160－3－47799
http://www.hayakawa-online.co.jp

印刷所　三松堂株式会社
製本所　大口製本印刷株式会社

Printed and bound in Japan

ISBN978-4-15-209797-2 C0097

乱丁・落丁本は小社制作部宛お送り下さい。
送料小社負担にてお取りかえいたします。

カート・ヴォネガット 全短篇

全4巻

カート・ヴォネガット

大森 望＝監修、浅倉久志・他＝訳

隔月刊／四六判上製

カート・ヴォネガットがその84年の生涯に遺した98の短篇を８つのテーマに分類して収録。

1　**バターより銃**（本書）

2　**バーンハウス効果に関する報告書**（11 月刊）

3　**夢の家**（仮）（2019 年1月刊）

4　**明日も明日もその明日も**（仮）（2019 年3月刊）

早川書房